DONGSUH MYSTERY BOOKS 99

THE CHILL
소름
로스 맥도널드/강영길 옮김

동서문화사

옮긴이 강영길(文澔)
조선대학교 정치외교학과 졸업. 미육군성 기갑학교 수학, 미육군성 행태과학연구소 연구관 역임. 옮긴 책 와일드 《행복한 왕자》, 디킨스 《크리스마스 캐럴》 등이 있다.

DONGSUH MYSTERY BOOKS 99

소름

로스 맥도널드 지음/강영길 옮김
초판 발행/1977년 12월 1일
중판 1쇄/2003년 7월 1일
중판 2쇄/2008년 8월 15일
발행인 고정일/발행처 동서문화사
창업 1956. 12. 12. 등록 16-345(윤)
서울강남구신사동 540-22 ☎ 546-0331~6 (FAX) 545-0331
www.epascal.co.kr

*

이 책의 출판권은 동서문화사가 소유합니다.
의장권 제호권 편집권은 저작권 법에 의해 보호를 받는 출판물이므로
무단전재와 무단복제를 금합니다.
사업자등록번호 211-87-75330
ISBN 978-89-497-0184-4 04840
ISBN 978-89-497-0081-6 (세트)

소름
차례

소름······11

현대 미국 가정의 위기와 붕괴······389

등장인물

루 아처   사립 탐정
알렉스 킨케이드   의뢰인
도로시(달리) 매기   알렉스의 처
콘스턴스 매기   매기의 아내
앨리스 젠크스   달리의 이모
로이 브래드쇼   대학 지도부장
미세스 브래드쇼   로이의 어머니
로라 서더런드   여학생 담당 선도부장
헬렌 해거티   달리의 주임 교수
알 호프만   헬렌의 아버지, 전 경찰관
미세스 설리 버크   헬렌의 친구
저드슨 포리   설리의 동생
첵 베그리   와인 셀러 점원
매지 겔허디   첵의 여자
제임스 고드윈   정신과 의사
허먼 크레인   보안관
애니 월터스(필리스)   리노의 사립 탐정
제리 마크스   변호사

소름

1

법정 창문을 가린 빨간 무늬의 두꺼운 커튼은 햇빛을 완전히 가리지 못했다. 틈새로 새어 든 노란 광선 때문에 높은 천장에 매달린 전구는 희미하게 흐려 보였다.

빛은 제멋대로 법정 내부를 비추고 있었다. 배심원석과 맞은편 벽 널빤지 옆에 놓여 있는 유리로 가린 워터 쿨러, 속기 타이프를 치고 있는 법정 기록원의 손가락에 칠한 붉은 매니큐어, 피고 측 테이블 너머에서 나를 지켜보는 페린 부인의 세상 일에 능숙한 눈 등.

부인의 공판 둘째 날이며 최종일인 그날도 벌써 정오에 가까웠다. 나는 변호인 측의 마지막 증인이었다. 변호인의 나에 대한 질문이 벌써 끝나 있었다. 지방검사보는 반대 신문을 포기했다. 몇몇 배심원은 이상하다는 듯이 눈썹을 찌푸리고 지방검사보의 얼굴을 보았다. 판사는 나에게 퇴장해도 좋다고 말했다.

증인석 위에서 방청석 맨 앞줄의 젊은 남자가 내 눈에 띄었다. 그 청년은 방청석의 단골손님 타입은 아니었다. 오전 중의 여가 시간을 타인의 불화로 채우는 가정주부나 연금 생활자와는 달랐다. 이 청년 본인에게 어떤 문제가 있었다. 맑게 가라앉은 파란 눈이 내 얼굴을 바라보고 있었다. 어쩌면 그 문제의 일부가 마치 내게 전염이라도 되는 것 같은 생각이 들어 나는 어쩐지 개운치 않은 기분이었다.

내가 증인석에서 내려오자 그 청년은 곧 문 쪽으로 걸어와 내 앞을 막았다.

"아처 씨, 잠깐 얘기할 것이 있습니다."

수위가 문을 열고 강압적인 몸짓을 해보였다.

"나가 주십시오. 아직 심리중이니까요."

우리는 복도로 나갔다. 청년은 심각한 표정으로 자동으로 닫히는 문을 보았다.

"저런 난폭한 태도는 마음에 들지 않습니다."

"난폭할 정도는 아닌데요. 그런데 무슨 이야기입니까?"

이런 말을 할 필요는 없었다. 지체없이 법정에서 나와 내 차로 로스앤젤레스로 돌아가면 되었던 것이다. 그런데 그 청년은 머리를 스포츠형으로 깎아 올렸고, 제법 단정한 게 스포츠맨의 용모였으며 게다가 눈에 나타난 괴로운 표정으로 보아서 예삿일이 아니라고 여겨졌다.

"아까 보안 사무실에서 쫓겨났어요. 전에도 두 번이나 경찰에 가서 인정머리 없는 대접을 받았어요. 그런 취급은 이제 참을 수 없어요."

"저쪽 편에서는 당신을 모욕할 생각은 없었을 겁니다."

"당신은 경험이 풍부한 탐정이군요? 방금 한 증언을 듣고 그렇게 생각했어요. 페린 부인은 큰 도움이 되었을 겁니다. 아마 배심에서도 부인을 무죄로 할 겁니다."

"글쎄요, 배심원들이란 변덕스러우니까요."

청년의 칭찬을 곧이곧대로 받아들일 생각은 없었다. 상대방은 나에게 더 실질적인 것을 기대하고 있을지 모른다. 방금 내가 증인으로 섰던 재판은 질질 끌어온 재미없는 사건의 마지막 단계였으며, 이것이 결말나는 대로 나는 멕시코의 라파스로 낚시를 하러 갈 작정이었다.

"그것뿐입니까, 이야기란?"

"아닙니다. 들어만 주신다면 상담할 일은 많이 있습니다. 실은 제 아내의 일입니다. 집을 나가 버렸어요."

"이혼 상담이라면 난 받지 않고 있는데요."

"이혼?"

청년은 소리내지 않고 헛웃음만 웃었다.

"저는 아직 결혼 생활을 하루밖에, 꼬박 하루밖에는 같이 지내지 못했어요. 아버지도 다른 분들도 모두 결혼을 취소하라고 합니다. 하지만 결혼 취소나 이혼은 싫어요. 저는 그녀가 돌아와 주길 바라고 있습니다."

"지금 어디 있죠, 부인은?"

"모릅니다." 청년은 불안정한 손으로 담배에 불을 붙였다. "주말을 이용해서 신혼여행을 떠났는데 그동안에 달리는 떠나 버렸어요. 결혼식 다음날이었어요. 뭔가 어처구니없는 일을 당한 느낌입니다."

"아니면, 결혼을 싫어했는지도 모르겠군요. 특히 당신과의 결혼이 싫다든가, 뭐 흔히 있는 일이죠."

"경찰에서도 그러더군요. 흔히 있는 일이라고. 그런 말을 듣고 내 기분이 가라앉으리라고 생각합니까? 아무튼 그렇지는 않았어요. 달리는 나를 사랑하고 있었고, 나도 달리를 사랑했어요……. 지금도 사랑하고 있고요."

아주 긴장된 말투로 말 뒤에 모든 정신력을 집중해서 청년은 이렇게 말했다. 이 청년의 정신 상태는 알 수 없었지만 민감한 감성이나 감정의 움직임만은 알 수 있었다. 도리어 감정이 넘쳐서 자기 자신을 주체하지 못하고 있었다.

"아직 이름을 모르고 있습니다만?"

"미안합니다. 킨케이드입니다. 알렉스 킨케이드."

"직업은?"

"달리가…… 이 일이 있기 전에 얼마 동안은 아무것도 하지 않았습니다. 신분상으로는 채널 석유회사 사원입니다만, 아버지가 롱비치 출장소의 소장입니다. 혹시 프레드릭 킨케이드라는 이름을 들으신 일이 없습니까?"

처음 듣는 이름이었다. 수위가 법정 문을 열고 손으로 문을 잡은 채 서 있었다. 법정은 점심시간이 된 듯 배심원들이 일렬 종대를 이루어 수위 앞을 지나갔다. 이 또한 재판 의식의 일부분인 듯이 배심원들의 움직임은 엄숙했다. 알렉스 킨케이드는 이번엔 이쪽을 재판하러 나온 것 같은 표정의 배심원들을 지켜보았다.

"여기서는 이야기할 수 없어요. 점심이나 같이 드십시다."

알렉스가 말했다.

"그래요. 그럼, 같이 식사합시다. 각자 부담으로."

적어도 사정을 전부 듣기 전까지 나는 빚을 지고 싶지 않았다.

길 건너에 레스토랑이 있었다. 메인 룸에는 담배 연기가 가득 차고 이야기로 시끌시끌했다. 붉은 격자무늬 상보가 씌워진 테이블은 어느 것이나 주로 법원 관계의 사람들, 변호사나 보안관 사무소의 직원이나 보호관찰관이 점령하고 있었다. 이 퍼시픽 포인트는 내 관할에서 80킬로미터나 남쪽에 있는 도시인데 손님들 중에는 내가 아는 얼굴이 거의 반이나 차지하고 있었다.

알렉스와 나는 바에 들어가 어슴푸레한 구석 나무의자에 앉았다.

알렉스는 스카치 더블 온더록을 주문했다. 나도 그것으로 했다. 청년은 약이라도 마시듯 단번에 마시고 곧 두 번째를 주문하려고 했다.

"너무 빠르군. 천천히 마셔요."

"그건 명령입니까?"

청년은 너무나 뚜렷하고 가시 돋친 목소리로 말했다.

"당신 이야기를 들으러 왔으니까 이야기를 제대로 할 수 있는 상태가 되지 않고선……."

"알코올 중독이나 뭔가로 생각하는 겁니까, 저를?"

"아닙니다. 당신은 신경 덩어리라고 생각합니다. 신경 덩어리에 알코올을 부으면 고작 구더기 통조림이 만들어지는 것이니까요. 그리고 또 하나 충고하겠어요. 당신의 그 시비조는 고치는 게 좋겠어요. 그런 태도로 있으면 머지않아 큰 봉변을 당할 수 있어요."

청년은 얼마 동안 고개를 숙이고 있었다. 그 얼굴은 반딧불을 발산하듯 창백했다. 희미한 전율이 청년의 몸속을 달려 지나갔다.

"저는 정신이 뒤집혀 있어요. 그건 인정합니다. 설마 이런 일이 정말 일어나리라고는 꿈에도 생각하지 못했어요."

"어떤 일이 일어났는지 이제 이야기를 해 주지 않겠습니까? 처음부터 차례대로."

"달리가 호텔을 나간 데서부터요?"

"그거라도 상관없습니다. 호텔부터 시작해봐요."

"우린 서프하우스에 숙박하고 있었어요. 이 퍼시픽 포인트의 호텔 말입니다. 저에겐 그런 돈이 없었지만, 달리가 그곳에 묵고 싶다고 하기에…… 그녀는 그런 호텔에 묵은 경험이 없었어요. 겨우 사흘 동안의 주말여행으로 파산할 일은 없을 거라고 생각했죠. 마침 노동절(9월 첫째 월요일)이 전 주말이었어요. 내 유급휴가는 전혀 남아 있지 않았습니다만, 결혼한 것이 토요일이었기 때문에, 적어도 사흘 동안의 신혼여행은 할 수 있었지요."
"결혼한 곳은 어디였습니까?"
"롱비치입니다. 판사가 입회했어요."
"그렇다면 이른바 인스턴트 결혼같이 생각됩니다만."
"어떤 의미에서는 그래요. 우리의 교제 기간은 그다지 오래지 않았어요. 빨리 결혼하고 싶어했던 사람은 달리였어요. 그렇다고 내가 결혼할 생각이 없었던 건 아닙니다. 나도 빨리 결혼하려는 데 찬성했어요. 하지만 아버지나 어머니는 조금 더 기다렸다가 집을 마련하고 가구도 사고 그런 일들을 제대로 한 뒤 결혼해야 한다는 의견이었습니다. 게다가 식은 교회에서 올리는 것이 좋을 거라고 말씀하셨어요. 그런데 달리는 판사가 입회하면 그것으로 충분하다고 말했어요."
"신부 쪽 부모님은?"
"벌써 돌아가셨어요. 친척도 없구요. 달리가 그렇게 말했어요."
청년은 천천히 머리를 움직여 내 눈을 바라보았다.
"의심하고 있는 것 같군요, 그 점을?"
"의심하는 건 아닙니다. 제가 그녀의 부모님에 관해 물었을 때 달리는 화를 냈어요. 제가 달리의 부모님을 만나고 싶어하는 건 자연스런 일이죠. 그런데 그녀는 그런 호적 조사 같은 건 싫다는 거예요. 결국 가족은 모두 죽었다고 그녀는 얘기했어요. 자동차 사고였답니다."
"어디서?"
"장소는 모르겠어요. 그런 얘기가 나오게 되면 그녀의 일에 대해선 아무것도 알 수 없어요. 단지 달리가 멋진 여자라는 건 확실하지만."
갑자기 성실해지기라도 한 듯이 그는 덧붙여 말했지만, 거기에는 다소 위스키의 작용이 느껴졌다.

"미인이고 지적이고 착한 여자예요. 나를 사랑하고 있는 것도 틀림없어요."

청년은 거의 상투적인 문장을 암송하듯 지껄이고 있었다. 자기의 소원을, 또는 단순한 주문만 외우면 주변의 현실이 제 생각대로 변하는 것처럼.

"부인의 결혼 전 이름은?"

"달리 매기. 달리의 원래 이름은 도로시입니다. 그녀는 대학 도서관에 근무했어요. 저는 상업 광고의 하계 강좌에 나갔는데……."

"그건 금년 여름입니까?"

"그렇습니다."

청년은 꿀꺽 침을 삼켰다. 목에 걸린 슬픔의 덩어리처럼 인후가 떨렸다.

"서로 알고 나서 6주…… 정확히 6주 보름 만에 결혼했어요. 그래도 그 6주간 동안 매일 만났어요."

"매일 만나서 뭘 했지요?"

"그건 관계없는 일이잖아요?"

"관계 있는지도 모릅니다. 내가 알고 싶은 건 그녀의 개인적인 습관입니다."

"좋지 않은 습관이라면 그런 건 전혀 없었어요. 같이 있는 동안 절대로 저에겐 술을 마시지 못하게 했어요. 다방이나 영화관에도 별로 가지 않았고, 요컨대 아주 착한 아가씨였어요. 둘이 만난 동안에는 거의 이야기뿐이었죠……. 이야기하거나 주로 걸어 다녔죠. 서쪽 로스앤젤레스에서 같이 걷지 않았던 곳이 없었을 정도였으니까요."

"어떤 얘기를 했습니까?"

"인생의 의미와 생활 설계에 대한 얘기를 했어요. 결혼 생활이나 어린애 얘기 따위를 했죠. 달리의 주된 관심은 어린애였어요. 진실한 사람으로 기르고 싶다고 말했어요. 생활 보장이나 재산보다도 성실한 인간이 중요하다고…… 말했어요. 이런 이야기를 해서 따분하겠지만."
"따분하지 않습니다. 말하자면 달리는 성실한 여자였군요?"
"그렇게 성실한 사람은 따로 찾기 어려워요. 정말이에요. 나에게도 회사 따윈 그만두고 학교로 돌아가 석사 학위를 따는 편이 좋겠다고 말했을 정도였으니까요. 아버지가 학비를 대주지 않더라도 그녀가 일해서 도와주겠다는 거예요. 그러나 결혼할 결심을 했을 때 그 계획은 그만두었어요."
"어쩔 수 없어서 결혼한 건 아니겠죠?"
청년은 찬찬히 나를 보았다.
"그런 관계는 아닙니다, 우리 사이는. 사실대로 말하면 우린…… 결혼한 날 밤에 나는 그녀를 만지지도 않았어요. 서프하우스 호텔이니 퍼시픽 포인트니 하는 분위기로 해서 그녀는 너무 신경이 흥분되어 있었어요. 그곳으로 가고 싶다고 한 건 그녀였어요. 아무튼 육체 관계는 뒤로 미뤘어요. 요즘은 그런 식의 신혼 부부가 많지 않습니까?"
"섹스에 관해 달리는 어떤 식으로 생각하고 있었습니까?"
"건전했어요. 우리는 퍽 솔직하게 섹스 얘기도 했어요. 섹스에 대해 그녀가 무서워해서 나갔다고 생각한다면 그건 좀 어긋난 일이에요. 달리는 아주 따뜻한 여자였어요."
"그럼 왜 나가 버렸을까요, 알렉스?"
청년의 눈은 고통으로 흐려졌다. 아까부터 잠시도 사라진 일이 없었던 고통의 색깔이었다.
"그것을 아무래도 알 수 없어요. 단지 나는 나와 달리와의 관계가 원인이 아니었다는 것만은 확실합니다. 뭔가 수염 기른 남자와 관계가 있는 걸로 생각합니다."

"수염 기른 남자라뇨?"

"그날 오후…… 달리가 없어진 날 오후 호텔에 온 남자입니다. 나는 혼자 해변에 수영하러 나가 얼마 동안 선탠을 하고 있었어요. 방을 비운 시간은 두 시간 정도였어요. 돌아와 보니 달리도 없었고, 그녀의 짐도 모두 없어졌어요. 프런트에 물어 보니까 달리가 떠나기 전에 찾아온 사람이 있었다고 했어요. 짧은 잿빛 턱수염을 기른 남자가 찾아와 방에 한 시간쯤 있었다는 겁니다."

"이름은?"

"이름은 말하지 않았다고 합니다."

"그 남자와 부인이 같이 나갔습니까?"

"프런트에서는 그렇지 않다고 말했어요. 먼저 남자가 돌아간 뒤 달리가 나와서 택시로 버스 정류장까지 갔다고 했습니다만, 내가 조사한 바로는 달리는 버스표를 사지 않았어요. 기차표도 비행기표도 사지 않았어요. 달리에겐 차도 없었어요. 그러니까 내 추리에 의하면 아직 이 퍼시픽 포인트에 있을 걸로 생각합니다. 설마 고속도로를 걸어갔을 리는 없지요."

"히치하이크는 할 수 있습니다."

"달리는 히치하이크 따위는 하지 않아요."

"결혼 전에 달리는 어디서 살고 있었습니까?"

"웨스트우드의 가구 딸린 아파트입니다. 거기서는 이사 나와 토요일 아침 식을 올리기 직전에 그녀의 타이프라이터라든가 여러 가지 짐들을 모두 내 아파트로 옮겼어요. 그 짐들은 그대로 있지만 이것들이 내 골칫덩어리예요. 물론 무슨 실마리가 없을까 해서 짐을 상세히 조사해 보았습니다만 무엇 하나……, 특히 개인적인 것은 무엇 하나 남아 있지 않았습니다."
"당신과 결혼하고 사라진 것은 달리의 계획적인 행동이었다고는 생각하지 않습니까?"
"아뇨, 그렇게 생각하진 않습니다. 그건 어떤 뜻이죠?"
"가능성은 몇 가지 생각할 수 있습니다. 혹시 당신에게 많은 보험이 걸려 있지는 않습니까?"
"꽤 많은 보험이 걸려 있습니다. 내가 태어났을 때 아버지가 들어놓은 보험입니다. 그런데 보험금 수령인은 아직 아버지로 되어 있어요."
"당신 부모님은 부자입니까?"
"그렇지도 않아요. 아버지는 보통 정도의 생활을 하고 있는데 아직도 일하고 있어요. 아무튼 당신이 생각하고 있는 것은 문제 밖의 것이라고 생각해요. 달리는 정직한 여자라서 돈 따위는 문제삼지 않아요."
"그럼, 무엇을 문제삼고 있습니까?"
"나에 대한 거라고 생각해요. 지금도 믿고 있어요. 그녀는 나에 대한 걸 생각하고 있다고, 틀림없이 무슨 일이 일어났어요. 어쩌면 정신 상태가 이상해졌는지도 몰라요."
청년은 고개를 숙이고 말했다.
"정신적으로 불안정한 사람입니까?"
이 질문과 그에 대한 대답에 대해 청년은 잠시 생각했다.
"전 그렇게 생각하지 않아요. 달리에게는 몇 가지 미신 같은 것이 있었어요. 대부분의 사람에게는 그런 점이 있지 않습니까? 아아, 내 말이 지리멸렬해지는 것 같군요."
"지리멸렬해도 상관없습니다. 뭔가 중요한 것이 튀어나올지도 모르니까요. 그럼 당신은 달리의 행방을 찾아보았겠군요?"

"여기저기 손을 써 찾아보았습니다. 경찰에서 협력해주지 않으면 혼자서 이것저것 다 할 순 없지요. 하지만 경찰에선 내가 하는 말을 종이에 써서 그 종이를 서랍에 넣고는 동정하는 듯한 눈으로 나를 볼 뿐이죠. 경찰은 달리가 첫날밤에 뭔가 나에게 싫은 점을 발견했을 거라는 겁니다."
"그 해석에 들어맞는 것이 뭔가 생각나지 않습니까?"
"없습니다! 우린 서로에게 열중하고 있었어요. 오늘 아침 보안관에게도 그렇게 말했어요. 보안관 녀석은 다 안다는 듯한 묘한 눈으로 나를 바라보고 치안 방해의 징후가 없는 한 어떤 행동도 취할 수 없다고 말했어요. 한 여자가 행방불명이 된 것은 치안 방해의 징후가 아니냐고 말했더니 그렇지 않다는 대답이었어요. 그녀는 21살의 자유 시민이니까 자유의사로 나간 이상 억지로 끌고 올 법적 권리가 내게는 없다는 겁니다. 그리고 결혼을 취소하는 것이 어떻겠느냐고 하기에 그런 충고에는 한 푼의 값어치도 없다고 했어요. 그랬더니 그들은 나를 사무실에서 쫓아냈어요. 법정에 지방검사보가 나온다는 말을 듣고 괴로운 마음을 말해 보려고 기다리고 있었는데, 당신이 증인석에서 나오신 겁니다."
"그렇다면 누구한테서 나를 추천받은 건 아니군요?"
"네, 하지만 제 신원은 확실해요. 필요하다면 아버지에게……."
"아버지 이야기는 벌써 들었어요. 아버지도 당신이 결혼을 취소해야 한다고 생각하고 있다면서요?"
알렉스는 슬프게 고개를 끄덕거렸다.
"아버지는 나에게 그럴 가치도 없는 여자 일로 시간을 낭비한다고 말씀했어요."
"아버지 말대로인지도 모르겠습니다."
"아닙니다. 아버지는 잘못 생각하신 겁니다. 달리는 내가 지금까지 사랑했던 단 하나의 여자였고, 앞으로도 단 하나의 애인입니다. 당신이 도와주지 않는다면 다른 사람을 찾겠어요!"

청년의 완고함이 나로선 마음에 들었다.

"나는 값이 좀 비쌉니다. 하루에 100달러 하고 그 밖에 실비가 들지요."

"그렇다면 1주일 분을 드리지요."

청년은 지갑을 꺼내 그것을 카운터 위에 놓았다. 그 방법이 너무 난폭했기 때문에 바텐더가 수상쩍게 이쪽을 보았다.

"현금으로 선불할까요?"

"돈은 그렇게 서둘지 않아도 됩니다. 달리의 사진은 없습니까?"

청년은 접은 신문지 조각을 지갑에서 꺼내 돈보다 더 귀중한 것처럼 머뭇거리며 내게 주었다. 그것은 몇 번이나 폈다 접은 신문 사진이었다.

'서프하우스 호텔에 체재중인 신혼 부부'라는 설명이 붙어 있었다. '롱비치에서 온 알렉스 킨케이드 부부'. 알렉스와 신부가 어두운 빛 속으로 나에게 빙긋 웃음을 보내고 있었다. 신부의 얼굴은 달걀 모양인데 독특한 귀여움이 돋보였다. 눈빛에는 일종의 베일을 가린 듯한 지성미가 넘쳐 흘렀고 입가에는 씁쓰름한 맛이 담긴 유머를 느낄 수 있었다.

"언제 찍은 사진입니까?"

"3주 전 토요일, 서프하우스에 도착했을 때입니다. 이것은 호텔의 서비스이고, 일요일 조간에 실린 것을 내가 잘라낸 것입니다. 잘라두기를 잘했습니다. 제가 갖고 있는 달리의 사진은 이것뿐이니까요."

"복사해 주지 않겠습니까?"

"누구에게 부탁하면 좋을까요?"

"촬영한 사람에게 부탁해 봐요."
"참, 그러면 되겠군요. 제가 곧 호텔의 카메라맨에게 알아보겠어요. 몇 장이나 부탁할까요?"
"30장쯤이면 되겠죠. 모자라는 것보다는 많은 편이 좋아요."
"상당한 값이 되겠군요."
"그렇죠. 나에게 일을 시키려면 그 정도는 각오해야 합니다."
"이러쿵저러쿵하면서 일에서 뺑소니치려는 거로군요."
"내가 시켜 달라고 한 건 아니잖소? 실은 나는 쉬고 싶소."
"그럼 멋대로 하구려, 당신은."
 청년은 닳은 신문 사진을 내 손에서 낚아챘다. 사진은 한복판에서 찢어졌다. 우리는 행복한 신혼 부부의 사진을 한 쪽씩 나눠 손에 들고 적처럼 서로 노려보았다.
 알렉스는 갑자기 울기 시작했다.

2

 점심을 먹으면서 나는 알렉스의 부인을 찾는 일을 도와주는 데 동의했다. 그것과 치킨 포토 파이 덕분에 청년의 기분은 가라앉았다. 그는 전에 먹었던 것이 언제인지 기억나지 않는다면서 허기진 사람처럼 먹어댔다.
 우리는 따로따로 차를 타고 서프하우스 호텔로 갔다. 그것은 시가지에서 떨어진 해안에 있는 푸에블로(인디언의 한 종족)식의 호텔로 스페인풍의 정원 이쪽저쪽에 하루 묵는 데 100달러씩 하는 별채가 점점이 흩어져 있었다. 본채 정면 테라스에서 폭이 넓은 계단을 내려가면 호텔 전용 선착장이 있고, 몇 척의 요트가 돌출한 둑 사이 수면에서 조용히 흔들리고 있었다. 그 저쪽, 퍼시픽 포인트라는 지명의 유래가 된 곳에서는 얕게 드리운 잿빛 짙은 안개의 벽에 기대듯 흰 돛단배가 몇 척 나타났다가 없어지곤 했다.

　동부의 대학 출신 같은 복장을 한 프런트 담당 직원은 퍽 정중했는데, 문제의 일요일에 그곳에서 근무한 사람은 아니었다. 그날 당직은 여름철만 아르바이트를 하는 학생으로 벌써 동부에 있는 대학으로 돌아갔다는 것이다. 오늘 프런트 담당은 유감스럽게도 킨케이드 부인을 방문했던 수염난 남자나 부인이 호텔을 떠난 것에 대해서는 무엇 하나 아는 것이 없었다.

　"호텔 전속 카메라맨과 이야기하고 싶은데 오늘 나왔습니까?"

　"네, 풀에 있을 겁니다."

　카메라맨은 곧 찾을 수 있었다. 동작이 활발한 여윈 남자로 커다란 카메라를 바다새, 앨버트로스처럼 목에 드리우고 있었다. 호텔을 드나드는 사람들 중에서 유독 그만이 혼자 검은 옷을 입고 있는 탓으로 장의사처럼 보였다. 그는 때마침 비키니 차림이 어울리지 않는 중년 부인의 스냅 사진을 찍고 있었다. 여자의 배꼽이 눈알을 잃은 눈구멍처럼 카메라를 노려보고 있었다. 그 신통치 않은 일을 끝내자 카메라맨은 알렉스에게 빙긋 웃음을 보냈다.

　"부인께서는 안녕하십니까?"

　"얼마 동안 만나지 못했어요."

　알렉스는 어두운 목소리로 말했다.

　"그래요? 바로 2, 3주 전에 신혼여행을 오신 분이잖습니까? 제가 사진을 찍어 드리지 않았던가요?"

　알렉스는 대답하지 않았다. 마치 인간이었던 무렵의 느낌을 다시 생각해 내려는 유령처럼 풀 주위 사람들을 멍하니 바라보고 있었다.

　내가 말했다.

　"당신이 찍은 그 사진의 복사품이 필요합니다. 킨케이드 부인이 행방불명이 되었기 때문이죠. 나는 사립탐정입니다. 아처라고 합니

다."

"전 파고입니다. 시미 파고, 행방불명이라니, 그건 또 무슨 말씀입니까?"

사진사는 나와 악수를 하고 피사체의 모습을 자자손손까지 전해 주는 카메라의 눈짓으로 나를 흘긋 쳐다보았다.

"상세한 건 모릅니다. 부인은 9월 2일 오후 택시로 이 호텔을 떠났어요. 그 뒤 킨케이드 씨는 부인을 찾고 있습니다."

"그거 안됐군요. 그럼 사진을 여러 곳에 배포할 생각이시군요. 몇 장쯤 필요합니까?"

파고가 말했다.

"30장쯤 복사할 수 있습니까?"

사진사는 휙 휘파람을 불더니 주름진 좁은 이마를 탁 쳤다.

"바쁜 주말이에요. 오늘은 금요일이니까 월요일까지는 어떻게 마련하겠어요. 진짜로는 어저께 필요했을 테죠?"

"아뇨. 오늘 중으로 좋아요."

"오늘 중에 말입니까?"

사진사는 단정치 못하게 어깨를 으쓱했다. 카메라가 가슴 위에서 흔들렸다.

"중요한 사진입니다, 파고. 한 10장만이라도 두 시간 이내에 복사해 줄 수 없겠소?"

"그야 저도 도와드리고 싶죠. 그러나 일이 있어서." 자기 의지를 거역하는 것처럼 사진사는 몸을 천천히 비틀고 알렉스를 보았다. "그럼, 이렇게 합시다. 이 일은 집사람에게 시키겠어요. 맡기로 하지요. 그 대신 약속은 어기지 마십시오. 지난 번 사람처럼."

"지난 번 사람이라니?"

나는 물었다.

"턱수염을 기른 덩치 큰 사람 말입니다. 이와 똑같은 사진 복사를 주문하고는 찾으러 오지 않았거든요. 그 프린트로 좋다면 지금 곧 드릴 수 있습니다."

알렉스는 망연자실하여 멍한 상태에서 그 순간 제정신으로 돌아왔다. 그는 파고의 팔을 잡고 흔들었다.

"그럼, 그자를 보았군요. 누굽니까, 그 사람은?"

"선생님과 아는 사이가 아니었던가요?"

파고는 청년의 팔을 뿌리치자 한 발짝 뒤로 물러섰다.

"실은 어쩐지 본 듯한 얼굴이었어요. 분명히 전에 한 번 사진을 찍은 일이 있어요. 그런데 그 얼굴이 누구였더라? 아무튼 교대로 여러 얼굴이 나타나니까요."

"이름을 말하지 않던가요?"

"말했을 겁니다. 주문받을 때는 반드시 손님 이름을 물으니까요. 필요하다면 알아 볼까요?"

우린 사진사 뒤를 따라 호텔로 들어가 미로 같은 복도를 지나서 창문이 없는, 물건들이 흩어져 있는 사진사의 작업실로 들어갔다. 그는 아내에게 전화를 건 뒤 책상 위 서류 더미를 헤치더니 사진용 봉투 한 장을 찾아냈다. 그 안에는 두 장의 골판지 사이에 신혼 부부의 커다란 사진 한 장이 들어 있었다. 봉투 겉봉에는 파고가 연필로 적어 둔 글이 있었다.

'첵 베그리, 와인 셀러'

그는 외쳤다.

"아아, 생각났어요. 와인 셀러에 근무한다고 말했어요, 그 사람. 와인 셀러는 요 앞에 있는 술집입니다. 이 베그리 씨가 사진을 가지러 오지 않아서 술집에 전화를 했어요. 그러자 베그리 씨는 벌써 그만두었다는 거예요."

파고는 내 얼굴에서 알렉스의 얼굴로 시선을 옮겼다.
"베그리라는 이름으로 뭔가 생각나는 게 없습니까?"
우리는 없다고 대답했다.
"어떤 남자였는지 설명해 주지 않겠습니까, 파고 씨?"
"바닷말처럼 거무스름한, 아니, 생각나는 부분만을 설명해보지요. 머리털은 수염과 같은 잿빛이었고 숱이 많았으며 웨이브가 져 있었어요. 눈썹과 눈도 잿빛이었지요. 콧날은 서 있었고 코끝이 햇볕에 타서 껍질이 벗겨져 있었어요. 나이든 남자로선 미남자였지만 치아가 좋지 않은 것 같았어요. 한마디로 상당히 고생한 사람 같았어요. 나로선 그런 남자의 뜻을 거스르고 싶지 않았어요. 거인인 데다 싸움도 잘할 것 같았으니까요."
"거인이라니, 어느 정도였습니까?"
"나보다 8, 9센티미터는 커 보였어요. 그러니까 187센티미터나 190센티미터쯤이 되겠죠. 반소매 스포츠 셔츠를 입고 있었으니까, 팔의 근육이 잘 보였어요."
"말씨는?"
"그저 보통이었어요. 산간 지방 말도 아니고, 장사치 말도 아니었어요."
"그 사진이 왜 필요한지에 대하여 이유를 말했습니까?"
"그것은 아주 감상적인 이유였어요. 신문에서 이 사진을 보자 누군가 생각이 났다는 겁니다. 그런데 꽤 서둘러 뛰어왔구나 생각했던 걸로 기억하고 있어요. 이 사진이 실린 신문은 일요일 조간이었고 그 사람이 온 것은 바로 정오쯤이었으니까요."
"그 뒤 곧 당신 아내를 만나러 갔군요."
나는 알렉스에게 말했다. 그리고 파고에게 물었다.
"신문사에서 특별히 이 사진을 실은 것은 무슨 까닭입니까?"

"제가 몇 장 보낸 것 중에서 고른 겁니다. 프레스 사는 곧잘 제 사진을 쓰죠. 사실은 제가 전에 그 신문사에 근무한 적이 있어요. 하지만 왜 다른 걸 쓰지 않고 그걸 썼는지는 모르겠어요."
사진사는 형광등 불빛에 그 프린트를 비쳐 본 다음 내게 넘겼다.
"나쁘게 찍힌 건 아니에요. 이 사진에 나온 킨케이드 씨와 부인은 썩 잘 어울리는 부부입니다."
"그건 고마운 말이오."
알렉스가 빈정거리듯 말했다.
"장사를 위한 아첨이라고 생각하더라도 나로선 어쩔 수 없습니다."
"물론 그러시겠지요."
나는 파고에게서 사진을 받자 알렉스가 난폭한 행동을 하기 전에 얼른 물러났다. 청년의 마음속 어두운 슬픔은 바깥 공기를 쐬면 대뜸 분노로 변하는 것 같았다. 그것은 하루만의 아내였던 그녀를 생각하는 슬픔이면서 자기 자신에 대한 슬픔인 것 같았다. 자기가 어엿한 남성인가, 어떤가 확신이 없어보였다.

나는 그 기분을 잘 알 수 있었지만, 그렇다고 그 청년이 내 일을 방해하면 곤란하다. 호텔에서 바다 반대 쪽으로 몇 블록 떨어진 곳에 작은 모텔이 있고 그 줄에 와인 셀러가 있었다. 나는 알렉스를 그 빨간색 작은 스포츠카에 태운 채 상점 밖에서 기다리게 했다.

술집 안은 기분좋을 정도로 서늘했다. 손님은 나 혼자뿐이었다. 카운터 저쪽에 있던 남자가 일부러 나와서 내게 인사를 했다.
"어서 오십시오. 뭘 드릴까요?"
체크무늬 조끼를 입은 그 남자는 목소리가 조금 탁했다. 눈이 몽롱하고 얼굴빛이 너무 짙었다. 그것은 밤낮없이 계속 술을 마시는 사람의 특징이다.
"쳌 베그리를 만나고 싶은데요."

그 남자의 표정은 왠지 괴로운 것처럼 변했고 목소리는 얼마쯤 불평하는 음색이었다.

"잭은 해고해 버렸어요. 웨이터로 썼는데 주문을 잘 전달하지 않는 일이 빈번했기 때문이었죠."

"해고된 것은 언제쯤입니까?"

"2주 전입니다. 여기서 일한 것도 겨우 보름쯤 되었을까, 이런 일에 맞는 사람이 아니었죠. 능력 이하의 일이라고 그에게 몇 번이고 말해 주었는데도 실수를 거듭했지요. 잭 베그리는 본인만 정신차리면 이런 곳에서 일하기에는 아까운 인물이죠. 그렇게 생각하지 않습니까?"

"글쎄요, 나는 전혀 모릅니다."

"친구가 아니었습니까?"

나는 신분증명서를 꺼내 보였다.

그 남자는 페퍼민트 향을 내 얼굴에 풍겼다.

"그럼, 베그리는 범죄 용의자입니까?"

"그런지도 모릅니다, 왜 묻지요?"

"처음 이 가게에 나타났을 때, 왜 그런 남자가 파트타임 웨이터 일 따위를 하려고 할까 하고 생각했거든요. 그런데 죄는 뭡니까?"

"아직 모릅니다. 베그리의 주소를 알고 있습니까?"

"알고 있어요. 내가 가르쳐 주었다는 걸 베그리에게 얘기하지 마십시오. 억울하게 화를 입고 싶진 않으니까요."

그는 붉은 코를 만지며 손가락 사이로 나를 보았다.

"말하지 않을 겁니다."

"베그리는 저희 단골손님 집에서 지내고 있어요. 공짜로 하숙하고 있는 셈이죠. 단골손님에게 폐를 끼치면 곤란하지만, 베그리가 범죄 혐의자라면 그 체포에 협력하는 일은 결국 단골손님을 위한 서

비스가 되겠군요. 그렇지 않습니까?"
"아마 그렇게 되겠지요. 그 단골손님 집은?"
"시어워터 해안 17호 별장입니다. 이름은 매지 젤허디. 고속도로를 남쪽으로 가면 3킬로미터쯤 앞에 시어워터의 갈림길이 있어요. 내게서 들었다는 건 두 사람에게 말하지 마세요. 부탁합니다."
"좋아요."
마시던 술을 술병째 그 남자에게 맡긴 채 나는 밖으로 나갔다.

3

해안으로 내려가는 작은 길 입구에 차를 세우고, 나는 알렉스를 설득하여 눈에 띄지 않게 차 안에서 기다리라고 양해를 얻었다. 시어워터 해안은 수십 채의 별장이 죽 늘어선 고급주택가였으나 이제는 오래되고 낡아서 이를테면, 돈을 들인 슬럼 거리의 양상을 띠고 있었다. 별장 사이 좁다란 틈바구니로 반짝이는 푸른 바다의 빛이 어른거리고 있었다. 별장의 뾰족 지붕 저쪽 해면 위에서는 한 마리 제비갈매기가 물고기를 잡으려고 날개를 파닥거리며 선회하고 있었다.

17호 별장은 페인트가 벗겨져 떨어지고 나무 지팡이를 잡은 사람처럼 말뚝을 받쳐 지탱하고 서 있었다. 나는 땟물이 더덕더덕 말라붙은 잿빛 문을 두드렸다. 문 저편에서 시체를 끌고가는 듯한 발소리가 천천히 들려왔다. 문을 연 사람은 그 수염 기른 남자였다.

목을 튼 검정 셔츠를 입은 50살쯤 돼 보이는 남자였다. 비바람을 맞은 돌처럼 머리가 셔츠 속에서 돌출되어 있었다. 햇빛을 정면으로 받아 눈은 운모처럼 빛났다. 문을 받치고 있는 손톱은 꽤 깊이 물려 잘려져 있었다. 내가 손톱을 보고 있는 걸 그는 눈치 채자 손가락을 둥그렇게 하고 주먹을 쥐었다.

"베그리 씨, 실은 행방불명된 젊은 여자를 찾고 있습니다. 그 여자는 뭔가 예상치 않은 일을 당했는지도 모릅니다. 당신은 그 여자의 살아 있는 모습을 마지막으로 본 사람 중 하나입니다."

나는 단도직입적으로 말하려고 마음을 결정했다.

그 남자는 그러쥐고 있던 주먹으로 볼을 문질렀다. 그의 얼굴에는 싸움으로 생긴 흉터가 남아 있었다. 사람 손이 낸 흉터였다. 구타당한 상처 자국 같은 눈 둘레의 그늘 자국, 촘촘히 꿰맨 자국이 있는 관자놀이의 희미한 상처, 이것은 싸움질을 했다는 증거인 동시에 장차 싸움을 약속하는 상징처럼 보였다.

"대체 무슨 얘깁니까? 난 젊은 여자 따윈 모릅니다."
"저뿐이죠? 당신이 알고 있는 여자는."

뒤쪽에서 한 여자가 말했다.

그 여자는 남자의 어깨 너머에서 나타나 남자에게 기대어 방금 자기가 한 말을 누군가 지지해 줄 것을 기다리고 있는 듯했다. 나이는 베그리와 같은 또래나 더 위인지도 모른다. 쇼트와 홀터(팔과 등을 튼 여자용 스포츠복) 차림의 몸매는 힘이 있어 보였다. 몇 번이고 염색과 탈색을 되풀이한 탓으로 곱슬머리는 마치 괴물의 노란 가발처럼 머리 위에 곤두서 있었다. 짙은 청색 아이섀도를 그린 눈은 푸른빛이었다.

"뭔가 착각한 게 아닐까요?"

여자는 동부 해안의 악센트로 말했으나 그 말투는 곧 무너졌다.

"무엇에 맹세해도 좋지만 쳇은 젊은 여자 따위하고는 아무 관계도 없어요. 나 같은 늙은이만으로 충분하니까요."

여자는 살찐 하얀 한쪽 팔을 남자의 목에 감았다.

"그렇죠? 여보."

베그리는 여자와 나 사이에서 우두커니 서 있었다. 나는 파고가 찍은 신혼 부부의 사진을 그에게 보여 주었다.

"이 여자를 알 테죠? 이름은……, 결혼하고 난 뒤의 이름은 달리 킨케이드."

"그런 이름은 들은 적이 없어요."

"목격자의 이야기로는 그렇지 않던데요. 이번 일요일로 벌써 3주 전이 됩니다만 당신은 이 여자를 만나러 서프하우스 호텔에 간 적이 있어요. 이 사진을 신문에서 보고 서프하우스의 사진사에게 복사해달라고 주문했었죠?"

여자는 남자의 목에 걸쳤던 손에 힘을 주었는데, 그것은 연인 사이라기보다 프로 레슬러의 동작과 흡사했다.

"그 여자 누구예요, 첵?"

"난 몰라, 그런 여잔."

그는 혼잣말처럼 중얼거렸다.

"아, 또 처음부터 다시 시작이야?"

"뭐가 처음부터 다시 시작이라는 겁니까?"

그 여자는 내 몫을 빼앗고 있었다.

"베그리 씨와 둘이서만 이야기하고 싶습니다만."

"저한테 숨길 것은 아무것도 없어요. 이 사람, 아니, 여보, 우린 결혼할 거지요?"

여자는 자랑스러운 듯이 남자를 쳐다보았으나 그 자랑의 끝은 불안으로 시들어 있었다.

"그 여보라는 말 그만둬요. 5분 간만이라도. 부탁이오."

그녀는 곧 남자에게서 떨어져 금세 울음을 터뜨릴 것 같은 얼굴이 되었다. 빨갛게 칠한 입술은 비뚤어지고, 고통으로 찡그린 얼굴은 어릿광대처럼 보였다.

"잠시 방 안에 들어가 있어 줘요, 부탁이오. 난 이 사람과 둘이서 이야기하고 싶으니까."

"여긴 내 집이에요. 자기 집에서 어떤 이야기가 오고 가는지 알아 둘 권리가 저한테는 있을 거예요."
"그건 그렇군, 매지. 그러나 그런 말을 하면 나한테도 거주권은 있어요. 아무튼 안에 들어가 커피라도 끓여 주지 않겠소?"
"뭔가 곤란한 일이 생겼나요?"
"아냐, 그런 일이 아냐."
남자의 목소리에는 체념한 울림이 있었다.
"어서 들어가 있어요. 당신은 착한 사람이니까. 그렇지 않소?"
마지막 말은 여자를 위로하는 힘을 갖고 있는 것 같았다. 여자는 아직도 미련이 많은 듯 뒤돌아보면서 현관 안쪽으로 사라졌다. 베그리는 문을 닫고 그 문에 몸을 기댔다.
"그럼 진짜 이야기를 해주시겠습니까?"
나는 말했다.
"네, 물론 호텔에 갔었죠, 그 여자를 만나러. 바보 같은 생각이었죠. 그렇다고 내가 살인자라는 건 아니겠죠?"
"그런 말은 아무도 하지 않았습니다."
"당신을 대신해 말해 본 것뿐입니다."
남자는 양팔을 벌려 십자가 모양으로 자세를 취했다.
"당신은 이곳 경찰에 계시는 분입니까?"
"경찰에 협력하고 있는 사람입니다."
나는 요령껏 속였다.
"아처라고 합니다. 그런데 당신이 킨케이드 부인을 만나러 간 이유는 아직 묻지 않았습니다. 부인을 어느 정도 알고 있습니까?"
"전혀 모릅니다. 처음에는 알고 있다고 생각했었는데 그렇지 않았어요."
이 말을 뒷받침하듯 그는 벌린 양팔을 힘없이 떨어뜨렸다. 입 둘레의 민감한 부분이 수염으로 덮여 있었기 때문에 그 표정은 알 수 없었다. 잿빛 눈에는 아무런 움직임도 없었다.
"그렇다면?"
"처음에는 내 딸인가 생각했어요. 신문의 사진은 아주 닮았는데 실제로 만나 보니 별로 닮지가 않았어요. 내가 착각한 것도 무리는 아니죠. 벌써 오랫동안 딸의 얼굴을 보지 못했으니까요."
"따님 이름은?"
그는 망설였다.
"메리입니다. 메리 베그리. 벌써 10년 이상이나 소식을 모르고 있습니다. 나는 외국에 나가 있었지요. 지구의 저쪽 편 말입니다."
그는 달의 뒤쪽 면이나 되는 것처럼 아주 먼 느낌을 담아 말했다.
"당신이 외국에 나갔을 때 따님은 아직 어렸겠지요?"
"그래요. 10살인가 11살이었죠."
"퍽 귀여웠나 보군요. 닮은 것만으로 사진을 복사해 달라고 주문했을 정도였으니까요."
"귀여워했지요."
"그런데 왜 주문한 사진을 찾으러 가지 않았습니까?"
긴 침묵이 이어졌다. 이 남자에게서 뭔가 몹시 인상적인 부분이 느껴졌다. 늙은 동물에게 늘 따라붙는 접촉할 수 없는 고요함.
"매지가 질투하는 것이 싫었기 때문이죠. 나는 지금 매지에게 얹혀 사는 셈이니까요."
이것은 노골적으로 거짓을 가장한 말이라고 나는 생각했다. 그러나 어쩌면 더 깊은 사연이 있는 말인지도 모른다. 어떤 종류의 인간은 자기가 이 세상에 태어난 죄를 보상하는 것만으로 생애를 허비한다. 그런 분쟁을 일으키기 쉬운 사람이라는 낙인이 이 베그리에게도 찍혀 있는 것처럼 느껴졌다. 그는 말했다.

"킨케이드 부인의 신상에 무슨 일이 일어났나요?"

그것은 냉정한 형식적 질문이며 대답에 대한 모든 관심을 포기한 것 같은 질문이었다.

"당신이 뭔가 알고 있지 않을까 생각했어요. 부인은 벌써 3주째 행방불명이니까요. 어쩐지 불길한 느낌이 들어요. 젊은 여자가 실종되는 일은 흔히 있는 일이지만, 신혼여행 중의 실종은 드문 일이죠. 남편을 사랑하고 있는데 실종되다니."

"그럼, 그 여자는 남편을 사랑하고 있었군요."

"그렇다고 남편은 생각하고 있습니다. 당신이 만났을 때의 느낌은 어떻던가요? 침울한 모습은 아니었습니까?"

"침울한 것 같지는 않았습니다. 나를 보자 깜짝 놀라고 있었어요."

"그건 오랜만에 당신을 보았기 때문이 아니었던가요?"

그는 노골적으로 나를 비웃었다.

"함정에 빠뜨리려고 해도 그건 무리입니다. 방금 말했듯이 그녀는 내 딸이 아니었어요. 그녀 쪽에서도 나는 전혀 알지도 못하는 타인이었구요."

"그래서 두 사람이 어떤 이야기를 했습니까?"

"이야기 따위는 하지 않았어요."

그는 잠시 사이를 두었다.

"내가 두세 가지 질문을 했어요."

"어떤 질문을?"

"아버지 이름, 어머니 이름, 어디서 왔는가? 로스앤젤레스에서 왔다고 말하더군요. 결혼 전 이름은 달리 뭐라던가……. 잊어 버렸어요. 부모님은 이미 돌아가신 모양이었습니다. 이야기는 그것뿐이었어요."

"그것까지 듣는 데 상당한 시간이 걸렸습니까?"

"겨우 5분이나 10분, 아니 15분쯤이었지요."
"프런트에서는 1시간이라고 말했는데요."
"그쪽의 착각이겠지요."
"아니면 당신의 착각인지도 모르죠, 베그리 씨. 생각보다는 시간이 많이 경과되는 경우가 흔히 있으니까요."
이 불확실한 이유를 뒷받침하려고 그는 덤벼들었다.
"그래요, 생각보다 오래 있었을지도 모릅니다. 지금 생각나지만 그녀는 나에게 더 기다렸다가 자기 남편을 만나 달라고 말했어요."
그 남자의 눈은 여전히 무표정했으나 희미하게 거짓이라는 빛이 떠돌았다.
"그런데 그 남편이 오래 기다려도 오지 않기에 결국 돌아갔지요."
"다시 만날 약속을 했습니까?"
"아니오. 그녀는 내 사정에 별로 흥미를 갖고 있지 않았어요."
"당신 사정을 얘기했겠죠?"
"물론이죠, 딸 얘기를 했습니다. 그건 방금 당신에게 말씀드린 대로입니다."
"아닙니다. 아직 상세한 말은 듣지 못했습니다. 10년간 외국에 나가 있었다고 했는데 어디였습니까?"
"뉴칼레도니아(오스트레일리아의 동쪽, 프랑스령)에 오랫동안 있었습니다. 그곳 크롬 광산에서 일했죠. 금년 봄에 광산이 폐쇄되어서 돌아왔습니다."
"그래서 따님을 찾기 시작했군요."
"물론이죠, 빨리 찾으려고 생각했어요."
"찾아내면 당신 결혼식 때 신부의 수발을 들게 할 생각이었던가요?"
이 탐색의 침이 어느 만큼 작용했는지 나는 상대의 반응을 지켜보았다.

그는 아무 대답도 없이 내 침에 찔렸다.

"당신 부인은?"

"죽었습니다."

그의 눈은 이젠 무표정이 아니었다.

"하지만 왜 그런 것까지 이야기해야 합니까? 사랑하는 사람을 잃는 것은 가슴 아픈 일입니다. 그것을 이제 새삼스레 파헤치지 않아도 좋을 텐데요."

그의 자기 연민이 진짜인지 가짜인지 판단하기 어려웠다. 자기 연민이란 언제나 얼마쯤은 가짜이지만.

"가족을 여읜 일은 딱한 일입니다. 그러나 10년이나 외국에 있었던 것은 어떻게 된 일입니까?"

"내 자유의사로 그런 것은 아닙니다. 속아서 외국에 끌려가서 10년이나 돌아올 수 없었던 기분을 아시겠습니까?"

"그것이 당신의 과거입니까? 뭔가 소설 같은 이야기군요."

"내 과거는 더 무시무시합니다만 상세한 이야기는 그만두겠어요. 당신은 아마 믿어 주지 않을 테니까요. 아직 아무도 믿어준 일이 없어요."

"나 같으면 믿을 수 있을 것 같습니다."

"이야기하면 길어집니다. 이런 이야기보다 다른 할 일이 얼마든지 있을 텐데요?"

"예를 들면?"

"그 젊은 여자가 행방불명이 됐지 않습니까? 빨리 찾아야 합니다."

"그 일로 당신 도움을 받으려고 찾아온 겁니다. 지금도 기대를 걸고 있습니다, 베그리 씨."

그는 자기 발을 내려다보았다. 발라체스(멕시코의 샌들)를 신고 있었다.

"그 여자에 대해 알고 있는 것은 모두 이야기했어요. 애당초 내가 그 호텔에 간 게 잘못이었어요. 내 잘못은 인정하겠어요. 그러나 판단을 조금 잘못했다고 해서 사람의 목을 맬 수는 없어요."

"아까는 살인, 이번에는 교수형이라니, 왜 그런 말을 하죠?"

"그건 내 말버릇입니다."

그러나 그의 자신감은 아까 내가 침으로 찔러 만든 구멍으로 점점 새는 것 같았다. 말끝에 높은 억양을 붙여 그는 말했다.

"설마 내가 그녀를 죽였다고 생각하는 건 아니겠죠?"

"아뇨. 내 생각은 이렇습니다. 당신과 킨케이드 부인 사이에 뭔가 무슨 일이 일어난 겁니다. 아니면 무슨 말을 주고받은 겁니다. 그것이 원인이 되어 젊은 부인은 갑자기 호텔에서 나간 겁니다. 어떻습니까, 당신 의견은?"

천천히, 아마 무의식중에 그는 고개를 들어 태양을 쳐다보았다. 턱수염 밑에 나타난 목덜미의 근육은 창백하고 앙상해 보였다. 그것은 그가 별안간 그리스 비극의 가면을 쓴 것 같은 효과를 나타냈다. 그 가면은 내 눈에서 그를 완전히 덮어 버렸다.

"아닙니다. 특별히 그런 말을 주고받진 않았습니다."

"당신과 부인 사이에 뭔가 문제는 없었습니까?"

"없었어요."

"당신을 용케도 간단히 호텔에 들어가게 해 주었군요."

"제 이야기에 흥미를 느꼈기 때문이겠죠. 미리 전화를 걸어서 내 딸을 닮았다고 말해 두었죠. 그러나 그건 어리석은 생각이었어요. 단번에 내 딸이 아니라는 걸 곧 알았으니까요."

"다시 만날 약속을 했습니까?"

"아뇨, 만나고 싶기는 했습니다만."
"호텔 밖에서 기다리지 않았습니까? 또는 버스 정류장에서?"
"그런 일은 하지 않았습니다. 도대체 무엇을 의심하는 겁니까? 나더러 무엇을 말하라는 겁니까?"
"진상을 알고 싶습니다. 지금까지의 이야기로는 아무래도 만족할 수 없어요."
별안간 분노가 폭발해서 그는 말했다.
"얼마만큼 이야기하면······."
흥분이 가라앉기 전에 그는 벌써 후회하고 있었다. 나머지 말은 삼켜 버렸다.
그는 나에게 등을 보이자 문을 덜컥 닫고 안으로 들어가 버렸다. 나는 조금 뒤에 체념했다. 모래가 섞인 좁은 길을 걸어서 차를 주차시켜 둔 곳까지 돌아왔다.
금발의 매지 겔허디가 알렉스의 빨간 포르셰 안에 알렉스와 나란히 앉아 있었다. 알렉스는 눈을 반짝이면서 얼굴을 들었다.
"겔허디 부인이 내 아내를 보았답니다. 달리를 보았답니다."
"베그리 씨와 함께 있는 것을?"
"아닙니다. 그와 함께 있었던 것이 아니에요."
그녀는 문을 열고 조그마한 차에서 내렸다.
"외국차 수리를 전문으로 하는 차고였어요. 내 차는 MG인데 기름을 넣으러 갔어요. 그랬더니 그 여자가 나이든 부인과 함께 있었어요. 낡은 롤스로이스인데 둘이 함께 타고 어딘가로 떠났어요. 그 젊은 여자가 운전해서."
"틀림없이 이 여자입니까?"
나는 다시 한 번 사진을 보였다.
그녀는 사진을 보면서 크게 고개를 끄덕거렸다.

"틀림없어요. 쌍둥이가 아닌 이상은. 미인이기 때문에 기억에 남아요."
"그 나이먹은 부인은 어떤 사람인지 모르겠습니까?"
"난 모르지만 차고 사람에게 물어보면 알 수 있을지 몰라요."
차고의 위치를 가르쳐 주고 여자는 말했다.
"이젠 돌아가야겠어요. 뒷문으로 몰래 나왔으니까요. 내가 어디 갔는지 쳌이 걱정할 거예요."

4

널빤지 위에서 하늘을 보고 누워 있던 기계수선공이 받침대로 비스듬히 머리를 들어올린 세단 밑에서 나왔다. 일어난 것을 보니 남유럽계의 뚱뚱한 남자로 작업복에 '마리오'라는 글씨가 수놓아져 있었다. 낡은 롤스로이스와 나이든 부인에 대해 묻자 그는 힘 있게 머리를 아래위로 끄덕였다.
"아, 브래드쇼 부인 말입니까. 그분께서 12년 전에 롤스로이스를 샀을 때부터 줄곧 내가 손을 보아 왔죠. 지금도 잘 달립니다. 처음 샀을 때와 똑같습니다."
일련의 성공한 대수술을 다시 회상하고 있는 외과의사처럼 그는 기름투성이의 양손을 자랑스러운 듯이 바라보았다.
"그런데 지금 그 차를 운전하는 젊은 여자는 차를 다루는 방법을 잘 몰라요."
"그럼, 그 차를 운전하고 있는 젊은 여자를 아십니까?"
"이름은 몰라요. 브래드쇼 부인은 운전수를 늘 바꾸고 있으니까요. 대부분은 아르바이트 대학생들이죠. 그 부인의 아드님은 대학의 지도부장입니다. 아드님이 어머니에겐 운전은 시키지 않지요. 류머티즘으로 발이 말을 듣지 않고 게다가 옛날에 사고가 난 적이 있었던 모양이에요."

나는 마리오의 복잡한 설명을 가로막고 사진을 그에게 보여 주었다.

"이 여자입니까?"

"그래요. 요전에 브래드쇼 부인과 함께 이곳에 왔어요. 처음 보는 얼굴이었어요. 방금 말했듯이 브래드쇼 부인은 자주 운전수를 바꾸니까요. 예상외로 기분 내키는 대로 하는 분인 데다가 또한 운전을 맡은 여학생들도 그 점을 이용해 버릇없이 굴죠. 나는 옛날부터 브래드쇼 부인과는 절친한 사이입니다만."

"그 부인 집은 어디쯤입니까?"

알렉스의 질문이 다급해 보였기 때문에 마리오도 덩달아 어쩐지 걱정스러워했다.

"뭔가 용무가 있습니까, 브래드쇼 부인에게?"

"그 부인은 상관없어요. 같이 있었던 젊은 여자는 제 아내입니다."

"호오, 그럼 부부 싸움입니까?"

"아닙니다. 아무튼 만나서 이야기하고 싶어요."

마리오는 차고의 높은 아연판 지붕을 쳐다보았다.

"2년 전쯤에 나도 아내와 헤어졌어요. 그 뒤로는 몸무게가 불었어요. 아무튼 사람이란 여러 가지로 형편이 다르니까요."

"브래드쇼 부인의 집은 어디쯤입니까?"

내가 물어보았다.

"푸트힐 드라이브에 있어요. 여기서 얼마 되지 않아요. 첫 번째 십자로에서 오른쪽으로 돌면 나옵니다. 저기 책상 위 전화번호부에서 번지를 찾아보세요. 로이 브래드쇼라고, 부인의 아드님 이름으로 나와 있어요."

나는 고맙다고 인사했다. 마리오는 다시 널빤지 위에 누워서 차 밑으로 미끄러져 들어갔다. 차고 한쪽 구석에 상처투성이의 책상이 있었고 전화번호부는 전화 받침으로 쓰고 있었다. 이름은 곧 찾을 수 있었다. '로이 브래드쇼, 푸트힐 드라이브 311번지'.

"먼저 전화를 걸면 어떨까요?"

알렉스가 말했다.

"아닙니다. 직접 부딪치는 것이 가장 좋은 방법이죠."

획일적인 아파트군과 그 주변에 갑자기 불어난, 연기를 내지 않는 산업 공장지대임에도 불구하고 퍼시픽 포인트의 시가지는 아직 옛 모습을 그대로 간직하고 있었다. 푸트힐 드라이브는 가로수가 있는 생기 없는 한 구역으로 그 특성은 영원히 변하지 않을 것처럼 보였다. 옛 이주민의 후예들은 몇 번의 큰 지진을 견뎌낸 장부이음식 벽이나 몇 세대에 걸쳐 자란 해묵은 산울타리에 둘러싸여 부지런히 살아오고 있었다.

311번지에 도착하니 높이 서 있는 삼나무들이 마치 높은 벽처럼 집들을 한길에서 완전히 가려주고 있었다. 내 차는 열려 있는 쇠대문을 들어섰고, 알렉스 차가 뒤따랐다. 녹색 문과 녹색 미늘창이 나 있는 흰 칠을 한 작은 문간방 옆을 지나서 구부러진 드라이브 길을 따라 우리는 식민지 시대풍의 하얀 집이 있는 데로 나왔다.

커다란 밀짚모자 끈을 턱에 맨 부인이 집 앞에 핀 꽃 덤불 속에 어깨까지 잠긴 채 무릎을 꿇고 있었다. 작업용 장갑을 낀 손에는 전지 가위를 들고 있었다. 내 차의 엔진 소리가 멎자 가위 소리가 고요 속에 울렸다.

부인은 수선스럽게 일어나 흩어진 흰 머리칼을 모자 속에 쓸어 넣으면서 우리에게 다가왔다. 더러워진 테니스용 운동화를 신은 평범한 노부인인데, 느슨한 파란빛 겉옷에 감춘 그 희미한 몸뚱이는 예전엔 튼튼했거나 또는 아름다웠을 시절의 추억에 잠겨 있는 듯 정중한 위엄을 풍기고 있었다. 얼굴은 세월의 무게에 눌려 쇠약해져 있었다.

그래도 폐허에서 사는 특이한 동물이나 새처럼 검은 눈은 빈틈없는 빛을 발산하고 있었다.

"미세스 브래드쇼입니까?"

알렉스가 성급하게 물었다.

"그렇습니다. 무슨 용무로 왔습니까? 보다시피 난 지금 바쁩니다만." 그녀는 전지가위를 흔들어 보였다. "장미 손질은 다른 사람에게 맡겨 둘 수 없어요. 그런데 가엾게도 장미는 말라가고 있어요."

회한이 담긴 목소리였다.

"저에게는 퍽 아름다운 장미처럼 보입니다만." 나는 위로할 생각으로 말했다. "방해가 되어서 미안합니다. 실은 이 킨케이드 씨의 부인이 행방불명이 되었습니다. 그런데 그녀가 이 댁에서 일하고 있다는 말을 들었기 때문에."

"우리 집에서? 우리 집에는 스페인 인 부부 말고는 아무도 없어요. 아들이 살림살이를 까다롭게 하니까요."

약간의 긍지를 담아 부인은 말했다.

"운전기사로 젊은 여자를 쓰지 않았습니까?"

부인은 빙그레 웃었다.

"깜박 잊었군요. 그 아이의 일을. 그 아이는 단순한 아르바이트예요. 이름이 뭐라고 했더라, 모리? 달리? 젊은 애들의 이름은 아무래도 외울 수가 없군요."

"달리입니다. 이 사람입니까, 달리는?"

내가 사진을 보였다.

부인은 한쪽 손의 작업용 장갑을 벗고 사진을 받았다. 노출된 한쪽 손은 관절염으로 마디가 붉어져 있었다.

"맞아요. 하지만 결혼했다고는 말하지 않았어요. 그걸 알았다면 채용하지 않았을 거예요. 여러 가지로 시끄러워지는 걸 나는 싫어하니까요. 운전은 역시 침착하게 해주는 걸 나는 좋아하지요."
알렉스가 부인의 이야기를 가로막았다.
"지금 어디 있습니까, 달리는?"
"글쎄, 어디 있는지. 오늘 그 애의 일은 벌써 끝났어요. 걸어서 대학에 갔는지, 아니면 문간방에 있을 거예요. 아르바이트하는 여자애에게는 문간방을 쓰도록 하고 있어요. 그 특권을 남용하는 아이도 있었지만 이번 아이는 그렇지는 않은 것 같아요. 앞으로도 그러지 않았으면 좋겠어요. 당신이 나타났어도."
부인은 알렉스에게 날카로운 눈길을 보냈다.
"저로서는 더 이상 그녀를 이곳에……."
나는 알렉스의 말을 막았다.
"문간방에 있는지 어떤지 보고 와요."
나는 브래드쇼 부인 쪽으로 돌아서 말했다.
"달리는 언제부터 댁에 와 있습니까?"
"벌써 2주째 되는가 봅니다. 학기 초가 바로 2주 전이었으니까요."
"대학에 다니고 있나요, 달리는?"
"그래요. 아르바이트를 하러 우리 집에 오는 아이들은 모두 여대생들이에요. 금년 여름 내 아들이 외국에 갔을 때처럼 전문 가정부가 필요할 때는 별도지만. 달리는 가능하면 오래 있어 주었으면 해요. 다른 여학생보다 머리가 좋은 아이니까요. 하지만 달리가 그만둔다고 해도 그녀를 대신할 여학생은 얼마든지 있어요. 당신도 나 정도의 나이가 되면 알 거예요. 젊은이들은 언제나 늙은이를 버리고……."
햇빛을 받아 반짝이는 빨강 장미와 노랑 장미 쪽으로 부인은 얼굴을 돌렸다. 그녀는 말을 맺으려고 뭔가 생각하는 것처럼 보였다. 그러나 아무리 기다려도 부인은 묵묵히 말이 없었다. 나는 물었다.

"달리는 어떤 이름을 쓰고 있습니까? 성 말입니다."

"글쎄요, 기억나지 않는데요. 난 아르바이트 학생은 이름만 부르고 있어요. 내 아들에게 물어 봐요."

"아드님은 지금 집에 있습니까?"

"로이는 대학에 있을 거예요. 지도부장을 하고 있으니까요."

"대학은 여기서 멉니까?"

"보일 거예요. 당신이 서 있는 곳에서."

부인은 관절염에 걸린 손으로 내 어깨를 살짝 돌려 내 방향을 바꾸어 주었다. 나무 사이로 작은 천문대의 금속제 돔이 보였다. 소문을 전하듯 노부인은 내 귀 바로 옆에서 소곤대었다.

"저 젊은이는 아내하고 무슨 일이 있었습니까?"

"이 도시에 신혼여행을 왔는데 아내가 갑자기 실종되었습니다. 그는 그 이유를 알고 싶어합니다."

"그건 또 별난 이야기군요. 내가 젊었을 무렵에는 신혼여행에서 도망친다는 것은 상상할 수 없는 일이었지요. 그때는 진심으로 남편만을 존경하고 살았으니까요. 하지만 요즘 젊은 여성은 많이 달라졌어요. 사람에게 봉사한다든가, 사람을 존경한다든가 하는 점은 티끌만큼도 없어요. 당신은 결혼했나요?"

"결혼한 경험은 있습니다."

"그래요. 저 청년의 아버지입니까?"

"아닙니다. 나는 아처라고 합니다. 사립탐정입니다."

"정말입니까? 도대체 이 일을 어떻게 처리할 셈입니까?"

노부인은 가위로 문간방 쪽을 막연히 가리켰다.

"현재로선 별문제가 없습니다. 실종 이유는 아마도 젊은 여자에게 흔히 있는 일로 단순한 변덕이겠죠. 아니면 더 깊은 사연이 있을지 모르지만요. 나는 단지 본인을 만나 물어보는 일밖에 할 수 없습니다. 그건 그렇고 브래드쇼 부인, 달리가 베그리라는 남자 이야기를 하지 않던가요?"

"베그리?"

"짧은 잿빛 턱수염을 기른 덩치 큰 남자입니다. 달리가 실종된 당일에 그는 서프하우스 호텔에 있는 달리를 방문했어요. 그 남자가 달리의 아버지가 아니냐는 의심이 갑니다만."

노부인은 주름진 입술을 자줏빛 혀끝으로 적셨다.

"그런 남자에 대해서 달리는 나한테 말하지 않았어요. 나는 젊은이들의 고민을 들어 주는 취미가 없어요. 정말 들어 줘야 하는지도 모르겠어요."

"최근에 달리는 어떠했습니까?"

"글쎄, 뭐라 하면 좋을까? 여느 때와 같았어요. 조용했어요. 뭔가를 곰곰이 생각하는 것 같기도 했지만."

진입로의 모퉁이를 재빨리 걸어오는 알렉스의 모습이 보였다. 가까이 온 그의 얼굴은 밝았다.

"틀림없이 달리였어요. 벽장 속에 달리의 물건이 있었어요."

"당신은 그곳에 들어가는 것을 허락받지 않았어요."

브래드쇼 부인이 말했다.

"하지만 달리의 집이잖습니까?"

"천만에요, 내 집이에요."

"그렇지만 달리가 쓰고 있잖습니까?"

"달리는 그렇게 해도 되지만, 당신은 달라요."

달리의 고용주와 말다툼을 하다니 알렉스는 뭔가 잘못되어 있었다. 난 두 사람 사이에 끼어들어 알렉스의 어깨를 잡고 이 두 번째 언쟁에서 억지로 끌어냈다.

"물러서요. 당신은 방해가 될 뿐이오."

알렉스를 차에 태우고 나는 말했다.
"하지만 달리를 만나지 않구선……."
"나중에 만나게 해줄 거요. 마리너즈 레스트 호텔에 나하고 쓸 2인용 방을 잡아둬요. 이곳과 서프하우스 중간쯤에……."
"그 모텔이라면 알고 있어요. 하지만 달리의 일은 어떻게 하려구요?"
"내가 대학에 가서 말하고 오겠소. 달리에게 그럴 마음이 있다면 데리고 오겠소."
"왜 내가 대학에 가면 안 된다는 겁니까?"
그 청년은 앵돌아진 어린애처럼 말했다.
"내가 당신이 가는 걸 원치 않기 때문이오. 달리의 독립된 혼자만의 생활이 당신 마음에는 못마땅할지 모르지만, 그렇다고 갑자기 뛰어들어 그 생활을 엉망으로 만들 권리는 당신에겐 없어요. 그럼 나중에 모텔에 들리겠소."
화가 난 듯 그는 타이어 소리를 요란하게 울리며 맹렬한 스피드로 사라져갔다. 브래드쇼 부인은 벌써 장미 수풀 속에 돌아가 있었다. 나는 매우 상냥한 말씨로 달리의 사물을 조사할 허가를 부탁했다. 그러자 그녀는 그건 달리에게 묻지 않고는 뭐라고 말할 수 없다고 대답했다.

5

산기슭에 있는 캠퍼스는 9월의 조그만 갈색 언덕을 등에 업고 있는, 생기 있는 초록빛 오아시스 같았다. 모든 건물이 새것이었고 매우 현대적이었다. 바람이 잘 통하도록 구멍을 뚫은 콘크리트 외벽과 열주식 회랑, 그리고 무성한 아열대식물로 둘러싸인 캠퍼스. 길바닥 종려나무 밑에 앉아 있던 맨발의 청년이 샐린저(미국 소설가)의 책에서 천천히 얼굴을 들고 교무처가 있는 곳을 가르쳐 주었다.

  나는 그 건물 뒤에 있는 주차장에 차를 세웠다. 학부 스티커를 붙인 구형 승용차가 몇 대 흩어져 주차해 있었다. 그중에 검은색 샌더버드 새 차가 눈길을 끌었다. 지금은 금요일 오후로 꽤 저녁에 가까운 무렵이었으니 대학은 긴 주말 휴가로 돌입한 때이다. 건물 입구에 있는 유리를 낀 안내소 안에는 아무도 없었다. 복도에도 거의 인기척이 없었다.

  지도부장의 방은 어렵지 않게 찾았다. 패널로 막은 입구의 방은 값싼 덴마크제 가구를 갖추고 있었다. 금발의 비서가 타이프라이터 앞에 앉아서 방을 지키고 있었다. 비서의 얼굴은 너무 여위어 창백했다. 형광등 아래 오래 앉아 있었던 탓인지 푸른 눈에는 피로가 엿보이고 목소리는 매우 신중했다.

"무슨 용무시지요?"

"지도부장님을 만나뵙고 싶습니다만?"

"브래드쇼 지도부장님은 지금 일이 바쁘시답니다. 괜찮으시다면 저한테 용무를 말씀하세요?"

"당신이라도 충분합니다. 실은 이곳 여학생 한 사람에게 연락을 취하고 싶습니다. 이름은 달리 매기, 또는 달리 킨케이드."

"어느 쪽 이름입니까?"

초조하게 가쁜 숨을 쉬며 비서는 말했다.

"결혼 전 이름은 매기이고, 결혼 뒤의 이름은 킨케이드입니다. 어느 쪽을 쓰고 있는지 몰라서 그럽니다."

"아버님이 되십니까?"

"아뇨, 아버지는 아닙니다. 그러나 사연이 있어서 꼭 달리를 만나야 합니다."

백인 노예시장의 두목이라도 보는 듯한 눈빛으로 비서는 나를 찬찬히 살펴보았다.

"우리 학교 규칙으로 학생의 개인적인 문제는 양친 말고는 가르쳐 주지 않기로 되어 있습니다."

"그럼 남편이라면 어떻습니까?"

"당신이 남편입니까?"

"남편의 대리인입니다. 아무튼 지도부장님을 만나게 해 주세요. 이 여학생 일을 묻고 싶으니까요."

"그럴 수는 없습니다." 비서는 단호하게 말했다. "브래드쇼 지도부장님은 학부장 회의에 참석 중입니다. 매기 씨를 만나고 싶다는 건 어떤 용무인가요?"

"그건 개인적인 용무입니다."

"네?"

대화는 분명히 막다른 골목으로 들어섰다. 그나마 상대방에게 웃는 얼굴을 만들어 주려고 나는 말했다.

"학교의 규칙으로 개인적인 문제는 가르쳐 주지 않기로 되어 있다면 말입니다……."

비서는 모욕당한 표정이 되어 타이프라이터를 치던 일을 다시 시작했다. 나는 선 채로 기다렸다. 안쪽 방으로 통하는 방문 저쪽에서는 말소리가 커졌다 작아졌다 했다. '산'이라는 말이 종종 들렸다. 얼마 지나서 비서가 말했다.

"서더런드 지도부장을 만나보는 것이 어떨까요? 서더런드 지도부장은 여학생 담당의 지도부장입니다. 방은 복도 건너편 바로 앞에 있습니다."

그 방의 문은 열려 있었다.

방 안에 있는 말쑥하게 차려 입은 여자는 나이가 분명해 보이지 않는 타입으로, 20대 치고는 너무 늙었고 40대 치고는 너무 젊어 보였다. 갈색 머리칼은 목 뒷덜미에서 묶여 있었다. 여성적 매력을 나타내는 유일한 것은 엷게 칠한 핑크빛 립스틱이 무표정한 입술에 악센트를 주고 있다는 것이었다.

그럼에도 불구하고 상당한 미인이었다. 이목구비가 잘생겼다. 블라우스 위로 불룩한 가슴은 책상 위에서 마치 바람에 부푼 큰 삼각돛 같은 곡선을 그리고 있었다.

"어서 오세요. 무얼 우물쭈물하고 계신 거죠?"

나와 벌써 친숙해지기 시작한 듯 엄숙한 말씨로 그녀는 말했다.

여자의 아름다운 눈은 내게 최면술을 거는 것 같았다. 그 눈을 보는 것은 아름다운 빙산의 핵을 보는 것 같았다. 얼음처럼 차갑게 반짝이는 초록빛.

"앉으세요. 용무는?"

그녀는 말했다.

나는 이름을 대고 이곳에 온 이유를 말했다.

"하지만 우리 학교에는 달리 매기라는 학생도, 달리 킨케이드라는 학생도 없어요."

"그렇다면 또 하나 다른 이름을 쓰고 있을 겁니다. 이곳 학생인 것만은 틀림없습니다. 아르바이트로 브래드쇼 지도부장의 어머님 차를 운전하고 있으니까요."

나는 사진을 보였다.

"이 아이는 도로시 스미스예요. 왜 가명을 써서 입학했을까요?"

"그것을 그녀의 남편도 알고 싶어합니다."

"이 사진에 같이 찍혀 있는 사람이 남편입니까?"

"그렇습니다."

"착실한 청년 같군요."

"달리는 그렇게 생각하지 않았는가 봅니다."

"왜 그랬을까요?"

그녀의 눈은 나를 무시하고 먼 공간을 바라보고 있었다. 나는 속은 것 같은 느낌이 들었다.

"왜 가짜 이름을 사용해서 입학했는지 모르겠어요. 서류를 위조하지 않는 한 불가능하니까요. 잠깐 실례합니다만, 아처 씨."

그녀는 갑자기 일어났다.

파일 캐비닛이 직립한 관처럼 나란히 서 있는 옆방으로 그녀는 들어가는가 싶더니 폴더를 들고 돌아와 그것을 책상 위에 펼쳐 놓았다.

그 속에는 제대로 서류다운 것이 들어 있지 않았다.

"알았어요. 이 학생은 가입학이에요. 등본에 수속중이라는 메모가 있군요."

그녀는 도리어 자기를 납득시키는 듯이 말했다.

"가입학 기간은 언제까지 허용하고 있습니까?"

"9월 말까지입니다. 말하자면 오늘부터 9일 뒤에는 등본을 제출해야 합니다. 하지만 그 전에 본인의 변명을 들어야 합니다. 이런 속임수를 그냥 둘 수는 없어요. 그 아이는 내 느낌으로는 정직한 사람처럼 보였습니다만."

그녀는 책상 위 캘린더를 보면서 말했다. 그녀의 입술 끝이 비뚤어졌다.

"달리를 개인적으로 아십니까, 서더런드 지도부장님?"

"신입생하고는 모두 개인적으로 접촉하도록 하고 있어요. 하지만 미스 스미스인지, 미세스 킨케이드인지는 모르겠습니다만 그 아이에게 이용당하는 건 나로선 곤란합니다. 실은 내가 그 아이에게 도서관 아르바이트 일까지 주선해 주었으니까요."

"미세스 브래드쇼의 아르바이트까지도?"

그녀는 고개를 끄덕였다.

"그 아이가 빈 자리가 났다는 소문을 듣고 왔기에 내가 추천했어요. 지금쯤은 미세스 브래드쇼 댁에 있을 거예요."

그녀는 손목시계를 보았다.

"없습니다. 방금 미세스 브래드쇼 댁에 갔다왔습니다. 다른 이야기입니다만, 브래드쇼 지도부장은 꽤 호화로운 생활을 하고 있더군요. 대학 봉급은 얼마 되지 않는다는 말을 들었습니다만?"

"네, 그렇습니다. 브래드쇼 지도부장은 돈 많은 옛 가문 출신이에요. 그런데 브래드쇼 부인은 어떤 반응을 보였습니까? 이 일에."

"별로 아무 생각도 없는 것 같았습니다. 그분은 훌륭한 부인입니다."

"좋습니다, 그렇게 생각하셨다니. 그러면 미세스 스미스인지 킨케이드인지 도서관에 있는지 어떤지 조사하는 편이 좋겠어요." 그녀는 미세스 브래드쇼와는 다른 경험을 갖고 있다는 듯이 대답했다.

"필요하다면 제가 조사해 보러 갈까요?"

"아닙니다. 제가 먼저 만나서 본인에게 대체 어쩔 작정인지 물어보겠습니다."

"어쩐지 문제를 일으킨 것 같아서 미안합니다."

"천만에요. 어쨌든 문제가 있으니까요. 당신은 그것을 발견했을 뿐입니다. 도리어 이쪽에서 당신에게 감사해야죠."

"그 감사의 기분을, 먼저 내가 달리를 만나보는 형식으로 해주시지 않겠습니까?"

나는 조심스럽게 말했다.

"글쎄요, 그건 곤란한데요."

"사람에게서 진상을 끄집어내는 일에는 내가 경험이 풍부합니다."

그것은 서툰 말이었다. 다시금 그녀의 입술 끝이 일그러졌다. 불룩 나온 가슴은 호감에서 위협으로 바뀌었다.

"나도 여러 해의 경험을 거친 카운슬러예요. 제발 밖에서 기다려 주세요. 지금 곧 전화로 도서관에 연락해 보겠어요."
내가 나가려 하자 그녀는 마지막 충고를 했다.
"도로시를 이곳에 데려 오는 도중에 잡으려 해서는 안 됩니다."
"그런 일은 생각하지도 않습니다. 서더런드 양."
"서더런드 지도부장이라고 불러 주세요."
나는 밖으로 나가 안내소 옆의 게시판을 읽었다. 댄스파티, 집회, 시 낭송 모임, 프랑스 어 회화 조찬회 등 학생들의 즐거운 서클 활동 상황은 나를 슬프게 할 뿐이었다. 반쯤은 나 자신의 대학 시절의 활동이 아무 도움도 주지 못했기 때문이고, 또 반쯤은 방금 내가 달리의 학창 생활을 방해한 탓이리라.
모난 안경을 쓴 여학생과 대학 스웨터를 입은 덩치 큰 청년이 갑자기 밖에서 들어와 벽에 기대었다. 여학생은 청년에게 자꾸만 아킬레우스와 거북이에 대해서 설명했다. 아킬레우스는 거북이 뒤를 쫓지만 제논에 의하면 절대로 거북이를 따라잡을 수 없다. 둘 사이의 공간은 무한한 부분으로 분할할 수 있다. 따라서 아킬레우스가 그 공간을 가로지르려면 무한한 시간이 들게 된다. 그 동안에 거북이는 어딘가로 도망쳐 버린다.
청년은 고개를 끄덕였다.
"그렇겠군."
"하지만 그렇지 않아요. 공간을 무한히 분할할 수 있다는 건 단순한 이론이에요. 현실적으로 공간을 가로지르는 운동은 그런 이론과는 관계가 없어요."
여학생은 외쳤다.
"잘 모르겠어, 헤이디."
"당신 같으면 알 수 있어요. 미식축구를 하고 있다고 생각해 봐요.

당신은 20미터 라인에 있고 거북이는 30미터 라인을 향해 당신에게서 도망친다고 하면."

나는 듣는 것을 그만두었다. 달리가 유리문을 향해 계단을 올라오고 있었다. 체크무늬 스커트를 입고 카디건 스웨터를 걸치고 머리는 검은빛이었다. 문을 열기 전에 잠시 문에 기대는 자세를 취했다. 파고가 찍은 사진과 비교할 때 실물은 상당히 야위어 보였다. 피부색이 나빴고 머리는 요즘 다듬은 흔적이 없었다. 불안정한 검은 눈동자는 내 모습을 보지 않고 두리번거리고 있었다.

서더런드 지도부장 방 앞에서 그녀는 멈춰섰다. 그리고는 갑자기 돌아서 현관문을 향해 걸어가다가 나와 두 철학자 사이에서 다시 멈춰 서서 멍하니 서 있었다. 그 다소 음침한 아름다움, 마음의 무거운 짐에 짓눌려 바깥 세계가 안 보이게 된 그 검은 눈에 나는 감동했다. 젊은 여자는 다시 한 번 오른쪽으로 돌아 자신의 운명과 부딪치려고 다리를 끌다시피 하여 복도를 걸어갔다.

서더런드 지도부장의 방 문이 그녀를 삼키고 닫혔다. 나는 한가하게 걸어가 무심코 그 문 앞을 지나갔는데 안에서는 여자의 말소리가 새어나올 뿐 이야기 내용은 알아들을 수 없었다. 건너편 브래드쇼 지도부장의 방문이 열리고 학부장들이 우르르 몰려나왔다. 모두 안경을 썼고 얼굴은 앞이마가 벗겨졌고 학자답게 등이 구부정했는데 마치 쉬는 시간에 교실에서 나온 초등학생같이 보였다.

단정히 쇼트 컷을 한 여자가 건물에 들어와 학부장들의 시선을 끌었다. 갈색으로 그을린 얼굴에 잿빛이 약간 섞인 금발이 어울려 보였다. 그녀는 지도부장실 입구에 혼자 떨어져 서 있는 남자에게 가까이 갔다.

그녀는 그 남자에게 보통 이상의 관심을 나타내고 있었으나 남자쪽은 별로 상대방에게 관심이 없는 것처럼 보였다. 조용하고 어두운 미모의 소유자였으며 여자들의 여성 본능을 불러일으키는 타입이었다. 곱슬곱슬한 갈색 머리는 관자놀이 부근이 하얗게 탈색되었지만 아직 대학생다운 느낌이 남아 있었다. 대학을 나와 20년이 지나 읽던 책에서 문득 눈을 떠보니 중년남자가 되어 있는 자기 자신을 깨달은 식이라고나 할까.

서더런드 지도부장이 자기 방 문을 열고 이 남자에게 신호를 보냈다.

"브래드쇼 박사님, 잠깐 시간을 내주시지 않겠습니까? 중대 사건이에요."

서더런드 지도부장은 싫으면서도 사형집행을 맡은 사람처럼 창백하고 엄숙한 표정이었다.

"잠깐 실례."

남자는 쇼트 컷을 한 여자에게 말했다. 두 지도부장과 달리는 한 방에 들어갔다. 쇼트 컷이 잘 어울리는 여자는 닫힌 문을 보고 얼굴을 찌푸렸다. 그 뒤 브래드쇼의 대역을 찾기라도 하듯 값을 매기는 눈짓으로 나를 보았다. 사람의 마음을 끄는 입술과 매끈한 다리와 육식 동물 같은 번거로운 분위기. 옷 입는 감각은 나쁘지 않았다.

"누굴 찾고 있습니까?"

여자는 말했다.

"아니, 기다리고 있습니다."

"레프티를, 아니면 고도를? 똑같이 기다리는 거지만 크게 다릅니다(《레프티를 기다리며》는 1935년의 클리퍼드 오데츠가 쓴 당시 좌익 연극의 대표작. 《고도를 기다리며》는 1952년의 사무엘 베케트 작. 부조리 연극의 대표 작품)."

"레프티 고도를 기다리고 있습니다. 그는 피처죠(레프티는 '왼손잡이'의 뜻이 있다)."

"피처 인 더 라이(J.D. 샐린저의 1951년 작품 《캐처 인 더 라이》에서 인용)입니까?"

"그는 버번 쪽을 좋아한답니다(라이는 '라이보리로 만든 위스키'라는 뜻도 있다)."

"저도 그래요. 당신은 인텔리를 싫어하는 것 같군요, 미스터……."

"아처입니다. 테스트는 불합격입니까?"

"채점자 마음이죠."

"아까부터 다시 한 번 학교에 입학할까 생각했던 참이었어요. 당신 덕분에 학교라는 것이 매력적으로 보이는군요. 게다가 유식한 친구들이 잭 케루악(비트 세대를 대표하는 미국 작가·시인)이라든가 유진 버딕(현대 미국 작가)이라든가 하는 유명한 작가 이야기를 해도 나는 읽지 않았으니까 어쩐지 시대에 뒤떨어진 기분이 들어요. 솔직한 얘기로 만일 내가 다시 대학에 입학한다면 여기가 어떨까요. 추천해 주시겠습니까?"

여자는 다시 값을 평가하듯 나를 쳐다보았다.

"당신은 어떨까요, 아처 씨? 더 큰 도시의 대학, 예컨대 버클리 대학이나 시카고 대학쯤이 성미에 맞지 않을까요? 이 대학과는 대조적이니까요."

"어떤 점에서요?"

"그건 헤아릴 수 없을 정도죠. 대체로 이 학교는 세련되지 않아요. 원래 종교 학교였으니까 도덕적 분위기는 지금도 빅토리아조 시대이고."

자기는 그렇지 않다는 것을 나타내듯 그녀는 엉덩이를 흔들어 보였다.

"아무튼 딜런 토머스(1940년대 영국을 대표하는 시인)가 이곳에 왔을 때라든가…… 하지만 그 이야기는 그만두겠어요. '죽은 사람에 대해선 좋은 일만 이야기하라'(라틴 어로 말함)고 했으니까요."

"라틴 어를 가르치십니까?"

"아니에요. 라틴 어는 못하고 그리스 어는 더 못하죠. 저는 현대어를 가르치는 것만으로도 버거워요. 소개가 늦었습니다만, 제 이름은 헬렌 해거티예요. 아무튼 퍼시픽 포인트는 방금 말씀드린 대로 권할 수 없어요. 해마다 조금씩 수준이 높아지는 건 사실이지만 무용지물이 많이 있어서요. 저 근방에도 무용지물이 널려 있어요."

그녀는 출입구 근방에 비아냥거리는 눈길을 보냈다. 그곳에서는 헬렌 해거티의 동료 교수들이 지도부장과의 회담에 대해서 선뜻 단념하지 못하고 제2차 회담을 벌이고 있었다.

"아까 당신에게 말을 건 분이 브래드쇼 지도부장입니까?"

"네, 그분을 기다리고 계십니까?"

"그렇습니다. 그만이 아니지만."

"외모가 못생겼다고 속지 마세요. 그는 훌륭한 학자예요. 학부에서 하버드 학위를 갖고 있는 분은 그 사람뿐이에요. 저보다는 훨씬 이해력이 넓은 분이죠. 그런데 아까 얘기지만 정말 대학에 다시 들어올 생각이십니까? 저를 조금 놀려 주려고 한 말이겠죠?"

"조금은."

"술을 마시면서 더 빈정거려도 상관없어요. 저도 조금은 마셔요. 버번을 좋아하죠."

"이건 친절한 초대군요."

그러나 갑작스런 초대라고 나는 생각했다.

"그럼, 술 먹는 일은 비가 오니 다음 번으로 미루기로 합시다. 이번에는 레프티 고도를 기다려야 하니까요."

그녀는 묘하게도 실망한 듯한 표정을 지었다.

우리는 일단 우호적으로, 그러나 아무렇지도 않은 일까지 의심하면서 오른쪽과 왼쪽으로 헤어졌다.

내가 지켜보고 있던 운명의 문이 드디어 열렸다. 달리가 두 지도부장에게 몇 번이고 인사말을 되풀이하면서 절까지 하며 뒷걸음질로 나왔다. 그러나 고개를 돌려 바깥 문까지 걸어 나왔을 때, 그녀의 얼굴은 창백하게 긴장되었다.

좀 바보스러운 짓이라고 생각하면서 나는 젊은 여자 뒤를 쫓았다. 이런 입장에 놓였을 때 생각나는 것은 중학교 시절, 학교에서 돌아오는 길에 내가 곧잘 뒤를 쫓았던 여자애에 관한 일이다. 나는 아무래도 그 아이에게 책을 들어 주겠다고 말을 걸 용기가 없었다. 지금은 이미 그 이름도 생각나지 않는, 그 도저히 다가갈 수 없었던 여자애가 저도 모르게 달리와 겹쳐서 보이는 것 같았다.

젊은 그녀는 구내를 두 구역으로 구분하는 산책로를 재빨리 지나가 도서관 정면 계단을 올라가기 시작했다. 나는 그녀를 따라잡았다.

"미세스 킨케이드!"

마치 총이라도 맞은 것처럼 달리는 멈춰 섰다. 나는 본능적으로 그녀의 한쪽 팔을 잡았다.

달리는 내 팔을 뿌리치고 살려 달라고 외칠 듯이 입을 벌렸다. 그러나 말소리가 나오지 않았다. 폭넓은 산책로를 걸어가는 학생들이나 도서관 계단 중간쯤에서 이야기를 하고 있는 학생들은 이 소리 없는 외침을 눈치채지 못했다.

"꼭 할 이야기가 있습니다, 미세스 킨케이드."

달리는 머리칼을 쓸어 올렸다. 그 동작이 너무나 거칠었기 때문에 한쪽 눈이 치켜 올라갔고 유라시안(유럽·아시아계 혼혈아) 같은 얼굴이 되었다.

"당신은 누구시죠?"

"당신 남편의 친구입니다. 알렉스는 지난 3주 동안 괴로워했어요.

당신 때문입니다."

"저 때문이라구요?"

방금 깨달은 것처럼 달리는 말했다.

"당신도 역시 지난 3주 동안 괴로웠을 테죠. 만일 알렉스를 좋아하신다면, 그러셨겠죠?"

"그러셨겠다구요?"

젊은 그녀는 눈이 조금 먼 것 같았다.

"알렉스를 좋아하고 있습니까?"

"모르겠어요. 생각할 틈이 없었어요. 그런 일은 당신하고도, 다른 누구하고도 이야기하고 싶지 않아요. 당신은 정말 알렉스의 친구인가요?"

"그런 자격은 있다고 생각합니다. 알렉스로서는 당신의 처사를 이해할 수 없다는 겁니다. 몹시 슬퍼하고 있습니다."

"나하고 사귀면 그렇게 되는 것이 당연해요. 파멸을 뿌리고 다니는 게 제 특징이니까요."

"그렇지는 않겠지요. 지금 무엇을 하고 있는지 알 수 없지만 적당히 끝내고 다시 한 번 알렉스와 함께 출발하는 게 어떨까요? 그는 아직 이 도시에서 당신을 기다리고 있습니다."

"마지막 심판의 날까지 기다리는 게 좋을 거예요. 난 그 사람한테는 돌아가지 않겠어요."

달리의 젊은 목소리는 놀라우리만큼 또렷했으며 거의 잔혹할 정도였다. 눈가에는 뭔가 불길한 것이 떠돌고 있었다. 크게 뜬 눈은 말라 있었고, 이젠 눈물을 흘리는 것도 잊은 듯한 공허한 눈이었다.

"당신에게 알렉스가 뭔가 상처를 입혔습니까?"

"그 사람은 파리도 못 죽이는 위인이에요. 알렉스가 친구라면 아시겠죠. 절대로 사람에게 상처를 입히지 않는 좋은 분이에요. 그러니까 전 그분을 상처입히기 싫어요. 겨우 내게서 도망칠 수 있게 되어 다행이라고 전해 주세요."

달리는 연극조로 말을 덧붙었다.

"남편에게 전할 말은 그것뿐입니까?"

"그분은 남편이 아니에요. 실질적으로 결혼을 취소하도록 말을 전해주세요. 전 아직 가정주부가 될 생각이 없다고. 전 제대로 학교를 졸업하고 싶어요."

자기는 달까지 혼자 편도 여행을 하겠다는 듯이 그녀는 말했다.

나는 교무처 건물로 돌아갔다. 산책로의 장식 포석들은 평평하고 매끄러웠으나 나는 마치 뒤쥐 굴에 무릎까지 빠져 걸어가는 듯한 기분이 들었다. 서더런드 지도부장의 방문은 닫혀 있었으나 노크를 하자 잠시 사이를 두었다가 억누른 듯한 여자 목소리가 들렸다.

"들어오세요."

브래드쇼 지도부장은 아직 그 방에 있었다. 아까보다 더 대학생처럼 보였다. 하룻밤 새 희끗하게 서리를 맞은 듯한 대학생 모습이었다.

서더런드 지도부장은 볼이 불그레하고 눈은 에메랄드 그린으로 반짝이고 있었다.

"브래드쇼 씨, 이분은 아처 씨입니다. 아까 얘기한 탐정이죠."

그는 도전이나 하듯이 거칠게 내 손을 잡았다.

"잘 오셨습니다. 정직하게 말하면, 이런 상황에서 만나 뵌 것이 안 됐습니다. 당신이 우리 학교에 오실 필요가 있었다는 건 나로선 대단히 유감스럽습니다."

그는 억지로 빙긋 웃으며 말했다.

"이런 일도 때로는 어쩔 수 없이 있지요."

나는 약간 변명 비슷한 투로 말했다.

"미세스 킨케이드의 실종에 대해서 그녀의 남편에게 뭔가 납득할 만한 설명을 해야 하는데 그녀는 뭔가 이야기를 했습니까?"
서더런드 지도부장의 얼굴이 갑자기 엄숙해졌다.
"그녀는 남편에게 돌아가지 않을 거예요. 결혼식 날 밤, 뭔가 대단히 무서운 것을 발견하고……"
브래드쇼가 한쪽 손을 들었다.
"잠깐 기다려요, 로라. 그 학생이 당신에게 털어놓은 사실은 직업상의 비밀에 준하는 것입니다. 이분이 서둘러 돌아가 그 비밀을 그녀의 남편에게 전해준다면 우리로서는 난처한 입장이 됩니다. 그렇지 않아도 그 학생은 무서워하고 있어요."
"무서워하다니, 그건 남편에 대해서인가요? 저는 믿을 수 없어요."
나는 말했다.
"그 아이는 아무것도 고백하지 않았겠지요? 당신에게는……"
로라 서더런드가 크게 외쳤다. "가명을 쓴 건 무엇 때문이라고 생각하세요? 그 청년이 자기를 찾아내는 것이 그렇게 무서웠던 거예요."
"그건 좀 멜로드라마 같은데요? 그 청년은 그렇게 악인도 아닐 텐데요."
브래드쇼의 말은 관대했다.
"브래드쇼, 당신은 그녀의 이야기를 듣지 못했기 때문에 그러시는 거예요. 저에겐 여자끼리니까 여러 가지 얘기를 다 해주었어요. 여기서는 도저히 말할 수 없는 것들뿐이에요."
"달리는 거짓말을 했는지도 모릅니다."
내가 말했다.
"절대로 거짓말이 아니에요! 저도 젊은 사람 말의 진위는 분별할 수 있어요. 당신에게 충고하겠어요. 어디 있는지 모르지만 달리의 남편에게 돌아가면 달리는 발견하지 못했다고 말씀하세요. 그렇게 해주시는 편이 그 아이에겐 안전하고 행복하니까요."
"지금도 충분히 안전하지 않습니까? 행복이라고 하면 현재 행복하지 않은 건 확실합니다. 방금 밖에서 그녀하고 잠깐 얘기를 나누었습니다."
브래드쇼가 나에게 머리를 기울였다.
"뭐라고 했습니까, 그 아이는?"
"충격적인 건 아무것도 말하지 않았습니다. 킨케이드를 비난하는 말도 하지 않았어요. 도리어 남편과 헤어진 것에 대해선 자기가 나빴다고 말했어요. 어쨌든 학교를 제대로 졸업하고 싶다고 했어요."
"그건 좋은 일이로군."
"그대로 그녀를 여기 둘 작정인가요?"
브래드쇼는 고개를 끄덕였다.
"그 아이의 조그마한 속임수는 보아 넘기기로 했습니다. 다른 학생들의 권리를 침해하는 일이 없는 한, 젊은 사람에게 어느 정도 기회를 주고 싶습니다. 그 아이는 여기 있었으면 합니다, 적어도 당분간은. 만일 본인이 희망한다면 가명 사용도 계속 허락하겠어요."
그리고는 무뚝뚝하게 학자풍의 유머를 덧붙였다.
"어떤 이름으로 부르든 장미는 장미입니다."
"등본은 곧 보내도록 수속할 거랍니다. 그 아이는 전문대에 2년, 4년제 대학에 반년 있었던 모양입니다."
서더런드 지도부장이 말했다.
"이곳에서는 무엇을 공부할 생각일까요?"
"달리의 전공은 심리학이에요. 해거티 교수의 이야기로는 제법 재능이 있다는군요."

"어떻게 해서 해거티 교수는 그런 것까지 알고 있습니까?"

"해거티는 달리의 지도교수예요. 달리는 범죄심리학이나 이상심리학에 깊은 관심을 나타내고 있답니다."

무슨 까닭인지 나는 베그리의 수염 난 얼굴과 조각 같은 불투명한 눈을 떠올렸다.

"달리는 베그리라는 남자에 대해 뭔가 말하지 않았습니까?"

"베그리라니?"

두 지도부장은 서로 얼굴을 마주 본 뒤 나를 보았다.

"누굽니까? 그 베그리란?"

로라 서더런드가 물었다.

"달리의 아버지인지도 모릅니다. 아무튼 그 남자는 달리가 남편에게서 사라진 일과 관계가 있습니다. 그건 그렇고 달리가 남편의 어떤 점을 비난하고 있는지 모르겠습니다만, 그 청년이 야만스런 정신 도착증자였다고 한다면 나는 전혀 믿을 수 없습니다. 달리의 남편은 결백한 청년입니다. 게다가 달리를 사랑하고 있습니다."

"당신이 어떻게 생각하든 그건 당신 자유예요." 내가 자유롭지 않다는 걸 강조하듯 로라 서더런드는 말했다. "하지만 당신 혼자의 판단으로 성급한 행동은 하지 않도록 부탁합니다. 달리는 감수성이 예민한 여자예요. 그 달리를 밑바닥부터 흔들어 놓은 그 무엇이 있었으니까요. 달리와 그녀의 남편을 만나지 않게 해주신다면 결국은 두 사람 모두를 위해서도 좋은 일이라고 생각해요."

"나도 찬성합니다."

브래드쇼가 엄숙하게 말했다.

"그런데 곤란한 일은 내가 고용된 목적은 두 사람을 예전처럼 화해시키는 일입니다. 하지만 그 점에 대해서 생각해 보지요. 알렉스하고도 의논하겠습니다."

6

건물 뒤쪽 주차장에는 검은빛 샌더버드 컨버터블 새 차 운전석에 헬렌 해거티 교수가 앉아 있었다. 컨버터블의 덮개를 내리고 마치 비교해 보듯이 내 차 옆에 대어 있었다. 산기슭의 작은 언덕을 넘어 온 저녁 햇빛이 그녀의 머리와 눈, 이를 비추었다.
"또 만났군요."
"네, 또 만났습니다. 나를 기다리고 있었습니까?"
나는 말했다.
"왼손잡이 남자를요. 당신은 왼손잡이입니까?"
"나는 양손잡이입니다."
"그렇군요. 아까 커브는 멋졌어요."
"커브라뇨?"
"알고 있어요. 당신이 누구신지."
그녀는 옆의 가죽 시트에 접어놓은 신문을 가볍게 두드려 보였다. '페린 부인 석방'이라는 제목이 보였다. 헬렌 해거티는 말했다.
"대단하시군요. 신문에서도 이 부인이 무죄가 된 것은 당신 공로라고 하더군요. 하지만 어떻게 해서 무죄로 이끌어 갔는지는 그다지 상세히 나와 있지 않았어요."
"사실을 말했을 뿐입니다. 배심원들은 내 이야기를 믿어 준 것이겠죠. 문제의 절도 사건이 이 퍼시픽 포인트에서 일어났던 시간에 나는 오클랜드에서 페린 부인의 행동을 하나하나 감시하고 있었으니까요."
"행동이라뇨? 다른 절도 사건인가요?"
"그런 말을 하는 게 아닙니다."
그녀는 장난치듯 일부러 울상을 지어 보였는데 그것이 그녀 얼굴 윤곽에 잘 어울렸다.

"재미있는 부분은 모두 비밀이군요. 하지만 전 비밀을 누설하지 않을 테니 걱정 말아요. 우리 아버지도 경찰관이에요. 그러니까 페린 부인의 건을 얘기해 주지 않겠어요?"
"안 됩니다."
"그렇다면 더 좋은 일이 있어요." 그녀는 별안간 밝은 웃음을 지으며 말했다. "저의 집에 한잔 하러 가시지 않겠어요?"
"모처럼 초청하시는데, 저는 일이 있어서요."
"탐정 일인가요?"
"아마도요."
"하지만 같이 가세요."
그녀의 육체는 미묘하게 움직여 초대장 구실을 했다. "옛말에 잘 배우고 잘 놀라고 했어요. 공부만 하는 아이는 몸이 약해지지요. 몸이 약한 아이는 되고 싶지 않으시겠죠? 게다가 저를 실망시키고 싶지도 않으시겠죠? 그런 것보다 여러 가지 이야기가 있어요."
"페린 사건은 이미 끝났습니다. 난 그것엔 더 이상 흥미가 없습니다."
"그게 아니에요. 제 말은 도로시 스미스 사건이에요. 이 학교에 오신 것도 그 때문이시겠죠?"
"누구한테서 들었습니까?"
"정보망이 완비되어 있으니까요. 대학이란 곳은 정보망이 대단해요. 교도소와 내기를 할 만하죠."
"당신은 교도소에 대해서 잘 알고 있습니까?"
"그다지 상세히는 모릅니다. 하지만 아버지가 경찰관이라고 말한 것은 거짓이 아니에요."
음침하고 뭔가 괴로운 것 같은 표정이 그녀의 얼굴에 희미하게 나타났다.

"그러니까 우린 공통점이 있는 거예요. 자, 같이 가세요."
"알겠습니다. 당신 차를 따라가겠습니다. 나중에 배웅하지 않아도 되게끔."
"좋아요."
그녀는 맹렬한 스피드로 운전했으며 움직임이 신경질적으로 원활하지 않았고 교통 법규를 완전히 무시하고 있었다. 다행히도 대학 구내에는 차도 사람도 별로 없었다. 대학 건물은 뒤쪽으로 언덕과 저녁 때의 긴 그림자 사이에 끼여 마치 일을 끝내고 문을 닫은 영화 스튜디오처럼 적막해 보였다.
그녀의 집은 푸트힐 드라이브의 뒤쪽 산허리에 있었으며 알루미늄과 유리, 검은빛 에나멜을 칠한 강철로 조립한 건물이었다. 옆집 지붕이 산의 비탈면을 400미터쯤 내려간 떡갈나무 숲 속에 우뚝 솟아 있었다. 거실 가운데에 난로가 있었고, 그 앞에 서자, 한쪽으로는 연이은 푸른 산줄기가, 반대쪽에는 안개가 낀 잿빛 바다가 보였다. 먼 바다에서 육지를 향해 안개가 밀려오고 있었다.
"제 집 어때요?"
"마음에 듭니다."
"아쉽게도 제 집은 아니에요. 장차 희망이 없는 건 아니지만 지금은 빌려 쓰고 있어요. 앉으세요. 뭘 드시겠어요? 전 토닉으로 하겠어요."
"나도 같은 걸로 하겠습니다."
닦은 타일 바닥 위에는 가구다운 것이 거의 없었다. 나는 넓은 방 안을 걸어 다니다가 한쪽 유리벽에 기대어 밖을 바라보았다. 한 마리 산비둘기가 비단벌레 색깔의 목을 굽히고 안뜰에 나뒹굴고 있었다. 유리벽 바깥에 날개를 편 새의 자국이 희미하게 나 있는 것으로 판단하면 아무래도 그 산비둘기는 유리벽에 부딪혀 떨어진 것 같았다.

나는 로프 체어에 앉았다. 이 의자는 원래 안뜰에 있던 물건 같았다. 헬렌 해거티가 마실 것을 가져와서 캔버스 의자에 앉았다. 햇빛이 다시 그녀의 머리칼을 비추고 매끌매끌한 그녀의 갈색 다리를 반짝이게 했다.

"마치 캠프 생활 같아요. 아직 가구를 들일 준비도 하지 않았어요. 어쩐지 같은 가구를 보는 것이 싫어서요. 차라리 어딘가의 창고에 맡겨 두었다가 전적으로 새로 마련하는 편이 좋을 것 같아요. 과거 따위는 잊어 버려야죠. 그렇게 생각하지 않으세요? 커브를 잘 운전하는 왼손잡이 루 씨."

"뭐라고 불러도 좋습니다. 난 당신 과거를 모르니까 뭐라고 말할 수 없군요."

"미안하지만 가르쳐 드리지 못하겠어요."

잠시 강한 눈빛으로 나를 보고 나서 그녀는 토닉을 홀짝거렸다.

"괜찮으시다면 절 헬렌이라고 불러 주시지 않겠어요?"

"그렇게 합시다, 헬렌."

"어쩐지 딱딱한 말씨군요. 전 딱딱한 사람이 아니에요. 당신도 그럴 테죠. 그러니까 서로 딱딱한 말은 하지 말기로 해요."

"하지만 여기는 딱딱한 유리를 끼웠군요. 이사 온 지 얼마 안 되십니까?"

나는 빙긋 웃으며 물었다.

"한 달이에요. 한 달도 채 되지 않았어요. 그런데도 더 오래 있었던 것 같아요. 여기 와서 처음으로 당신과 같은 재미있는 분을 만났어요."

나는 그녀가 하는 아첨의 말을 흘려들었다.

"전에는 어디서 살았습니까?"

"이곳저곳에요. 여긴가 하면, 또 저기. 학교 선생은 유목민과 같아요. 저에겐 적합하지 않아요. 전 항구적으로 정착하고 싶어요. 이젠 나이가 들었으니까요."

"아직 젊게 보입니다."

"말씀을 잘 하시는군요. 하지만 벌써 늙었어요. 남자들은 잘 늙지 않아요."

나를 자기가 바라는 곳에 데리고 온 지금 그녀는 벌써 강요하는 말은 버렸지만 분명하게 적극적인 움직임을 나타내기 시작하고 있었다. 그것을 그만두었으면 좋겠다고 나는 생각했다. 왜냐하면 나는 이 여자가 마음에 들었기 때문이다. 나는 토닉을 다 마셨다.

그녀는 바의 웨이트리스같이 재빨리 두 번째의 토닉을 날라왔다. 서로 이용하기 위해 이렇게 마주 보고 있다는 어색한 기분에서 우리는 아무래도 빠져나올 수가 없었다.

두 번째 토닉을 마시면서 나는 자연스럽게 여자의 드레스 아래쪽을 감상했다. 드러난 살결은 매끌매끌한 갈색이었다.

그녀가 의자에 비스듬히 앉은 자세로 있었기 때문에 허리의 곡선이 멋졌다. 일몰 직전의 타는 듯한 노란 햇빛이 방 안 전체를 비추고 있었다.

"커튼을 닫을까요?"

그녀가 말했다.

"저를 위해서라면 마음대로 하세요. 곧 해가 질 겁니다. 당신은 도로시 스미스, 즉 달리 킨케이드의 이야기를 해 주시기로 하지 않았습니까?"

"그랬던가요?"

"달리의 이야기를 끄집어 낸 분은 당신이었어요. 달리의 지도교수라면서요?"

"참, 그래서 저에게 관심을 나타내셨군요, 그렇죠?"

비아냥거리는 것 같은 말투였다.

"아닙니다. 달리와의 관계를 알기 전부터 당신에겐 관심이 있었지요."

"정말인가요?"

"정말입니다. 이렇게 지금 여기에 있는 것이 무엇보다 그 증거입니다."

"당신이 지금 여기 있는 것은 도로시 스미스라는 마법의 말로 내가 당신을 유혹했기 때문이죠. 대체 그 아이는 이 학교에서 무엇을 하고 있는지."

마치 달리에게 질투하고 있는 듯한 말투였다.

"그건 당신 쪽이 잘 알고 있다고 생각했습니다만."

"당신은 모르십니까?"

"달리 자신의 말은 여러 가지로 모순되어 있어요. 아마도 로맨틱한 소설책을 너무 많이 읽었기 때문에……."

"글쎄요. 그 애는 확실히 로맨틱한 성격이에요. 자기의 무의식 세계와 현실이 뒤섞여 있는 로맨틱한 이상주의자라고 하면 좋을까요. 저도 옛날에는 그랬으니까 잘 알 수 있어요. 하지만 그 애한테는 뭔가 더 현실적인 문제가 있는 것 같아요. 깜짝 놀랄 만한 문제가."

"당신에게는 어떻게 이야기했나요, 자기의 과거 이야기를?"

"이야기가 아니에요. 더러운 실화예요. 그 이야기는 나중에 해드리겠어요. 당신이 얌전히 있으면 말이에요."

헬렌은 희미해져 가는 빛 속에서 제왕의 후궁처럼 몸을 움직여 매끌매끌한 다리를 다시 고쳐 포개었다.

"미스터 루, 당신은 용감한 남자입니까?"

"남자는 자기가 용감한지 아닌지에 대해 말하지 않는 법입니다."

"펭글씨 연습장에 있는 격언을 많이 알고 있군요. 정직하게 대답해 주세요."

그녀는 약간 악의를 담아 말했다.

"용감한지 아닌지 시험해 보려거든 언제라도 해보십시오."

"시험해 볼까요? 실은 제가 조금 용무가 있어서……, 말하자면 남자분이 필요해요."

"그건 프로포즈입니까, 일의 부탁입니까? 아니면 다른 남자 이야기입니까?"

"물론 당신 일이에요. 제가 말하는 건. 제가 이 주말에 살해될 것 같다면 어떻게 말씀하시겠어요?"

"주말 동안만 어딘가 다른 데 가 계시라고 충고하겠습니다."

그녀는 몸을 비틀며 내 쪽으로 상반신을 기울였다. 유방은 아래로 쳐지지 않았다.

"그렇다면 제 신변 보호를 맡아 주세요."

"공교롭게도 선약이 있습니다."

"알렉스 킨케이드 말인가요? 그 청년이 선약이라면 내 쪽에서 더 많은 돈을 내겠어요. 그 밖에 특별수당도."

그녀는 참지 못하겠다는 듯이 덧붙였다.

"대학 정보망은 시간 외에도 활동합니까, 아니면 당신 정보의 소스는 달리입니까?"

"그 아이도 정보망의 일환이에요. 그 아이의 이야기라면 머리털이 곤두설 만큼 무서운 것을 전 알고 있어요."

"얘기해 주십시오. 전부터 나는 머리털을 곤두세우지 못해 안달이었죠."

"왜 얘기해야 하나요? 당신이 보상하겠다고 약속하지 않았는데 말이에요. 제 얘기를 솔직히 들어 주시지도 않는데. 말해 두지만 전

냉정하게 거절당하면 발끈 성을 내는 성질이니까요."
"너무 개인적으로 해석하지 마십시오. 단지 나는 점액질입니다. 어쨌든 내가 붙어 있을 필요는 없겠죠? 이 도시는 멕시코로, 사막으로, 로스앤젤레스로 어디로든 길이 통해 있고, 게다가 당신은 스피드가 빠른 좋은 차를 갖고 있으니까."
"전 신경이 예민해서 차로 멀리는 갈 수 없어요."
"그렇게도 무섭습니까?"
그녀는 고개를 끄덕거렸다.
"무서워하는 것 같지는 않은데요."
"그렇게 보이도록 전심전력을 다하고 있어요."
햇빛이 방 안에서 사라진 탓인지 그녀의 얼굴은 그늘에 가려 어두워 보였다. 머리칼만이 간신히 빛을 간직하고 있는 것 같았다. 그녀의 부드러운 몸 저쪽에 점점 어두워지는 산 능선들이 보였다.
"누가 당신을 죽이려 합니까, 헬렌?"
"누군지 모르겠어요. 하지만 협박받았어요."
"협박이라니?"
"전화로 했어요. 들어보지 못한 목소리였어요. 남자인지 여자인지 분간 못할 목소리였어요. 목소리가 남자도 여자도 아닌 것 같았어요."
헬렌은 몸을 떨었다.
"누구한테서 협박받을 이유가 있습니까?"
"모르겠어요."
그녀는 내 시선을 피하듯 말했다.
"학교 선생은 때때로 협박받게 되어 있어요. 태반은 아무 일도 일어나지 않고 끝나지만. 이 도시의 누군가와 싸운 일이 없었습니까?"

"이 도시 사람은 아무도 몰라요. 물론 학생은 예외이지만."
"당신 클래스에 정신이상자가 있는 건 아닙니까?"
그녀는 고개를 저었다.
"그런 종류가 아니에요. 이건 진짜 협박이에요."
"어떻게 그걸 알 수 있죠?"
"그 정도는 알 수 있어요, 저도."
"뭔가 달리 킨케이드와 관계가 있는 일입니까?"
"그런지도 모르죠, 잘 모르겠지만. 여러 사정이 얽혀 있어요."
"그 얽혀 있는 사정을 말해 보세요."
"말하면 긴 이야기가 되어요. 애초의 시작은 브리지턴입니다."
"브리지턴?"
"제가 태어나 자란 도시예요. 그 도시에서 모든 일이 일어났어요. 전 도망쳤지만 꿈속의 풍경에서는 도망칠 수 없었어요. 제 악몽의 무대는 아직도 브리지턴 거리예요. 저를 죽이겠다고 협박한 전화의 목소리는 뒤쫓아 오는 브리지턴의 목소리예요. 과거부터 말을 걸어 오는 브리지턴의 목소리예요."

솟아오르는 악몽에 사로잡혀 그녀는 자신도 잊고 지껄이고 있었지만 그 악몽의 묘사는 어쩐지 수상한 것이었다. 그녀의 이야기를 그대로 받아들여야 할지 어떨지 나로서는 아직 알 수 없었다.

"단순한 공상이 아닌가요, 당신의 현재 상태에서 나온?"
"조작한 이야기가 아니에요. 브리지턴은 저를 죽일 거예요. 그런 일은 전부터 알고 있었던 일이에요."
"도시가 사람을 죽인다는 말은 들어본 적이 없어요."
"그건 당신이 자랑스러운 우리 도시를 모르시기 때문이에요. 그런 일에 있어서는 이미 전과가 있는 도시예요."
"어디쯤입니까, 그 브리지턴이란?"

"일리노이 주, 시카고 남쪽."

"거기서 모든 일이 일어났다고 했어요. 그건 무슨 뜻입니까?"

"중요한 것은 모든 것이란 뜻이죠. 그것이 시작되었다고 깨달았을 때는 벌써 모든 것이 끝나 버린 거예요. 그러나 상세한 이야기는 그만두겠어요."

"상세하게 이야기해주지 않으면 도와드릴 수 없어요."

"도와주실 생각이 없으시면서. 저한테서 정보만 빼내고 싶을 뿐이죠?"

그것은 맞는 말이었다. 그녀가 문제삼아 주기를 바라는 만큼 나는 그녀를 문제삼지 않는다. 애초부터 그녀를 전면적으로 신용하고 있지 않았다. 그녀의 아름다운 육체에는 두 가지 인격이 교대로 나타나고 있는 것 같았다. 하나는 감수성이 강한 천진난만한 성격, 또 하나는 고집스럽고 파악하기 어려운 성격.

그녀는 일어나서 산이 바라보이는 유리벽으로 가까이 갔다. 산들은 라벤더 색으로 변하고 그 골짜기 갈라진 곳은 밤의 푸른 빛으로 물들어 있었다. 저녁 전체가, 산도 하늘도 도시도 청색으로 물들어 있었다.

"디 브라웨 슈툰데('푸른 시간'이란 독일어)."

그녀는 혼잣말처럼 중얼댔다. "옛날에는 이 시각을 좋아했어요. 지금은 몸서리가 쳐져요."

나는 일어나 그녀 뒤에 섰다.

"당신은 자기 스스로 자기 감정에 도취하고 있어요."

"남의 일을 어쩌면 그렇게 잘 알죠?"

"알 수 있습니다. 당신은 지적인 여성입니다. 그러니까 지적인 여성답게 행동하세요. 이 집에 있어서 마음이 울적해진다면 어딘가로 옮기면 됩니다. 여기에 있으려면 조심하세요. 경찰에 보호를 부탁하는 것도 좋을 겁니다."

"당신이 관계하지 않는 방법뿐이군요, 당신이 권하는 것은. 어저께 협박 전화가 있은 뒤 경찰에 보호를 부탁했어요. 보안관 한 사람을 보내 주었어요. 그 사람이 말했어요. 그런 전화는 흔히 걸려온다구요. 대체로 10대의 장난이라고 했어요."

"10대의 목소리였습니까?"

"그렇지 않았다고 생각해요. 하지만 협박 전화는 대부분 목소리를 조작한다고 했어요. 그러니까 걱정할 필요는 없다는 거예요."

"그렇다면 걱정할 필요는 없겠지요."

"그렇지만 안 돼요. 전 무서워요. 같이 있어 주시겠어요?"

그녀는 뒤돌아보고 내 속을 떠보려는 듯이 조용히 내 가슴에 가까이 기댔다. 내가 느낀 것은 그녀에 대한 연민의 정이었다. 이 여자가 나를 이용하려고 한다. 나를 이용하기 위해 자기 육체를 이용하고 있다.

나는 말했다.

"잠깐 가지 않으면 안 될 곳이 있어요. 처음에 말한 대로 선약이 있어서요. 하지만 반드시 돌아오겠습니다."

"그럼, 어쩔 수 없군요. 잠시지만 친절하게 대해 주셨어요!"

그녀는 급히 내게서 떨어졌다. 그 떨어지는 동작이 너무 난폭했기 때문에 새처럼 유리벽에 부딪쳤다.

7

짙어져 가는 저녁놀 속을 마리너즈 레스트 호텔을 향해 차를 달리면서 나는 여러 가지 음색을 써서, 이것으로 잘 됐다고 혼잣말을 되풀이했다. 그러나 곤란한 일로는 방금 내가 도망쳐 나온 상황에서는 어떤 일을 하든 이것으로 좋았다고 할 수는 없었다. 주제넘게 떠벌린

죄, 또는 불성실한 죄가 있을 뿐이다. 금몰이 달린 요트 모자를 썼지만 여태껏 바다에 가까이 간 적이 없는 것 같은 얼굴빛의 호텔 종업원이 알렉스 킨케이드 씨는 방을 잡은 뒤 곧 외출하셨다고 말했다. 나는 서프하우스 호텔로 저녁 식사를 하러 갔다. 커다란 호텔의 밝은 현관을 지날 때, 나는 파고의 일이, 결국 쓸모없이 되어버린 주문 사진이 생각났다.

사진사는 작은 사무실 옆 암실에 있었다. 암실에서 나온 파고는 짙은 색의 네모진 색안경을 쓰고 있었다. 눈의 표정은 보이지 않으나 입술은 기분이 언짢은 것 같았다. 책상 위에서 두툼한 마닐라 봉투를 집어 들더니 그것을 내 앞에 내밀었다.

"이 프린트가 급하다고 하지 않았습니까?"

"네, 그런데 사정이 달라졌어요. 행방불명이 되었던 사람을 찾아냈어요."

"그럼, 이제 필요없게 된 겁니까? 모처럼 제 아내가 이 더운 곳에 틀어박혀 오후 반나절을 보내며 준비했는데요."

"아닙니다, 주십시오. 나는 필요없더라도 킨케이드가 무슨 일엔가 사용할 테죠. 얼맙니까?"

"세금까지 보태서 25달러입니다. 정확하게는 24달러 96센트입니다만."

10달러 지폐 두 장과 5달러 지폐 한 장을 주자 그의 입술 표정은 세 단계에 거쳐 부드러워졌다.

"그럼, 그녀는 돌아왔군요?"

"아직 알 수 없어요."

"어디서 발견했습니까?"

"이곳 대학의 학생이 되어 있었어요. 아르바이트로 브래드쇼라는 할머니 차를 운전하고 있었어요."

"롤스로이스 할머니 말입니까?"
"그래요, 아는 사인가요?"
"아는 사이라고는 할 수 없어요. 언제나 일요일이면 아들과 둘이서 점심을 먹으러 이곳 레스토랑에 와요. 언젠가 내가 주문을 예상하고 두 사람의 스냅 사진을 찍었더니 몹시 화를 내고 지팡이로 내 카메라를 때려 부수려고 했어요. 때려 부수려면 내 못생긴 얼굴이나 부수는 편이 나을 거라고 말하려고 했지만……."
"말하지 않았다는 겁니까?"
"어떻게 그런 말을. 상대방은 이 도시의 명사예요. 진짜로 화나게 만들면 제 목이 날아가죠."
"부자인 모양이죠?"
"그뿐만 아니라 그 아드님은 학교 관계의 유지입니다. 하버드 출신으로 거드름을 피우지만 인품은 별로 나쁘지 않은 모양입니다. 어머니가 제 라이카 카메라를 때려 부수려고 했을 때도 그걸 멈추게 해준 분은 아드님입니다. 하지만 마흔이 넘은 그런 미남자가 아직 어머니의 에이프런 끈에 의지하고 있다니, 참 알 수 없죠."
"상류 가정에서는 흔히 있는 일입니다."
"그렇죠, 상류 가정에서는. 저도 알고 있어요. 기다리고 기다렸던 유산을 겨우 상속했을 때는 벌써 할아버지가 되어 있다는 거죠. 적어도 제대로 된 자기 일로 이름을 알린 것만으로도 브래드쇼 집안의 아드님은 용기가 있었던 셈이죠."
파고는 손목시계를 보았다.
"일이라면 오늘은 12시간이나 했어요. 아직 2시간쯤 현상 일이 남아 있어요. 그럼 다시 봅시다."
나는 호텔 커피숍 쪽으로 걸어갔다. 파고가 복도를 쪼르르 달려서 나를 쫓아왔다. 네모진 색안경 탓에 그의 얼굴은 로봇처럼 냉정해 보였다. 그 냉정함은 기묘한 손발의 움직임과 어울려 보였다.

"아까 물어 보려고 생각했다가 깜박 잊어 버렸어요. 그 베그리에 대해서는 뭔가 알아냈습니까?"

"만나서 그 사람과 이야기를 나누었죠. 그러나 대단한 것은 말해 주지 않더군요. 시어워터 해안의 여자와 동거 생활을 하고 있었어요."

"누굽니까, 그 행운의 여자는?"

파고가 물었다.

"이름은 매지 겔허디. 알고 있습니까?"

"아뇨, 하지만 베그리의 일이 생각났어요. 다시 한 번 만나서 확인하면 어떨까 하고……."

"그럼 곧 떠납시다."

"아닙니다. 지금은 갈 수 없어요. 내 이름을 밝히지 않는다고 약속해 주시면 그 수염 기른 남자의 정체를 가르쳐 드리겠어요. 단, 그것은 제가 그 남자임에 틀림없다고 생각할 뿐이기 때문이죠. 다른 사람과 비슷할 수도 있고, 게다가 명예훼손 따위로 소송당하는 걸 나는 정말 원치 않으니까요."

"당신 이름은 밝히지 않기로 약속하죠."

"정말 부탁합니다."

사진사는 스킨 다이빙하는 사람처럼 깊이 숨을 들이켰다.

"그 녀석은 10년쯤 전에 인디언 스프링스에서 자기 아내를 죽인 토머스 매기라는 사람이라고 생각합니다. 제가 신출내기 신문기자였을 무렵 그 매기의 사진을 찍었는데, 신문사에서는 그런 불쾌감 주는 사건 따위는 그다지 화려하게 취급하지 않는 방침이었지요."

"그 사람이 아내를 죽인 것은 확실합니까?"

"물론입니다. 지금 상세한 건 이야기할 틈이 없고, 워낙 옛날 일이라 기억도 희미하지만 재판 관계자들은 모두 1급 살인판결이 내려질 것으로 예상했었죠. 그것을 길 스티븐스가 배심원들을 설득시켜 2급 살인으로 낮추었죠. 그러니까 이렇게 빨리 출옥한 겁니다."

10년 동안 세계의 끝, 달 뒤쪽에 갔다왔다고 하는 베그리의 이야기가 떠올랐다. 어쩌면 그렇게 빠르다고는 말할 수 없다, 10년이라면.

시어워터 해안에는 안개가 짙게 끼어 있었다. 마침 만조 때였다. 별장의 마루 밑으로 파도가 밀려와 말뚝을 연신 씻고 있는 소리가 들려왔다. 차가운 대기에는 요드 냄새가 떠돌았다.

문을 두드리자 매지 겔허디가 나와서 멍하니 내 얼굴을 보았다. 짙은 아이섀도로도 그녀의 눈두덩이 부은 것을 감추지 못했다.

"당신은 탐정이죠?"

"그렇습니다. 실례해도 괜찮겠습니까?"

"들어오세요. 들어와 봐야 아무 도움도 안 될 테지만. 그이는 가 버렸어요."

그것은 여자의 버림받은 듯한 얼굴 표정으로 벌써 짐작하고 있었다. 나는 그녀 뒤를 따라 곰팡내 나는 현관을 지나서 노출된 서까래가 보이는, 천장이 높은 방으로 들어섰다. 몇 마리의 거미가 서까래 구석에서 바쁜 듯이 움직이고 있었다. 서까래는 거미줄에 뒤덮여 마치 바깥 안개가 침입한 것처럼 보였다. 등나무 가구는 이음매가 망가져 있었다.

테이블이나 방바닥에 몇 개의 글라스, 빈 병, 그리고 아직 내용물이 얼마쯤 남아 있는 병 따위가 나란히 있는 것을 보니, 며칠에 걸쳐 파티가 있었던 모양이다. 내가 이곳을 찾지 않았다면 이 파티는 계속해서 며칠 더 진행되었으리라.

그녀는 걸으면서 빈 병을 발로 차고 긴 의자에 털썩 주저앉았다.

"그이가 가버린 것은 당신 탓이에요. 오늘 오후 당신이 찾아온 뒤에 그이는 곧 짐을 꾸리기 시작했어요."

그녀는 한탄의 말을 했다.

나는 그녀의 정면 등나무 의자에 앉았다.

"베그리는 행선지를 말했습니까?"

"말하지 않았어요. 그이는 저한테 다시 돌아올 거라고는 생각하지 말라고, 이젠 모든 것이 끝이라고 말했어요. 왜 그를 협박했나요? 첵은 누구에게도 나쁜 일 따위는 하지 않는 사람이에요."

"내가 그를 겁주진 않았어요."

"첵은 감수성이 예민한 사람이었어요. 옛날에 여러 가지 고생을 했잖아요? 어딘가 조용한 곳에서 지금까지의 경험을 글로 쓰고 싶다고, 지금 바라는 건 그것뿐이라고 곧잘 말했어요. 자서전 같은 소설을 쓰고 있었어요."

"경험이라면 뉴칼레도니아에서의?"

그녀는 정말 놀란 듯한 표정으로 말했다.

"뉴칼레도니아라니? 첵은 그런 곳에 한 번도 간 적이 없었어요. 크롬 광산에서 어쩌니저쩌니 하는 건 내셔널 지오그래픽의 옛 잡지에서 읽은 이야기예요. 그는 분명히 외국에는 한 번도 간 적이 없어요."

"그럼 어디에 갔었습니까?"

"교도소에요. 알고 계셨겠죠? 그렇지 않고선 그를 뒤쫓을 까닭이 없어요. 정말 불합리한 이야기예요. 한 인간이 사회에 대한 빚을 갚고 겨우 사회 복귀를 하려고 하는데……."

그녀는 베그리의 말을 그대로 되풀이하고, 그의 노여움을 그대로 전하고 있었다.

그녀의 노여움은 점점 가라앉고 말은 중도에서 끊어졌다. 그리고 베그리의 사회 복귀가 완전한 것이 아니었음을 지금 처음으로 깨달은 듯이 그녀는 흩어져 있는 방을 망연히 바라보았다.

"어떤 죄로 교도소에 들어갔는지 그는 말해 주었습니까, 미세스 겔허디?"

"상세히는 말해 주지 않았어요. 며칠 전 밤에 그는 쓰던 원고를 읽어 주었어요. 그 소설의 주인공은 교도소 안에서 과거의 일을 회상하고 있었어요. 재수 없게 덫에 걸려 자기가 하지도 않은 살인죄를 뒤집어 쓴 것을 말이에요. '그 주인공이 당신이었던가요' 하고 내가 물었더니 그렇지 않다고 말하고는 우울하게 잠자코 있었어요. 그건 그의 여느 때의 버릇이지만."

지금은 그녀가 우울하게 덤덤히 있었다. 내 다리 밑에서 방바닥이 흔들리고 있는 것이 느껴졌다. 뭔가 명랑하고 잔혹한 힘이 모든 것을 분해하는 것처럼 바다가 말뚝 사이로 밀려오고 있었다. 그녀는 말했다.

"첵은 살인죄로 수감된 적이 있었던가요?"

"10년 전에 아내를 죽였다는 이야기를 아까 들었습니다. 아직 확인하지는 않았습니다만. 당신은 확인해보지 않았나요?"

여자는 머리를 저었다. 아직 굽지 않은 빵 반죽이 그 자체의 무게로 힘없이 축 늘어지는 것처럼 여자의 얼굴이 길어졌다.

"뭔가 잘못 되었겠죠."

"그렇다면 좋겠습니다만. 그리고 또 하나 그의 본명이 토머스 매기라는 말을 들었어요. 그가 이 이름을 사용한 적은 없었습니까?"

"그런 일은 없었어요."

"그 이름이 또 하나의 사실과 부합됩니다."

나는 소리 내어 말하고 마음속 생각을 뒤쫓았다.

"그가 서프하우스 호텔에 만나러 간 젊은 여자의 결혼 전 이름도 그 이름과 같습니다. 그리고 그도 그 여자는 자기 딸과 닮았다고 말했어요. 그러니 아마도 그 젊은 여자가 그의 진짜 딸이 아닌가 생각됩니다. 당신에게 누군가가 이야기하지 않았습니까, 그 여자의 일을?"

"아뇨."

"여기에 데리고 온 일은?"

"없어요. 진짜 딸이라면 여기에 데리고 올 까닭이 없잖아요?"

그녀는 아까 발로 찼던 빈 병을 손으로 집어 그것을 똑바로 세워놓았다. 그런 동작은 그녀가 정신적으로 몹시 지쳤다는 뜻인지도 모른다. 그녀는 다시 아까의 긴 의자에 앉았다.

"베그리인지 매기인지 모르지만, 그는 얼마 동안 당신과 여기서 함께 살았습니까?"

"겨우 두 주일 동안이었어요. 우린 결혼할 예정이었어요. 이런 곳에서 남자 없이 산다는 것은 몹시 쓸쓸해요."

"알겠습니다."

내 목소리에 나타난 동정의 울림에 그녀는 다소 생기를 되찾은 것 같았다.

"남자들이란 왜 모두 곧 떠나 버리는 걸까요? 아무리 열심히 돌봐주어도 오래 있어 준 적이 없어요. 이렇게 될 거라면 첫 번째 남편과 헤어지지 않을걸 그랬어요."

여자의 눈은 먼 저쪽을, 먼 옛날을 바라보고 있었다.

"첫 남편에겐 여왕처럼 대접받았었는데. 그때 나는 젊었고 바보였던 거예요. 결국 헤어졌죠."

우린 방바닥 아래의 바닷물 소리에 귀 기울이고 있었다.

"책은 그 진짜 딸이라고 하는 여자와 함께 도망쳤을까?"

"글쎄, 어떨까요? 미세스 겔허디, 그가 떠날 때는 차로 갔습니까?"
"내 차를 타고 싶어하지 않았어요. 모퉁이까지 걸어가서 로스앤젤레스행 버스를 탄다고 말했어요. 그 버스는 그 모퉁이에서 손을 들면 언제나 세워주죠. 그러니까 슈트케이스를 들고 어슬렁어슬렁 걸어갔어요. 모퉁이를 돌아 그의 모습은 사라졌어요."
그녀의 말투는 원망하는 것 같기도 했고 안심하는 것 같기도 했다.
"그건 몇 시쯤이었습니까?"
"3시쯤이었어요."
"그는 돈을 갖고 있었습니까?"
"버스값 정도는 갖고 있었을 거예요. 하지만 그리 많이 갖고 있지는 않았을 거예요. 전 조금씩 드렸는데 그는 언제나 필요한 만큼밖에 받지 않았어요. 그것도 꼬박꼬박 이건 빌리는 거요, 하고 다짐을 두었지요. 자서전이 완성되면 반드시 갚겠다고요. 하지만 갚지 않아도 상관없어요. 같이 살아준 것만으로도 고마워하고 있으니까요."
"그렇군요."
"그래요. 책은 멋진 사람이에요. 과거가 어떻든 저로서는 아무렇지도 않아요. 사람이란 얼마든지 변하니까요. 저한테 괴로움을 준 일은 한 번도 없었어요."
더할 수 없이 솔직한 말투로 그녀는 덧붙였다.
"그에게 폐를 끼친 것은 저였어요. 전 술꾼이었으니까요. 그는 저와 어울려 마신 것뿐이에요. 혼자서 마시게 하는 건 싫다구했어요."
그녀의 파르스름한 눈이 반짝거렸다.
"당신 한잔 하시지 않겠어요?"
"아니, 괜찮습니다. 이제 실례합니다."

나는 일어나 그녀 위에 몸을 구부린 자세가 되었다.

"정말 행선지를 묻지 않았습니까?"

"로스앤젤레스행 버스를 탄다는 얘기뿐이었어요. 편지를 보내겠다고 약속했지만 기대하지는 않아요. 이젠 모두 끝난 일이니까요."

"만일 편지나 전화가 왔을 경우에는 나한테 알려 주시겠습니까?"

그녀는 고개를 끄덕였다. 나는 명함을 주고 숙소의 이름을 가르쳐 주었다. 밖으로 나오자 안개는 벌써 한길까지 살그머니 침입해 들어와 있었다.

8

브래드쇼의 집으로 가는 도중에 다시 한 번 호텔에 들러 보니 웨이터가 알렉스는 외출중이라고 했다. 브래드쇼 댁의 산울타리 옆에는 알렉스의 빨간 포르셰가 정차되어 있었는데 나는 조금도 놀라지 않았다. 나무들 저쪽에서 달이 떠오르고 있었다. 그 풍경을 보고 있으려니까 나도 어느새 평정을 되찾은 것인지, 알렉스는 벌써 신부와 다시 만나 문간방에서 사이좋게 여태까지의 고생을 서로 이야기하고 있을 것이 틀림없다고 상상하기도 했다. 집 밖으로 새어나오는 여자의 울음소리가 대뜸 이 상상을 깨뜨렸다. 주위를 아랑곳하지 않는 애끓는 울음소리, 거의 이 세상의 것으로 여겨지지 않는 울음소리였다. 그 협박에 가까운 리듬은 상처입은 고양이의 울음소리처럼 높아졌다가 낮아지곤 했다.

문간방의 방문은 조금 열려 있었다. 마치 방안의 소동이 밀려 나온 것처럼 그 문틈으로 빛이 새어 나오고 있었다. 나는 문을 열었다.

"들어오면 안 됩니다."

알렉스가 말했다.

두 사람은 좁은 거실의 소파 침대에 걸터앉아 있었다. 청년은 양팔로 여자를 안고 있었는데 그것은 다정한 모양새는 아니었다. 여자는 청년을 거역하고 그 포옹에서 빠져나오려 했다. 그것은 마치 정신병원의 간호사가 어떻게 해서든지 신체를 속박하지 않고 치료받게 해주려고 몇 시간이나 걸려 미친 듯 날뛰는 환자를 다루고 있는 장면과 흡사했다.

여자의 블라우스는 찢어져 한쪽 유방은 거의 노출되어 있었다. 헝클어진 머리카락에 반쯤 가린 얼굴 정면이 보였다. 멍청한 잿빛 얼굴이 표정도 바뀌지 않고 나를 향해 외쳤다.

"나가요!"

"내가 있는 편이 좋을 겁니다."

나는 두 사람에게 말했다.

그리고는 문을 닫고 나는 방을 가로질렀다. 여자의 울음소리는 약해졌다. 자세히 보니 울고 있는 것은 아니었다. 눈동자는 말라서 잿빛 각막 속에 고정되어 있었다. 그녀는 남편의 몸 그늘에 얼굴을 숨겼다.

청년의 얼굴은 번쩍번쩍 빛날 정도로 창백했다.

"어떻게 된 일입니까, 알렉스?"

"잘 모르겠어요. 이곳에서 기다리고 있으려니까 조금 전에 아내가 돌아왔어요. 그런데 그녀가 떠드는 말은 전혀 알아들을 수가 없어요. 뭔가에 몹시 놀란 모양입니다."

"쇼크를 받은 겁니다. 무슨 사고가 있었나 봅니다."

알렉스 자신도 비슷한 상태라고 나는 생각하면서 말했다.

"그런 모양입니다."

청년의 목소리는 말끝이 분명치 않았다. 이 새로운 까다로운 문제를 처리할 만한 힘을 찾아보려는 듯이 그는 자기 마음속을 들여다보는 눈빛이었다.

"부인은 상처를 입었습니까, 알렉스?"

"상처는 입지 않았어요. 길을 달려왔는가 싶은데, 또 달려 나가 어딘가로 가려고 했어요. 내가 말렸더니 몹시 버둥거렸어요."

자기 완력을 보여 주려는 모양으로 그녀는 갑자기 양손으로 청년의 가슴을 두드리기 시작했다. 그녀의 손에는 피가 묻어 있었다. 알렉스의 셔츠에 붉은 얼룩이 묻었다.

"이걸 놔 줘요. 난 죽고 싶어요. 죽는 것이 당연해요."

그녀는 외쳤다.

"피가 묻어 있어요, 알렉스."

청년은 고개를 저었다.

"누군가의 피입니다. 달리의 친구가 죽었답니다."

"모두 제 탓이에요."

그녀는 억양이 없는 목소리로 말했다.

청년은 여자의 손목을 잡고 부둥켜안았다. 청년의 얼굴은 점점 남자답게 변했다.

"조용히 해, 달리. 바보 같은 말 하지 말아요."

"바보 같은 말이라구요? 그분은 피투성이가 되어 쓰러져 있었어요. 그렇게 된 것은 나 때문이에요."

"누구 일입니까?"

나는 알렉스에게 물었다.

"헬렌인가 하는 사람입니다. 난 모르는 사람이지만."

나는 알고 있다.

달리는 띄엄띄엄 혼잣말을 중얼거리기 시작했다. 너무 말이 빨랐고 게다가 애매한 말이었기 때문에 거의 그 뜻을 알아들을 수 없었다. 아무튼 달리도 달리의 아버지도 악마이고 헬렌의 아버지도 악마이며 아버지끼리 살인 맹약을 맺었으니까 달리와 헬렌은 피를 나눈 자매인데, 그 피를 나눈 자매를 달리가 배반하여 죽게 했다는 이야기였다.

"헬렌이 무슨 일을 했습니까?"

"난 그분에게서 떨어져 있어야만 했어요. 내가 가까이 가면 사람들은 모두 죽어요."

"알 수 없는 말을 하는 게 아냐. 당신은 사람을 해칠 여자가 아냐."

알렉스는 조용히 말했다.

"나에 대해선 아무것도 알지 못하면서."

"아냐, 알고 있어. 난 당신을 사랑하고 있어요."

"그런 말은 하지 말아요. 그런 말을 하면 자살하고 싶어지니까."

청년의 양팔 안에서 꼿꼿하게 등을 세운 채 그녀는 피묻은 자기 양손을 바라보며 다시금 눈물도 나오지 않는 무서운 울음소리를 질렀다.

"전 범죄자예요."

어두운 푸른빛 눈을 들고 알렉스는 내 얼굴을 보았다.

"달리가 말하는 뜻을 알겠습니까?"

"잘 모르겠는데요."

"그 헬렌이라는 분은 정말 죽었다고 생각합니까?"

달리가 귀머거리나 미친 사람인 것처럼 그녀를 무시하고 나와 알렉스는 이야기하고 있었다. 달리도 그 상황을 긍정하고 있었다.

"누군가 살해된 사람이 있는지 없는지도 아직 확실하지 않습니다."

"부인은 죄책감에 사로잡힌 것 같은데 그건 무슨 오해인지도 모릅니다. 그런데 부인의 내력을 오늘 저녁 알았습니다. 아니, 알게 된 거라고 생각합니다. 지금 곧 확인해 봅시다."

나는 초라한 갈색 소파 침대에 걸터앉은 두 사람 옆에 앉아서 달리에게 물어보았다.

"당신 아버님 이름은 뭐라고 합니까?"
그녀는 내 말이 들리지 않는 것 같았다.
"토머스 매기입니까?"
마치 뒷덜미를 맞은 듯이 그녀는 고개를 꾸벅했다.
"아버지는 거짓말쟁이 괴물이에요. 저도 아버지 때문에로 괴물이 되었어요."
"아버지 탓이라고요?"
이 질문을 계기로 해서 다시 무서울 정도로 빠르게 말이 흘러나왔다.
"아버지가 쏘았어요." 턱을 자기 어깨에 파묻고 달리는 말했다. "피투성이가 된 것을 그대로 남겨 두고 도망쳤지만 제가 앨리스 이모와 경찰관에게 말했기 때문에 재판을 받게 된 그 일을 또 하게 된 거예요, 오늘 저녁."
"헬렌에게 말인가요?"
"그래요, 제 탓이에요. 이렇게 된 것은 저 때문이에요."
달리는 자기 죄를 주장하는 일에 이상야릇한 기쁨을 느끼고 있는 것 같았다. 아주 지친 잿빛 눈길이나, 눈물이 나오지 않는 울음이나, 숨도 쉬지 않고 지껄이는 말이나 이따금 찾아오는 침묵 등 모든 것은 돌발적인 정신 위기의 징조였다. 꼴 사나운 자기 고발의 멜로드라마의 그늘에서 뭔가 가치 있는 연약한 것이 최종적으로 파괴되려고 하는 위험을 나는 예감했다.
나는 말했다.
"이제 더 질문하지 않는 것이 좋겠습니다. 아무래도 지금은 진실과 거짓도 구별하지 못하는 것 같으니까요."
"그럴까요? 제가 기억하고 있는 건 모두 사실이에요. 처음부터 모두 기억하고 있어요. 처음은 말다툼, 다음은 아버지에게 매맞고 그리고는 드디어 총에 맞아 피투성이가 되고……."
그녀는 심술궂게 말했다.
나는 그녀를 제지했다.
"잠자코 있어요, 달리. 아니면 화제를 바꿔요. 당신에겐 의사가 필요합니다. 이 도시에는 당신의 주치의가 없습니까?"
"없어요. 의사 따윈 필요없어요. 경찰을 불러요. 자백하고 싶어요."
달리는 우리 두 사람과 자기 자신의 마음을 상대로 하여 이를테면 게임을 하고 있다고 나는 생각했다. 현실 세계의 낭떠러지에서 위험한 곡예를 한 끝에 정신이 아찔해질 것 같은 다이빙을 감히 할 작정이었다.
"자백이라니? 괴물이라는 걸 말인가요?"
내 물음은 효과가 없었다. 그녀는 당연하다는 듯이 대답했다.
"전 괴물이에요."
난처하게도 그 대답은 내 눈앞에서 구체적인 모양을 나타내기 시작했다. 그녀 내부의 혼돈에 가까운 압박감이 그 입술이나 턱 모양을 바꾸어 가고 있었다. 산산이 흩어진 머리칼 사이에서 그녀의 눈은 흐리멍덩하게 나를 보고 있었다. 이것이 이날 오후 도서관 입구 계단에서 이야기를 나눈 여학생과 동일 인물이라고는 도저히 믿을 수 없을 정도였다.
나는 알렉스 쪽으로 몸을 돌렸다.
"이 도시에 아는 의사가 없습니까?"
그는 머리를 저었다. 그의 모나게 깎은 머리칼이 곤두서 있었다. 아내와 접촉한 뒤 그의 몸 안에 전류가 흐른 것 같았다. 그는 좀처럼 아내를 놓아주려고 하지 않았다.
"롱비치의 아버지에게 전화를 걸까요?"

"좋은 생각입니다. 하지만 그것은 나중에 해요."
"지금 곧 병원에 데리고 가는 것이 좋지 않을까요?"
"전문의의 보호가 없는 한 안 됩니다."
"보호라뇨?"
"경찰 내지는 정신병원의 보호입니다. 헬렌의 일을 확인하기 전에 당국의 신문을 받는 것은 섣부른 짓입니다."
달리가 우는 소리로 말했다.
"정신병원에 가는 건 싫어요. 예전에 진찰한 의사가 이 도시에 있어요."
무서워하는 걸 보니 그녀는 정신이 돌지는 않은 모양이었다. 이쪽에 협력하는 것을 보니 그녀는 그만큼 무서워하고 있었다.
"그 의사의 이름은 뭡니까?"
"닥터 고드윈, 닥터 제임스 고드윈. 정신과 의사예요. 제가 어렸을 때 종종 진찰받았어요."
"이 문간방에 전화가 있습니까?"
"언제나 브래드쇼 부인의 전화를 빌려쓰고 있습니다."
나는 두 사람을 남겨 두고 본채 쪽으로 걸어갔다. 이 높이에서도 안개 냄새가 났다. 안개는 바다 쪽에서 올라오는 동시에 산 쪽에서도 내려와 한데 합류되어 달을 향해 솟구쳐 오르는 것처럼 보였다.
커다란 흰빛의 집은 조용했으며 몇 개의 창문에 불이 켜져 있었다. 나는 벨을 눌렀다. 두꺼운 문 안쪽에서 희미하게 차임벨이 울렸다. 문을 연 사람은 무명 프린트 드레스를 입은 몸집이 크고 가무잡잡한 얼굴의 여자였다. 광대뼈 주위에 여드름 자국이 구멍처럼 나 있었지만 그런대로 아름다운 여자였다. 내가 아직 말하기도 전에 브래드쇼 박사는 외출중이고 브래드쇼 부인은 방금 취침했다고 그녀는 말했다.
"전화를 빌리기 위해서 왔습니다. 나는 문간방에 있는 아가씨의 친구입니다만."

그녀는 수상쩍다는 듯이 나를 말끄러미 살펴보았다. 설마 달리의 기분이 감염되어 나까지 보통 때와 다른 얼굴이 되어 있는 것이 아니겠지 하고 나는 생각했다.

"급한 용무입니다. 의사를 부르지 않으면 안 됩니다."

나는 말했다.

"그 아가씨가 병에 걸렸나요?"

"몸이 대단히 좋지 않습니다."

"그렇다면 혼자 두어서는 안 되지요."

"혼자가 아닙니다. 남편이 돌보고 있습니다."

"그 아가씬 아직 결혼하지 않았을 텐데요?"

"상세히 설명할 여유가 없어요. 의사를 부르게 전화를 빌려 주시겠습니까?"

그녀는 못이기는 듯이 한발 물러나 나를 안으로 들여놓고 곡선을 그린 계단 아래를 지나서 많은 책들이 꽂혀 있는 서재로 안내했다. 책상 위의 스탠드가 마치 비상등처럼 켜져 있었다. 그녀는 스탠드 옆 전화를 가리키고 감시하듯 문가에 섰다.

"미안하지만 혼자 있게 해주시지 않겠습니까? 도둑이라도 든 게 아닌가 걱정이라면 돌아갈 때 제 몸을 검사하십시오."

그녀는 '흥' 하고 콧방귀를 뀌고 내 시야에서 사라졌다. 나는 헬렌의 집에 전화를 걸려고 했으나 헬렌의 번호는 전화번호부에 실려 있지 않았다. 다행히 닥터 고드윈의 전화번호는 나와 있었다. 나는 다이얼을 돌렸다. 이윽고 응답해온 목소리는 몹시 부드러웠고 애매했기 때문에 남자인지 여자인지도 알 수 없었다.

"고드윈 박사님 계십니까?"

"고드윈은 전데요."

자기 이름을 대는 것이 어쩐지 쑥스러운 것 같은 말투였다.

"저는 루 아처라는 사람입니다. 실은 선생님의 진단을 받아보고 싶다는 젊은 여자가 있습니다. 결혼 전 이름은 달리 매기, 또는 도로시 매기입니다. 아주 상태가 좋지 않습니다만."

"달리? 네, 벌써 10년이나 11년 전에 진찰한 적이 있습니다. 상태가 좋지 않다구요?"

"저는 문외한이어서 잘 모르겠습니다만, 왕진을 부탁할 수 있을까요? 뭐라고 할까요, 달리는 히스테리 상태에서 살인이 어쩌니저쩌니 하고 엉뚱한 말을 하고 있습니다."

의사는 신음했다. 내 한쪽 귀에는 계단 위에서 목쉰 소리로 부르는 브래드쇼 부인의 목소리가 들려왔다.

"마리아, 무슨 일이냐?"

"달리가 병에 걸렸답니다."

"누가 알리러 왔지?"

"모르는 남자 분이에요."

"왜 말하지 않았어, 그 애가 병에 걸렸다는걸?"

"지금 말씀드리려던 중이었어요."

속삭이는 과거의 망령처럼 억양이 없는 낮은 소리로 고드윈 박사는 계속 말했다.

"나는 놀라지 않습니다, 그런 일이 일어나도. 달리는 어릴 때 뜻하지 않은 가족의 죽음을 맞아 그 너무나도 잔혹한 장면을 목격했더랍니다. 그 무렵 달리는 사춘기에 접어들고 있었는데 상처받기 쉬운 나이였지요……."

나는 의학용어를 계속하려는 그의 말을 막았다.

"달리의 아버지가 달리의 어머니를 죽인 겁니까?"

"그렇습니다. 달리가 시체를 발견했지요. 그 뒤 법정에서 증인석에도 섰습니다. 이런 형용할 수 없는 야만스런 일을……."

한숨 비슷한 대답이었다. 의사는 갑자기 말을 끊고 별안간 달라진 말투로 물었다.

"지금 어디서 전화를 걸고 있습니까?"

"로이 브래드쇼의 집입니다. 달리는 자기 남편과 함께 문간방에 있습니다. 장소는 푸트힐 드라이브의……."

"장소는 알고 있습니다. 실은 조금 전까지 브래드쇼 지도부장과 함께 만찬 모임에 참석하고 있었어요. 그럼, 선약된 왕진을 하나 마치고 곧 그쪽으로 가겠습니다."

나는 전화기를 놓고 얼마 동안 브래드쇼 댁의 가죽 회전의자에 힘없이 앉아 있었다. 과거의 일들을 가득 담은 온갖 책들이 꽂혀 있는 서가는 현재의 세계와 그 재앙에 대해 이를테면 절연체를 형성하고 있었다. 나는 일어서고 싶지 않았다.

브래드쇼 부인이 현관에서 기다리고 있었다. 마리아는 벌써 사라지고 없었다. 흥분 때문에 심장에 무리가 간 모양인지 노부인은 쌕쌕 소리를 내며 가쁜 숨을 쉬고 있었다. 그리고 핑크빛 목욕 가운의 깃을 모아 힘없이 부푼 가슴을 감추었다.

"그 아이는 어떻게 하고 있어요?"

"정신적으로 대단히 혼란스러운 것 같습니다."

"그 청년과 싸운 것이겠지요? 그 청년은 성미 급한 남자예요. 나쁜 것은 달리가 아니라고 생각해요."

"아닙니다. 사정은 조금 더 복잡합니다. 방금 정신과의 고드윈 박사와 통화했습니다. 옛날에 달리가 진찰받았던 선생님이었기 때문에."

"그럼 그 아이는……?"

노부인은 부은 손가락 관절로 부풀어오른 관자놀이를 가볍게 두드렸다.

  진입로에 차 한 대가 멎자 나는 노부인의 질문에 대답하지 않아도 되었다. 로이 브래드쇼가 현관문으로 들어왔다. 안개 탓인지 머리칼이 묘하게 곱슬곱슬해졌고 마른 얼굴 표정이 드러나 보였다. 계단 아래에 서 있는 우리 두 사람을 보자 그 표정은 대뜸 긴장되었다.

  미세스 브래드쇼가 책망하듯 말했다.

  "늦었구나. 너는 밖에서 먹고 마시며 놀면서 이 어미는 혼자 내버려 두다니. 도대체 어디 갔었니?"

  "동창회에 갔었어요. 벌써 잊으셨습니까? 그런 만찬회는 시간만 질질 끌어서 몹시 지루해요. 그런 지루한 이야기에 그런대로 장단을 맞추고 있었지만요."

  늙은 어머니의 투정보다도 더 중대한 사건이 일어났다는 것을 이 자리의 분위기에서 느끼고 브래드쇼는 당황한 표정을 지었다.

  "무슨 일이 있었어요, 어머니?"

  "이분 이야기에 따르면 문간방 여자애가 정신이 이상해졌다는구나. 그런 아이를 왜 나한테 보냈느냐, 정신병 환자 따위를?"

  "그 아이를 보낸 사람은 제가 아닙니다."

  "그럼, 누구냐?"

  이 어리석은 대화를 중단시키려 했지만 두 사람은 내 말에 귀를 기울이지 않았다. 두 사람 다 감정의 핑퐁 같은 이 게임에 열중해 있었다. 아마 로이 브래드쇼의 소년 시절부터 이러한 게임은 줄곧 계속되었으리라.

  "로라 서더런드와 헬렌 해거티일 겁니다. 해거티가 그 애의 지도교수였으니까 틀림없이 그녀일 겁니다."

  로이 브래드쇼는 말했다.

  "어느 쪽이든 간에 이번에는 더 신중히 고르도록 말해 두어라. 내 몸의 안전이 아무래도 좋다면……."

"그럴 리가 있겠습니까, 어머님 몸의 안전이 첫째죠. 그 일이라면 언제나 주의하고 있어요. 그 아이에게 그런 문제가 있다는 것은 조금도 몰랐습니다."

분노와 복종의 중간에서 그의 목소리는 높아졌다.

"특별한 문제는 없습니다. 달리는 쇼크를 받았을 뿐입니다. 방금 의사를 불렀습니다. 닥터 고드윈 말입니다."

브래드쇼는 천천히 내 쪽으로 방향을 바꾸었다. 그 얼굴은 마치 잠이 덜 깬 소년처럼 묘하게도 온화하고 공허해 보였다.

"닥터 고드윈이라면 잘 알고 있습니다. 쇼크라니 어떤 종류입니까?"

브래드쇼가 물었다.

"그것이 확실하지 않습니다. 우리 둘이서만 이야기할 수 없을까요?"

브래드쇼 부인이 떨리는 목소리로 선언했다.

"젊은 분, 이곳은 내 집이에요."

그것은 나한테 한 말이지만 동시에 브래드쇼에 대해서도 해당되는 이를테면 매였다. 브래드쇼는 매의 아픔을 확실히 느끼고 있었다.

"저도 이 집에 거주하는 사람입니다. 어머니에 대한 의무는 일일이 지키고 있어요. 그 밖에 저에겐 학생들에 대한 의무도 있어요."

"학생이 그렇게 중요하냐?"

노부인의 반짝이는 검은 눈에는 비난의 빛이 어렸다.

"좋다. 넌 너대로 프라이버시가 있을테니까. 그럼, 나는 밖에 나가 있기로 하겠다."

눈보라 속에 버려진 듯이 노부인은 보기 흉하게 몸에 걸친 목욕 가운을 여미면서 정말로 문 밖으로 나가려고 했다. 브래드쇼가 그것을 말렸다. 달래고 구슬린 끝에 마침내 어머니와 아들은 밤 인사를 하며 얼싸안았다. 나는 그 광경에서 눈을 피했다. 이윽고 아들의 부축을 받으며 노부인은 힘겹게 계단을 올라갔다.

다시 내려온 브래드쇼는 말했다.

"우리 어머니에게 너무 가혹하게 시비를 걸지 마세요. 무엇보다 연세가 연세이시니까요. 무슨 사건이 일어나면 그것에 좀처럼 적응하지 못하십니다. 사실 그래 봬도 대단히 관대하고 좋은 분입니다. 나는 잘 알고 있습니다만."

나는 이의를 제기하지 않았다. 나보다도 그가 노부인에 대해 잘 알고 있을 것은 당연한 일이다.

"그럼, 아처 씨. 서재로 갑시다."

"아닙니다. 시간 절약을 위해 가는 도중에 이야기하지요."

"가는 도중이라니?"

"헬렌 해거티의 집에 데려다 주시면 고맙겠습니다. 만일 당신이 그 장소를 아신다면. 어두워졌기 때문에 나로선 제대로 찾아갈 자신이 없습니다."

"그런데 왜 그러시죠? 설마, 어머니 이야기를 진짜로 받아들이신 건 아닐 테죠? 그건 단순한 노인의 혼잣말 같은 겁니다."

"네. 달리도 혼잣말을 했어요. 그녀에 의하면 헬렌 해거티가 죽었다는 겁니다. 증거를 봐 달라는 듯이 자기 손에 피를 묻히고 말예요. 일단 헬렌의 집에 가서 피가 나온 곳을 확인하는 편이 좋지 않을까요?"

브래드쇼는 숨을 들이켰다.

"그렇군요. 물론 그 편이 좋겠지요. 헬렌의 집은 여기서 멀지 않습니다. 승마 길로 걸어가면 겨우 몇 분밖에 걸리지 않습니다. 하지만 어두우니까 내 차로 가는 편이 빠를 겁니다."

우리는 브래드쇼의 차에 올라탔다. 나는 브래드쇼에게 문간방 앞에서 차를 세워 잠시 모양을 살피자고 말했다. 달리는 소파 침대에 얼굴을 벽 쪽으로 향하고 누워 있었다. 알렉스가 준 담요를 덮고 있었다. 알렉스는 양손을 힘없이 늘어뜨리고 침대 옆에 서 있었다.

"닥터 고드윈이 곧 올 겁니다. 내가 돌아올 때까지 만류해 주지 않겠습니까?"

청년은 고개를 끄덕였지만 내 모습은 거들떠보지 않는 것 같았다. 여전히 자기 내부를 바라보는 눈빛이었다. 이날 밤까지는 꿈도 꾸지 않았던 심연을 들여다보는 눈빛이었다.

9

브래드쇼의 콤팩트 카에는 안전벨트가 부착되어 있었다. 차가 출발하기 전에 그는 그것을 착용하라고 했다. 헬렌의 집에 도착하기까지의 사이에 나는 달리가 한 말에 대해서 브래드쇼에게 얘기해 둘 필요가 있다고 생각한 것만을 들려주었다. 브래드쇼의 반응은 무척 동정적이었다. 이윽고 헬렌의 집으로 통하는 오솔길 입구에 도착했는데, 내가 제안해서 차는 우편함 앞에 세워두기로 했다. 차 밖으로 나오자 낮은 바다 저쪽에서 고동소리가 들려왔다.

어둠 속이어서 차형은 분간할 수 없었지만 또 한 대의 차가, 검은색 컨버터블이 라이트를 끈 채로 길에 주차되어 있었다. 이 차를 철저하게 조사해 두면 좋았을 것이다. 그런데 나는 뒤가 켕기는 기분이 심했으므로 한시라도 빨리 헬렌의 안부를 확인하고 싶었다.

헬렌의 집은 나무 숲 속에 희미하게 번져 있는 듯한 한 덩어리의 빛이었다. 우리는 구불구불한 진입로의 자갈길을 오르기 시작했다. 한 마리의 부엉이가 우리 머리 위를 스치듯이 소리 없이 날아갔다. 부엉이는 잿빛 어둠 속 어딘가로 도망치고 제 짝을 부르자 곧 응답이 되돌아왔다. 눈에 보이지 않는 두 마리 새는 고동소리를 흉내 낸 슬픈 소리로 우리를 놀려대는 것처럼 느껴졌다.

앞쪽에서 자갈 밟는 소리가 들려왔다. 그 발소리가 자갈길을 걸어 이쪽으로 다가오고 있었다. 나는 브래드쇼의 소매를 잡았고 우리는 멈춰섰다. 한 사나이가 우리 앞에 불쑥 나타났다. 반코트를 입었으며 중절모를 쓰고 있었다. 얼굴은 잘 보이지 않았다.

"안녕하세요?"

사나이는 대답하지 않았다. 아마 젊기 때문에 분별이 없는 모양이었다. 그 사나이는 느닷없이 나를 향해 곧장 달려오는가 싶더니 나를 어깨로 밀어 버리고 브래드쇼를 길 옆 수풀 쪽으로 떠밀어 버렸다. 나는 그 사나이를 잡으려고 했으나 내리막길인 탓에 그는 금세 달아나 버렸다.

달려가는 소리를 뒤쫓아 나는 내리막길을 달려 내려가 그 사나이가 컨버터블을 타는 것을 확인했다. 차의 엔진 소리가 나고 내가 가까이 뛰어가자 파킹 라이트가 켜졌다. 차가 기세 좋게 달려 나갈 때 네바다 주의 차번호 처음 넉 자가 얼핏 보였다. 나는 브래드쇼의 차로 돌아가 그 넉 자를 수첩에 적었다. FT37.

다시 한 번 나는 진입로를 올라갔다. 브래드쇼는 벌써 집에 도착해 있었다. 그는 구역질을 참는 듯한 표정으로 입구 계단에 앉아 있었다. 열린 문으로 빛이 흘러나오고 브래드쇼의 머리 숙인 그림자가 포석 위에서 너울거렸다.

"진짜로 죽어 있습니다, 아처 씨."

나는 안을 들여다보았다. 헬렌은 문 그늘에 비스듬히 쓰러져 있었다. 이마의 동그란 탄흔에서 피가 흘러 타일 위에 괴어 있었다. 거무스름한 물웅덩이의 서리처럼 그 가장자리는 벌써 응고하기 시작했다. 나는 그녀의 슬퍼 보이는 얼굴을 만졌다. 벌써 차가웠다. 내 손목시계가 9시 17분을 가리키고 있었다.

문과 피가 괸 곳 중간에 만지면 아직 끈적끈적할 듯한 엷은 갈색 손 모양이 보였다. 크기는 바로 달리의 손 정도였다. 달리는 우연히 여기서 넘어졌는지 모르지만, 나로서는 아무래도 달리가 스스로 살인 용의를 받으려고 일부러 한 일로밖에 여겨지지 않았다. 그렇다고 반드시 달리에게 혐의가 없다는 것은 아니지만.

브래드쇼는 마치 앓다가 일어난 사람처럼 문가에 기대 서 있었다.

"가엾은 헬렌, 이게 도대체 무슨 재앙이란 말입니까? 아까 우리를 떠밀어 버린 사나이가, 그 놈이…… ?"

"죽은 지 벌써 2시간은 지난 것 같습니다. 물론 아까 그 남자는 증거를 없애든가 권총을 찾기 위해 다시 한 번 현장에 돌아온 것인지도 모릅니다. 그 도망치는 모습이 심상치 않았어요."

"확실히 거동이 의심스러웠습니다."

"헬렌 해거티가 네바다 주 이야기를 한 적은 없었습니까?"

브래드쇼는 놀라는 표정을 지었다.

"없었습니다만, 왜 그러시죠?"

"아까 그 남자가 타고 도망친 차가 네바다 주의 넘버였어요."

"아, 그래요? 하지만 역시 경찰에 알리지 않으면 안 되겠지요."

"알리지 않으면 경찰이 화를 내겠지요."

"당신이 알려 주지 않으시겠습니까? 나는 어쩐지 정신이 혼란스러워서."

"당신이 알리는 편이 좋을 겁니다, 브래드쇼 씨. 헬렌은 대학에 근무하고 있는 분입니다. 당신 같으면 스캔들을 최소한으로 억제할 수 있을 겁니다."

"스캔들? 네, 전혀 깨닫지 못했군요."

브래드쇼는 겁나는 듯이 시체 옆을 지나서 방 안에 있는 전화로 가까이 다가갔다. 나는 서둘러 다른 방을 조사하러 갔다. 침실 하나에는 부엌 의자와 헬렌이 작업대로 쓰고 있었던 것 같은 간소한 테이블 말고는 아무것도 없었다. 테이블 위에는 프랑스 어의 불규칙동사 변화를 테스트한 답안용지가 쌓여 있었다. 그 옆에는 프랑스 어 사전, 문법책, 시집, 산문 등 많은 책이 나란히 놓여 있었다. 나는 그중 한 권의 책을 펼쳐 보았다. 자줏빛 잉크로 고무인이 찍혀 있었다. 일리노이 주 메이플파크, 메이플파크 칼리지, 헬렌 해거티 교수.

또 하나의 침실은 지나치게 취미에 편중한 새 프랑스 민예품으로 장식되어 있었다. 잘 닦은 타일 바닥에는 새끼 양털의 카펫, 큰 창에는 부드럽고 무거워 보이는 수놓은 커튼. 옷장에는 매그닝 앤드 바로크의 라벨이 붙은 드레스와 스커트가 나란히 걸려 있었고 그 아래에는 드레스와 어울리는 새 구두가 나란히 놓여 있었다. 정리용 옷장에는 스웨터나 더 내밀한 속옷들이 가득 있었지만 진짜로 내밀한 것은 하나도 없었다. 편지도, 사진도 없었다.

욕실은 끝에서부터 끝까지 모두 카펫으로 덮여 있었다. 삼각형의 얕은 욕조가 있었고, 약품 선반에는 목욕용 크림, 화장품, 수면제 등이 가득 들어 있었다. 수면제는 올해 6월 17일 일리노이 주 브리지턴에서 닥터 오토 슈렝크가 처방하고 톰슨 약국에서 조제한 것이었다.

나는 욕실의 쓰레기통의 내용물을 카펫 위에 쏟았다. 구깃구깃 둥그렇게 뭉쳐진 몇 개의 휴지 밑에서 항공 봉투에 들어 있는 편지가 나왔다. 일주일 전 일리노이 주 브리지턴의 소인이 찍혀 있고 수신인은 미세스 헬렌 해거티로 되어 있었다. 한 장의 편지지에 씌어진 그 글 끝에는 '어머니'라고만 적혀 있고 발신인의 주소는 없었다.

사랑하는 헬렌,
밝은 캘리포니아의 그림엽서, 정말 고맙다. 나는 몇 년 전에 한 번 간 적이 있는데 캘리포니아는 내가 좋아하는 주야. 네 아버지는 언제나 휴가 때 같이 여행하자는 약속뿐이고 막상 휴가가 오면 언제나 뭔가 용무가 생기고 늑장만 부리고 말아. 하지만 아버지 혈압이 요즘 내려간 것만으로도 고마운 일이라고 생각하지 않으면 안 돼. 너도 건강하다니 반갑다. 이혼 건에 대해서는 나로선 한 번 더 생각해볼 일이라고 여겨지지만, 이젠 끝나 버린 일이니 어쩔 수 없는 일이기도 해. 너하고 파트가 함께 살 수 없다는 건 정말 안타까운 일이야. 파트는 그 나름대로 좋은 사람이야. 하지만 나는 떨어져 있으니까 그의 결점이 보이지 않는 것인지도 몰라.

　네 아버지는 물론 아직도 화를 내고 계셔. 내가 네 이름을 말하면 화를 내셔. 네가 가출한 것을 용서하지 않는 건 물론이지만 화를 낸 자기 자신도 용서하지 못하는 것 같아. 무엇보다 둘이 함께 있지 않으면 싸우지 않을 테지. 아무튼 뭐니 뭐니 해도 넌 아버지의 딸이니까. 그런 말을 한 건 좋지 않았다고 생각해. 새삼스레 너를 책망하는 건 아니야. 나는 다만 아버지가 살아 계시는 동안에 너와 아빠가 화해하는 것이 좋겠다고 생각해. 네 아버지는 벌써 늙었고 나도 젊지는 않아. 헬렌. 너는 교양 있고 현명하니까 그럴 마음만 먹으면 그런 복잡한 문제에 대해서 아버지의 기분을 바꾸게 할 편지라도 쓸 수 있을 거야. 너는 어쨌든 외동딸이니까 아빠를 가리켜 나치스 돌격대 같다고 한 말은 이제 슬슬 취소해도 좋지 않을까 한다. 그런 말은 누구에게 하든 경찰에 근무한 아빠에게는 퍽 아픈 말이야. 20년 이상이나 지난 지금도 아직 그 말로 마음 아파하신다. 부디 편지를 써 보내도록 해라.

나는 편지를 휴지통에 다시 넣고 다른 휴지들도 원래대로 휴지통에 넣었다. 그리고 손을 씻고 거실로 돌아갔다. 브래드쇼는 여전히 굳은 자세로 로프 체어에 앉아 있었다. 어쩌면 이 남자는 생전 처음으로 죽은 시체를 본 것이 아닐까, 나는 생각했다. 나는 처음 겪는 일은 아니었지만 그래도 이 죽음은 상당한 쇼크를 주었다. 나는 그것을 예방할 수도 있었는데 말이다.

바깥의 안개는 더욱 짙어졌다. 안개는 이 집 유리벽을 향해 끊임없이 밀려오고, 나는 기묘한 착각에 사로잡혔다. 세계가 완전히 없어지고 브래드쇼와 나는 죽은 여자를 캡슐에 넣은 불가사의한 인공위성을 타고 우주 공간에 떠 있는 것 같았다.

"경찰은 뭐라고 했습니까?"

"직접 보안관과 이야기했어요. 곧 이곳으로 온다고 했습니다. 나는 필요한 최소한의 말밖에 하지 않았습니다. 킨케이드 부인의 일은 말해야 좋을지 어떨지 몰라서."

"시체 발견 경위는 말하지 않을 수 없겠죠. 하지만 달리의 이야기를 되풀이할 필요는 없습니다. 적어도 당신에 한해서는 이 일은 제3자를 통해 들은 이야기에 지나지 않으니까."

"역시 그녀는 이 사건의 용의자라고 생각합니까?"

"아직 모르겠어요. 달리의 정신상태에 대해선 닥터 고드윈의 의견을 기다리기로 합시다. 고드윈의 의술은 어떻습니까?"

"이 시에서는 가장 우수한 의사입니다. 묘한 일이지만 아까 만났었죠. 동창회에서 나와 함께 연단에 앉아 있었는데 왕진이 있다고 하면서 먼저 돌아갔습니다."

"그러고 보니 저녁 회식에서 당신과 같이 있었다고 했습니다."

"그렇습니다. 짐 고드윈과 나는 친한 친구 사이입니다."

그 사실을 강조하듯이 브래드쇼는 힘주어 말했다.

나는 앉을 자리를 찾아 사방을 둘러보았으나 의자라면 헬렌의 캔버스 의자밖에 없었다. 할 수 없이 나는 웅크리고 앉았다. 이 집에서 납득이 가지 않는 것은 마치 공주님과 빈민굴의 여자가 따로따로 집의 가구를 마련한 것처럼 사치와 가난이 뒤섞여 있다는 점이다.
내가 그렇게 말하자 브래드쇼는 고개를 끄덕였다.
"지난 번 저녁때, 이곳에 왔을 때도 그것을 느꼈습니다. 헬렌은 별로 중요하지 않은 물건에만 돈을 낭비하고 있는 것 같았어요."
"그 돈의 출처는?"
"봉급 이외의 수입이 있다고 말한 것 같았습니다. 조교수의 봉급만으로는 도저히 헬렌 같은 옷차림은 할 수 없어요."
"당신은 해거티 교수와 친하게 지냈습니까?"
"그렇지도 않습니다. 교수회에서 돌아가는 길에 한두 번 배웅해 드린 일과 그 밖에 가을 시즌의 첫 음악회에 같이 갔을 뿐입니다. 힌데미트(독일계 미국 작곡가. 1895~1964)를 좋아한다는 점에서 이야기가 통했죠."
브래드쇼는 손가락을 뾰족탑처럼 세웠다.
"헬렌은 대단히 느낌이 좋은 여자였죠. 그러나 어떤 의미에서도 나하고 친했다고는 할 수 없어요. 어쩐지 사람을 근접하지 못하게 하는 데가 있었으니까요."
나는 눈썹을 치켜올렸다. 브래드쇼는 약간 얼굴이 빨개졌다.
"아닙니다, 성적인 의미에서 사람을 가까이 하거나 가까이 하지 않는다는 것은 아닙니다. 헬렌은 내가 좋아하는 타입이 아닙니다. 말하자면 그녀는 자기 신상 이야기 따위를 별로 하고 싶어하지 않았다는 뜻입니다."
"그녀는 이 대학에 오기 전에 어느 곳에 있었습니까?"
"중서부의 작은 칼리지……, 메이플파크 칼리지라고 했습니다. 그곳을 그만두고 이 도시에 와서 우리 대학에 나오게 되었어요. 닥터 파란드가 심장병으로 돌아가셨기 때문에 서둘러 대신할 교수가 필요한 때였어요. 다행히 헬렌이라는 분이 발견된 셈이죠. 그것이 이런 결과가 되었어요. 외국어 수업을 도대체 어떻게 하면 좋을까요? 벌써 신학기가 시작되었는데 말입니다."

브래드쇼의 말투에는 죽은 여자의 불가피한 결근에 은근히 화를 내는 것 같은 데가 있었다. 학교 당국으로서는 그렇게 생각하는 것이 당연하겠지만 나로서는 아무래도 호감이 가지 않았다. 그래서 일부러 그를 동요시킬 만한 말을 했다.

"당신도 학교 당국도 헬렌의 후임을 찾는 것 이상의 까다로운 문제에 부딪칠 것으로 생각되는군요."

"그렇다면?"

"헬렌은 단순한 여교수가 아니었습니다. 오늘 오후 나하고 얼마 동안 만났을 때 말했습니다만, 헬렌은 생명의 위협을 느끼고 있었어요."

"무서운 일입니다. 대체 누굽니까, 그녀의 생명을 노리는 사람은……?"

눈앞의 사실보다 그 협박이 무섭다는 듯이 브래드쇼는 말했다.

"헬렌도 짐작하지 못했고 나도 모릅니다. 당신이 뭔가 아시지 않을까 생각했습니다만, 학교 안에 헬렌의 적은 없었습니까?"

"글쎄요, 나는 전혀 알 수 없습니다. 다시 말하지만 헬렌과는 별로 친하지 않으니까요."

"나와는 비록 짧은 시간이었지만 꽤 친해졌어요. 내가 느낀 인상은 연구실이나 학부 회의 말고도 여러 가지 괴로움이 많았던 사람 같았습니다. 교수로 채용하기 전에 헬렌의 과거 경력을 조사했습니까?"

"그다지 완전하게는 조사하지 못했습니다. 아까도 말씀드렸듯이 긴급한 경우였고, 또 그런 일은 제가 할 일이 아니니까요. 외국어과의 가이스먼 교수가 헬렌의 이력서에 호의적인 반응을 보였고 그것으로 결정한 일이었으니까요."

브래드쇼는 교묘히 책임을 피하려는 것 같았다. 나는 수첩에 가이스먼이란 이름을 적었다.

"아무튼 헬렌의 과거를 조사할 필요가 있습니다. 결혼했다가 최근에 이혼한 모양입니다. 그리고 달리와의 관계도 좀더 조사하지 않으면 안 됩니다. 두 사람은 꽤 친했던 것 같습니다."

"설마 동성애는 아니었겠지요? 전에도……"

말끝이 흐려졌다.

"아니, 아직 아무것도 알 수 없습니다. 아무튼 여러 가지 정보를 얻고 싶습니다. 해거티 교수가 달리의 지도교수가 된 것은 어떤 이유에서였을까요?"

"그건 매우 흔한 보통의 이유라고 생각합니다."

"지도교수를 정하는 이유라면 보통 어떤 것이 있을까요?"

"글쎄, 경우에 따라 다릅니다만 킨케이드 부인은 3학년생이었으니까……, 보통 3학년생은 자기 스스로 지도교수를 선택하는 것이 허용되고 있어요. 물론 그 교수의 스케줄에 적당히 빈 곳이 생긴 경우에 한합니다만."

"그러면 달리가 해거티 교수를 선택하고 우정을 맺을 기회를 스스로 만들었다고 생각할 수 있겠군요?"

"그럴 가능성이 있습니다. 물론 이 경우는 단순한 우연이겠지만요."

마치 공통의 파장으로 신호를 받은 것처럼 우리는 동시에 고개를 돌려 헬렌 해거티의 시체를 보았다. 그것은 방 저쪽 끝에 조그맣게 의지할 데 없이 쓰러져 있었다. 안개에 갇힌 우주 공간을 가는 우리의 공동 비행은 이제 꽤 오랫동안 계속하고 있는 것 같았다. 나는 손목시계를 보았다. 아직 9시 30분. 우리가 도착해서 14분밖에 지나지 않았다. 시간의 속도는 갑자기 늦어지고 제논의 공간에서, 아니면 마리화나에 취했을 때와 같이 끝없는 미세한 시간으로 분할된 것 같았다.

상당히 괴로운 노력을 기울여서 브래드쇼는 겨우 시체에서 시선을 피할 수 있었다. 시체를 보고 있는 동안 그의 학생 비슷한 특징은 완전히 없어진 것 같았다. 그는 눈가나 입가에 당황하여 깊은 주름이 잡힌 얼굴을 나에게 가까이 했다.

"그 킨케이드 부인의 이야기가 어쩐지 아직 이해가 되지 않습니다. 말하자면 그녀는 이……, 이 살인을 자백한 것일까요?"

"경찰이나 검사라면 그렇게 말하겠지요. 다행히 이곳에는 경찰도 검사도 없습니다. 자백이라면 진짜 자백이든 허위 자백이든 상관없이 나는 지겨울 정도로 많이 들었습니다. 달리의 것은 가짜입니다, 내 느낌으로는."

"그러나 피는?"

"피가 괸 곳에서 미끄러져 넘어진 것이겠죠."

"그럼 보안관에게는 그런 얘기는 하지 않는 편이 좋다는 생각이시겠군요?"

"달리를 특별히 취급해 주신다면."

브래드쇼는 불안한 표정을 지었으나 조금 망설인 뒤 말했다.

"우리끼리의 비밀로 해 둡시다. 적어도 얼마 동안은. 아무리 기한이 짧았지만 그 아이는 우리 학교 학생이었으니까요."

브래드쇼는 자기가 과거형을 사용한 것을 알지 못했으나 나는 눈치채고 우울한 기분이 들었다. 언덕으로 올라오는 보안관의 차 소리에 우리는 둘 다 마음이 놓이는 것 같았다. 보안관 차 뒤로 감식과의 차가 따라 왔다. 2, 3분 내에 지문 검출계와 검시관 조수와 카메라맨들이 방을 점령했고 분위기는 싹 바뀌었다. 살인이 행해진 모든 방들과 마찬가지로 이 방도 개성 없고 생기 없는 장소가 되어 버렸다. 제복 차림의 경관들은 뭔가의 불가사의한 방법에 의해 이른바 두 번째 살인, 최종적인 살인을 함으로써 화려한 헬렌의 분위기를 없애고, 헬렌 자신을 감식용 육체 덩어리 또는 법정을 위한 증거품으로 바꾸어 버렸다. 시체 위에서 카메라 플래시가 번쩍였을 때 나의 신경은 깜짝 놀랐다.

허먼 크레인 보안관은 갈색 개버딘 신사복을 입은, 어깨가 넓은 사나이였다. 경관다운 차림이라면 꼰 가죽끈이 달린, 챙이 조금 넓은 중절모뿐이었다. 목소리는 관리답게 잘 울리고 동작은 알랑거림과 거만함 사이에서 균형을 잘 잡아, 정치가 같은 침착함을 보여 주었다. 브래드쇼를 대할 때는 값은 알 수 없으나 아무튼 귀중한 식물의 진귀한 종자라도 취급하듯 얼마쯤 과장된 경의를 담아서 말했다.

나에 대해서는 여느 때와 같은 경찰관의 태도로 이를테면 직업적인 의심을 품은 듯이 대했다. 내가 자기 머리로 뭔가 생각한다는 것은, 그의 입장에서 보면 의심스러운 경범죄이다. 그런데도 나는 크레인 보안관을 설득시켜 네바다 주 번호판을 단 컨버터블 차를 추적하기 위해 경찰차를 한 대 출동시키는 일에 성공했다. 보안관은 인력 부족을 불평하면서 지금 단계에서는 아직 검문소를 설치할 필요는 없을 거라고 말했다. 이 남자에게 전면적으로 협조하지는 않으리라고 나는 마음속에서 은근히 결정했다.

보안관과 나는 저마다 캔버스 의자와 로프 의자에 앉아서 속기를 할 줄 아는 검시관 조수에게 노트를 시키면서 이야기를 주고받았다. 나는 의뢰인의 아내 달리 킨케이드가 지도교수 해거티의 시체를 발견하고 내게 보고한 것이라고 말했다. 발견자는 심한 쇼크를 받고 현재 의사의 진찰을 받고 있다고.

보안관이 더 상세한 이야기를 요구하기 전에 나는 협박 전화에 대한 헬렌과의 대화를 차례차례, 또는 되도록 대화식으로 재현해 보였다. 헬렌은 이 건을 이미 당신 사무실에 알렸을 거라고 말하자 보안관은 내가 비난하는 걸로 생각한 모양이었다.

"아무튼 지금도 말했듯이 인력 부족입니다. 경험이 풍부한 사람을 잡아두지 못하고 있어요. 우리가 물구나무서기를 해서 탈탈 털어도 지불할 수 없을 정도의 보수로 로스앤젤레스에서 유혹하고 있으니까 말입니다. 협박 전화가 걸려온 집에 경비원을 한 사람씩 두려면 우리 경찰서는 금세 텅텅 비고 말 겁니다."

내가 로스앤젤레스 사람이라는 걸 알고서 그가 이렇게 말하는 건 막연한 빈정거림이었다.

"그런 사정은 알고 있습니다."

"알아준다니 기쁩니다. 다만 내가 알 수 없는 건 당신이 고인과 그런 대화를 나누게 된 배경입니다."

"해거티 교수가 내게 접근해서 이 집까지 동행해 달라고 부탁했습니다."

"그게 대체 몇 시쯤입니까?"

"정확한 시간은 확인하지 않았지만 해가 지기 조금 전이었어요. 이곳에는 한 시간쯤 있었어요."

"해거티 교수는 무슨 생각에서 당신을 초대했을까요?"

"같이 있어 달라고 부탁했습니다. 위험에 대비하기 위해서죠. 그걸 거절한 것을 나는 안타깝게 생각합니다."

이것을 말할 기회를 얻은 것만으로도 나는 좀 마음이 개운해졌다.

"당신을 보디가드로 고용할 생각이었습니까?"

"그랬나 봅니다."

헬렌과 나 사이에 일어났던 복잡한 이야기를 이 남자에게 설명해도 헛된 일이다.

"정확하게 말하면 나는 보디가드 전문이 아닙니다. 내가 사립탐정이라는 것을 신문에서 제 이름을 보고 안 모양입니다."

"그렇군 그래. 당신은 오늘 아침 페린 사건의 증인으로 출석했었지요. 페린이 석방되어서 기뻤겠군요."

"마음대로 생각하십시오."

"아니, 기쁘다는 말은 하지 않기로 하겠소. 그 페린이라는 여자는 틀림없이 유죄입니다. 당신도 그렇게 생각할 테죠. 나도 그렇게 생각하고 있어요."

"배심원들은 그렇게 생각하지 않은 모양입니다."

나는 얌전하게 말했다.

"배심원은 속을 수 있고, 증인은 매수당할 수도 있어요. 그런데 이 시의 범죄 수사에 당신이 갑자기 적극적으로 나선 것은 재미있군요, 아처 씨."

이 말에는 협박하는 듯한 무게가 느껴졌다. 보안관은 한 손으로 아무렇게나 시체를 가리켰다.

"저 해거티 교수라는 여성은 당신 친구는 아니었을 테죠?"

"어느 정도까지는 친구가 되었습니다."

"한 시간으로?"

"한 시간이라도 친구가 될 수 있습니다. 그 전에 오늘 오후 대학에서 이야기를 나누었습니다."

"오늘 이전은 어떻습니까? 전에도 이야기를 나눈 적이 있습니까?"

"아뇨, 오늘이 첫 대면입니다."

아까부터 걱정스러운 자세로 서성거리던 브래드쇼가 말참견을 했다.

"보안관, 시간 절약을 위해서 말하지만, 이 사람의 말은 진짜입니다. 내가 보증하겠소."

크레인 보안관은 브래드쇼에게 네, 알겠습니다, 라고 말한 다음 다시 나에게 말했다.

"그럼 고인과 당신 사이에는 순수하게 사무상의 관계밖에 없었다는 겁니까?"

"그렇게 되었을 겁니다, 내가 관심을 가졌다면."

이것은 진상과는 좀 어긋나 있었지만 크레인에게 사실대로 말한다면 내가 바보처럼 보였을 것이 틀림없다.

"왜 당신은 관심을 가지지 않았습니까?"

"따로 일이 있었습니다."

"무슨 일이?"

"킨케이드 부인이 행방불명이 되었어요. 행방을 찾아내 달라는 부탁을 남편에게서 받고 있었어요."

"참, 그 얘기라면 오늘 아침 들었어요. 그 여자의 가출 이유는 알아냈습니까?"

"아직은. 어쨌든 내 일은 부인을 발견하는 일이었습니다. 그리고 나는 부인을 찾아냈습니다."

"어디서?"

나는 브래드쇼의 얼굴빛을 살폈다. 브래드쇼가 마지못해 고개를 끄덕였다. 나는 말했다.

"대학생이 되어 있었어요."

"그래, 방금 의사의 진찰을 받고 있다고 말했잖습니까? 의사의 이름은?"

"닥터 고드윈입니다."

"아, 그 정신과의?"

보안관은 포개고 있었던 다리를 풀고 비밀 이야기나 하려는 것처럼 몸을 앞으로 내밀었다.

"무엇 때문에 정신과 의사에게 진찰을 받는 겁니까? 미쳤습니까?"

"히스테리 상태입니다. 정신과 의사를 부르는 것이 좋을 것 같아서."

"그럼, 지금 어디 있습니까, 그 여자는?"

나는 다시 브래드쇼의 얼굴을 보았다. 브래드쇼는 말했다.

"우리 집입니다. 우리 어머님 차 운전의 아르바이트로 킨케이드 부인을 고용했습니다."

마치 배를 젓듯이 보안관은 양팔을 움직여 일어섰다.

"그럼 거기 가서 그 여자의 이야기를 들어봅시다."

"그건 안 됩니다."

브래드쇼가 말했다.

"안 된다구요? 그건 누구의 명령입니까?"

"내 의견입니다. 의사 선생도 같은 의견일 것이 틀림없습니다."

"네, 그야 고드윈은 환자에게서 돈을 받으니까 환자한테 유리한 말을 할 테죠. 그 의사하고는 전에도 다툰 적이 있어요."

"알고 있습니다."

브래드쇼의 얼굴은 창백해졌지만 목소리는 어디까지나 침착을 유지하고 있었다.

"보안관, 당신은 의학 전문가가 아니니까 의사로서의 닥터 고드윈의 윤리를 잘 모르고 있어요."

이 모욕적인 말에 크레인의 얼굴은 금세 빨개졌다. 그러나 당장 반발할 말이 떠오르지 않는 모양이었다. 브래드쇼는 계속해서 말했다.

"현재 킨케이드 부인은 당신 질문을 받을 상태도 아니고 또 받아서는 안 된다고 나는 판단합니다. 게다가 무슨 필요가 있어서 질문하는 겁니까? 만일 킨케이드 부인에게 뭔가 양심에 꺼리는 것이 있다면 자진해서 무서운 소식을 알리려고 탐정에게 뛰어가지는 않았을 겁니다. 단순히 시민으로서의 의무를 다해야 한다는 뜻으로 젊은 여자에게 잔혹하고 이상한 벌을 줄 필요는 조금도 없습니다."
"잔혹하고 이상한 벌이란 무슨 뜻입니까? 그 사람에게 고문을 하려는 건 아닙니다."
"아무튼 오늘 밤 중에 그 여자 옆에 가지 않도록 부탁합니다. 그런 일을 하지 않을 분임을 나는 믿고 있습니다. 잔혹하고 이상한 벌이란 그녀를 만나 신문하는 바로 그것입니다, 보안관. 이 말은 이 지방 대표의 의견으로서 들어 주십시오."
크레인은 뭔가 항의하려고 입을 벌렸으나 말로서 브래드쇼를 이긴다는 건 어렵다는 것을 알아챘는지 아무 말도 하지 않고 입을 다물었다. 브래드쇼와 나는 누구의 배웅도 받지 않고 밖으로 나갔다. 집에서 조금 떨어진 곳에서 나는 말했다.
"대단한 솜씨입니다, 보안관을 꼼짝 못하게 한 것은."
"그의 허세를 나는 전부터 싫어했어요. 다행히 그에겐 약점이 있지요. 지난번 선거에서 그가 속해 있는 정당이 참패했어요. 닥터 고드윈이나 나는 물론이고 이 지방 대다수 주민은 더 근대적이고 능률적인 경찰을 바라고 있어요. 앞으로 틀림없이 그런 경찰이 될 겁니다."
문간방에는 별다른 변화가 없었다. 달리는 여전히 얼굴을 벽으로 향한 자세로 소파 침대에 누워 있었다. 브래드쇼와 나는 문가에서 잠시 망설였다. 알렉스가 머리를 숙인 채 방을 가로질러 걸어 나와 말했다.
"고드윈 선생은 본채로 전화를 걸러 갔습니다. 달리는 일시적이나 마 요양소에 입원시키는 편이 좋겠다고 선생님이 말씀하셨어요."
달리가 단조로운 목소리로 말했다.
"알고 있어요. 무슨 말을 하는지. 큰소리로 말해도 괜찮아요. 저를 어딘가에 보내려는 거죠?"
"당신은 조용히 있어요."
알렉스는 사나이답게 말했다.
달리는 잠자코 있었다. 아까부터 몸은 전혀 움직이지 않았다. 알렉스는 달리를 감시할 수 있도록 방문을 활짝 열어놓고 우리를 문 밖으로 데리고 나갔다. 그리고 낮은 목소리로 말했다.
"고드윈 선생은 그녀의 자살을 막기 위해 그렇게 하는 거라고 말씀하셨어요."
"그렇게 상태가 나쁩니까?"
내가 물었다.
"나는 그렇게 생각하지 않습니다. 닥터 고드윈도 실은 그렇게 심각하게는 생각하지 않는 모양입니다. 그러니까 이것은 단순히 조심하기 위해서죠. 내가 밤새도록 붙어 있겠다고 했더니 선생님께서는 그렇게 하지 않는 편이 좋겠다고 말씀하셨어요."
"그래요. 그럼 피하는 것이 좋겠군. 내일을 위해 힘을 조금 저축해 두는 편이 좋겠어요."
브래드쇼가 말했다.
"네, 내일을 위해서."
알렉스는 입구 계단 앞에 놓여 있는 구두털이용 녹슨 쇠그물을 발로 찼다.
"역시 아버지에게 전화해야겠어요. 내일은 토요일이니까 아버지께서 와 주실 거예요."
본채 쪽에서 발소리가 가까이 다가오고 있었다. 문가에서 새어 나오는 불빛에 대머리를 반짝거리면서 악어가죽 코트를 입은 덩치 큰 사나이가 안개 속에서 나타났다. 그리고 브래드쇼에게 친밀하게 인사를 건넸다.
"여보게, 로이. 중간까지만 자네 연설을 들었는데 훌륭했어. 뭔가 이 도시가 머지않아 서부의 아테네가 될 것 같은 기분이 들었네. 아쉽게도 나는 도중에서 환자에게 끌려가는 처지가 되었지만. 그 여자 환자는 테네시 윌리엄스의 영화를 혼자 보러 가도 좋으냐고 묻는 거야. 실은 위험한 사상에 물들지 않도록 나와 함께 가고 싶었던 모양이지만."
의사는 내 쪽으로 몸을 돌렸다.
"아처 씨입니까? 난 닥터 고드윈입니다."
우리는 악수했다. 의사는 나중에 기억을 더듬어 초상화를 그리려고 하는 것처럼 긴장된 시선을 천천히 나에게 집중했다. 고드윈의 이마는 무겁고 힘이 있었으며 그 눈은 심지를 내린 호롱불처럼 밝은 빛에서 어두운 빛으로 변했다. 자기 몸에 갖추어져 있는 권위를 되도록이면 겉으로 나타내지 않으려고 할 때의 표정이었다.
"전화해 주어서 감사합니다. 미스 매기……, 미세스 킨케이드는 확실히 의사의 손이 필요했어요. 이젠 대단히 좋아진 것 같습니다만."
고드윈은 방 안을 들여다보았다.
"훨씬 좋아졌습니다. 오늘 밤은 나와 함께 여기 있어도 상관없지 않을까요?"
고드윈은 동정하는 듯한 표정을 지었다. 그의 입술은 배우의 입술처럼 아주 민감하게 반응했다.
"그건 난처한 일입니다. 우리 요양소에 침대를 준비해 두었어요. 역시 생명의 안전에 대해서는 세심한 주의를 하지 않으면 안 됩니

다."

"그런데 왜 달리에게 자살 위험이 있는 걸까요?"

"부인에게는 마음속에 여러 가지 불만이 있습니다. 자살의 위험, 또는 단순한 자살 조짐이라고나 할까요? 아주 조그마한 그녀의 징후에도 나는 최대한 주의를 게을리하지 않습니다."

"그 마음의 불만 내용을 알아냈습니까?"

브래드쇼가 물었다.

"아닙니다. 본인이 별로 이야기하지 않으려 하기 때문에. 다만 그녀는 몹시 피곤한 모양입니다. 아침까지 기다리십시다."

"나도 그게 좋다고 생각합니다. 보안관은 살인 사건으로 해서 신문하고 싶어하지만 내가 적극 말렸습니다."

브래드쇼가 말했다.

고드윈의 표정은 갑자기 엄숙해졌다.

"정말 살인이 있었나요? 살인이 다시 한 번?"

"헬렌 해거티라는 새로 들어온 교수가 자택에서 오늘 밤 사살되었어요. 킨케이드 부인은 아마도 그 시체에 걸려 넘어진 모양이구요."

"정말 운 나쁜 아이로군. 나는 때때로 생각하지만 하느님은 어쩐지 특정한 사람에겐 등을 돌리시고 있는 것 같습니다."

고드윈은 구름이 낮게 드리운 하늘을 쳐다보았다.

나는 그 의미를 설명해 달라고 고드윈 의사에게 부탁했다. 의사는 머리를 옆으로 저었다.

"지금은 피곤해서 매기 집안의 피 묻은 연대기를 얘기할 기분이 나지 않습니다. 다행스러운 것은 그 대부분이 기억에서 사라지고 있다는 것입니다. 상세한 것은 법원 사람에게 물어보십시오."

"현재 상황에서는 그것이 아무래도 형편이 좋지 않습니다."

"형편이 좋지 않다구요? 아무튼 나는 보다시피 아주 지쳐 있습니다. 이 환자를 안전한 곳에 옮기면 그 뒤엔 집에 돌아가 자는 힘밖에 남아 있지 않습니다."

"그러시더라도 이야기를 듣고 싶습니다, 선생님."

"이야기라면?"

알렉스 앞에서는 말하고 싶지 않았지만 나는 청년의 안색을 살피면서 말했다.

"달리가 이 두 번째 살인을 했을지도 모른다는 가능성입니다. 또는 달리가 이 살인죄를 뒤집어쓰게 되지 않을까 하는 가능성입니다. 어쩐지 그녀는 죄를 뒤집어쓰는 것을 바라는 것 같아서 말입니다."

알렉스가 달리를 옹호하려고 일어섰다.

"그녀는 일시적으로 착란에 빠진 겁니다. 그러니까 그녀의 말을 문자 그대로 받아들여서는……."

고드윈이 청년의 어깨에 손을 얹어놓았다.

"침착해요, 킨케이드 씨. 지금은 결정적인 일은 무엇 하나 할 수 없어요. 우리 모두에게 필요한 것은 하룻밤 푹 자는 일입니다, 특히 당신 부인은. 도중에 도움이 필요할지 모르니까 당신은 함께 요양소까지 와 줘요. 당신도 역시……." 그는 내 쪽을 보았다. "당신 차로 같이 갔다가 나중에 이분을 도로 데리고 가 주십시오. 아무튼 요양소의 위치를 알아둘 필요가 있으니까요. 내일 아침 8시에 저쪽에서 만납시다. 그때까지 기회를 봐서 미세스 킨케이드와 얘기해 보겠습니다. 알겠습니까?"

"내일 아침 8시 말입니까?"

의사는 다시 브래드쇼 쪽을 보았다.

"로이, 내가 자네라면 무엇보다 먼저 모친을 보러 가겠네. 진정제를 드렸지만 몹시 흥분해 계셨어. 칼을 든 미친 사람들이 주변에 우글거리는 것처럼 생각하고 계셨어. 어쨌든 어머니를 안정시키는 것은 나보다도 자네가 잘할 테지."

고드윈은 현명하고 세심한 사람 같았다. 아무튼 그 권위는 효과가 있었다. 우리 세 사람은 의사의 지시에 따랐다.

달리도 마찬가지였다. 그녀는 의사와 알렉스 두 사람에게 부축받아 그 청년의 차까지 걸어갔다. 난폭하게 굴거나 고함을 지르지는 않았지만 마치 가스실에 끌려가는 걸음걸이 같았다.

10

한 시간 뒤, 우리는 호텔의 트윈 베드 한쪽에 앉아 있었다. 우선 지금의 나로서는 할 수 있는 일이 하나도 없었다. 법원에 정보를 얻으러 간다면 도리어 거추장스럽게 되는 것이 고작이리라. 그러나 내 마음은 회를 바른 방의 벽에 마치 환등 사진처럼 가능한 신속한 행동을 비추어 보고 싶었다. 베그리, 즉 매기를 쫓아라, 네바다 주의 사나이를 잡아라 하고.

의지력으로 그 거친 이미지를 쫓아 버린 뒤 나는 억지로 레논에 대해 생각을 집중했다. 아킬레우스는 거북이와의 거리를 결코 좁히지 못한다고 한다. 만일 내가 거북이라면, 아니 설령 아킬레우스 일지라도 그것은 어쩐지 마음을 가라앉힐 수 있는 사고방식이었다.

짐 속에는 위스키가 1파인트 들어 있었다. 그것을 꺼내려고 했을 때, 애니 월터스가 생각났다. 그는 리노에 사는 동업자인데 그라면 위스키 1파인트 이상의 물건을 제공해 줄 것이다. 나는 애니의 사무소에 장거리 전화를 걸었다. 사무소는 주택 앞쪽에 붙어 있었다. 애니는 다행히 집에 있었다.

"월터스 탐정 사무소입니다."

심야의 언짢아하는 목소리가 들려왔다.

"루 아처일세."

"오랜만이야. 마침 잘 됐네. 아직 잘 생각은 없었어. 잠옷 모델 노릇을 하고 있었을 뿐이야."

"그만두게. 농담은 자네에게 어울리지 않네. 좀 부탁할 게 있어. 되도록 빠른 시일 내에 보답하겠네. 테이프레코더에 녹음해 주게."

레코더에 스위치를 넣는 소리가 들려왔다. 나는 애니 월터스에게 헬렌 사건을 설명했다.

"사망 시간 두 시간 뒤에 문제의 사나이가 살인이 있었던 집에서 뛰쳐나와 검정 또는 다크 블루의 컨버터블을 타고 도망쳤네. 포드 사의 새 차인데 번호가 네바다 주 거였어. 번호 맨 앞의 넉 자는 아마……."

"아마라니?"

"안개가 심해서 잘 안 보였어. 맨 앞의 넉자는 분명 FT37이었다고 생각해. 그는 젊은 스포츠맨 타입이었고 키는 176센티미터쯤 되었고 옷은 검정 반코트와 검은 챙이 있는 중절모. 얼굴은 잘 보이지 않았어."

"최근에 안과 의사의 진찰을 받았나?"

"안과 의사보다 자네 편이 친절하군. 부탁하네."

"중년 이상 시민이라면 요즘은 무료로 백내장 진찰을 받을 수 있다네."

애니는 나보다 연상이었는데 이런 말을 하면 기분이 언짢을 것이다.

"꽤 기분이 언짢은 모양이군. 부인하고 다투기라도 했나?"

"싸우지 않았어. 집사람은 지금 침대에서 날 기다리고 있어."

"필리스에게 안부 전해 주게. 내가 좋아한다는 말 전해 줘."

"그건 싫군. 난 내가 사랑한다고 말할 거야. 자료가 단편적이어서 아무것도 알아내지 못하겠지만, 만일 뭔가 알아내면 어디로 연락할까?"
"이곳은 퍼시픽 포인트의 마리너즈 레스트 호텔이야. 그러나 헐리우드 텔레폰 서비스에 연락해 두는 편이 좋겠어."
"그렇게 하겠네."
수화기를 놓았을 때 문에 낮은 노크 소리가 났다. 알렉스였다. 파자마 위에 바지를 입고 있었다.
"말소리가 들려왔기 때문에……."
"전화를 걸고 있었어요."
"이런, 실례를 했군요."
"아니, 전화는 벌써 끝났어요. 들어와요, 한잔합시다."
문에 무슨 장치가 되어 있어 한 발짝 들여놓는 순간 뭔가 떨어지지 않을까 두려워하듯 청년은 조심스럽게 방으로 들어왔다. 요 몇 시간 동안에 그 청년의 동작은 매우 조심스러워졌다. 맨발이었기 때문에 카펫 위를 걸어도 전혀 소리가 나지 않았다.
욕실의 선반에 밀랍 종이로 싼 글라스가 두 개 들어 있었다. 나는 포장지를 펴고 술을 따랐다. 우리는 트윈 베드에 걸터앉아 그 무엇을 축하한다는 말도 없이 건배했다. 보이지 않는 유리벽에 격리되어 서로가 서로의 모습을 대하듯이 우리는 서로 마주 보았다.
나는 우리 사이의 다른 점, 특히 알렉스의 젊음과 경험 부족을 의식하고 있었다. 이 청년의 나이에는 모든 것이 마음의 상처가 된다.
"아까까지는 아버지한테 전화를 걸려고 생각했습니다만, 전화하는 것이 좋을지 어떨지 모르겠어요. 아버지께서는 '왜 진작 말하지 않았느냐'는 따위의 말씀을 하실 분은 아닙니다. 그러나 그건 어디까지나 보통 때의 일입니다. 천사가 발을 내디딜 것을 주저하는 장소에 어리석은 사람이 태연히 발을 들여놓는 격이 되지 않을까 걱정입니다."

"그것은 뒤집어 말할 수도 있습니다. 어리석은 사람이 발을 들여놓기를 주저하는 장소에 천사가 태연히 발을 들여놓는다고 말입니다. 내가 아는 사람으로는 천사란 한 사람도 없지만요."

내가 말하고자 하는 뜻이 청년에게 전해진 모양이었다.

"제가 어리석은 사람은 아닐 테죠?"

"당신 행동은 훌륭했어요."

"감사합니다. 정말 훌륭한 것은 아니었지만."

청년은 기계적으로 말했다.

"아닙니다, 훌륭했습니다. 당신이 오늘 저녁에 한 행동은 아무나 할 수 있는 것이 아닙니다."

위스키와 인간적인 친밀감이 찾아와 우리 둘 사이의 유리벽은 녹기 시작했다.

알렉스가 말했다.

"가장 안타까웠던 것은 요양소에 달리를 입소시킬 때였습니다. 마치…… 망각의 세계에 그녀를 보내는 것 같은 기분이었어요. 그곳은 단테의 지옥과 같았어요. 모두 울거나 신음 소리를 내고 있었어요. 달리는 감수성이 예민한 여자예요. 그곳에서 잘 견디어낼 수 있을지……."

"다른 누구보다 잘 견딜 겁니다. 그 정신 상태로 거리를 헤매는 것보다는 낫죠."

"역시 달리가 정신이상이라고 생각하고 계시는군요?"

"내 생각 따위는 문제가 되지 않습니다. 내일이면 전문가의 의견을 들을 수 있습니다. 일시적으로 달리의 의식이 정상에서 벗어나 있었던 것이 틀림없습니다. 더 심하게 벗어났는데도 원래대로 된 예를 나는 얼마든지 보았어요."

"그럼, 달리는 괜찮겠습니까?"

청년은 그네에 매달리듯 내 말에 매달려서 그대로 희망의 공간으로 뛰쳐나가려고 했다. 그것은 별로 칭찬할 만한 심리 상태라고 할 수 없을 것이다.

"아닙니다, 문제는 달리의 정신 상태가 아니라 법률입니다."

"설마 달리가 그 여자…… 헬렌이라는 여자를 죽였다고 진짜로 믿고 계신 것은 아닐 테죠? 달리는 자기 스스로 그렇게 말했지만 그럴 리가 없어요. 나는 달리라는 여자를 잘 알고 있어요. 달리에게는 공격적인 데가 전혀 없어요. 정말 착하고 긍정적인 사람이에요. 거미도 못 죽일 여자예요."

"알렉스, 나는 가능성이라고 말했을 뿐입니다. 처음부터 고드윈이 가능성을 알아 두었으면 했을 뿐입니다. 그는 당신 부인을 어떻게라도 할 수 있는 입장에 있으니까요."

"부인이라니?"

놀라는 듯이 알렉스는 중얼거렸다.

"법률적으로는 부인입니다. 그러나 당신이 달리에게 뭔가 의리를 지켜야 한다고 생각하는 사람은 아무도 없습니다. 그럴 생각만 있다면 당신은 언제라도 도망칠 길이 있습니다."

글라스 속의 위스키가 '철렁' 튕겼다. 청년은 글라스를 나의 얼굴을 향해 집어 던지고 싶은 마음을 간신히 참는 것 같았다.

"나는 달리를 버리지 않습니다. 버린다면 지옥에 떨어질 거요."

청년은 말했다.

그 순간, 나는 처음으로 이 청년이 좋아졌다.

"누군가가 말하지 않으면 안 되기 때문에 내가 말한 겁니다. 당신에게는 도망칠 길이 있다고. 보통 사람이라면 우선 도망칠 것이기 때문입니다."

"그렇다면 나는 보통 사람이 아니란 말입니까?"
"그래요, 나는 그렇게 생각합니다."
"아버지한테서 바보라는 말을 들을 테지만, 나는 달리가 살인죄로 신문받더라도 상관없습니다. 나는 마지막까지 여기에 머물러 있을 겁니다."
"돈이 많이 들 것입니다."
"돈을 더 보내 달라면 되지 않겠습니까?"
"나는 기다릴 수 있어요. 고드윈도 기다릴 겁니다. 내가 생각한 것은 장래의 일입니다. 그리고 내일부터라도 변호사가 필요할지 모릅니다. 그럴 가능성은 충분히 있어요."
"왜 변호사에게 부탁하지 않으면 안 됩니까?"
알렉스는 좋은 청년이었지만 머리 회전이 좀 느린 것 같았다.
"오늘 밤의 여러 가지 일로 판단하면 당신의 최대 관심사는 달리가 스스로 거추장스런 사건에 관계하려는 걸 막는 일입니다. 말하자면 달리를 경찰 당국의 손에 맡기지 않고 안전한 장소에 두는 일입니다. 그런 경우 우수한 변호사는 큰 도움이 됩니다. 그런데 형사 사건의 경우 보통 변호사는 즉시 돈을 요구합니다."
"달리는 정말로 그런 위험한…… 법률적으로 그처럼 위험한 입장에 있습니까? 아니면 단지 나를 괴롭히기 위해 그런 말을 하는 겁니까?"
"오늘 밤, 이 도시의 보안관과 이야기를 했습니다만 달리의 이야기가 나오자 보안관은 의심하는 기색이었어요. 그 크레인이라는 보안관은 바보가 아닙니다. 내가 뭔가를 숨기고 있다는 걸 눈치챘어요. 달리의 가정 환경을 파악하면 틀림없이 달리를 추궁하기 시작할 겁니다."
"달리의 가정 환경이라구요?"

"달리의 아버지가 어머니를 죽였다는 사실 말입니다."

여러 사건 뒤에 다시 한 번 이 이야기를 끄집어내는 건 가혹한 일이었지만, 그래도 내가 말하는 것이 나을 것이다. 새벽 3시에 뒤틀린 베개 아래에서 무서운 소리가 들려오기보다는.

"달리의 아버지는 이 도시에서 재판을 받고 유죄 판결을 받은 모양입니다. 아마 검찰 측의 증거를 모은 사람은 그 크레인 보안관일 겁니다."

"역사는 되풀이된다는 말 그대로군요."

알렉스의 말에는 뭔가 두려움에 가까운 울림이 있었다. "그 첵 베그리라는 수염 기른 남자가 달리의 진짜 아버지라고 당신은 말했었지요?"

"아마도 그런 모양입니다."

"일의 발단은 그 남자였으니까요. 그 일요일, 그 남자가 왔다간 뒤 달리는 나가 버렸으니까요. 그때 두 사람 사이에 무슨 일이 생겼기 때문에 달리가 가출한 것일까요?"

"글쎄, 자기에게 불리한 증언을 한 딸을 아버지가 욕했는지 모르지요. 아무튼 옛날에 있었던 일을 끄집어냈을 거예요. 그런 어두운 과거와 신혼 생활을 어떻게 결부시키면 좋을 것인지 달리는 모르게 되었겠지요. 그래서 종적을 감추고 만 것이라고 생각할 수 있어요."

"그래도 난 모르겠어요. 달리의 아버지는 왜 그렇게밖에 할 수 없었을까요?"

"나는 유전학 전문가는 아니지만 직업적 살인자는 예외로 치고, 대부분의 살인자는 범죄자 타입이 아닙니다. 어쨌든 베그리, 즉 매기와 그 살인 사건에 대해서는 좀더 상세히 조사해 봅시다. 달리가 그 이야기를 당신에게 한 적이 없느냐고 당신에게 묻는 건 어리석은 질문이겠지요."

"양친은 벌써 돌아가셨다는 것 말고 그녀는 아무 말도 하지 않았어요. 지금 생각해 보니 그 기분도 알 수 있겠어요. 나는 달리의 거짓말을 책망하고 싶지 않습니다."

청년은 갑자기 말을 끊었다가 다시 말을 계속했다.

"아니, 말하자면 달리가 나한테 숨긴 것이 있었다는 것 말입니다."

"오늘 밤의 사건으로 달리는 대가를 치른 셈이에요."

"네. 정말 무서운 하룻밤이었습니다."

아직 이 밤의 충격에서 벗어나지 못한 듯이 청년은 몇 번이고 고개를 끄덕였다.

"말씀해 주세요, 아처 씨. 달리의 말을 믿습니까? 그 부인의 죽음에 대해 책임이 있다는 말을? 그리고 어머니 죽음에 대해서도?"

"달리가 한 말은 대부분 잊어버렸습니다."

"그것으로는 대답이 안 되지요."

"내일이면 더 좋은 대답이 나올 겁니다. 세상은 복잡합니다. 그 세상 속에서 가장 복잡한 것이 인간의 마음입니다."

"그런 말씀은 별로 위로가 되지 않습니다."

"위로를 주는 것이 제 일은 아닙니다."

이 말과 마지막에 마신 위스키 때문에 청년은 쓰디쓴 표정을 지으며 천천히 일어났다.

"그럼 당신은 이제 잠자리에 들 것이고, 나는 전화를 걸어야 합니다. 잘 마셨습니다."

문의 손잡이를 쥐었다가 청년은 다시 한 번 뒤돌아보았다.

"말 상대가 되어 주셔서 대단히 고마웠습니다."

"천만에요, 언제라도 또. 아버님에게 전화 걸려고요?"

"아닙니다, 걸지 않기로 했어요."

그 말을 듣고 나는 어쩐지 만족했다. 나는 이 청년의 아버지뻘 되는 나이였고 게다가 나에게는 자식도 없었다. 그것과 나의 만족감은 어딘지 모르게 연결되어 있는 것 같았다.

"그럼 누구한테 전화를 걸 참이었습니까? 그건 프라이버시라서 말할 수 없습니까?"

"달리의 부탁을 받아 앨리스 이모님에게 연락하려구요. 웬일인지 마음이 느긋해졌어요. 달리의 이모님에게 뭐라고 하면 좋을지 모르겠군요. 도대체 앨리스 이모님이란 존재를 오늘 밤까지 몰랐으니 말입니다."

"그러고 보니 달리가 이모님 이야기를 조금 했어요. 달리가 그 전화 연락을 당신에게 부탁한 것은 언제입니까?"

"요양소에서 헤어질 때였습니다. 이모님이 이곳에 와 주셨으면 좋겠다고 말했어요. 오셔도 괜찮을까요, 어떨까요?"

"이모님 나름이지요. 이 도시에 살고 있습니까?"

"골짜기 지방이에요. 인디언 스프링스입니다. 전화번호부에 이름이 나와 있다고 달리가 말했어요. 앨리스 젠크스."

과연 전화번호부에 이름과 번호가 나와 있었다. 그래서 나는 시외전화를 신청하고 수화기를 알렉스에게 넘겼다. 그는 침대에 앉아 생전 처음 보듯 수화기를 바라보았다.

"뭐라고 하면 좋을까요?"

"염려하지 말아요. 어떻게 잘될 겁니다. 끝나거든 나한테도 통화하도록 해줘요."

수화기에서 목쉰 소리가 새어 나왔다.

"여보세요, 여보세요. 누구십니까?"

"네, 알렉스 킨케이드라고 합니다. 젠크스 씨죠? 갑작스런 전화로 실례합니다만 3주일 전에 당신 조카따님과 결혼한 사람입니다. 당신 조카따님인 달리 매기 말입니다. 우린 3주일 전에 결혼했는데 지금 달리가 몸이 좀 불편해서……. 아니, 그게 아니구요, 정신적으로요. 정신적으로 약간 혼란 상태에 있기 때문에 이모님이 와 주셨으면 하는 겁니다. 퍼시픽 포인트의 위트모어 요양소에 있습니다. 의사 이름은 고드윈입니다."

알렉스는 사이를 두었다. 이마에 땀이 솟아 나와 있었다. 전화 저쪽의 말소리가 얼마 동안 계속되었다.

"내일은 올 수 없답니다." 알렉스는 나에게 말했다. 그리고 나서 수화기를 향해 계속 말했다.

"일요일은 어떻습니까……. 네, 괜찮습니다. 마리너즈 레스트 호텔로 연락해 주세요. 아니면……. 알렉스 킨케이드입니다. 마중나가겠습니다."

"잠깐 바꿔 줘요." 내가 말했다.

"저, 잠깐 기다리세요, 젠크스 씨. 지금 여기에 아처 씨라는 분이 있는데 뭔가 얘기할 것이 있답니다."

알렉스는 수화기를 내게 넘겨주었다.

"여보세요. 여보세요. 젠크스 씨."

"여보세요, 아처 씨. 새벽 1시에 나한테 할 이야기가 있다는 분은 어떤 분이십니까?"

그것은 아무 걱정 없는 질문이 아니었다. 말투에는 불안과 초조함이 담겨 있었다. 그래도 이 두 감정을 그녀는 어느 정도 조종하고 있었다.

"저는 사립탐정입니다. 밤늦게 정말 실례입니다만 실은 댁의 조카따님이 정신적으로 혼란 상태에 있을 뿐만 아니라, 이 도시에서 어떤 부인이 살해되었습니다."

여자는 숨을 들이켰으나 아무 말도 하지 않았다.

"그런데 당신의 조카따님이 그 살인 사건의 중요 참고인이 되어 있습니다. 어쩌면 단순한 증인 이상으로 이 사건에 깊이 관계하고 있을지도 모릅니다. 아무튼 누군가가 옆에 있어 줄 필요가 있습니다. 지금까지 알아낸 바에 의하면 달리의 가까운 친척이라면 아버지를 제외하면 당신뿐인 것 같으니까요……."
"그 사람은 문제 밖입니다, 달리의 아버지는. 문제가 된다면 쓸모없는 경우뿐이에요."
여자의 목소리는 억양이 없었고 거칠었다.
"살해된 사람은 누구입니까?"
"조카따님의 친구이고 또한 지도교수였던 헬렌 해거티 교수입니다."
"그런 이름은 들은 적이 없어요."
초조함과 안도의 감정을 반반씩 섞어서 그녀는 말했다.
"조카따님에게 관심이 있다면 그 교수의 일은 얼마든지 얘기하겠습니다. 조카따님하고는 가깝게 지내고 있습니까?"
"네, 달리가 내 손에서 떠나기까지는. 엄마가 죽은 뒤 내가 줄곧 키웠으니까요. 토머스 매기는 이번 살인과 무슨 관계가 있습니까?"
"있을지 모릅니다. 그는 지금 이 도시에 있습니다. 적어도 바로 최근까지는 있었습니다."
"그럴 거라고 짐작했어요!" 그녀는 의기양양하게, 그러나 쓸쓸히 외쳤다. "그 사나이를 석방한 것이 잘못이에요. 내 여동생에게 그런 짓을 한 사나이는 가스실로 보내는 것이 마땅해요."
갑자기 감정이 북받친 모양으로 그녀는 숨을 멈추었다. 나는 다음 이야기를 기다렸다. 그녀가 더 계속하지 않았기 때문에 내가 말했다.
"나도 그 사건을 상세하게 천천히 듣고 싶습니다만 전화로는 불편

할 것 같습니다. 내일 이쪽으로 오시면 퍽 도움이 되겠습니다만."
"그것은 형편상 좋지 않아요. 아무리 말씀하셔도 소용없어요. 내일 오후에는 매우 중요한 모임이 있어서 그래요. 우리 주의 요직에 있는 분들 몇몇이 새크라멘토에서 이곳으로 오십니다. 아마 그 모임은 밤까지 이어질 거예요."
"그럼 오전 중에는 어떻습니까?"
"오전 중에는 그 모임의 준비를 해야 합니다. 이것은 새로운 복지계획을 채택하느냐 마느냐 하는 중대한 갈림길이니까요. 이 기회를 놓치면 내 입장이 난처해집니다."
잠복되어 있는 히스테리가 여자의 음성에 울리고 있었다. 갱년기 가까운 중년 독신여성의 히스테리였다.
"그렇게 되면 큰일입니다, 젠크스 씨. 그곳에서 퍼시픽 포인트까지의 거리는 얼마나 됩니까?"
"110킬로미터쯤입니다만 나로서는 당장 그곳에 갈 형편이 되지 않습니다, 방금 말씀드린 대로."
"그렇다면 제 쪽에서 가겠습니다. 오전중에 한 시간만 틈을 내 주시지 않겠습니까, 11시경에?"
그녀는 망설였다.
"그렇게 중요한 일이라면 좋아요. 내일은 한 시간 일찍 일어나 준비해 두겠어요. 11시에 집에 있겠어요. 주소를 아십니까? 인디언 스프링스의 메인 스트리트에서 조금 떨어진 곳이에요."
나는 고맙다는 인사를 하고 알렉스를 보낸 다음 마음속 자명종 시계를 6시 반에 맞추고 침대에 들어갔다.

11

아침이 되었다. 떠날 준비가 끝났을 때 알렉스는 아직 자고 있었다. 나는 그를 깨우지 않았다. 반은 이기적인 이유에서였고, 반은 잠에서 깨어나기보다 자고 있는 편이 알렉스에게 좋을 것 같았기 때문이다.

바깥은 안개가 짙었다. 축축한 안개 덩어리가 퍼시픽 포인트를 덮었고 도시는 바다 속에 잠겨 있는 듯했다. 나는 호텔 주차장에서 앞이 잘 보이지 않는 잿빛 세계로 차를 내몰았다. 차는 갑자기 경사로에 들어가 심해어처럼 헤드라이트 두 개를 켜고 헤엄치듯 한길로 나섰다. 도로를 달려간다는 실감이 전혀 느껴지지 않는 동안 벌써 거리의 동쪽 끝에 있는 트럭 운전기사들의 집합소에 닿았다.

나는 어쩐지 떠벌리는 것을 장사로 하고 있는 사람들과 함께 너무 떠벌리며 살아온 것 같다. 지금 노동자 계급의 레스토랑 카운터에 앉아 있으려니까 대단히 기분이 좋아졌다. 거기서는 사람들이 뭔가 떠벌리고 싶을 때 떠벌리고, 웨이트리스를 놀려 주기 위해서만 떠벌리고 있었다. 나도 웨이트리스를 조금 놀려 주었다. 그녀의 이름은 스텔라라고 했으며, 활기차게 일하는 아가씨였다. 그녀는 셀프 서비스 식당 따위는 아주 싫어한다고 했다. 그녀는 밝은 웃음을 빙긋 떠올리며 이 가게는 일을 할 만하다고 말했다.

나의 목적지는 한길 가까운 곳의 꽤 왕래가 빈번한 길이었는데, 주로 신축 아파트가 양쪽에 들어서 있었다. 그 변덕스러운 아파트 벽면의 파스텔 색조와 여기저기 이식한 종려나무가 안개 속에서는 그을음을 탄 듯 쓸쓸해 보였다.

요양소는 베이지색 회를 바른 1층 집이었는데 좁고 길쭉한 대지의 대부분을 차지하고 있었다. 8시 정각에 나는 벨을 눌렀다. 닥터 고드윈은 문 뒤에서 기다리고 있었던 모양으로 곧 자물쇠를 열고 나를 맞았다.

"시간이 정확합니다, 아처 씨."

표정이 잘 드러나는 고드윈의 눈은 이른 아침이어서인지 돌처럼 무표정했다. 문을 닫으려고 뒤로 돌아섰을 때 그의 등이 상당히 굽은 고양이등이라는 걸 나는 깨달았다. 그는 새로 마련한 흰 가운을 입고 있었다.

"어서 앉으십시오. 여기서 얘기해도 괜찮습니다."

그곳은 작은 대합실, 또는 라운지 같았다. 한쪽 구석에 설치되어 있는, 지금은 꺼져 있는 텔레비전을 향해 몇 개의 팔걸이의자가 놓여 있었다. 나는 그중 하나에 앉았다. 안쪽 문 저쪽에서 접시 부딪히는 소리와 일을 시작할 때의 바쁜 듯한 간호사들의 밝은 웃음소리가 들려 왔다.

"여기는 당신 병원입니까, 선생님?"

"나하고 이해관계가 많이 있습니다. 이곳 환자는 대부분 내 환자입니다. 지금도 잠시 충격 요법을 하고 온 참입니다."

의사는 흰 가운의 깃 주름을 폈다.

"전기 충격이 왜 우울증 환자에게 효과가 있는지 그 이유를 알게 된다면 민간 치료사 같은 기분을 맛보지 않아도 될 텐데 말입니다. 우리의 과학이라 할까 기술은 아직 경험주의적 단계에 있는 것이 많습니다. 그래도 낫는 사람은 나아요."

의사는 갑자기 빙긋 웃었다. 그 웃음이 너무나 뜻밖이었기 때문에 무엇을 기다리는 것 같은 주의 깊은 눈 표정까지는 되지 않았다.

"달리는 좀 좋아졌습니까?"

"네, 얼마쯤 좋아졌습니다. 물론 하룻밤으로 완전히 좋아지는 일은 없습니다. 이 병원에 머물면서 적어도 1주일 동안은 상태를 살펴봐야 합니다."

"질문해도 상관없는 상태입니까?"

"당신이 달리에게 질문하는 것은 나로선 곤란합니다. 당신뿐만 아니라, 저어…… 범죄나 형벌의 세계와 조금이라도 연관이 있는 분이 달리에게 질문하는 것은 난처한 일입니다."

이 거절의 말을 조금이라도 누그러뜨리려는 듯이 의사는 내 옆의 팔걸이의자에 털썩 앉더니 내게서 담배 한 대를 얻자 불까지 붙여 달라고 했다.

"그건 또 왜 그럴까요?"

"현재 원시 상태에 머물러 있는 법적 강제력이라는 것이 나는 싫습니다. 환자가 덫에 걸려 마음에도 없는 말을 하려고 하면, 그 뒤에는 법정에 끌려 나가 건강한 사람으로 취급받게 됩니다. 나는 이런 취급 방법과 옛날부터 싸워 왔습니다."

대머리를 의자 등에 무겁게 기댄 채 의사는 담배 연기를 천장을 향해 내뿜었다.

"그 말씀은, 즉 달리가 법률적으로 위험한 입장에 있다는 말이군요."

"아뇨, 지금 한 말은 단순한 일반론입니다."

"그 일반론은 특히 달리의 경우에 들어맞는 게 아닐까요? 흥정은 그만둡시다, 선생. 우리는 한편입니다. 나는 달리가 무슨 사건의 범인이라고는 털끝만큼도 생각하지 않습니다. 다만 살인 사건을 해결하기에 도움될 만한 정보를 그녀에게서 얻어내려고 하는 것뿐입니다."

"그러나 만일 달리가 범인이라면?"

의사는 내 반응을 지켜보며 말했다.

"그런 경우에는 당신과 협력해서 정상 참작의 여지를 발견해야겠지요. 그래서 되도록 형을 가볍게 낮추도록 노력하겠습니다. 달리의 남편이 제 의뢰인이라는 걸 잊지 마십시오. 그런데 달리는 정말 범인일까요?"

"모르겠습니다."

"오늘 아침 달리와 이야기를 나누었겠죠?"

"이야기한 사람은 달리 혼자였습니다. 나는 거의 질문도 하지 않았습니다. 긴 안목으로 보면 그러는 편이 더 많은 것을 알아낼 수 있으니까요."

당신도 앞으로는 이 원칙에 따르는 편이 좋을 거라는 듯 의사는 뭔가 뜻이 담긴 것 같은 눈으로 나를 보았다.

나는 의사의 다음 말을 기다리며 귀를 기울였다. 그러나 이야기는 계속되지 않았다. 무명 환자복의 등 뒤로 기다란 검은 머리를 드리운 통통한 여자가 안쪽 문가에 나타났다. 그리고는 의사에게 양팔을 뻗었다.

의사는 피곤한 왕처럼 한쪽 손을 들었다.

"잘 잤나, 넬?"

그녀는 반가운 듯한 밝은 웃음을 얼핏 보이는가 싶더니 그대로 잠들어 버리는 사람처럼 슬그머니 뒤로 물러섰다. 뻗었던 그녀의 양팔이 마지막으로 시야에서 사라졌다.

"달리의 오늘 아침 이야기를 들려주시면 큰 도움이 되겠습니다만."

"당신은 도움이 되겠지만 나로서는 위험한 일입니다. 뭐니 뭐니 해도 당신과 나의 입장은 다르니까요. 환자가 나한테 얘기하는 것은 직업상 비밀입니다. 그런데 당신에게는 그런 직업상 입장이 없습니다. 당신이 법정에서 정보 제공을 거부하면 법정 모욕죄로 투옥될 겁니다. 나도 절대로 투옥되지 않는다고는 말할 수 없지만 일반적으로 그런 걱정은 없습니다."

손수 만든 것인 듯한 푸른 도자기 재떨이에 고드윈은 담배를 비벼 껐다.

"법정 모욕죄라면 여러 번 경험이 있습니다. 내가 말하지 않으려고 결심한 것이라면 절대로 경찰에는 알리지 않습니다. 그것은 보증하겠어요."

"알겠습니다."

고드원은 마음을 정한 듯이 고개를 한 번 세로로 흔들었다.

"요컨대 나는 달리의 일이 걱정입니다. 왜 그처럼 걱정되느냐 하는 것을 되도록 까다로운 전문용어를 사용하지 않고 설명하겠어요. 말하자면 주관적인 그림 맞추기 퍼즐을 재구성해 보일 테니까 당신은 그것에서 객관적인 그림 맞추기 퍼즐을 구성해 주세요."

"되도록 까다로운 전문용어는 쓰지 않는다고 말씀하셨어요."

"실례했습니다. 첫째는 달리의 병력입니다. 어머니 콘스턴스 매기가 언니인 앨리스의 부추김을 받아……, 앨리스와 나는 약간 면식이 있습니다만…… 달리를 나한테 데리고 왔을 때, 만 10살이었던 달리는 이미 행복한 아이는 아니었습니다. 행복하기는커녕 정말로 내향적인 어린이가 되기 일보 직전이었습니다. 여기에는 그럴 만한 이유가 있었어요. 아버지는 책임감 없는 폭력적인 남자로 아버지로서의 자격이 전혀 없었지요. 극단적인 기분파로 달리를 너무 귀여워하는가 하면 갑자기 괴롭히고 아내하고는 줄곧 싸우기만 하다가 끝내는 아내를 버렸어요. 아니, 아내에게 버림받은 것이나 다름없게 되었어요. 나는 달리가 아니라 그 아버지를 진찰했어야 합니다. 그 집안에 내린 재앙의 근원은 그 아버지였으니까요. 그런데 도저히 그를 붙잡을 수 없었습니다."

"아버지하고 만난 적이 없습니까?"

"만나고 싶다는 말을 전해도 와 주지 않았어요."

고드원은 괘씸하다는 듯이 말했다.

"만나기만 했더라면 살인을 예방할 수 있었을지 모릅니다. 아니, 만나도 어떻게 할 수 없었을지도 모르죠. 이야기로 듣기만 해도 달리의 아버지는 부적응자의 표본 같은 사람으로 한 번도 치료를 받지 않고 방치되어 있었으니까요. 정신병과 법률 사이의 갭을 제가 얼마나 불쾌하게 생각하는지 알아주시기 바랍니다. 매기와 같은 사람들이 아무 예방 조치도 취하지 않은 채 방치되어 있었던 겁니다. 이윽고 그들은 범죄를 저지르게 됩니다. 그러면 법정에서 재판을 받고 10년 또는 20년 동안 사회에서 격리됩니다. 병원이 아니라 감옥에서 말입니다."
"매기는 지금 출옥했습니다. 이 거리에 있었습니다. 알고 계십니까?"
"오늘 아침 달리에게서 들었습니다. 그것도 달리에게 가해진 정신적 중압의 하나입니다. 폭력적이고 불안정한 분위기 속에서 자란 감수성이 강한 어린이가 불안과 죄책감에 괴로워하게 된다는 것을 알 수 있겠지요? 최악의 죄책감이란 때때로 어린이가 순수한 자기보존본능에서 자기도 모르게 양친에게 반항하는 경우에 싹트는 법입니다. 내 동료인 임상심리학자가 달리를 지도하여 진흙 공작이나 인형놀이를 통해 감정을 표현하는 것을 가르쳤습니다. 그 당시 나로서는 별로 해줄 것이 없었어요. 대체로 어린이에게는 분석하기에 충분한 정신 내용이 없었으니까요. 하지만 그래도 가능한 한 냉정하고 인내심 있는 아버지 역할을 하면서 달리의 어린 생활에 결여되어 있는 안정감을 주려고 노력했어요. 달리의 상태는 그런대로 괜찮아지고 있었어요. 그 무서운 사건이 일어나기까지는."
"살인 사건 말입니까?"
의사는 슬픈 듯이 고개를 끄덕였다.
"그날 밤, 매기의 비뚤어진 성질이 폭발한 겁니다. 그리하여 그 사나이는 모녀가 머물고 있던 인디언 스프링스의 이모집에 와서 아내 머리를 향해 총을 쏘았습니다. 달리는 집 안에서 어머니와 둘만이 있었는데 총소리를 듣고 도망치는 아버지의 모습을 본 것입니다. 그리고 어머니의 시체를 발견했죠."

의사의 머리는 소리나지 않는 종처럼 천천히 흔들리고 있었다. 나는 말했다.

"당시에 달리의 반응은 어떠했습니까?"

"나는 모릅니다. 나의 일에서 특별히 어려운 점 한 가지는, 종종 개인적 수단에 의해 공적인 기능을 하지 않으면 안 되는 일입니다. 내가 밖으로 나가 투망으로 환자를 잡아올 수는 없으니까요. 달리는 그 뒤로 두 번 다시 진찰을 받으러 오지 않았습니다. 데리고 올 어머니는 돌아가셨고 이모인 젠크스 씨는 바쁜 몸이었거든요."

"하지만 애초에 달리를 당신 병원에 데리고 오도록 권유한 사람은 앨리스 젠크스라고 말씀하셨지 않습니까?"

"그렇습니다. 치료비를 지불한 사람도 젠크스 씨였습니다. 아마 그런 소동이 있은 뒤로는 더 이상 조카딸의 뒷바라지는 해 줄 수 없다고 생각한 것이겠죠. 아무튼 그 뒤로 달리는 오지 않게 되었고 어제 저녁 다시 만난 셈입니다. 단 한 번만은 예외가 있었습니다. 달리가 아버지에게 불리한 증언을 한 날에 나는 법원에 갔습니다. 판사를 직접 찾아가 이런 일은 허용되어서는 안 된다고 항의했습니다. 그러나 달리는 중요한 증인이었고 이모의 허락도 있었기 때문에 증인석에 섰습니다. 그때 달리의 모습은 잔인한 어른들 세계에서 길을 잃은 창백한 기계인형 같았습니다."

의사의 큰 몸이 감정으로 인해 떨렸다. 그의 손이 흰 가운 밑에서 담배를 찾았다. 나는 한 개비를 꺼내 불을 붙여 주었고 내 담배에도 불을 붙였다.

"그때 달리는 법정에서 뭐라고 말했습니까?"

"대단히 짧고 간단한 증언이었어요. 아무래도 모두 암기한 것 같은 데가 있었어요. 총소리가 들렸기 때문에 자기 침실 창문에서 밖을 내다보았더니 권총을 들고 도망치는 아버지 모습이 보였다는 겁니다. 또 하나의 질문은 아버지가 어머니에게 육체적 위해를 가하겠다고 협박한 일이 있느냐 하는 것이었습니다. 달리는 있었다고 대답했습니다. 그것뿐입니다."

"틀림없습니까?"

"네. 이것은 이른바 근거 없는 막연한 기억은 아닙니다. 당시에 적어둔 메모를 오늘 아침 일부러 들춰보았으니까요."

"왜 조사하셨습니까?"

"그것도 병력의 일부이니까 말입니다. 위태위태한 부분이죠."

의사는 담배연기를 내뿜고 그 연기 저쪽에서 신중한 눈빛으로 나를 물끄러미 바라보았다.

나는 말했다.

"지금 달리는 다른 말을 하고 있는 겁니까?"

의사의 얼굴은 복잡한 감정으로 찌푸려졌다. 그는 뜻밖에도 감정적인 남자였다. 그리고 달리가 이 남자에게는 오랜 세월 동안 잃어버렸던 양딸 같은 존재였다.

"바보 같은 이야기입니다, 달리가 지금 말하고 있는 것들은."

의사는 내뱉듯이 말했다.

"난 믿지 않아요. 달리 본인도 믿고 있다고는 생각하지 않아요. 그처럼 착란 상태에 빠져 들다니."

의사는 말을 중단하고 담배를 깊이 빨아들이며 감정의 혼란을 정리하려고 했다. 나는 상대방의 말이 계속되기를 기다리며 귀를 기울였다. 의사는 계속했다.

"그날 밤, 아버지의 모습은 보지 못했고 아버지는 그 살인과는 아무 관계도 없다고 말하고 있어요. 증인석에서 거짓말을 한 것은 몇 몇 어른들이 시켜서 한 일이라는 겁니다."

"왜 이제 와서 그런 말을 하는 걸까요?"

"모르겠어요, 그 아이의 기분을. 10년이라는 공백 뒤에 옛날 관계를 되살리기란 쉬운 일이 아닙니다. 게다가 그 아이는 내가 자기를 배반했다고 생각하고 있으니까요. 내가 곤경에 처한 그 아이를 도와주지 않았으니까요. 하지만 그 경우 나로서 무엇을 할 수 있었겠습니까? 이를테면, 인디언 스프링스까지 찾아가서 이모 집에서 그 아이를 뺏어올 수도 없는 일이었죠."

"환자를 사랑하고 계시군요, 선생께서는."

"네, 사랑합니다. 그래서 피곤해집니다."

의사는 담배를 도자기 재떨이에 비벼 껐다.

"이 재떨이를 만든 사람은 아까 그 넬입니다. 처음 만든 것치고는 잘 만든 셈이죠."

나는 동의했다. 접시를 씻는 소리는 얼마쯤 조용해지고 건물 안쪽에서 동물이 신음하는 듯한 한탄하는 소리가 들려 왔다.

"달리가 지금 말하고 있는 것은 어리석은 말이 아닐지 모릅니다. 매기가 달리의 신혼여행 이틀째에 나타나 그 뒤의 달리의 모든 생활이 변할 만큼의 타격을 주었다는 사실과 그 이야기하고는 부합되지 않습니까?"

"당신은 예리한 사람입니다, 아처 씨. 그 말대로의 일이 일어난 거예요. 매기는 자기에게 죄가 없다는 것을 달리에게 강경하게 주장했습니다. 달리는 성격이 이중적이긴 하나 아버지를 사랑하고 있었어요. 계속 이야기한 결과 달리의 기억이 잘못되었다는 것을 아버지는 달리가 믿게끔 했어요. 아버지는 죄가 없고 딸에게 죄가 있다는 것을 말입니다. 어린이의 기억이 때때로 정서에 강한 영향을 준다는 건 사실이지요."

"죄라면 얼토당토아니한 중상이란 죄입니까?"
"아닙니다, 살인죄입니다."
의사는 몸을 앞으로 당겼다.
"오늘 아침 달리는 어머니를 죽인 사람은 달리 자신이라고 말했어요."
"권총으로 말입니까?"
"말로요. 이것이 어처구니없는 점입니다. 달리의 이야기에 따르면 달리는 어머니를 죽이고 친구인 헬렌을 죽이고 게다가 아버지까지 감옥에 보냈다는 겁니다. 그것을 모두 악의에 찬 말로 해치웠다는 겁니다."
"달리는 그 점을 더 상세히 설명했습니까?"
"아직은 안했습니다. 그것은 단순한 죄책감의 표명이겠지요. 살인사건과는 표면적으로밖에 연관성이 없다고 생각합니다. 이를테면 달리는 두 가지 살인 사건을 이용해서 무언가 다른 것과 관계되는 죄책감에서 도망치려고 하고 있다고 보아야겠죠."
"네, 그렇습니다. 흔히 있는 심리 작용이죠. 달리가 어머니를 죽이지 않았다는 것은 물론이고, 아버지 건에 대해서도 본질적으로 거짓말을 하지 않았다는 것은 사실입니다. 나는 아버지에게 죄가 있다고 확신하고 있습니다."
"법정은 흔히 잘못 판단하기도 합니다. 아무리 큰 사건을 재판하는 경우에도."
조용한 위엄을 갖추고 의사는 말했다.
"그 사건에 대해선 법정에서의 일 이상의 것을 나는 알고 있습니다."
"달리에게서 들었습니까?"
"정보의 출처는 여러 군데지요."

"그것을 가르쳐 주시면 도움이 되겠는데요."

의사의 눈은 베일에 덮인 듯이 보였다.

"그건 안 됩니다. 환자의 비밀은 존중해야 합니다. 그러나 매기가 아내를 죽인 것은 틀림없습니다. 그건 확실합니다."

"그렇다면 달리는 무엇에 그렇게 죄책감을 느끼고 있을까요?"

"언젠가 알게 되겠죠. 아마 부모에 대한 원한이 얽혀 생겨난 것이 아닌가 생각됩니다. 양친의 결혼 생활이 추하게 파탄난 것을 보고 달리가 부모에게 벌을 주고자 생각하는 건 매우 자연스러운 일일 겁니다. 어머니가 죽고 아버지가 감옥에 들어간다는 것을, 현실적으로 그런 사태가 발생하기 전에 달리가 상상했다 하더라도 별로 불가사의한 일은 아닐 겁니다. 그런 가엾은 어린이의 복수하려는 꿈이 현실로 되었을 때, 그 어린이는 죄책감에 괴로워하겠지요. 더구나 일요일에 호텔을 찾아온 아버지의 항의 탓에 그러한 옛 감정이 다시 자극받은 겁니다. 거기에 더하여 어제저녁 그 무서운 우연한 사건이……."

말이 막힌 의사는 튼튼한 넓적다리 위에 양손을 벌리고 손바닥을 위로 향하고 손가락을 떨었다.

"해거티 교수가 총에 맞은 것은 우연한 사건이 아닙니다. 권총이 발견되지 않았다는 사실만으로도……."

"그건 알고 있습니다. 내가 말하고 싶은 것은 달리가 시체를 발견했다는 일입니다. 이것은 어떻게 생각하더라도 우연일까요?"

"글쎄요. 어제저녁 살인 사건 때문에 달리는 자기 자신을 책망하고 있어요. 그것을 유년 시대의 원한이라는 관점에서 어떻게 설명할 수 있을까요?"

"별로 그런 관점에서 설명할 생각은 없습니다."

의사는 초조한 듯이 말하고는 뭔가 직업적인 위엄을 나에게 강요하려고 했다.

"당신이 정신과 의사의 입장을 이해할 필요는 없을 겁니다. 당신은 객관적 사실을 따지고, 나는 주관적 사실을 취급하니까요."

그리고는 어떤 철학으로 자기 말을 부드럽게 하려고 했다.

"객관과 주관, 외부와 내부가 서로 반향하고 있는 것은 당연합니다. 그러나 두 평행선을 무한의 끝까지 따라가지 않고선 교차하는 곳을 볼 수 없습니다."

"그렇다면 객관적 사실을 따집시다. 달리는 헬렌 해거티를 독이 맺힌 말로 죽였다고 했습니다. 해거티 교수에 대해 달리가 한 말은 그것뿐입니까?"

"더 있습니다. 더 많은 말을 했어요. 혼란스러운 말이었지만. 미스 해거티가 죽은 것은 달리와 사귀었기 때문이라고 달리는 말했어요."

"둘은 친구였던 모양이군요?"

"아마 그랬나 봅니다. 나이는 20년이나 차이가 나지만 달리는 미스 해거티를 믿고 무슨 일이나 고백했고, 미스 해거티도 그랬었던 모양입니다. 미스 해거티 쪽에도 아버지하고의 갈등이 있었으므로 달리와 입장이 비슷했다는 점에서 둘은 의기투합한 모양입니다. 이리하여 둘은 무엇이나 이야기했겠지요. 그다지 건강한 교제라고 할 수는 없습니다."

의사는 냉정히 말했다.

"헬렌의 아버지에 대해 달리는 뭔가 알고 있습니까?"

"달리의 말에 의하면 헬렌의 아버지는 악덕 경찰관이고 살인 사건에도 관련이 있다고 하는데 그것은 단순한 공상이겠지요……. 자기 아버지의 또 다른 이미지라고 볼 수 있어요."

"아닙니다. 헬렌의 아버지는 경찰관이었습니다. 그리고 적어도 헬렌은 자기 아버지를 악덕 경관이라고 생각하고 있었어요."

"어떻게 그걸 알고 있습니까?"

"어머니로부터 온 편지를 읽고 알았습니다. 바로 그런 내용이 씌어 있었어요. 헬렌 해거티의 양친과 이야기할 기회가 있으면 좋을 텐데."

"찾아가 뵙는다면 어떨까요?"

"일리노이 주의 브리지턴입니다."

간다고 하면 꽤 먼 거리지만 전적으로 어림짐작하는 추리에 비하면 별로 무모한 행동은 아닐 것이다. 현재라는 굳은 지면에 조금씩 균열이 생겨 과거라는 지층 깊숙한 곳까지 갈라지는 그런 사건에 부딪힌 것은 이번이 처음은 아니었다. 어쩌면 20년 이상이나 전에 일리노이 주에서 있었는지도 모르는 살인 사건, 달리가 태어나기 전의 사건과 이 헬렌 살인 사건과는 연관성이 있는 것이 아닐까? 이것은 나의 바람과 같은 것이니까 입 밖에 내어 닥터 고드윈에게 말하진 않았다.

"미안하지만 더 이상 도움이 될 것은 없습니다. 이제는 가야겠습니다. 진찰 시간이 늦었습니다."

의사가 말했다.

도로에 차들이 오가는 소리 중에서 엔진 소리 하나가 분리되고, 그 소리가 곧 낮아졌다. 차문이 열리고 닫히는 소리. 집 입구를 향해 접근해 오는 몇 사람의 발자국 소리. 초인종이 울리기 전에 덩치 큰 남자로선 재빠른 동작으로 고드윈이 문을 열었다.

나에게는 방문객의 얼굴이 보이지 않았다. 반가운 손님이 아닌 것은 곧 알 수 있었다. 고드윈이 적의에 몸을 굳히고 말했다.

"안녕하시오, 보안관?"

크레인은 세상사에 익숙한 말투로 말했다.

"참, 대단한 아침이로군. 이 고장에선 9월이 가장 좋은 계절인데,

이 안개로는······. 덕분에 공항은 볼장 다 봤군."

"날씨 이야기를 하러 온 건 아니겠죠?"

"그래요, 날씨 얘기를 하러 온 건 아닙니다. 여기에 범죄 용의자가 숨어 있다는 얘기를 들었어요."

"누가 그런 말을 했습니까?"

"정보 제공자는 많이 있어요."

"그런 정보 제공자는 파면시켜요, 보안관. 거짓 정보이니까요."

"글쎄, 누구일까요, 거짓말을 하는 건. 미세스 달리 킨케이드, 예전의 성은 매기. 당신은 그녀가 이 건물에 있다는 걸 부정하는 겁니까?"

고드원은 망설였다. 그 무거운 듯한 턱이 더욱 무겁게 보였다.

"있어요, 그 아이라면."

"방금 당신은 없다고 말했습니다. 뭘 그렇게 흥분하십니까?"

"당신이야말로 흥분하고 있어요. 미세스 킨케이드는 범죄 용의자가 아닙니다. 여기 있는 것은 병에 걸렸기 때문입니다."

"왜 병에 걸렸지요? 피를 보면 병에 걸리는 체질인가요?"

고드원의 입술이 불쑥 나왔다. 금세라도 상대의 얼굴에 침을 뱉을 것처럼 보였다. 내가 앉아 있는 장소에서 보안관의 얼굴은 보이지 않았지만, 나는 보이는 곳으로 옮기는 것을 삼갔다. 지금은 내가 나설 자리가 아니었다.

"고약한 아침이 된 것은 안개 탓만이 아닙니다. 어젯밤 이 거리에서 살인이 있었어요. 당신도 알 테죠? 미세스 킨케이드에게서 모두 들었을 테니까요."

"그 아이를 고발하려는 겁니까?"

고드원이 물었다.

"난 그런 말은 하지 않았소. 아직 고발하진 않았소."

"그럼, 썩 꺼져요."

"나한테 그런 투로 말해도 괜찮은 거요?"

고드원은 전혀 움직이지도 않았다. 마치 몸속에 스포츠카의 엔진이라도 들어 있는 듯이 거칠게 숨을 쉬었다.

"당신은 제3자 앞에서 내가 범죄 용의자를 숨기고 있다고 비난했어요. 명예훼손으로 고소할 겁니다. 나하고 내 환자에 대한 박해를 그만두지 않는 경우에는 반드시 고소할 겁니다."

"그런 뜻에서 말한 건 아니오. 아무튼 나한테는 목격자에게 질문할 권리가 있어요."

"조금 더 지나면 질문해도 좋아요. 현재 미세스 킨케이드에겐 많은 양의 진정제를 투여했어요. 적어도 1주일간은 질문 따위는 허가할 수 없습니다."

"1주일간이라구?"

"더 길어질지도 모릅니다. 아무리 버티어도 헛수고니까 체념해요. 경찰이 지금 당장 그 아이를 신문하면 그 아이의 건강뿐만 아니라 생명까지 위험에 내놓는 셈이 됩니다. 필요하다면 나갈 만한 곳에는 나가서 증언해도 좋아요."

"그런 것은 믿을 수 없군요."

"당신이 무엇을 믿든 내가 알 게 뭐요."

고드원은 문을 '쾅' 닫고 장거리 선수처럼 숨을 헐떡이며 문에 기대었다. 아까부터 안쪽 문 근처에서 이쪽을 살피고 있던 흰 가운을 입은 두 간호사가 당황해하며 일하는 시늉을 했다. 의사는 손을 흔들어 간호사들을 내쫓았다.

나는 마음속으로 감동해서 말했다.

"달리를 지켜 주셨군요."

"그 아이는 어렸을 때부터 대단한 고통을 받았어요. 내가 좋게 대하면 녀석들은 더욱 기어오르지요."

"달리가 여기 있다는 것을 어떻게 알았을까요?"

"그게 이상합니다. 이곳 직원들 입이 무거운 점에서는 믿을 수 있어요. 당신이 누구에게 얘기하지 않았습니까?"

의사는 나를 탐색하듯 보았다.

"당국과 연관이 있는 사람에게는 말하지 않았어요. 달리가 여기 있다는 것을 알렉스가 앨리스 젠크스에게 얘기했습니다만."

"아아, 그 탓인지도 모릅니다. 젠크스 씨는 옛날에 이 지방 일을 하고 있었어요. 크레인과는 친구 사이입니다."

"그러나 조카딸의 비밀을 설마 누설할까요?"

"그 여자라면 하고도 남아요."

고드윈은 흰 가운을 거칠게 벗어 내가 앉아 있던 의자 위에 던졌다.

"자, 이제 실례할까요?"

그리고 나서 그는 교도관처럼 열쇠 꾸러미를 절그럭거렸다.

12

고갯길을 반쯤 올라간 곳에서 햇빛 속으로 나왔다. 눈 아래 안개는 마치 산맥 기슭에 밀려오는 하얀 바다처럼 보였다. 잠시 쉬고 난 고개 위에서 보니 내륙의 지평선으로 이어지는 또 하나의 산맥이 달리고 있었다.

중간의 폭넓은 계곡에는 빛이 넘쳐 흘렀다. 산허리의 떡갈나무 숲에서는 소 떼가 풀을 뜯고 있었다. 내 차 앞의 도로 위로 갈지자 걸음의 조그마한 병사처럼 메추라기 떼가 지나갔다. 갓 벤 풀 냄새를 맡고 있으려니까 이런 전원 풍경은 백년 전부터 조금도 변하지 않은 듯한 느낌이 들었다.

주유소나 햄버거를 파는 드라이브인이 있다 해도 인디언 스프링스 거리의 분위기를 바꿀 수는 없었을 것이다. 여기에는 무엇인가 오래되고 훌륭한 서부의 모습이 남아 있었고, 그 이상으로 햇볕에 탄 옛 그대로의 가난이 남아 있었다. 무너질 듯한, 햇볕에 말린 벽돌집 문가에서 실제보다 나이들어 보이는 여자들이 갈색 살결의 아이들을 지켜보고 있었다. 앞길에서 왔다갔다 하는 사람들 대부분은 챙 넓은 모자를 쓰고 인디언풍의 생김새였다. 사람들의 머리 위에는 로데오 대회의 광고 깃발이 힘없이 매달려 있었다.

앨리스 젠크스의 집은 이 거리에서는 일급 도로변에 있는 상류층 가옥이었다. 2층의 하얀 프레임 하우스로 위층에도 아래층에도 넓은 포치가 있었다. 건물은 잘 손질한 초록빛 잔디에 의해 한길로부터 깊이 떨어진 안쪽으로 자리잡고 있었다. 나는 잔디에 들어가 산초나무에 기대어 모자를 부채 대신 사용했다. 약속 시간까지는 아직 5분쯤 남아 있었다.

꽤 당당한 체구의 파란색 드레스를 입은 여자가 베란다에 나왔다. 오전 11시를 기해서 자기 집에 침입한 도적이나 아닌가 하고 찬찬히 나를 보았다. 이윽고 그녀는 계단을 내려와 내 쪽을 향하여 오솔길을 걸어왔다. 그녀의 안경은 햇빛을 받아 반짝거려 서치라이트처럼 보였다.

가까이 오자 그녀의 당당했던 모습은 다소 누그러졌다. 안경 속의 갈색 눈은 너무 긴장되어 불안해 보였다. 머리에는 새치가 간혹 있었다. 입술은 예상외로 도톰했고 부드러운 느낌을 주었는데 콧방울의 양쪽 주름 사이에 끼인 부분은 분명히 족집게로 다듬은 것 같았다. 돌비석 같은 가슴 근방에서 장갑차같이 단단히 여민 파란색 드레스는 퍽 구식이었으며 그녀를 갑갑하게 보이게 했다. 살결은 골짜기의 햇볕에 타서 거칠어 보였다.

"아처 씨입니까?"

"그렇습니다. 안녕하셨습니까, 젠크스 씨?"

"네, 그럭저럭 살고 있어요. 포치에서 이야기할까요?"

그녀는 남자 같은 악수를 청했다.

여자의 동작은 말 만큼이나 거칠었고 마음의 초조함을 나타내고 있었다. 아마도 평생 무너지지 않는 꿋꿋한 자제심 아래 숨겨진 불안 때문이리라. 그녀는 나를 그네의자에 앉히고 자기는 그 앞의 등의자에 도로를 등지고 앉았다. 멕시코 소년 셋이 거의 망가진 자동차를 타고 줄타기 곡예사처럼 위태위태하게 길을 지나갔다.

"그런데 무슨 얘기를 하면 좋을까요, 아처 씨. 내 조카딸은 뭔가 대단한 사건에 휘말려 있는 것 같군요. 오늘 아침 법원 관계의 친구와 얘기를 해봤더니······."

"보안관 말입니까?"

"네. 달리가 도망다닌다고 그분은 말했어요."

"당신은 크레인 보안관에게 달리의 거처를 가르쳐 주었습니까?"

"네. 가르쳐주면 안 됩니까?"

"보안관이 즉시 요양소로 달리를 신문하러 왔습니다. 그런데 닥터 고드윈이 신문을 허락하지 않았습니다."

"닥터 고드윈은 대단히 독단적인 분입니다. 범죄 관계자의 응석을 받아 준다는 건 옳은 일일까요? 그것은 남이든 우리 집 사람이든 마찬가지입니다. 우리는 옛날부터 제대로 법률을 존중하며 살아 왔어요. 만일 달리가 뭔가를 숨기고 있다면 그것은 어쨌든 밝혀야 합니다. 진상이 밝혀지면 결과는 자연히 제대로 될 테니까요."

그녀의 말은 아예 연설조였다. 옛날 달리를 증언대에 세워야 하느냐 아니냐로 고드윈과 의견이 갈렸을 때를 이제 새삼스럽게 생각하고 있는 것 같았다.

"그 결과 당신이 사랑하는 사람에게 아주 불리해진다면 어떻게 하시겠습니까?"

그녀는 비난을 받기라도 한 것처럼 입술을 꼭 다물고 나를 바라보았다.

"내가 사랑하는 사람이라구요?"

나에게 주어진 시간은 겨우 한 시간이었다. 어떻게 말을 끄집어내야 할 것인지 방향을 잡을 수 없었다.

"달리를 사랑하고 있는 게 아닌가요?"

"그 아이는…… 뭔가 나에게 등을 돌리고 있는 것 같아서 요즘은 별로 만나지 않았어요. 물론 언제나 사랑하고 있지요. 그렇다고 해서…… 그 아이의 잘못된 행위를 관대하게 보아 줄 수는 없어요. 나는 공직에 있는 몸이고……."

그녀의 입술 끝에 깊은 주름이 나타났다.

"공직이라면 어떤 것을 말합니까?"

"이 지방의 복지 위원을 맡고 있지요."

그녀는 자랑스럽게 말했다. 그리고는 얼핏 고개를 돌려 텅 비어 있는 길 쪽을 걱정스럽게 보았다. 마치 폭도의 한 무리가 자기 지위를 뺏으러 오지나 않을까 하는 듯이.

"복지는 가정에서 시작되는 것이 아닐까요?"

"어머, 나의 사생활을 지도하실 생각이신가요?"

그녀는 나의 응답을 기다리지 않았다.

"당신의 말을 들을 것도 없어요. 내 여동생이 결혼에 실패했을 때 그 아이를 맡은 사람이 누구라고 생각하세요? 바로 납니다. 나는 동생과 달리를 이 집에서 살게 했고 동생이 피살된 뒤에는 조카딸을 내 아이처럼 키웠어요. 그 애에게 가장 좋은 음식과 옷을 주었고 가장 좋은 교육을 받게 했어요. 그 아이가 자활하고 싶다고 말했을 때에는 그것도 허락했어요. 로스앤젤레스까지의 여비와 그 뒤의 학비도 주었어요. 더 이상 그 아이에게 무엇을 해 주란 말입니까?"

"내친 김에 지금 곧 달리에 대한 혐의를 밝혀 주는 것이 어떨까요? 보안관이 당신에게 뭐라고 했는지 모르겠지만 내 생각으로는 아마 새빨간 거짓말만 늘어놓았겠지요."

나는 다시금 두 가지 사건을 동시에 문제삼고 있는 듯한 느낌을 받았다. 우리는 표면적으로는 해거티 살인과 달리와의 연관성에 대해 이야기하고 있지만, 그 밑바닥에서는 매기의 이름은 나오지 않더라도 매기가 유죄이냐 아니냐를 논의하고 있었다.

나는 말했다.

"경찰관이라고 해도 잘못은 저지릅니다. 인간은 누구나 잘못을 저지를 수 있습니다. 당신과 크레인 보안관과 판사와 12명의 배심원과 그 밖의 여러 사람이 토머스 매기의 건에 대해서 잘못 판단하여 죄없는 사람에게 유죄 판결을 내리는 일이 전혀 있을 수 없는 것도 아닙니다."

그녀는 웃었지만 그 웃음에는 힘이 없었다.

"그건 어리석은 이야기입니다. 당신은 토머스 매기라는 사람을 모르고 있어요. 그는 무슨 일을 저지를지 모르는 사람이었으니까요. 이 거리의 누구에게나 물어 보세요. 술에 취해서 집으로 돌아와 내 동생을 때린 일이 한두 번이 아니었어요. 내가 달리를 뒤로 감싸고 권총으로 그 사나이를 내쫓은 적도 있어요. 내 동생과 헤어진 뒤에도 몇 번이나 이 집에 와서 현관문을 쾅쾅 두드리고 머리채를 끌고 서라도 데리고 가겠다고 고함을 질렀어요. 물론 내가 그렇게 하지 못하도록 했지만."

그녀는 머리를 심하게 좌우로 저었다. 잿빛 머리카락 하나가 꼬인

철사처럼 부수수 볼에 떨어졌다.

"그는 왜 그렇게 당신 동생을 데리고 가고 싶어했습니까?"

"지배하고 싶었기 때문이죠. 제 동생을 턱짓으로 부려먹고 싶었던 거예요. 하지만 그에게는 그렇게 할 권리가 없어요. 젠크스 집안은 이 도시에서 명문가의 하나입니다. 강 건너 매기네는 이 세상의 쓰레기 같은 집안이고 지금도 생활 보호를 받으며 살고 있어요. 그 매기 집안에서도 그가 가장 성질이 고약했지만 제 동생이 세상물정에 어두워 그에게 빠져 버린 거였죠. 그는 하얀 해군 복장으로 제 동생을 꼬였어요. 아버지는 크게 반대했지만 그걸 물리치고 둘은 결혼했지요. 그 결과 12년 동안이나 지옥과 같은 생활을 하다가 마지막에는 피살되었어요. 그자가 아무 죄가 없다니……. 당신은 모르고 있어요."

귀신에 홀린 듯한 그녀의 거센 목소리를 들은 어치새 한 마리가 산초나무 위에서 그녀에게 대항이라도 하는 듯이 슬픈 소리로 울었다. 그 소리 위로 내 목소리가 겹쳤다.

"왜 매기는 당신 동생을 죽였을까요?"

"변덕스런 악마의 짓이겠지요. 자기 것이 될 수 없는 장난감을 망가뜨린 셈이죠. 간단한 일이죠. 따로 사내가 있었다는 건 새빨간 거짓말이에요. 죽은 날까지 제 동생은 정절을 지켰어요. 설사 별거하곤 있었지만 동생 몸은 깨끗했어요."

"따로 사내가 있었다고 누가 말했습니까?"

그녀는 나를 보았다. 그녀의 얼굴에서 핏기가 사라졌다. 정의의 분노에서 생긴 자신감은 어느새 없어지는 것 같았다.

"그냥 그런 소문이 떠돌았어요."

그녀는 가냘픈 목소리로 말했다.

"더럽고 야비한 소문이었어요. 부부 사이가 좋지 않으면 세상은 곧 그런 소문을 냅니다. 어쩌면 토머스 매기가 스스로 낸 소문인지도 모릅니다. 매기의 변호사는 또 하나의 남자를 끈질기게 추궁하고 들었죠. 매기에게 목숨을 잃은 동생이 명예까지 더럽혀지는 걸 난 그저 말없이 보고 있을 수밖에 별 도리가 없었어요. 하지만 그건 사실무근이라는 것을 가헤이건 재판장이 배심원들에게 분명히 말씀해 주셨어요."

"매기의 변호사는 누구였습니까?"

"길 스티븐스라는 늙은 여우였어요. 그런 변호사에게 부탁하는 것은 뒤가 켕기는 데가 있기 때문입니다. 많은 돈을 지불해서 무죄로 하기 위한 거죠."

"하지만 매기는 무죄가 되지 못했습니다."

"무죄와 마찬가지였어요. 2급 살인에 10년 형이라니 너무 짧았어요. 틀림없는 1급 살인이었어요. 사형을 받는 것이 마땅했어요."

그녀는 완고했다. 확실한 손짓으로 흘러내린 머리칼 한 줄기를 위로 쓸어 올렸다. 그 백발이 섞인 머리칼에는 마치 낡은 동판화에 그려진 해면처럼 규칙적으로 웨이브가 나 있었다. 나는 이런 완고함의 원인에는 두 가지가 있다고 생각했다. 하나는 자기 정의를 절대적으로 믿고 있다는 것, 또 하나는 자기가 잘못을 저질렀는지도 모른다는 죄책감을 수반한 두려움이었다. 달리가 위증에 의해 아버지를 감옥에 보냈다고 주장하고 있는 것을 지금 곧 여기서 끄집어내기를 나는 망설였다. 그러나 아무튼 여기서 내가 돌아가기 전까지는 말해 주어야 한다.

"사건의 세부에 대해서 흥미가 있습니다만, 그런 것을 당신이 얘기하는 건 괴로운 일일까요?"

"그런 괴로움은 참을 수 있어요. 어떤 것을 알고 싶습니까?"

"먼저 사건의 경위입니다."

"나는 집에 없었어요. 부인회 모임에 갔었지요. 동생이 집에 와서부터 몇 달 지난 무렵이었어요. 밤 9시가 지났으므로 달리는 자고 있었어요. 동생은 아래층에서 뜨개질을 하고 있었어요. 동생은 뜨개질 솜씨가 좋아서 아이 옷은 대부분 자기가 만들어 입혔어요. 그날 밤에도 달리의 드레스를 만들고 있었어요. 그 옷도 피투성이가 되어 버렸지요. 재판 때 증거품이 되었어요."

그녀는 아무래도 재판 때의 일을 잊을 수 없는 모양이었다. 그 눈이 먼 데를 보는 듯한 표정을 떠올렸다. 마음속 법정에서 끊임없이 되풀이되는 의식처럼 재판 광경을 보고 있는지도 모른다.

"동생이 총에 맞았을 때의 상황은?"

"단순한 상황이었어요. 그 사내가 현관에 왔어요. 그리고 동생을 설득해서 문을 열게 했어요."

"이상하군요. 그 남자 때문에 실컷 욕을 본 동생이 문을 열어 주었다는 건?"

한쪽 손을 수평으로 움직여서 그녀는 나의 이의를 물리쳤다.

"할 생각만 있다면 말로 참새를 불러 모을 정도로 말주변이 좋은 남자예요. 아무튼 두 사람은 말다툼을 했어요. 아마도 여느 때처럼 돌아와 달라는 말을 듣고 동생이 거절했을 거예요. 둘이서 큰 소리로 말싸움을 하는 것을 달리가 들었어요."

"달리는 어디 있었습니까?"

"2층 바깥쪽 침실입니다. 어머니와 같은 방에서 자고 있었어요."

젠크스는 베란다의 널빤지를 친 천장을 가리켰다.

"그 아이는 말다툼 소리에 잠에서 깨어나고 그 다음에 권총 소리를 들었어요. 곧 창문에서 밖을 내다보니 아직 연기가 나는 권총을 손에 들고 그 남자가 한길 쪽으로 달려갔어요. 그래서 아래층에 내려오니까 어머니가 피투성이가 되어 쓰러져 있었어요."

"그때 동생은 아직 숨이 붙어 있었습니까?"
"죽어 있었어요, 즉사였어요, 심장에 총을 맞고."
"권총의 종류는?"
"중간 정도의 구경이라고 보안관이 말했어요. 끝내 권총은 발견되지 않았어요. 아마 매기는 바다에 버렸을 거예요. 이튿날 체포되었을 때에는 그가 퍼시픽 포인트에 있었으니까요."
"체포는 달리의 증언에 의해서였습니까?"
"불쌍하게도 목격자는 그 애뿐이었어요."
우리는 마치 암묵의 양해라도 나눈 듯이 달리가 과거의 인물인 것 같은 말투로 이야기하고 있었다. 서로 달리의 현재 문제를 피하고 있는 탓일까? 우리 사이의 긴장은 다소 풀어져 있었다. 이 기회를 이용하여 나는 젠크스에게 집 안을 보여 주지 않겠느냐고 부탁했다.
"하지만 그렇게 할 필요가 있겠습니까?"
"사건 상황을 알기 쉽게 말씀해 주셨으니까 그 다음은 현장에서 물리적인 조회를 해보는 것뿐입니다."
수상쩍다는 듯이 그녀는 말했다.
"이젠 별로 시간도 없고 게다가 솔직히 말해서 나도 이 이야기를 하는 것이 달갑지 않아요. 난 동생을 좋아했으니까요."
"네, 댁의 기분은 알겠습니다."
"무슨 증거를 찾으십니까?"
"그런 것이 아닙니다. 사건의 실상을 알고 싶을 뿐입니다. 그것은 나의 일입니다."
일이라는 한마디와 그것에 포함된 명령조에 움직이게 된 것일까, 그녀는 일어나서 현관 문을 열자 문 바로 안쪽에 동생 시체가 발견된 장소를 손가락으로 가리켰다. 홀에 깔아 놓은 올이 굵은 카펫에는 물론 10년 전의 범죄 흔적은 남아 있지 않았다. 어디에도 아무 흔적도 없었다. 달리의 마음에, 그리고 아마도 이모의 마음에도 남아 있는, 눈에 안 보이는 붉은 자국 이외에는.

  나를 놀라게 한 것은 달리의 어머니도, 달리의 친구 헬렌도 자택의 현관 문 옆에서 동일 구경의 권총에 의해 아마도 동일 인물에 의해 사살되었다는 사실이었다. 그러나 그 사실을 나는 젠크스에게는 말하지 않았다. 그런 말을 하면 그녀는 또 폭발적으로 동생의 남편이었던 매기를 욕하기 시작할 것이다.

"차라도 드실까요?"

그녀는 갑작스럽게 말했다.

"아뇨, 괜찮습니다."

"그렇지 않으면 커피라도? 인스턴트니까 시간은 걸리지 않습니다."

"그럼 마시죠. 정말 죄송합니다."

그녀는 나를 거실에 두고 나갔다. 거실은 식당과의 사이를 미닫이로 막고, 19세기 다실을 연상시키듯 거칠고 고풍스런 검은 가구들로 장식되어 있었다. 벽에는 그림 대신 몇 가지 격언이 걸려 있었고 그 중 하나가 갑자기 마티네스(샌프란시스코 교외)의 우리 할머니 집을 연상시켰다. 그것은 '하느님은 모든 대화를 말없이 듣고 계신다'는 격언이었다. 할머니도 똑같은 격언을 수놓아서 침실 벽에 걸어 놓으셨다. 할머니는 언제나 속삭이는 듯이 말씀하셨다. 방 한구석에 뚜껑을 닫은 피아노가 똑바로 서 있었다. 뚜껑을 열어 보려고 하자 자물쇠가 걸려 있었다. 피아노 위에는 두 여자와 한 아이를 찍은 사진이 정중하게 놓여 있었다. 한 여자는 젠크스인데 지금보다 훨씬 젊었지만, 튼튼하고 위압적인 데는 전혀 다를 바가 없었다. 또 한 여자는 더 젊었고 비할 바 없이 아름다웠다. 시골 도시의 미인다운 천진난만한 티를 보이고 서 있었다. 두 여자에게 한쪽씩 손을 잡힌 채 가운데에 서 있는 아이는 10살쯤 되는 달리였다.

젠크스가 미닫이를 열고 커피 쟁반을 들고 나타났다.

"그것은 우리 셋이에요."

두 여자와 한 소녀로서 완벽한 한 가족이 구성된 듯한 말투였다.

"그리고 그건 동생 피아노예요. 동생은 피아노를 아주 아름답게 쳤어요. 나는 왜 그런지 잘 치지 못했어요."

그녀는 안경을 닦았다. 그것을 흐리게 한 것은 눈물인지 커피의 김인지 나로선 알 수 없었다. 커피를 마시면서 그녀는 동생 콘스턴스의 처녀 시절 활약에 대해 이야기를 시작했다. 콘스턴스는 피아노로 상을 탔고 성악으로도 상을 탔다고 한다. 고등학교 성적은 우수했고 특히 프랑스 어를 잘했다. 언니인 자기와 마찬가지로 당연히 대학에 갈 것으로 생각했는데, 그때 그 말솜씨 좋은 악마 같은 매기가 나타나서…….

나는 커피에는 거의 입을 대지 않고 복도에 나갔다. 복도는 낡은 집에 으레 따르기 마련인 곰팡내가 났다. 사슴뿔 모자걸이 옆에 흐린 거울이 있었으며 그 속에 내 모습이 얼핏 비쳤다. 과거의 피비린내 나는 순간을 찾아 헤매는, 마치 아득한 세계에서 온 망령 같았다. 내 뒤에 있는 여자도 비현실적인 존재이고 그녀의 큰 몸은 알맹이가 빠져나간 뒤의 칼집이나 껍데기처럼 보였다. 그녀와 함께 나에게도 곰팡내가 날 것 같았다.

"옛날 달리의 방을 보여 주시겠습니까?"

자연스럽게 나를 따라 계단을 오르면서 그녀는 대답했다.

"지금은 내 방입니다만."

"물건에는 손을 대지 않을 테니 걱정하지 마십시오."

블라인드가 내려져 있었기 때문에 그녀는 머리 위의 전등을 켰다. 전등갓이 핑크빛이었기 때문에 온 방 안이 핑크빛으로 가득 찼다. 방바닥도 부드러운 핑크빛의 두꺼운 카펫으로 덮여 있었다. 퀸 사이즈의 침대에는 핑크빛 침대 시트가 덮여 있었다. 화장대의 삼면경에도 역시 핑크빛 비단 주름 레이스가 장식되어 있었고 그 앞에 있는 커버를 씌운 의자에도 같은 빛깔의 주름 장식이 있었다.

창가에는 핑크빛 쿠션을 얹은 침대의자가 있었다. 그 발치 부분에 잡지 한 권이 펼쳐져 있었다. 젠크스는 그 잡지를 주워 들고 표지가 안쪽으로 되도록 말았다. 그러나 나는 그것이 《로맨스 실화》라는 것을 한눈에 알 수 있었다.

이 꿈같이 탐스러운 핑크빛에 복사뼈까지 묻히면서 우리는 방을 지나 바깥으로 면한 창문의 블라인드를 열었다. 커다란 2층의 포치가 보이고 그 난간 저쪽에는 산초나무와 길에 주차시켜 둔 내 차가 보였다. 3인조 멕시코 소년들이 지나가고 있었다. 한 소년은 자전거 핸들에 올라탔고 또 한 소년은 안장에 탔고 다른 한 소년은 짐대에 탔다. 그 뒤를 빨간 잡종 개 한 마리가 달려가고 있었다.

"저렇게 자전거를 타는 것은 규칙 위반이에요. 나중에 보안관 보조원에게 보고해야겠어요. 게다가 저 개를 아무렇게나 풀어 놓다니."

내 어깨 뒤에서 젠크스가 말했다.

"별로 위험하지는 않을 겁니다."

"그건 그렇겠죠. 2년 전에 광견병이 유행한 적이 있었어요."

"그것보다 나에겐 흥미 있는 것은 10년 전의 일입니다. 당시 조카따님의 키는 얼마쯤이었습니까?"

"나이에 비해서는 큰 아이였습니다. 137센티미터쯤이었을까요. 왜 그러시죠?"

나는 무릎을 꿇고 내 키를 조정해 보았다. 그 자세라면 산초나무의 레이스 같은 가지와 그 가지 저쪽의 내 차가 대부분 보이지만 그것보다 바로 앞의 것들은 무엇 하나 보이지 않았다. 이 집에서 나가는 사람은 집에서 12미터쯤 떨어진 산초나무를 지나갈 때까지는 거의 보이지 않았다. 더욱이 손에 쥐고 있는 권총 따위는 그 사람이 한길에 나가기까지는 절대로 보이지 않을 것이다. 이것은 내가 황급히 눈으로 어림잡아 헤아려 본 것이지만, 그 결과는 내 마음속의 의문을 더욱 불러일으켰다.

나는 일어섰다.

"그날 밤은 어두웠습니까?"

어느 밤의 일인지 그녀는 곧 기억해냈다.

"네, 어두웠어요."

"가로등이 어디에도 없는 것 같습니다만?"

"네, 없습니다. 이 도시는 가난하니까요, 아처 씨."

"달은 떠 있었습니까?"

"아뇨, 떠 있지 않았습니다. 하지만 조카딸은 시력이 좋아요. 날아가는 새의 털 모양까지 식별할 정도니까요……."

"밤에도 말입니까?"

"밤이라도 그래요. 게다가 자기 아버지인걸요. 달리가 보면 알 수 있죠."

젠크스는 말을 고쳤다.

"달리가 보면 알 수 있을 거예요."

"달리가 당신에게 그렇게 말했습니까?"

"네. 제일 먼저 나한테 말했어요."

"그 점을 달리에게 더 상세히 묻지 않았습니까?"

"네, 묻지 않았어요. 당연한 일이지만 그 아이는 몹시 당황하고 있었어요. 그러니까 더 이상 정신적 고통을 줄 수 없어서."

"그러나 달리에게 법정에서 증언을 하게 했을 때는 정신적 고통을 고려하지 않았던 것 같은데요?"

"그건 필요했던 일입니다. 재판을 위해 필요했던 일입니다. 달리에게는 별로 아무런 해도 없었어요."

"닥터 고드윈의 생각으로는 그것이 큰 해를 끼쳤다는 겁니다. 지금 달리가 앓는 병의 원인이 반쯤은 그때 받은 정신적 고통 때문이라는 겁니다."

"닥터 고드윈의 생각과 내 생각은 다릅니다. 내 의견을 말한다면 그 사람은 위험 인물이에요. 문제의 씨앗입니다. 경찰 당국을 조금도 존경하지 않아요. 그런 사람을 난 존경할 수 없어요."

"하지만 옛날에는 존경하시지 않았습니까? 조카따님에게 닥터 고드윈의 치료를 받게 했으니까요."

"옛날에는 그 사람의 정체를 몰랐기 때문이죠."

"달리에게 왜 치료를 받게 할 필요가 있었는지 이야기해 주실 수 없을까요?"

"네. 그렇게 하죠."

그녀의 태도는 겉으로는 여전히 우호적이었지만 그 밑바닥에는 온당하지 않은 기분이 들끓기 시작했다는 것을 우리 두 사람 다 느끼고 있었다.

"달리는 학교 성적이 좋지 않았어요. 음울한 아이로 친구들도 없었어요. 그건 당연한 일이었죠. 부모가…… 아니, 아버지가 가정을 난장판으로 만들어 버렸으니까요. 여기는 두메 산골이 아니에요."

어쩌면 두메산골일 수도 있다는 듯이 그녀는 말했다.

"어떻게든 달리가 좋아지도록 누구에겐가 지도받도록 해야겠다고 생각했어요. 설사 복지 위원의 가족이라도 필요할 때는 의사의 진단을 받아서 안 된다는 법은 없어요. 그래서 동생을 설득하여 퍼시픽 포인트의 닥터 고드윈에게 달리를 데리고 가게 했어요. 당시 고드윈은 이 근처에서 가장 평판이 좋은 의사였기 때문이죠. 토요일

마다 동생 콘스턴스가 달리를 차에 태워 데리고 가는 일이 1년이나 계속되었나 봅니다. 달리는 꽤 좋아졌죠. 그것은 고드윈의 공이었어요. 콘스턴스도 좋아졌어요. 전보다 명랑해지고 행복한 듯이 자신감을 되찾았어요."
"동생도 치료를 받고 있었습니까?"
"조금은 받은 모양이에요. 게다가 토요일마다 읍으로 가는 것은 좋은 기분전환이 되었을 거예요. 실은 읍내로 이사 가고 싶어했지만 돈이 없었어요. 그 대신 매기와 헤어져 이 집에 온 거예요. 이 집에 온 것만으로도 어느 정도는 기분전환이 된 것 같았어요. 그 사내는 그것 때문에 부아가 난 겁니다. 마누라가 인간다워지는 것을 도저히 참지 못한 겁니다. 이를테면 자기에겐 불필요한 물건이지만 남에게는 주기 싫다는 식으로 그는 제 동생을 죽인 겁니다."
10년이 지난 지금도 그녀의 마음은 피비린내 나는 사건의 주위를 파리처럼 빙빙 돌아다니고 있었다.
"달리의 치료를 계속하지 않았던 것은 무슨 까닭이었습니까? 사건 뒤에는 치료를 더 할 필요가 있었을 텐데요?"
"그것이 불가능했어요. 토요일 오전 중에는 내가 일이 있었어요. 글을 쓸 시간은 토요일 오전밖에 없었으니까요."
그녀는 갑자기 말이 나오지 않는 듯이 당혹한 표정으로 입을 다물었다. 이것은 정직한 사람이 자기 잘못을 얼핏 깨달았을 때의 반응이다.
"그리고 조카따님이 법정에서 증언하는 일에 대해서는 고드윈 씨하고는 의견 차이가 있었던 모양이던데요?"
"그 일이라면 고드윈이 뭐라고 하든지 나는 부끄러울 것이 없어요. 자기 아버지에 관한 것을 말하는 데는 달리에게 해가 될 리가 없어요. 해라기보다는 도움이 되었을 거예요. 아버지에 관한 것을 깨끗이 잊어버리기에는 좋은 기회였으니까요."

"그런데 달리는 잊어버리지 않았어요. 지금도 그것이 마음에 응어리져 있는 것 같습니다. 당신과 마찬가지로, 젠크스 씨. 어쨌든 간에 달리는 증언을 뒤집었습니다."

"증언을 뒤집었다구요?"

"사건이 났던 그날 밤, 아버지 모습을 보지 못했다고 말했습니다. 아버지는 사건과 아무 관계도 없다는 겁니다."

"그런 말을 누구한테서 들었습니까?"

"고드윈에게서요. 오늘 아침 달리와 이야기한 모양입니다. 법정에서 거짓말을 한 것은 어른들을 기쁘게 하기 위해서였다고 달리는 말했답니다."

더 이야기해 주고 싶었으나 이야기한 것만큼 보안관에게 비밀이 곧 새어 나가는 것은 좋지 않다.

그녀는 마치 자기의 근본적 생활 신조에 의문을 던지거나 하는 듯이 내 얼굴을 바라보았다.

"틀림없이 달리의 말을 비틀어 왜곡하고 있는 겁니다. 고드윈은 자기 잘못을 옳다고 말하기 위해 달리를 이용하고 있는 겁니다."

"글쎄 어떨까요, 젠크스 씨? 고드윈은 지금 달리가 말한 것을 믿지 않습니다."

"그것 봐요, 역시! 달리는 미쳤어요, 아니면 거짓말쟁이에요! 왜냐하면 매기의 딸이니까요!"

이렇게 말하고 나서 자기의 심한 말에 어리둥절해진 그녀는 소녀다운 결백을 증명이라도 하는 것처럼 온통 핑크빛으로 물든 방을 바라보았다.

"아뇨, 그렇게 말할 생각은 아니었어요. 난 조카딸을 사랑하고 있어요. 다만…… 이런 식으로 과거의 이야기를 캐낸다는 것은 생각보다 가슴 아픈 일이에요."

그녀는 말했다.

"죄송합니다. 물론 당신이 조카따님을 사랑하고 있다는 것은 알고 있습니다. 옛날도 지금처럼 그런 마음이었다면 설마 당신이 달리를 부추겨 법정에서 거짓 증언을 시켰다고는 생각할 수 없습니다."

"내가 그랬다고 누가 말했습니까?"

"아무도 말하지 않았습니다. 그런 일을 했을 리가 없다고 내가 말씀드리는 것뿐입니다. 당신은 12살 아이의 기분을 태연히 해칠 분은 아니니까요."

"그래요. 달리가 아버지에게 불리한 증언을 한 것과 나는 아무 관계도 없어요. 사건이 있었던 날 밤에, 사건 뒤 30분도 되기 전에 달리 자신이 내게 그렇게 말했을 뿐이에요. 나는 되묻지도 않았어요. 과연 진짜 같은 말투였으니까요."

그러나 그렇게 말하는 그녀의 말투는 어쩐지 믿음이 가지 않았다. 정확하게 말하면 거짓말을 한다는 느낌이라기보다 도리어 뭔가를 숨기고 있는 것 같았다. 거실에 걸어 놓은 격언에 따르는 건 아니겠지만, 그녀는 신중하게 낮은 목소리로 말했다. 눈은 여전히 나를 외면한 채였다. 큼직한 머리로부터 얼굴에 걸쳐 보기 흉한 붉은 빛이 번지고 있었다. 나는 말했다.

"제 생각으로는 캄캄한 밤에 저만큼 떨어진 거리에서 누군가의 모습을 분간하는 일은 설사 아버지라 해도 물리적으로는 불가능합니다. 더구나 연기가 나오는 권총을 손에 쥐고 있었다는 것을 분간할 수는 없습니다."

"그래도 경찰은 그 증언을 받아들였어요. 크레인 보안관도 지방검사도 달리의 말을 믿었어요."

"경찰관이나 검사라는 사람들은 자기 해석에 부합하면 사실이거나 공상이거나 모두 받아들입니다."

"하지만 토머스 매기는 틀림없는 범인이었어요."

"물론 범인이었는지 어쩐지 나도 모릅니다만."

"그럼 왜 범인이 아닌 것 같이 말하십니까?" 그녀의 부끄러워하는 붉은 기운이 자연스레 분노의 붉은 기운으로 변하고 있었다. "그런 말은 듣고 싶지도 않아요."

"아닙니다. 듣지 않으면 곤란합니다. 듣는 것만으로는 별로 손해될 것은 없어요. 옛날 사건을 끄집어낸 것은 그것이 이번 해거티 사건과 연관성이 있기 때문입니다. 양쪽에 달리가 관계하고 있다는 점에서요."

"미스 해거티를 죽인 것은 달리라고 생각하나요?"

"아닙니다, 당신은?"

"크레인 보안관은 달리를 첫째 용의자로 생각하고 있는 것 같아요."

"당신에게 그렇게 말했습니까, 젠크스 씨?"

"글쎄요, 그런 말을 한 것 같기도 해요. 만일 그가 달리를 구속해서 신문하는 경우 내가 어떤 반응을 보일 것인지 탐색해 보는 것 같았어요."

"그래서, 당신 반응은?"

"그런 건 모르겠어요. 아직 생각이 정리되지 않았어요. 달리하고는 한참 동안 만나지도 않았지요. 이 집에서 나간 다음 결혼한 것조차 알려오지 않았으니까요. 옛날의 달리는 착한 아이였는데, 그 뒤 변했는지도 모르죠."

그것은 결국 그녀의 본심인 것 같았다. 옛날의 달리는 착한 아이였으나 그 뒤 변했는지 모른다는 생각은.

"크레인에게 전화를 걸어 조금 양보하도록 하면 어떨까요? 조카따님은 지금 어려운 처지에 놓여 있어요."

"달리가 이번 사건의 범인이 아니라고 하시는 겁니까?"

"네, 아까 말씀드린 대로입니다. 크레인에게 좀더 신중해지라고 말해 주세요. 그러지 않으면 다음 선거에서 좋을 게 없다구요."

"그런 말은 할 수 없어요. 크레인은 이 지방에선 내 윗사람이니까요."

그러나 그녀는 정말 그렇게 말하려고 생각하고 있었다. 그리고는 그 생각을 떨쳐 버렸다.

"그런 일이라면, 벌써 시간이 지났군요. 12시가 넘지 않았을까요?"

나도 이젠 돌아갈 참이었다. 이 1시간은 꽤 긴 것 같은 느낌이 들었다. 그녀는 내 뒤를 따라 아래층으로 내려와 베란다까지 나왔다. 작별 인사를 할 때 그녀는 뭔가 조금 더 말하고 싶은 몸짓을 했다. 그녀의 얼굴에 그런 표정이 나타나 있었다. 그러나 말하진 않았다.

13

바닷가의 안개는 어느 정도 엷어졌으나 아직 해는 보이지 않았다. 중심이 없는 하얀 빛이 쳐다보는 눈을 따갑게 할 뿐이었다. 마리너즈 레스트 호텔의 직원은 알렉스가 크라이슬러 새 차를 타고 나이 먹은 남자와 나갔다고 말했다. 알렉스의 빨간 스포츠카는 아직 주차장에 있었다. 그러니까 알렉스는 호텔을 완전히 떠난 것은 아니었다.

나는 호텔에서 가까운 드라이브인에서 샌드위치를 사서 내 방으로 가져 가 먹었다. 그리고 두 번쯤 전화를 걸었으나 계획했던 스케줄은 모두 빗나갔다. 법원의 전화 교환원은 지금은 주말이라 어느 방도 자물쇠로 잠겨 있으니까 오늘 오후에 옛날 재판 기록을 조사하는 일은 어려울 거라고 말했다. 다른 하나의 전화 상대는 토머스 매기의 변호를 담당했던 변호사 길 스티븐스였다. 그쪽에선 텔레폰 서비스가 나와서, 스티븐스 씨는 발보아(로스앤젤레스 교외)에 갔다는 대답이었다. "아닙니다, 연락할 수 없습니다. 오늘하고 내일 이틀 간 스티븐스 씨는 요트를 타고 계실 겁니다."

나는 제리 마크스를 찾아가 보려고 마음먹었다. 그는 페린 부인의 변호를 담당했던 젊은 변호사다. 그의 사무실은 이 호텔에서 멀지 않은 새 쇼핑센터 안에 있었다. 제리는 독신인 데다가 야심가니까 토요일 오후에도 틀림없이 사무실에 나와 있을 것이다.

바깥문이 열려 있었기 때문에 단풍나무 가구와 사라사 커튼이 쳐진 대기실에 들어갔다. 왼쪽 유리창 안에는 주말인 관계로 비서는 없었고 제리 마크스는 안쪽 사무실에 있었다.

"재미는 어떤가, 제리?"

"염려해 주는 덕택에."

읽고 있던 책에서 머리를 들고 변호사는 신중하게 내 얼굴을 보았다. 책은 《증언의 룰》이라는 제목의 두꺼운 책이었다. 그는 형사소송 분야에서는 아직 신출내기였지만 그래도 재능이 있었고 무엇보다 성실한 것이 그의 장점이었다. 중부 유럽풍의 온화한 얼굴은 지적인 갈색 눈 덕분에 더욱 따뜻하고 밝게 보였다.

"페린 부인은 어떤가?"

나는 물었다.

"석방된 뒤로는 만나지 않았네. 앞으로도 만날 생각은 없네. 사건이 마무리된 의뢰인과는 되도록 만나지 않기로 했어. 법정 냄새가 따라붙는 것 같아서."

"그 기분은 알 수 있겠네. 지금은 한가한가?"

"한가하네. 일은 안 하기로 했어. 이 주말에는 열심히 공부하기로 결심했어. 살인이든 뭐든 내 알 바 아니야."

"그런데 해거티 살인 사건 얘기는 들었겠지?"
"물론이지. 온 거리에 소문이 파다하거든."
"어떤 소문이지?"
"상세히는 몰라. 내 비서가 법원의 누구에게서 듣고 왔는데 그 여교수가 대학에서 여학생에게 사살되었다던가 하던데. 여학생 이름은 잊어버렸네."
"달리 킨케이드일세. 그녀의 남편이 내 의뢰인이야. 그녀는 지금 요양소에 입원하여 의사의 진찰을 받고 있어."
"정신 이상자인가?"
"글쎄, 그건 정신 이상의 정의 여하에 달렸겠지. 복잡한 상황에 있네, 제리. 맥노튼 법에 비추어 보면 그 아이는 법적으로도 정신 이상이라고 생각되네. 동시에 그녀가 살인을 했다는 건 매우 의심스러워."
"내게 그 사건에 관심을 가지도록 할 셈인가?"
제리는 수상쩍다는 듯이 말했다.
"아냐, 그럴 생각은 없어. 실은 자네에게 물어보고 싶은 것이 있어서 왔네. 길 스티븐스에 대해 어떻게 생각하나?"
"그는 이 거리의 늙은 여우야, 알고 보면."
"지금은 이곳에 없네. 솔직히 말해서 그 스티븐스라는 사람은 성실한 변호사인가?"
"스티븐스는 이 지방에서는 가장 성공한 형사사건 변호사지. 성실한 변호사의 부류에 들어갈 걸세. 법률을 잘 알고 배심원의 심리도 잘 알고 있네. 나 같으면 절대로 사용하지 않는 법정 전술을 쓰고 있지. 배우와 비슷하게 울릴 만한 데를 알고 있어. 그것이 또한 효과를 내고 있네. 내가 기억하기로는 큰 사건에서 진 적이 한 번도 없었어."

"그런데 있어. 10년쯤 전에 아내를 죽인 토머스 매기라는 남자의 변호를 맡았을 때야."
"나는 그런 옛날 일은 몰라."
"달리 킨케이드는 그 매기의 딸이야. 달리는 아버지의 재판 때 검찰 측의 주요 증인이었네."
제리는 획획 휘파람을 불었다.
"복잡하다는 뜻을 알겠네."
잠시 사이를 두었다가 변호사는 말했다.
"그 아이를 진찰한 의사는 누구인가?"
"고드윈."
변호사는 두꺼운 입술을 내밀었다.
"나 같으면 그 의사에게는 적당히 해두는 게 좋겠어."
"그건 무슨 뜻인가?"
"그는 정신과 의사로선 물론 우수하겠지만 법의학 분야에서는 그렇지도 않네. 무서운 매는 발톱을 감춘다고 하는데, 오히려 그는 의심을 살 만한 행동을 해서 남의 눈에 띈다네. 그런 행동이 세상 사람을 노하게 만든다네. 특히 판사석에 앉아 있는 가헤이건이라는 이름의 재판장을. 그러니까 나 같으면 그 의사를 이용하는 일은 되도록 삼가겠어."
"그런데 이 사건에서 고드윈을 이용한다는 걸 삼가야 할지 어떨지 그걸 고려할 여유가 없네."
"그건 그렇겠지만 가능하면 그 아이의 변호사라면……."
"자네가 달리의 변호를 맡아 준다면 이야기는 간단하지. 오늘은 아직 달리의 남편과 이야기할 틈이 없었지만 내가 추천한다면 승낙할 것으로 생각해. 달리의 남편 집은 부자야, 그건 알아 두게."
"아냐, 문제는 돈이 아니야. 아까도 말했듯이 이번 주말은 공부할 결심을 했어."

"헬렌 해거티가 다른 주말에 피살되었더라면 좋았겠다는 말인가?"

그 말은 내 의도와는 달리 난폭하게 들렸다. 헬렌에게 아무것도 해주지 못한 것이 얼마쯤 내 양심을 꾸짖고 있는 모양이었다. 제리는 탐색하듯 내 얼굴을 보았다.

"그건 자네의 개인적 문제가 얽혀 있는 사건인가?"

"그렇다네."

"오케이, 오케이. 그럼 나는 무엇을 하면 되는 거야?"

"현재로선 그냥 기다리고 있으면 돼."

"저녁때까지는 여기 있겠어. 그 뒤에는 텔레폰 서비스에 연락 장소를 가르쳐 주겠네."

나는 변호사에게 고맙다는 말을 하고 호텔로 돌아왔다. 옆의 알렉스 방에는 아직 인기척이 없었다. 나는 할리우드의 내 텔레폰 서비스에 연락해 보았다.

애니 월터스가 전화번호를 말해 두었기 때문에 곧 리노에 전화를 걸었다.

애니는 사무소에 없었지만 조수를 겸하고 있는 그의 아내 필리스가 전화를 받았다. 넘치는 여성다움이 전선을 통해 전해져왔다.

"루, 당신은 투명인간인가요? 언제나 전화로만 목소리를 들을 수 있을 뿐이니. 어쩌면 루 아처라는 사람은 벌써 이 세상 사람이 아니란 말인가요? 옛날에 녹음해 둔 테이프를 누군가가 때때로 들려 주는 것이 아닌가요?"

"그렇다면 내가 이렇게 당신 말에 대답하고 있는 사실을 어떻게 설명하지요?"

"일렉트로닉스에요. 모르는 것은 모두 일렉트로닉스로 설명하는 거죠. 수고가 덜 들고 좋아요. 정말 언제쯤이면 당신 모습을 보여줄 건가요?"
"오늘이나 내일 안에 갈 겁니다. 컨버터블을 타고 있던 사나이의 정체를 애니가 알아내준다면 말입니다."
"그게 아직 별로 진전이 없어요. 차의 소유주는 알아낸 모양이지만. 미세스 설리 버크라고 리노에 살고 있어요. 이틀 전에 차를 도둑맞았다고 했어요. 애니는 그 이야기를 믿지 않지만."
"왜죠?"
"애니는 센스가 빠른 사람이에요. 게다가 그 부인은 도난 사건을 신고하지도 않았어요. 게다가 여러 명의 남자친구가 딸려 있어요. 지금 애니가 그들을 조사하고 있어요."
"그건 잘 됐군요."
"중요한 사건인 모양이죠?"
"이중 살인입니다. 어쩌면 삼중 살인일지도 모릅니다. 내 의뢰인은 정신병 염려가 있는 젊은 여자입니다. 무죄인 것은 거의 확실하지만 그녀는 오늘이나 내일 중으로 체포될 것 같습니다."
"꽤 열심이군요."
"어쩐지 마음을 졸이게 하는 사건입니다. 어디서부터 어떻게 손을 대야 할지 전혀 모르겠습니다."
"루, 당신이 그렇게 나약한 말을 하다니 드문 일이군요. 실은 이 전화를 받기 전에 우연히 생각난 일이지만, 도움이 된다면 제가 그 미세스 설리 버크를 만나보면 어떨까요? 어때요, 좋은 생각이 아닐까요?"
"멋진 생각입니다."
필리스는 원래 핀커튼의 탐정이었는데 생김새는 전의 코러스걸 같다.

"아마 미세스 버크와 그녀의 남자친구들은 무서운 악당일지 모르니까 조심해요. 어제 그 여자를 죽였을지 모르는 녀석들이니까요."

"나는 괜찮아요. 힘이 드는 사람 하나를 모시고 있으니까 당분간은 죽을 수 없어요."

농담을 주고받고 있으려니까 옆의 알렉스 방에 사람이 들어오는 소리가 들렸다. 나는 필리스에게 작별 인사를 하고 벽 옆에 서서 귀를 기울였다.

알렉스와 또 한 명의 남자가 큰 소리로 말다툼하고 있었다. 다투는 내용을 알기 위해 콘택트 마이크를 사용할 필요는 없었다. 남자는 알렉스에게 이런 복잡한 사건에서 깨끗이 손을 떼고 집에 돌아가자고 말하고 있었다.

나는 알렉스의 방문을 두드렸다.

'내가 좋도록 다루어 보내겠다' 하고 경찰관이 오는 것을 기다렸다는 듯이 다른 한 남자가 말했다.

문 밖으로 한 발짝 내디딘 그 남자는 나이가 나와 비슷해 보였고 머리칼은 희끗희끗했으나 꽤 호남 타입이었다. 길쭉하고 밝은 빛의 눈은 가늘었고 턱 모양은 도전적이었다. 보수적인 잿빛 신사복 안에 눈에 안 보이는 감옥이라도 입은 듯이 큰 조직체의 관록이 그의 몸에서 풍겨 나오고 있었다.

그리고 뭔지 모르게 필사적인 데도 있었다. 그는 내 이름을 묻지도 않고 느닷없이 말했다.

"나는 프레드릭 킨케이드인데 내 아들을 따라다니는 건 그만두었으면 좋겠소. 내 아들은 그 아가씨나 아가씨의 범죄하고는 아무 관계도 없소. 원래 결혼할 때부터 그 아가씨는 거짓말을 했어. 게다가 결혼생활도 사실상 24시간도 지속되지 않았잖소? 내 아들은 착실한 사람이야……."

알렉스가 나와서 아버지의 팔을 잡아당겼다. 그의 얼굴은 당혹감에 찌푸려져 있었다.

"아버지, 방 안에 들어가 계세요. 이분은 아처 씨예요."

"아처라고? 과연 당신이었군, 이런 사건에 내 아들을 끌고 들어간 사람은······."

"그 반대입니다. 아드님이 저를 고용했습니다."

"그렇다면 지금 당장 해고야."

이런 대사를 입버릇처럼 말해온 듯한 목소리였다.

"아무튼 이야기나 해봅시다."

나는 말했다.

우리 세 사람은 문가에서 서로 떠밀었다. 아버지 킨케이드는 나를 들여놓지 않으려고 했다. 그것은 일촉즉발의 상태였다. 세 사람 모두 나머지 두 사람 중 누군가를 물리치지 않으면 사태는 수습되지 않을 것 같았다.

나는 억지로 방에 들어가 벽을 등지고 의자에 앉았다.

"대체 어떻게 된 겁니까, 알렉스?"

"아버님이 내 소식을 라디오 뉴스에서 들으셨어요. 그래서 보안관에게 연락해서 내가 있는 곳을 알아낸 모양입니다. 아까 보안관에게서 전화가 왔어요. 흉기로 쓴 권총이 발견된 모양입니다."

"어디서요?"

이것을 일단 입 밖에 내어 말하면 모든 꿈이 깨어지기나 한다는 듯이 알렉스는 대답하기를 머뭇거렸다. 그의 아버지가 대신 말했다.

"그 아가씨가 숨긴 장소에서 발견되었어. 오두막의 침대 매트리스 밑에서······."

"오두막이 아닙니다. 문간방입니다."

알렉스가 말했다.

"남의 실언을 두고 트집부리지 마라, 알렉스."
"그 권총을 보았습니까?"
내가 물었다.
"보았지. 보안관이 확인하려고 알렉스에게 보였어. 물론 내 아들이 확인할 수는 없었어. 그 아가씨가 권총을 갖고 있다는 것조차 몰랐으니까."
"권총 종류는?"
"스미스 앤드 웨슨제의 38구경인데 손잡이 부분이 호두나무야. 고물이지만 손질은 잘 되어 있었어. 그 아가씨는 아마도 전당포에서 샀을 테지."
"그것은 경찰의 해석입니까?"
"보안관이 그럴 거라고 말했었네."
"어떻게 보안관이 그 권총이 달리의 것이라는 걸 알았을까요?"
"아가씨의 매트리스 밑에서 발견되었으니까 그렇게 생각하는 게 당연하지 않겠는가?"
킨케이드는 마치 법정에 선 검사 같은 투로 말했다. 그것은 자기 아들을 자기 뜻에 따르게 하기 위한 변론일 것이다.
"다른 누가 그런 곳에 권총을 숨기겠나?"
"누구라도 숨길 수 있습니다. 어젯밤에는 문간방을 열어놓은 채로 있었잖습니까, 알렉스?"
"내가 갔을 때는 열어놓은 채로 있었어요."
"너는 잠자코 있어. 이런 일에서는 내가 경험자야."
아버지가 말했다.
"당신이 아무리 얘기해도 큰 도움이 되지 않습니다. 아드님은 이 사건의 증인이니까, 나는 증인의 입으로 사실을 확인하고 싶습니다."

아버지는 양손을 허리에 대고 몸을 부들부들 떨면서 나에게 덤벼들 것 같은 자세를 취했다.

"내 아들은 이 사건과는 전혀 관계가 없어."

"농담 마세요. 아드님은 그 아가씨와 결혼했습니다."

"그 결혼은 무의미해……. 꼬박 하루도 지속되지 않은 어린애들 장난 같은 것이었어. 내가 무효 수속을 밟을 거야. 아들 이야기로는 실질적인 육체관계도 없었다는 거야."

"무효로 할 순 없습니다."

"자네가 뭐라고 하든지 내가 할 수 있는 건 할 수 있어."

"아뇨, 할 수 없습니다. 당신과 아들에게 할 수 있는 일이란 자기 자신에게 무효라고 선언하는 것뿐입니다. 결혼이란 단순한 육체관계나 호적 이상의 것이니까요. 알렉스에게 무효가 되지 않는 한 이 결혼은 무효가 될 수 없습니다."

"알렉스는 헤어지고 싶다고 말하고 있소."

"믿을 수 없습니다."

"그렇지, 알렉스? 집에 돌아가 나와 어머니와 함께 살고 싶지? 어머니는 몹시 걱정하고 있어. 다시 심장이 나빠진 모양이야."

킨케이드는 아들을 설득하기 위해 모든 것을 동원하고 있었다.

알렉스는 아버지에게서 내게로 눈길을 옮겼다.

"나는 모르겠어요. 전 다만 정당한 일을 하고 싶을 뿐이에요."

킨케이드는 뭔가 말하려고 했다. 아마 어머니 일일 테지. 나는 앞질러 말했다.

"그럼 한두 가지 질문에 대답해 줘요, 알렉스. 어젯밤 달리가 문간방에 뛰어들었을 때 권총을 쥐고 있었습니까?"

"아뇨, 나는 보지 못했어요."

"틀림없이 호주머니에 숨기고 있었을 거야."

킨케이드가 말했다.

"잠자코 있어요, 킨케이드 씨." 나는 의자에 앉은 채 조용히 말했다. "당신이 피도 눈물도 없는 악당이라도 나는 별로 상관없습니다. 그건 그것으로 어쩔 수 없죠. 그렇다고 알렉스를 똑같은 악당으로 만들려는 것은 잠자코 볼 수 없습니다. 적어도 알렉스에게 선택할 기회를 주십시오."

킨케이드는 뭔가 투덜투덜하면서 내게서 떨어졌다. 알렉스는 아버지도 나도 보지 않고 말했다.

"우리 아버지에 대해서 그렇게 말하지 말아요, 아처 씨."

"미안합니다. 그런데 달리의 옷은 카디건과 블라우스와 스커트뿐이었습니까, 그 밖에는?"

"그것뿐이었어요."

"핸드백을 갖고 있었습니까?"

"갖고 있지 않았다고 생각됩니다만."

"잘 생각해 봐요."

"갖고 있지 않았습니다."

"그럼 38구경의 권총을 옷 속에 숨기는 일은 불가능했겠군요? 매트리스 밑에 숨기는 것도 당신이 실제로 본 것이 아니잖습니까?"

"네."

"달리가 방에 뛰어 들어온 뒤부터 요양소로 떠날 때까지 당신은 줄곧 함께 있었지요?"

"네, 줄곧 달리 옆에 있었습니다."

"그렇다면 그 권총이 달리의 것이 아니라는 건 분명합니다. 적어도 매트리스 밑에 숨긴 사람이 달리가 아니라는 것은. 숨긴 사람에 대해서 짐작이 갑니까?"

"짐작이 가지 않습니다."

"흉기로 쓴 권총이라고 말했는데, 어떻게 그것을 알게 되었습니까? 아직 감식과에서 조사할 시간도 없었는데?"

킨케이드가 방구석에서 불만스런 얼굴로 말했다.

"총상과 구경이 일치하고 있었고, 최근에 한 발만 발사된 흔적이 있었기 때문이지. 그러니까 그 아가씨가 사용한 권총이라는 거야."

"그렇다고 생각합니까, 알렉스?"

"모르겠습니다."

"경찰이 달리를 신문했습니까?"

"이제부터 할 작정인가 봅니다. 월요일 감식 결과가 나올 때까지 기다린다고 보안관이 말했어요."

알렉스의 말을 믿는다면 아직 시간의 여유가 있다. 어제 저녁부터 오늘 아침에 걸친 사건의 무게에 지난 3주간의 불안이 겹쳐져 알렉스는 두들겨 맞은 듯한 모양이 되었다. 마치 병자 같은 얼굴빛이었다.

"우리는 모두 기다리는 편이 좋을 겁니다. 당신의 부인에 대한 태도 결정은 신중히 하는 편이 좋아요. 가령 달리가 범인이라 할지라도 당신은 가능한 한 도와줄 의무가 있습니다. 나는 달리가 범인이라는 설을 강하게 부인합니다만."

내가 말했다.

"아들에게는 아무런 의무도 없어. 그 아가씨에 대해서는 아무 부담도 없어. 내 아들과의 결혼은 사기 행위야. 거짓말만 한 여자야."

킨케이드는 이렇게 말했다.

나는 그와 대조적으로 목소리를 부드럽게 하고 화가 나는 걸 참고 말했다.

"그래도 달리에게는 의사의 치료가 필요하고 변호사도 필요합니다. 이 거리에는 나와 안면이 있는 우수한 변호사가 있어서 언제라도 달리의 변호를 맡겠다고 했습니다만, 설마 내가 의뢰인이 될 수는 없겠죠."

"너무 친절하군, 당신은."

"누군가 책임을 지지 않으면 안 됩니다. 현재 누구 한 사람 책임을 지려고 하지 않는 상태입니다. 아무리 자기가 판 구멍에 숨으려 해도 책임을 피할 수는 없어요. 달리는 사건에 말려들고 있습니다. 당신이 좋아하든 좋아하지 않든 간에 그 아가씨는 당신 가족의 일원입니다."

알렉스는 내 연설을 듣고 있었지만 이야기의 내용을 알고 있는지 어떤지는 알 수 없었다. 아버지는 흰 머리를 옆으로 저었다.

"아니, 그런 여자는 우리 가족의 일원이 아니야. 한 가지만 확실히 말해 두겠소. 그 아가씨가 내 아들을 깡패들 속에 끌어들이는 일은 내가 단연코 용서할 수 없어. 당신도 용서할 수 없어."

아버지는 알렉스 쪽을 보았다.

"지금까지 이 사람에게 얼마를 지불했지?"

"200달러입니다."

킨케이드는 내게 말했다.

"그 정도 지불했으면 충분해. 충분하고도 남을 액수야. 아까 말한 대로 당신은 해고야. 이 이상 우리의 프라이버시를 침해하면 지배인을 부르겠어. 지배인으로 안 된다면 경찰을 부르겠어."

알렉스는 내 얼굴을 보고 절망한 몸짓으로 양손을 조금 들었다. 아버지는 아들 어깨에 한쪽 손을 얹었다.

"나쁘게는 하지 않을 테니 안심해라. 너는 이런 사람과는 사는 세계가 달라. 빨리 돌아가 어머니를 기쁘게 하자. 만일에 어머니에게 일이 생긴다면 너도 슬퍼할 테지."

거침없이 흘러나온 그 말이 결정타가 되었다. 알렉스는 이제 내 얼굴을 보지 않았다. 나는 내 방으로 돌아가 제리 마크스에게 전화를 걸어 의뢰인을 놓친 것 같다고 말했다. 제리도 실망한 듯이 대답했다.

14

알렉스와 그의 아버지는 방을 정리하고 차로 떠났다. 나는 밖에 나가 전송하지는 않았지만 알렉스의 차에 시동 거는 소리가 들리고 그 소리는 이윽고 안개 속에 잠겨 들리지 않게 되었다. 나는 혼자 뒤틀리는 심사를 참으면서 결국은 내가 취한 방법이 별로 좋지 않았다고 생각했다. 킨케이드는 단순히 속 좁은 사람에 지나지 않는다. 옛날의 몇 세대가 영혼을 소중히 한 것처럼 그는 사회적 지위라는 것에 집착하고 있을 뿐이었다.

나는 푸트힐로 올라가 브래드쇼의 집으로 차를 달렸다. 대학의 지도부장이라 해도 믿을 것이 못 된다는 건 비슷하지만, 그래도 부자이고 달리 사건에 대해서는 학교 당국자 이상의 동정을 나타내지 않았던가. 나는 자기를 희생시키면서 이 사건 조사를 계속할 생각은 없었다. 이런 때 나에게는 고용해 줄 사람이 필요하다. 그 사람은 가능하면 이 지방의 유력자가 바람직하다. 앨리스 젠크스는 그 조건에 맞지만 그녀를 의뢰인으로 하는 일은 어쩐지 마음에 들지 않았다.

문간방 입구를 경관이 지키고 있었다. 내가 안을 들여다보는 것은 허락하지 않았지만 본채에 가는 것은 상관없다고 말했다. 본채 현관에 나온 하녀는 스페인 여자 마리아였다.

"브래드쇼 박사는 계십니까?"
"안 계십니다."
"어디에 가면 만나 뵐 수 있을까요?"
그녀는 어깨를 으쓱했다.
"글쎄요, 주말여행을 떠나셨다고 미세스 브래드쇼께서 말씀하셨어요."

"그건 이상하군요. 미세스 브래드쇼를 만나 뵐 수 있을까요?"

"여쭈어 보고 오겠어요."

들어오라고 말하진 않았지만 나는 현관홀에 들어가 금칠을 한 의자에 앉았다. 2층에 올라갔던 마리아가 이윽고 내려와 미세스 브래드쇼는 지금 계시다고 말했다.

적어도 반시간은 지나서야 노부인이 힘없이 내려왔다. 백발을 깨끗이 빗어 붙이고 볼에는 파우더를 바르고 레이스 장식이 달린 드레스를 입고 목에는 다이아몬드 브로치를 달고 있었다. 어쩌면 이것은 나를 위해서 한 치장이 아닌가 생각하면서 나는 상대방이 내민 손을 잡았다.

노부인은 나하고의 회견을 기뻐하는 것처럼 보였다.

"기분은 좋으신가요, 미스터…… 아처 씨라고 했었죠? 마침 누군가 방문해 주지 않을까 생각하던 참이에요. 이 안개는 정말 갑갑하군요. 게다가 차를 운전해 줄 사람도 없고……."

자기 말이 잔소리 같다는 것을 깨달은 듯이 노부인은 갑자기 목소리를 바꾸어 물었다.

"그 아가씨는 어떻게 되었죠?"

"병원에서 치료를 받고 있습니다. 어제 저녁보다 좋아졌다고 닥터 고드윈이 말했습니다."

"그것 잘 됐군요. 당신도 기뻐하리라고 생각합니다만."

비꼬는 듯한 밝은 눈으로 노부인은 말했다.

"나도 어젯밤보다는 몸이 좋아진 것 같아요. 오늘 아침 아들이 말했지요, 어머닌 망신을 당하셨다구. 사실 나는 흥분하고 있었으니까요. 밤에는 아무래도 몸이 안 좋아서요."

"어젯밤에는 모두 흥분하고 있었습니다."

"게다가 나는 제멋대로 구는 할머니니까. 그렇게 생각하지 않으세요?"

"세 살 버릇 여든까지 간다는 건 진리이군요."

"어머, 그건 모욕이에요. 내가 옛날부터 제멋대로 군 사람 같아요?"

노부인은 들뜬 사람처럼 빙긋 웃었다.

"그건 자기 자신이 가장 잘 알고 있을 테죠."

노부인은 소리를 내어 웃었다. 그것은 명랑한 웃음소리는 아니었지만 유머는 느껴졌다.

"당신은 담이 큰 사람이군요. 담이 크고 게다가 영리하군요. 나는 영리한 젊은이를 좋아해요. 서재에 들어가지 않겠어요? 마실 것이라도 드리려구요."

"감사합니다. 그런데 시간이 별로 없어서……."

"그러면 여기 앉읍시다."

노부인은 조심스럽게 금빛 의자에 앉았다.

"내 성질은 나빠지지 않았지만 체력 쪽은 틀림없이 쇠약해졌어요. 이 안개 탓으로 관절염이 심해서." 천천히 머리를 저으면서 노부인은 덧붙였다. "하지만 불평을 하지 않기로 했어요. 어젯밤의 일을 속죄하는 셈 치고 아들에게 약속했어요. 오늘 하루는 절대로 불평하지 않겠다고."

"약속은 지키고 계십니까?"

"별로 엄격하게 지키고 있진 않아요." 주름살을 보이면서 노부인은 빙긋 웃었다. "혼자 점을 치는 것과 마찬가지로 약간의 속임수는 대충 봐 넘겨야죠. 당신은 속임수를 쓰지 않나요?"

"전 아예 게임을 하지 않습니다."

"그렇군요. 하지 않는다면 그 이상 좋은 일은 없어요. 하지만 심심

풀이를 위해선 좋아요. 그건 그렇고 바쁘다면 말리진 않겠어요."
"실은 닥터 브래드쇼를 만나고 싶습니다. 어디로 연락하면 되는지 모르십니까?"
"로이는 오늘 아침 비행기로 리노에 갔어요."
"리노에?"
"물론 도박을 하기 위해선 아니예요. 로이에겐 도박 본능이 조금도 없어요. 때때로 너무 신중하게 처세하는 게 아닌가 생각될 정도예요. 과보호아 같은 데가 있어요."

자기 책임은 일시 보류한 것처럼 뭔가 복잡하고 비아냥거리는 표정을 떠올리며 노부인은 나를 쳐다보았다.

"이 살인 사건이 해결되기 전에 여행을 떠나다니 좀 놀랐습니다."
"그래요. 하지만 말릴 수는 없었어요. 사건에서 도피하려는 건 아니니까요. 네바다 대학에서 사립학교 지도부장 회의가 있기 때문이죠. 이것은 벌써 몇 달 전부터 계획되었던 것인데, 로이가 강연하기로 되어 있어요. 그러니까 의무적으로 가지 않을 수 없었어요. 로이가 가고 싶어 하는 것을 옆에서 보더라도 알 수 있었어요. 그 아이는 사람들 앞에 나서는 걸 좋아해요. 옛날부터 배우 기질이 있었어요. 하지만 그런 일에 따라다니는 사회적 책임은 별로 마음에 들지 않나 봐요."

나는 이 부인의 냉정한 관찰에 호기심을 느끼기도 했고 다소 어이가 없기도 했다. 그런 냉정한 관찰을 그녀는 도리어 즐기고 있는 것처럼 보였다. 역시 혼자 점을 치는 것보다 대화하는 쪽이 재미있는 모양이었다.

미세스 브래드쇼는 어색한 몸짓으로 일어나면서 내 팔을 잡았다.
"역시 서재에서 이야기하는 게 좋겠어요. 여기는 샛바람이 들어와요. 왠지 나는 당신이 좋아진 것 같아요."

그것이 축복인지 저주인지 나로선 짐작할 수 없었다. 이쪽 생각을 읽은 듯이 노부인은 내 얼굴을 똑바로 바라보고 빙긋 웃었다.
"걱정하지 말아요. 아무도 당신을 잡아먹진 않아요."
아침 식사 대신 벌써 아들을 먹어 버린 것처럼 마지막 말에 특히 힘을 주었다.
우리는 함께 어울려 서재에 들어가 가죽 의자에 마주 보고 앉았다. 노부인은 벨을 울려 마리아를 부르고 나를 위해 하이볼을 주문했다. 그리고는 의자 등받이에 기대어 차분히 서가를 바라보았다. 즐비하게 꽂혀 있는 책들의 위용이 노부인에게 브래드쇼 집안의 무게를 생각나게 한 모양이다.
"오해하지 마십시오. 나는 아들을 깊이 사랑하며 자랑으로 여기고 있어요. 아들의 외모라든가 학식이라든가 나에게는 모든 것이 자랑거리에요. 하버드 대학을 최고 우등생으로 졸업했고 그 뒤 최고 학위를 받았어요. 앞으로 틀림없이 일류 대학이나 명문고의 학장이 될 거예요."
"로이는 야심가로군요. 아니면 야심가는 당신 쪽입니까?"
"옛날에는 그랬죠. 옛날에는 아들 대신 내가 야심을 불태웠어요. 그러다가 로이 쪽에서 점점 야심을 싹틔우자 내 쪽은 그런 마음이 없어졌어요. 끝이 없는 사닥다리를 오르기보다 더 좋은 일이 인생에는 얼마든지 있으니까요. 가령 나는 아직 로이가 결혼할지도 모른다는 희망을 버리지 않고 있어요. 로이는 그래 봬도 여자를 좋아해요."
노부인은 반짝이는 눈으로 내게 윙크해 보였다.
"그야 그렇겠죠."
"실은, 어쩐지 미스 해거티에게 관심이 있는 것 같다고 눈치챈 참이에요. 로이가 그처럼 반한 여자는 따로 없었던 것 같아요."

평서문의 발음이 잘못되어 의문문처럼 들렸다.
"몇 번인가 집까지 바래다 줬다고 했어요. 그러나 그 이상 친한 관계는 아니라고도 말했어요. 미스 해거티의 죽음에 대한 아드님의 반응을 보아도 그건 틀림없는 것 같습니다."
"어떤 반응이었습니까?"
나 자신이 몇 번이고 남의 마음을 떠보았기 때문에, 반대로 내 마음을 남이 떠보려고 할 때는 그걸 곧 알아차릴 수 있다.
"아닙니다. 일반적인 반응 말입니다. 진정으로 헬렌 해거티를 좋아했더라면 지도부장 회의가 있거나 없거나 오늘 아침 리노로 떠나지는 않았을 겁니다. 어디까지나 퍼시픽 포인트에 머물러서 헬렌을 죽인 범인을 찾아내려고 했을 겁니다."
"내 아들이 리노에 간 것을 몹시 신경 쓰고 있는 것 같군요."
"아드님을 만나려고 했으니까요. 달리 킨케이드의 일을 진짜로 걱정해 주시리라고 생각했어요."
"걱정하고 있었어요. 로이도 나도 걱정하고 있었어요. 오늘 아침에도 식사를 하면서 로이가 말했어요. 그 아이를 위해 뭔가 해줄 수 없겠는가고. 하지만 나로서 무엇을 할 수 있을까요?"
주름투성이의 양손을 벌리고 노부인은 자기가 무력하다는 걸 표현했다.
마리아가 하이볼의 얼음을 딸깡딸깡 울리면서 들어와 무뚝뚝하게 나에게 컵을 준 뒤, 다른 부탁은 없는지 여주인에게 물었다. 다른 용무는 없었다. 나는 하이볼을 마시면서 이 미세스 브래드쇼를 의뢰인으로 삼았을 경우 내가 잘 조종할 수 있을까, 아니 도대체 이 부인이 의뢰인이 되어 줄 것인가를 생각하고 있었다. 그녀가 부자인 것은 확실하다. 목에서 반짝이는 다이아몬드만도 나의 몇 년 치의 수입과 맞먹을 것이다. 나는 물었다.

"저를 고용하실 수 있겠습니까?"

"당신을 고용하다니?"

"입으로만 걱정하실 것이 아니라 진정으로 달리를 위해 뭔가 해주실 생각이라면 말입니다. 그런데 우리는 사이좋게 해나갈 수 있을까요?"

"아처 씨, 나도 젊었을 무렵에는 남자들과 꽤 사이좋게 지낸 일이 있어요. 내가 남자와 싸움밖에 할 줄 모르는 사람이라고 보는 건가요?"

"아뇨, 싸움만 하는 것은 내 쪽입니다. 조금 전에는 알렉스 킨케이드에게 해고당했습니다. 물론 그의 아버지가 부추겼지만요. 그들은 이제 달리의 일은 모르겠다는 겁니다. 설사 어떤 결과가 되든지."

노부인의 검은 눈이 반짝거렸다.

"역시 내가 한눈에 꿰뚫어본 대로군요. 그 청년은 얼간이에다가 겁쟁이예요."

"저에겐 혼자 힘으로 조사를 계속할 경제력이 없습니다. 게다가 그런 일을 해 봐야 장사도 되지 않아요. 누군가 후원자가 필요합니다. 가능하면 사회적 지위가 있고…… 솔직히 말해서 은행 예금이 많은 분이 바람직합니다."

"돈이 얼마나 드나요, 그 일에는?"

"사건이 언제까지 계속되는가, 사건의 가지가 어디까지 뻗어 있느냐에 따릅니다. 내 생각으로는 하루에 100달러 하고 실비가 필요합니다. 그 밖에 리노에 탐정 친구가 있는데 유력한 용의자를 쫓고 있어요."

"리노에서 용의자를?"

"원래는 어젯밤 이 거리에서 잡은 단서입니다만."

컨버터블을 타고 도망친 남자와 그 차의 소유주이며 많은 남자친구가 있다는 미세스 설리 버크에 관한 것들을 나는 노부인에게 말했다. 미세스 브래드쇼는 관심이 있는 듯 의자에 앉은 채 몸을 내밀었다.
"경찰은 왜 그 단서를 뒤쫓지 않는지 모르겠어요."
"쫓고 있을지도 모릅니다. 쫓고 있더라도 나는 알지 못합니다. 경찰은 달리가 범인이라고 생각하고 다른 의견을 모두 무시하고 있어요. 손쉬운 방법이라면 그쪽이 아주 손쉬운 방법이죠."
"당신은 경찰의 사고방식에 반대하는군요."
"반대합니다."
"달리의 침대에서 권총이 발견되었는데도요?"
"호오, 벌써 알고 계셨군요."
"크레인 보안관이 오늘 아침 내게 권총을 보이러 왔었어요. 본 적이 없느냐구요. 물론 본 적이 없어요. 난 권총을 보는 것조차 싫어하니까요. 로이에게도 권총을 절대로 갖지 못하게 하고 있죠."
"그럼 문제의 권총 소유주에 대해서 짐작 가는 일은 없습니까?"
"없어요. 그런데도 보안관은 달리의 권총이라 확신하고 있는 것 같았어요. 그러니까 달리는 살인과 연관이 있다는 겁니다."
"달리의 권총이라고 생각할 증거는 하나도 없습니다. 만일 그렇다 하더라도 자기 매트리스 밑에 숨긴다는 건 이상하지 않습니까? 달리의 남편은 달리가 그런 일을 하지 않았다고 말했습니다. 그는 문간방에서 줄곧 달리 옆에 붙어 있었어요. 게다가 그 권총이 흉기로 사용되었다는 결정적 증거는 아직 없습니다."
"정말입니까?"
"정말입니다. 감식 결과는 월요일이 되어야 알 수 있습니다. 운이 좋으면 그때까지 조금 더 이 사건을 밝힐 수 있지 않을까 생각합니다."
"당신에게는 뭔가 뚜렷한 추리라도 있나요, 아처 씨?"

"아무래도 이 사건은 달리 이전의 무언가와 연관되어 있는 것 같습니다. 미스 해거티를 협박한 것은 절대로 달리는 아닙니다. 둘은 친구였으니까 달리라면 목소리로도 알았을 겁니다. 내 해석으로는 남편에게 돌아갈 것인가 아닌가를 의논하러 달리는 미스 해거티 집에 간 겁니다. 그랬다가 시체에 걸려 넘어져 무서운 쇼크를 받았어요. 지금도 그 쇼크가 사라지지 않았어요."
"왜 그렇게 생각하지요?"
"그 점은 아직 설명드릴 단계가 아닙니다. 아무튼 달리의 과거를 더 조사해 보겠어요. 미스 해거티의 과거도 조사하겠습니다."
"그건 재미있겠군요. 그런 조사의 비용은 얼마쯤 듭니까?"
노부인은 동시 상영하는 영화라도 보러 갈 때처럼 말했다.
"되도록 싸게 할 작정입니다만 1,000달러쯤 될 테죠. 2,000, 3,000 또는 4,000이 될지도 몰라요."
"상당한 값이군요. 내 죄를 보상하는 걸로는."
"죄의 보상이라니요?"
"과거, 현재, 미래에 걸쳐 내 나름대로 지었을 죄의 보상이에요. 아무튼 생각해 보겠어요, 아처 씨."
"결정은 언제쯤이면 되겠습니까?"
"오늘 밤 전화를 걸어 줘요. 로이가 저녁때에는 전화를 걸어 올 테니까요……. 여행 중에는 매일 밤 전화를 걸어 줘요……. 일단 아들하고 의논하지 않고선 대답할 수 없어요. 당신은 어떻게 생각할지 모르겠지만 우린 예상외로 검소한 예산으로 살고 있어요."
목의 다이아몬드를 만지면서 노부인은 힘주어 말했다.

15

물방울이 떨어지는 가로수 아래를 빠져서 나는 헬렌 해거티의 집으로 차를 달렸다. 현관문 앞에서 서성거리고 있는 경찰관 둘은 나를 집 안으로 들여보내 주지 않았고 질문에도 일체 대답하지 않았다. 아무래도 오늘 일은 참담한 결과로 끝날 것 같았다.

나는 대학 쪽으로 방향을 바꾸어 교무처 건물 앞에서 차를 세웠다. 여학생 지도부장 로라 서더런드와 이야기해 보려고 생각했는데 그 방에는 열쇠가 잠겨 있었다. 다른 방도 대부분 닫혀 있었다. 건물 전체에 인기척이 없었으며 단지 청바지를 입은 백발의 한 남자가 대걸레로 복도를 청소하고 있었다. 그 모습은 마치 '시간이라는 이름의 노인' 같았으며 나는 한순간 악몽 비슷한 상념에 사로잡혔다. 노인은 헬렌의 마지막 발자국을 지워 버리고 있는 것이 아닐까.

자기방어 본능과 같은 것에 사로잡혀 나는 나도 모르게 수첩을 꺼내 외국어과의 지도교수 이름을 조사했다. 가이스먼 박사이다. 걸레를 쥔 노인은 그 교수의 방이 있는 데를 알고 있었다.

"이 줄이 인문학부의 신축 건물입니다. 하지만 토요일 오후에는 안 계십니다."

노인은 그 건물 방향을 손가락으로 가리켰다.

노인은 잘못 알고 있었다. 인문학부 건물 1층 사무실 데스크 앞에 가이스먼은 한 손에 전화 수화기를 들고 다른 한 손엔 연필을 쥐고 있었다. 어저께 브래드쇼의 방에서 회의를 마치고 나오던 사람 중의 하나였다. 나른해 보이는 중년 남자로 도수 높은 안경 속에 불안한 듯한 작은 눈을 반짝이고 있었다.

"잠깐 기다려 주십시오." 그는 내게 말하고 나서 전화를 향해 말했다. "미안하지만 도와드릴 수 없군요, 미세스 배스. 가정주부에게는 뭔가 책임이 있을 테고 미안하지만 이쪽 예산도 특별 강사를 고용할 만큼 여유가 없습니다."

사투리는 없었지만 어쩐지 외국인다운 말씨였다. 제2외국어로 영어를 배운 것 같은 부자연스런 발성이었다.
 "가이스먼 박사입니다." 수화기를 놓으면서 앞에 펼쳐 놓은 명부의 이름 하나를 지우면서 그는 말했다. "데팔러 박사입니까?"
 "아닙니다. 아처라고 합니다."
 "당신의 자격은? 학위는 갖고 계십니까?"
 "주먹질하는 대학의 학위라면 갖고 있죠."
 나의 웃는 얼굴에 그는 전혀 반응을 보이지 않았다.
 "아시겠지만 우리 과의 교수 한 분이 돌아가셨기 때문에 나는 이렇게 토요일 오후에 그 후임을 찾고 있습니다. 만일 진지하게 신청하신다면……."
 "신청하는 게 아닙니다, 박사님. 다만 두세 가지 가르쳐 주셨으면 합니다. 저는 해거티 교수의 사건을 조사하고 있는 사립탐정입니다만, 알고 싶은 건 해거티 교수가 이 학교에 근무하게 된 경위입니다."
 "그것을 하나하나 상세히 이야기할 틈이 없습니다. 월요일에는 벌써 수업이 시작되니까요. 만일 닥터 데팔러가 못 오게 되거나 또는 오더라도 적임자가 아닌 경우에는 속수무책입니다."
 그는 손목시계를 보았다.
 "게다가 6시 반에는 로스앤젤레스 공항에 가지 않으면 안 됩니다."
 "그렇다면 5분만 시간을 내 주십시오. 아무리 바쁜 사람이라도 5분쯤은 여유가 있을 테죠?"
 "좋습니다. 그럼 5분만." 그는 손목시계의 유리 뚜껑을 딸깍딸깍 두드렸다. "미스 해거티가 이곳에 온 경위 말입니까? 요약하면 그녀가 어느 날 내 사무실에 나타나 고용해 달라고 말했어요. 그뿐입니다. 파란드 교수가 심장병으로 돌아가신 것을 미스 해거티는 벌써 알고 있었어요. 우리 과에서는 이것으로 두 번째 불행입니다, 겨우 한 달 사이에."

"전임자가 심장병으로 돌아가신 것을 미스 해거티에게 알려준 사람은 누구일까요?"

"글쎄요, 모르겠습니다. 서더런드 지도부장인지도 모르겠습니다. 미스 해거티의 보증인은 서더런드 지도부장이었으니까요. 그러나 사망 기사는 신문에 나왔으니까 누구나 알 수 있는 일이었지요."

"여기에 구직을 위해 나타났을 때는 벌써 이 도시에 살고 있었던 것일까요?"

"그렇다고 생각합니다. 그래요, 확실히 살고 있었어요. 이미 집을 얻었다고 말했으니까요. 이 도시가 마음에 들어서 영주하고 싶다고 말했어요. 그렇기 때문에 이 학교에 취직하려고 대단히 열성적이었어요. 실은 나로서는 얼마쯤 염려가 없었던 건 아니었습니다. 그녀에게는 시카고 대학의 석사 자격이 있었지만 반드시 우리 학교에 적임자라고 할 수는 없었어요. 그녀의 전 근무처인 메이플파크 칼리지는 우리 학교에 비하면 비교가 안 될 만큼 질이 떨어지는 학교입니다. 그러나 무슨 일이 있어도 우리 학교에 근무하고 싶다고 하기에 나는 그만 고용해 버렸어요. 그것이 잘못의 근원이었지요."

"그녀에게는 부수입이 있었던 모양이던데요?"

그는 입술을 오므리고 고개를 좌우로 흔들었다.

"부수입이 있는 여자가 5,000달러도 되지 않는 봉급으로 프랑스 어와 독일어를 네 강좌나 맡고, 게다가 귀찮은 카운슬러 일까지 하려고 합니까? 그건 아마도 별거 수당에 관한 것이 아닐까요? 별거 수당을 받기 어렵게 되어 난처하게 되었다고 내게 말했으니까요. 미스 해거티가 최근에 이혼한 것은 알고 계시겠죠?"

"그 얘기는 들었습니다. 전남편이 어디 있는지 알고 계십니까?"

"모릅니다. 대체로 미스 해거티하고는 별로 이야기를 하지 않았습니다. 그 남자입니까, 범인은?"
"아닙니다, 그렇게 결정할 이유는 없습니다. 그러나 여자가 피살되었을 때 그 여자를 죽일 동기를 갖고 있는 남자를 찾는 것이 보통 방법이겠지요. 이곳 경찰의 방법은 다른 것 같습니다만."
"그럼 당신은 경찰과 대립하고 있습니까?"
"되도록 가능성을 열어두는 것이 내 주의입니다, 박사님."
"지당합니다. 경찰은 우리 학교의 한 학생을 의심하고 있다고 말했어요."
"그렇습니다. 그 여학생을 알고 있습니까?"
"아뇨. 다행히 그 여학생은 학부 코스를 밟고 있진 않았어요."
"다행히라니 무슨 뜻이죠?"
"왜냐하면 그 학생은 정신병자라는 말이 있기 때문이죠."
두꺼운 안경 안에서 그의 근시안은 껍데기가 벌려진 굴처럼 의지할 데 없는 것처럼 보였다.
"교무처에서 좀더 정상적인 학생 선발 방법을 생각하고 있었다면 그런 위험하기 짝이 없는 학생을 입학시키지 않았을 겁니다. 여러 가지 점에서 우리 학교는 구태의연합니다."
그는 손목시계의 유리 덮개를 다시 딸깍딸깍 두드렸다.
"이제 5분이 지났습니다."
"한 가지만 더 질문하겠어요. 헬렌 해거티의 가족에게는 연락을 취했습니까?"
"네, 오늘 아침 일찍 어머니에게 전화를 했습니다. 브래드쇼 지도부장의 부탁을 받고서요. 사실 이런 일은 브래드쇼 지도부장의 일이라고 생각합니다만. 어머니인 미세스 호프만은 곧 비행기로 올 모양입니다. 나는 로스엔젤레스 공항에 마중 나가야 합니다."
"6시 반에?"

그는 어두운 얼굴로 고개를 끄덕였다.
"따로 사람이 없어요. 지도부장은 둘 다 여행 중이니……."
"서더런드 지도부장도 말입니까?"
"서더런드 지도부장 역시 그렇죠. 나머지 일은 모두 나에게 맡기고 둘 다 가 버렸어요. 무엇보다 안개가 심해서요. 차 운전도 할 수 없어요. 난 시력이 약하기 때문에 안경이 없으면 당신과 하느님도 분간할 수 없어요."
자기 연민에 사로잡힌 그는 흐려진 안경을 벗더니 닦기 시작했다.
"글쎄요, 비슷한 처지군요."
그는 안경을 쓰고 나서 겨우 내 농담을 깨닫고 개가 우는 것 같은 짧은 웃음소리를 냈다.
"미세스 호프만이 탄 비행기는 어느 회사의 것입니까?"
"시카고발 유나이티드입니다. 유나이티드 사의 수화물 인수장에서 만날 약속을 했어요."
"제가 마중나갈까요?"
"정말입니까?"
"미세스 호프만하고 얘기해 보고 싶은 것도 있고 해서요. 어디로 데려가면 좋을까요?"
"퍼시픽 호텔에 방을 예약했어요. 그러니까 8시에 호텔에서 다시 만납시다."
"알겠습니다."
그는 일어나 데스크를 빙 돌아와 나하고 열렬히 악수했다. 내가 건물에서 나가려고 했을 때 검은 모자에 짙은 녹색 코트를 입은 작달막한 노인이 안개 속에서 홀연히 나타났다. 검은 수염은 아마도 염색한 것 같았고 검은 눈은 병자처럼 열이 있는 듯이 빛나고 패인 볼은 포도색으로 붉은 기운을 띠고 있었다.

"데퍼러 박사이십니까?"

노인은 고개를 끄덕거렸다. 나는 문을 열어 주었다. 노인은 모자를 벗고 인사를 했다.

"메르시 보꾸(대단히 감사합니다)."

노인의 고무창 구두는 마치 거미발처럼 소리가 나지 않았다. 나는 다시금 악몽 같은 상념에 사로잡혔다. 그 노인은 '죽음이라는 이름의 교수' 같았다.

16

안개는 해안을 따라 천천히 차를 달려 공항 앞까지 다 와서야 걷혔다. 하늘에는 진한 저녁놀 빛만 남게 되었다. 나는 유나이티드 항공 회사 건물 앞에서 차를 세웠다. 주차장 관리인이 넘겨준 티켓을 보니까 6시 25분이라고 적혀 있었다. 나는 길을 건너 밝고 큰 건물로 들어가 여행자들이 마치 회전목마를 타는 것처럼 웅성거리는 수하물 인수장으로 가까이 다가갔다.

헬렌에게서 물기를 다 빼 버린 듯한 부인 하나가 군중들 끝에 슈트케이스를 놓고 멍하니 서 있었다. 검은 드레스 위에 낡은 깃털이 달린 검은 코트를 입고, 검은 모자를 쓰고, 검은 장갑을 끼고 있었다.

그녀의 윤기 있는 묶은 머리털만이 옷과 어울리지 않았다. 눈은 울어서 부었고 마음은 아직 반쯤 일리노이 주에 있는 듯 망연한 표정이었다.

"미세스 호프만이십니까?"

"네. 미세스 알 호프만입니다."

"저는 아처라고 합니다만, 따님의 상사인 가이스먼 박사의 부탁으로 마중 나왔습니다."

"고맙군요, 수고하십니다."

미덥지 못한 듯한 빙긋 웃음을 떠올리고 부인은 말했다.
나는 부인의 슈트케이스를 집어 들었다. 그것은 작고 가벼웠다.
"뭐가 식사나 마실 것은 어떠십니까? 이곳 레스토랑은 제법 괜찮습니다."
"네, 괜찮아요. 비행기 안에서 식사를 했어요, 스위스 스테이크로. 참 재미있는 여행이었어요. 무엇보다 제트기를 탄 것은 처음이니까요. 조금 무섭기는 했지만요."
자신이 없는 말투였다. 부인은 밝은 조명과 많은 사람들을 둘러보았다. 금세 울음이 터질 것처럼 얼굴의 근육이 긴장되어 있었다. 나는 부인의 가는 팔을 잡고 급히 건물에서 데리고 나와 길을 건너 차로 안내했다. 그리고는 주차장 안을 빙 돌아서 고속도로로 나왔다.
"전에 왔을 때는 이렇지 않았어요. 마중 나와 주셔서 크게 도움이 되었어요. 그러지 않았더라면 미아가 됐을 거예요."
그녀는 난처한 것 같은 목소리로 말했다.
"전에 온 것은 언제쯤이었습니까?"
"벌써 20년 전이에요. 호프만이 해군에 있었을 무렵이었으니까요. 해군 순시선의 하사관이었어요. 근무지가 바로 샌디에이고였고 헬렌은 벌써 집을 나가…… 독립생활을 하고 있었으니까 나도 여행을 즐길 수 있는 처지가 되어 있었어요. 샌디에이고에선 1년하고 조금 더 살았지만 그곳은 좋은 고장이었어요."
그녀는 현재라는 바다의 수면에서 도망치기나 하려는 듯이 괴로운 숨을 쉬었다. 부인은 조심조심 물었다.
"퍼시픽 포인트라면 샌디에이고와 가깝습니까?"
"80킬로미터쯤 떨어져 있습니다."
"아, 그래요."
부인은 다시 한 번 사이를 두었다가 말했다.

"당신은 대학에 근무하십니까?"

"아닙니다, 탐정입니다."

"어머, 그래요? 제 남편도 형사예요. 벌써 34년간이나 브리지턴 경찰서에 근무했는데 내년에 정년이에요. 정년이 되면 캘리포니아로 가자고 했지만 일이 이렇게 되어 버렸으니 그것도 안 될 것 같아요. 제 남편은 태연한 표정이지만 실은 태연하지 않을 겁니다. 나 이상으로 마음에 두고 앓고 있을 거예요."

부인의 목소리는 마치 육체에서 분리된 영혼처럼 고속도로의 소음 위에 떠올라서 들려왔다.

"오늘은 함께 계시지 않아서 유감스럽겠군요?"

"아닙니다. 올 생각이 있었다면 올 수도 있었어요. 휴가를 내면 되니까요. 아마 이번 일에 정면으로 부닥치는 것이 두려웠던 모양이에요. 게다가 혈압도 고려해야 하니까요." 부인은 다시 머뭇거렸다. "제 딸이 피살된 사건을 조사하고 있나요?"

"그렇습니다."

"가이스먼 박사가 전화로 말씀했는데 용의자는 젊은 아가씨라던가 했어요. 학생이 선생님을 쏘아 죽이다니 이게 어찌된 일입니까? 그런 일은 금시초문이에요."

"나는 그 아가씨가 범인이 아니라고 생각합니다, 미세스 호프만."

"하지만 가이스먼 박사는, 이 사건은 벌써 해결된 것 같다고 말씀하셨어요."

그녀의 슬픈 말투는 이미 복수와 정의가 뒤섞인 말투로 바뀌고 있었다.

"아마 그럴지도 모릅니다." 나는 귀중한 증인과 말다툼할 생각은 없었다. "나는 다른 각도에서 조사를 진행하고 있습니다만, 실은 당신의 도움을 바라고 있습니다."

"무엇입니까?"

"헬렌은 협박을 받고 있었어요. 총에 맞기 전에 내게 그렇게 말했어요. 누군가가 전화를 걸어 왔다는 겁니다. 들어본 적이 없는 목소리였다고 했는데, 그 목소리에 대해 헬렌은 묘한 말을 했어요. 말하자면 브리지턴의 목소리였다는 겁니다."

"브리지턴? 그건 우리가 사는 읍이었어요."

"네, 알고 있습니다, 미세스 호프만. 헬렌은 그 전화를 뒤쫓아 오는 브리지턴의 소리라고 말했습니다. 그것이 어떤 뜻인지 모르시겠습니까?"

"헬렌은 옛날부터 브리지턴을 싫어했어요. 고등학교 시절부터 뭔가 잘 되지 않으면 모두 브리지턴의 탓으로 돌렸어요. 그리고 적당한 나이가 되자 서둘러 읍에서 떠나 버렸어요."

"가출이었군요."

"그런 식으로 말하고 싶진 않아요." 아까는 그렇게 말하려고 했었다. "헬렌은 한 해 여름만 외지에서 일했어요. 시카고의 신문사에 근무했지요. 다음은 시카고의 대학에 들어가 저에게도 주소를 가르쳐 주었어요. 그 까닭은 그 애 아버지가……." 부인은 갑자기 말을 삼켰다. "샌디에이고에 가기 전에는 몰래 모은 돈을 보내 주었어요. 나도 그 애를 도왔지만요."

"따님과 아버지 사이가 벌어진 것은 무엇이 원인이었습니까?"

"그건 제 남편의 일 관계 때문이죠. 적어도 마지막 큰 싸움의 원인은 그것이었어요."

"그때였군요, 헬렌이 아버지를 가리켜 나치스 돌격대 같다고 말한 것은?"

부인은 몸을 돌려 내 얼굴을 보았다.

"헬렌이 그 얘기를 했습니까? 당신은…… 헬렌의 남자친구인가요?"

"우리는 친구였습니다."

어떠한 확신을 담아 나는 이렇게 말했다. 헬렌과 나는 뭔지 모르게 분통터지는 듯한 한 시간을 함께 지냈을 뿐이었지만, 헬렌의 죽음은 그 한 시간에 눈부실 정도의 조명을 비추고 있었다.

부인은 몸을 내밀고 내 얼굴을 찬찬히 보았다.

"그 밖에 헬렌은 뭐라고 말하던가요?"

"아버지하고의 싸움에는 살인 사건이 얽혀 있다고 했습니다."

"그건 거짓말이에요. 헬렌이 거짓말을 한 것은 아니지만 그 애는 착각하고 있는 거예요. 딜로니가 권총으로 죽은 것은 순전한 사고사였어요. 아버지 이상으로 뭔가 알고 있는 듯한 말을 했다면 헬렌은 잘못 생각하고 있는 겁니다. 딜로니는 죽었으니까 죽은 사람은 말이 없을 뿐이죠."

죽은 사람은 말이 없다는 건 이 경우엔 온당치 않다. 검은 장갑을 낀 그녀의 손이 황급히 입을 막았다. 노래를 잊은 귀뚜라미처럼 부인은 조그맣게 몸을 움츠리고 잠자코 있었으며 한참 동안 무서운 듯이 자동차의 흔들림에 몸을 맡기고 있었다.

"그 딜로니 사건 이야기를 해 주십시오, 미세스 호프만."

"왜 그런 이야기를 하지 않으면 안 됩니까? 저는 남편 일에 관한 이야기는 하지 않겠어요. 남편이 싫어하니까요."

"하지만 남편은 여기 없습니다."

"아뇨, 있는 것과 같아요. 꽤 긴 결혼 생활이었으니까요. 게다가 옛날이야기 따위를 지금 새삼스럽게 해봤자 무슨 도움이 되겠어요?"

"옛날은 언제나 현재와 연결되어 있습니다. 그 사건도 어쩌면 헬렌이 죽은 것과 연관성이 없다고는 할 수 없어요."

"설마 그럴 리가. 20년, 아니 더 전의 일이에요. 그리고 큰 사건도 아니었어요. 다만 우리 아파트에서 일어난 사건이었기 때문에 헬렌의 마음에 크게 영향을 준 것뿐입니다. 딜로니 씨가 권총 소제를 하고 있다가 실수로 잘못 발사되어 총알에 맞았어요…… 그것뿐이었어요."

"정말 그것뿐입니까?"

"제 남편은 그렇게 말했어요. 호프만은 거짓말을 하지 않아요."

그 말은 마치 오래 써먹은 주문처럼 들렸다.

"왜 헬렌은 아버지가 거짓말을 하고 있다고 생각한 것일까요?"

"그냥 순수한 공상이죠. 헬렌은 누군가 딜로니를 쏜 것을 목격한 사람과 이야기를 했다고 말하지만 그건 헬렌의 공상임에 틀림없어요. 그런 목격자는 결국 나타나지 않았으며, 호프만의 이야기에 따르면 목격자는 있을 수 없다는 겁니다. 그 사고가 일어났을 때 딜로니 씨는 아파트 방에 혼자 있었으니까요. 총알을 장전한 채로 권총 손질을 하다가 얼굴에 총알을 맞은 겁니다. 또 한 사람이 있었다는 것은 헬렌의 공상임에 틀림없어요. 헬렌은 딜로니 씨에게 호감을 갖고 있었어요. 딜로니 씨는 미남자였어요. 젊은 아가씨란 잘생긴 남자에겐 곧 열중하게 되니까요."

"그때 몇 살이었나요, 따님은?"

"열아홉이었어요. 그 여름에 집을 나갔으니까요."

벌써 바깥은 캄캄했다. 오른쪽 먼 곳에서는 내가 불안한 청춘을 보냈던 도시 롱비치의 불빛이 흐린 하늘에 반영되어 꺼져가는 붉은 불길처럼 빛나고 있었다.

"딜로니 씨란 어떤 사람입니까?"

부인은 말했다.

"루크 딜로니는, 브리지턴에서 첫째 가며, 일리노이에서도 첫째 가는 토목업자였습니다. 우리의 아파트나 브리지턴 읍의 다른 건물도 많이 갖고 있었어요. 미세스 딜로니는 지금도 집 부자예요. 그런 부동산은 그 무렵보다 훨씬 값이 올랐지만 그 무렵에도 딜로니는 억만장자였어요."
"딜로니 미망인은 아직 살아 계십니까?"
"네, 하지만 결론을 서두르지 않는 편이 좋아요. 그 사건이 일어났을 때 마나님은 줄곧 별채에 있었어요. 물론 여러 가지 소문은 있었지만 그분은 갓 태어난 아기처럼 죄가 없어요. 왜냐하면 양반 댁 따님이니까요. 브리지턴에서는 유명한 오즈번 집안의 두 자매 중 한 분이에요."
"어떤 의미에서 유명합니까, 그 집안은?"
"아버지가 상원의원이었지요. 지금도 기억하고 있지만 제1차 세계대전 전, 제가 아직 초등학교 학생이었을 무렵 오즈번 집안사람들은 붉은 색 윗옷에 말을 타고, 사냥개를 데리고 사냥하러 다녔어요. 그래도 모두 민주적인 분들이었어요."
"근사했겠군요." 나는 다시 딜로니 사건으로 화제를 돌렸다.
"그런데 당신네와 같은 아파트였습니까, 딜로니가 죽은 장소는?"
"네, 우리 집은 1층이었어요. 딜로니 씨의 부탁을 받아 방값을 대신 받아주는 일을 하고 있었으니까 우린 퍽 싼 값에 방을 빌려 쓰고 있었어요. 딜로니 씨는 맨 위층의 방을 쓰고 있었구요. 그곳을 일종의 사무실 비슷하게 쓰면서 소방서 사람들이 왔을 때는 파티를 열기도 하고 여러 가지 용도로 썼지요. 딜로니 씨에게는 일리노이 주의 유명한 정치가 친구들이 꽤 있었어요. 그런 분들이 출입하는 걸 여러 번 보았어요."
부인은 자랑스럽게 말했다.
"그런데 그 맨 위층에서 권총 자살을 했습니까?"

"권총 오발이지요." 부인은 나의 말을 정정했다. "그것은 사고였어요."

"딜로니 씨는 어떤 사람이었습니까?"

"단련받고 노력한 끝에 성공한 사람이죠. 태어난 곳은 호프만이나 나와 같은 읍내였으니까 그 인연으로 우리가 집세 받는 일을 맡아하게 된 겁니다. 그것으로 우리는 불황시대에 큰 도움을 받았어요. 루크 딜로니는 불황 따위엔 꿈쩍도 하지 않고 흔들리지도 않았어요. 자금을 빌려 토건업을 시작하여 그것에 성공하자 오즈번 상원의원의 맏딸을 신부로 맞게 되었지요. 그대로 갔으면 어디까지 출세할지 모를 사람이었어요. 죽었을 때는 아직 마흔 살의 장년이었어요."

"헬렌이 딜로니에게 관심이 있었다고 말씀하셨습니다만?"

"네, 그렇게 대단한 일은 아니었어요. 헬렌과 딜로니 씨는 거의 얘기를 나눈 일도 없었으니까요. 젊은 아가씨의 기분은 아실 테죠. 걸핏하면 연상의 남자를 동경하거든요. 딜로니 씨는 지역유지였고 헬렌은 어릴 때부터 꽤 야심가였어요. 그 아이가 자기 아버지를 왜 패배자라고 했는지 그 까닭을 모르겠어요. 그럴 순 없어요. 그러면서도 헬렌이 결혼 상대로 택한 사람은 버트 해거티였어요. 패배자라면 버트야말로 패배자의 표본이에요."

부인의 말은 아까보다 훨씬 매끄러워졌으나 화제는 확산되는 편이었다. 무리도 아니다. 딸의 죽음은 이 부인의 인생에 투하된 폭탄이었던 것이다.

"만일에 말입니다. 헬렌의 죽음과 딜로니 사건에 무슨 연관성이 있는…… 뭔가 마음에 짚이는 일은 없습니까?"

나는 물었다.

"아뇨, 그 아이의 공상이겠지요. 그 애는 옛날부터 공상을 좋아했어요."

"하지만 딜로니가 누군가의 총에 맞는 걸 목격한 사람을 알고 있다고 헬렌은 말했었지요?"

"그것도 그 아이가 멋대로 지어낸 말이에요."

"왜 그랬을까요?"

"왜 아버지에게 그런 말을 했느냐는 겁니까? 일부러 밉상으로 군겁니다. 호프만이 처음으로 헬렌을 때렸을 때 이후로 둘은 줄곧 노려보고 있었어요. 그러니까 말다툼이 시작되면 헬렌은 무슨 말을 내뱉을지 모를 정도였어요."

"헬렌이 목격자의 이름을 말했습니까?"

"말할 리가 없잖아요. 그런 사람은 없었으니까요. 호프만은 헬렌에게 그렇다면 목격자는 누구냐 말해 봐, 하고 윽박질렀어요. 그랬더니 헬렌은 그것은 말할 수 없다고 인정했어요."

"인정하다니?"

"네, 호프만이 억지로 인정하게 했어요. 그러나 헬렌은 아버지에 대해서 한심한 말을 결코 철회하지 않았어요."

"헬렌 자신이 목격자였다는 걸 생각할 수는 없습니까?"

"그런 건 미친 짓이죠. 있지도 않았던 일의 목격자는 될 수 없잖아요?"

그러나 그녀는 확신이 흔들리는 투로 말했다.

"딜로니는 죽었고 헬렌도 죽었습니다. 이것은 헬렌이 죽기 전에 친구들에게 한 말을 어쩐지 뒷받침하고 있는 것 같습니다만?"

"브리지턴의 일 말입니까?"

"네."

부인은 다시 침묵 속에 빠졌다. 해변과 나란히 달리는 거리를 벗어나 차는 안개 속으로 돌입했다. 충돌 사고를 염려하여 나는 속도를 줄였다. 미세스 호프만은 뒤쫓아 오는 브리지턴의 거리를 확인하듯이 때때로 뒤를 돌아보았다.

"지금쯤 호프만이 술을 마시지 않았으면 좋으련만." 한참 있다가 부인은 말했다. "혈압에 좋지 않아서요. 만일의 일이 생기면 내 책임이에요."

"하지만 당신이나 남편이나 어느 한 분은 여기에 오지 않을 수 없잖아요."

"그건 그래요. 아무튼 버트가 붙어 있으니까요. 버트가 술꾼이 아닌 것만은 칭찬할 점이에요."

"헬렌의 전남편이 아버님과 같이 있습니까?"

"아니에요. 오늘 아침 메이플파크에서 나와 나를 비행장까지 바래다 주었어요. 버트는 좋은 아이에요. 벌써 마흔이 넘었으니까 좋은 아이라고 말하는 건 이상하지만, 그래도 옛날부터 나이보다 젊게 보여요."

"버트는 메이플파크 칼리지 선생인가요?"

"네, 하지만 버트에겐 학위가 없어요. 벌써 몇 년 전부터 학위를 딴다고 말했지만. 학교에선 저널리즘과 국어를 가르치고 학교신문을 만드는 일도 거들어 주고 있어요. 본디 신문사에 근무하다가 거기서 헬렌을 알게 되었어요."

"헬렌이 19살 때에?"

"당신은 기억력이 좋군요. 틀림없이 호프만과 잘 맞을 거예요. 호프만은 기억의 천재라고 불렸을 정도로, 전쟁 전 아직 건물이 적었을 무렵 온 브리지턴의 건물들을 기억하고 있어요. 어느 공장, 창고, 주택. 몇 번지의 어느 집이라고 하면 금방 그 집을 지은 사람의 이름이나 건물 주인의 이름을 꿰뚫고 있어요. 지금 누가 살고 있고, 옛날에는 누가 살았고, 자녀는 몇이고, 수입은 어느 정도인지, 그 밖에 무엇이든 알고 있어요. 거짓말이라고 생각되거든 경찰 동료들에게 물어보세요. 모두들 머지않아 대단한 출세를 할 거라고 말했지만 결국은 경위에 머물고 말았어요."

왜 거기까지밖에 승진할 수 없었을까? 부인은 거기에 대한 일종의 해답을 주었다. 그것은 사실이라기보다는 전설에 가까웠기 때문이었다.

"헬렌의 기억력 좋은 것도 아버지 유전이에요. 두 사람 다 그렇게 말하고 싶어하진 않았지만 아주 닮았어요. 그렇게 서로 싸웠는데도 내심으로는 상대편 일만 생각해 주었거든요. 그러니까 헬렌이 집을 나가 편지조차 보내오지 않는 것은 제 남편에게는 큰 타격이었어요. 헬렌에 관한 것을 입 밖에 내어 묻지는 않았지만, 언제나 꾸준히 생각하고 있었어요. 마치 사람이 달라진 것처럼."

"따님이 버트 해거티와 결혼한 것은 집에서 나간 뒤 곧 있었던 일입니까?"

"아뇨 5, 6년 지나서였어요. 그 동안에 버트는 전쟁에 참가했어요. 전쟁 중의 버트는 대단히 훌륭했고…… 아마도 전쟁 전이나 후에 게을렀던 사람도 전쟁 중에는 대부분 정신차리고 있었던 모양으로…… 버트도 전후 얼마 동안은 모든 일에 열심이었어요. 책을 산다든가, 자기 신문사를 시작한다든가, 유럽으로 신혼여행을 간다든가. 귀환병 장학금으로 유럽에 가기는 했습니다……. 저도 여비의 일부를 대 주었습니다만……. 실제로 한 일이란 그것뿐이었어요. 왠지 한 가지 일에 차분히 전념하지 못하는 사람이었어요. 이를테면 한 가지 일에 몰두하려는 마음을 먹었을 때는 언제나 이미 늦은 뒤였어요. 금년 봄이 되자 그들은 마침내 헤어졌어요. 저로서는 안타까웠지만 헬렌을 책망할 마음은 없었어요. 결혼했을 때부터 줄곧 헬렌은 언제나 버트보다도 열심이었으니까요. 그걸 내 입으로 말하는 건 이상하지만 헬렌은 옛날부터 성품이 착한 아이였죠."
"나도 그렇게 생각합니다."
"그래도 버트하고는 헤어지지 않은 것이 좋았을 거예요. 헤어지지 않았더라면 이런 일은 생기지 않았을지도 모르죠. 때때로 이런 생각이 들어요. 어떤 남자라도 없는 것보다는 있는 편이 났다고요."
이윽고 퍼시픽 포인트에 가까웠을 때 부인은 말했다.
"헬렌은 왜 착실한 남편을 만나지 못했을까요? 생각해 보면 이상해요. 머리 좋고, 몸매 좋고, 게다가 품위 있는 아이였는데 왜 착실한 남자가 접근하지 않았을까요?"
딸의 일생이라는 잃어버린 대륙의 지도를 만들려는 것일까. 부인의 시선은 나의 옆얼굴에 쏠려 따가울 정도였다.

17

번화가는 번화한 부분과 별로 그렇지 못한 부분으로 나누어지는 경계가 있는데, 퍼시픽 호텔은 그 변화가 쪽에 조금 가까운 모퉁이에 있었다. 토요일 밤이었기 때문에 로비는 휑뎅그렁했다. 노인 넷이 플로어 스탠드 불빛 아래서 브리지를 하고 있었다. 그 밖에 둘러보아도 사람 그림자라고는 가이스먼 교수뿐이었다. 가이스먼이 인간으로 분류된다면 말이다.

가이스먼 교수는 빈약한 초록색 플라스틱 팔걸이의자에서 일어나자 미세스 호프만과 격식을 차려 악수를 했다.
"무사히 도착해서 무엇보다 반갑습니다. 건강은 어떠십니까?"
"감사합니다. 염려해 주신 덕분에 건강합니다."
"따님이 갑자기 세상을 떠나게 된 일은 저희들에겐 큰 타격입니다."
"저 역시 타격을 입었어요."

"실은 오늘 하루 열심히 후임자를 찾고 있습니다만, 아직 후임은 결정하지 못했습니다. 이 계절은 교원 보충을 위해서는 가장 나쁜 계절이지요."

"대단히 난처하시겠군요."

나는 그들의 대화에 끼어들고 싶지 않아서 그 자리를 피해 바에 들어갔다. 여자 손님 한 사람뿐이었는데, 서글퍼 보이는 뚱뚱한 바텐더와 뭔가 세상 이야기를 하고 있었다. 그 여자 손님의 머리칼은 염색한 검은 머리였는데 어떤 부분은 오리털 같은 초록색 빛을 내며 번들거렸다.

나는 그녀라는 것을 눈치챘다. 페린 부인의 모습이라면 1킬로미터 떨어진 곳에서도 분간할 수 있다. 그래서 나는 바에서 나가려고 했다. 그녀는 고개를 돌려 나를 보았다.

"어머, 오랜만이군요. 여기서 만나다니."

빈 글라스를 엎지를 뻔한 큰 제스처를 하면서 그녀는 바텐더에게 말했다.

"이분은 친구인 아처 씨예요. 한잔 드리세요."

"뭘 드시겠습니까?"

"버번. 내가 지불하겠습니다. 부인께서 드시는 것은?"

"플랜터즈 펀치예요. 부인이라고 불러 줘서 고마워요. 고맙다고 말하고 보니 다른 모든 것도 고마워요. 나는 축하주를 마시고 있어요. 오늘은 아침부터."

그녀는 말했다.

축하할 일이 아니라고 나는 생각했다. 과연 재판하는 동안 이 여자의 철면피한 점은 그런대로 드러나지 않고 있었으나, 일단 그것이 무너지면 그녀의 거친 생활은 낱낱이 뚜렷하게 나타나는 법이다. 나는 페린 부인의 비밀을 구석구석까지는 모르지만 이 여자가 20개나 되는 도시의 경찰에 남긴 전과들은 알고 있었다. 이번 사건에서 죄가 없었던 것은 틀림없다고 하더라도 그녀는 아카풀코에서 시애틀, 몬트리올에서 키웨스트에 이르기까지 두 해안에 발을 뻗은 매춘부이다.

바텐더는 발을 절룩거리며 마실 것을 만들러 갔다. 나는 그녀 옆의 나무의자에 앉았다.

"축하주는 다른 도시에서 마시는 것이 좋을 것 같군요."

"그건 그래요. 이 도시는 마치 무덤 같아요. 마지막 생존자 같은 기분이에요. 당신의 멋진 모습이 나타나기 전까지는."

"그런 뜻이 아닙니다, 페린."

"어머, 날 브리지드라고 불러 줘요. 우린 친구잖아요. 당신이 그렇게 부르는 건 당연해요."

"좋아요, 브리지드, 이곳 경찰이 당신 석방을 달가워하지 않는다는 건 알겠지요? 조금이라도 꼬리를 내밀면 그 순간에 금방 달려올 거예요."

"전 나쁜 짓은 하지 않았어요. 돈은 있어요."

"아닙니다. 이대로 계속 축하주를 마시다간 어떤 결과가 될 거라고 생각합니까? 이 거리에서 당신은 술에 취해 길을 걸을 수 없어요."

그녀는 정신적인 노력을 다시 되풀이하듯 얼굴을 찌푸리고 그 문제를 생각했다.

"그럴지도 몰라요. 내일 아침에는 라스베이거스에 가려고 생각했어요. 라스베이거스에는 친구가 있으니까요."

바텐더가 마실 것을 날라왔다. 페린 부인은 갑자기 술 맛이 달라진 듯 얼굴을 찌푸리면서 자기 것을 홀짝홀짝 마셨다. 그녀의 시선이 카운터 뒤쪽 거울에 비쳐 보였다.

"놀라워요. 저것이 나예요. 마치 하느님이 버린 여자 같군요."

그녀는 말했다.

"목욕을 하고 푹 주무세요."

"그게 좀처럼 잠이 오질 않아요. 밤중에는 쓸쓸해져서요."

반쯤 습성이 된 듯 그녀는 나에게 색정어린 눈짓을 보냈다.

나는 그 눈짓이 달갑지 않았다. 술을 다 마시자 나는 1달러 지폐 두 장을 카운터 위에 놓았다.

"잘 자요, 브리지드. 과음하지 말도록. 잠깐 전화를 걸어야겠소."

"그래요, 어서 전화하세요. 그럼 인연이 있거든 다시 만나요."

내가 카운터에서 떠나자 바텐더가 발을 절룩거리며 그녀 쪽으로 다가갔다. 미세스 호프만과 가이스먼 교수는 이미 로비에 없었다. 프런트 안쪽 막다른 곳에 전화부스가 있었기 때문에 나는 브래드쇼 댁의 번호를 돌렸다.

전화가 한 번 울리자마자 노부인의 떨리는 목소리가 들려왔다.

"로이? 로이, 너냐?"

"여보세요, 아처입니다."

"참, 로이라고만 생각했어요. 언제나 이 시각에 전화를 해주니까요. 무슨 일이 일어나진 않았겠죠, 설마?"

"글쎄요, 어떻게 됐는지."

"신문 읽으셨어요?"

"아뇨."

"로라 서더런드가 로이와 함께 리노의 회의에 갔다는 기사가 나 있었어요. 로이는 내게 그런 말을 하지 않았어요. 그 애가 로라에게 관심을 갖고 있는 걸까요?"

"글쎄요, 나는 모릅니다."

"로라는 아름다운 아가씨예요, 그렇게 생각하지 않으세요?"

그녀는 저녁 식사 때 포도주를 마신 탓으로 이런 얼토당토않은 말을 하는 것 같았다.

"미세스 브래드쇼, 그 점에 대해서는 저는 뭐라고 말할 수 없습니다. 지금 전화를 드린 것은 실은 오늘 오후에 한 부탁 말씀 때문입니다. 그 건을 그 뒤 어떻게 생각하셨는지 알고 싶습니다."

"그 건이라면 로이에게 묻지 않고서는 대답할 수 없군요. 우리 집 경제권은 그 애가 쥐고 있으니까요. 그럼 이제 전화를 끊어야겠어요, 아처 씨. 로이에게서 전화가 걸려오면 곤란하니까요."

노부인은 갑자기 전화를 끊었다. 나는 아무래도 나이 많은 부인을 잘 다루지 못하는 모양이었다. 나는 세면장에 들어가 죽 마련된 세면대 위의 거울에 얼굴을 찬찬히 비춰보았다. 벽에는 낙서가 있었다.

'정신 위생이 제일이다. 그렇지 않으면 뒈져라'

키 작은 가무잡잡한 신문팔이 소년이 세면장에 들어와서 거울 속 자기를 보고 빙긋 웃음을 띠고 있는 나를 보았다. 나는 당황하며 입을 벌리고 이빨을 보고 있는 것 같은 시늉을 했다. 소년은 10살쯤 돼 보였으나 몸짓은 어른의 축소판이었다.

"살인 사건에 대하여 상세한 기사가 났어요."

소년은 신문을 권했다.

나는 소년에게서 지방신문을 샀다. 톱기사의 제목은 '퍼시픽 포인트 칼리지의 교수 살해되다'였고, 부제목은 '수수께끼의 학생 취조받다'였다. 내용을 읽으니 달리는 거의 범인으로 지목되고 있었다. 달리는 '가짜 이름을 써서 부정 입학'했다고 되어 있었다. 달리와 헬렌의 교제는 '기묘한 관계'로서 그려져 있었다. 침대에서 발견된 스미스 앤드 웨슨 38구경은 '살인에 사용된 흉기'이며 달리에게는 매기 사건이라는 '과거의 어두운 비밀'이 있으며 현재 '경찰의 신문을 고의로 피하고 있다'는 것이었다. 그 밖의 용의자 이름은 하나도 나와 있지 않았다.

나는 신문을 발기발기 찢어서 쓰레기통에 버렸다. 그리고는 전화부스로 돌아갔다. 닥터 고드윈의 비서는 급한 용무냐고 물었다.

"그렇습니다. 고드윈 박사의 환자 때문입니다만."

"당신이 환자입니까?"

"그렇습니다."

나는 거짓말을 했다. 도움을 필요로 한다는 점에서 보면 이것이 꼭 거짓말이라고만은 할 수 없다. 비서는 다소 상냥한 목소리로 말했다.

"아까 박사님께 연락이 왔을 때는 자택에 계셨어요."

비서는 의사의 자택 전화번호를 가르쳐 주었지만 나는 그것을 이용하지 않았다. 고드윈과는 직접 만나서 이야기하지 않으면 안 된다. 전화번호부에서 고드윈의 주소를 발견하자 나는 곧장 의사의 집으로 차를 몰았다.

항구와 거리를 내려다보는 돈대 끝에 큰 집들이 있는데 그중의 한 채가 고드윈의 집이었다. 오늘 밤의 돈대는 안개에 둘러싸여 섬처럼 고립돼 있었다.

집 전면은 애리조나산 석재로 지어졌고, 그 그늘에서 테너와 소프라노의 노랫소리가 들려왔다. 〈라 보엠〉 중의 마음을 휘어잡는 듯한 2중창이었다.

현관에 나온 여자는 아름다운 용모에 비단 코트를 입었고 의사의 아내로서는 으레 갖추게 되는 반쯤 직업적인 웃음을 빙긋 떠올리고 있었다. 내가 이름을 밝히자 곧 알았다는 표정이었다.

"미안합니다, 아처 씨. 바깥양반은 조금 전까지 계셨어요. 기분 전환으로 둘이서 음악을 듣고 있었는데 우리 병원 환자의 남편이라든가 하는 젊은 분한테서 전화가 와서 그분을 만나러 요양소로 떠났어요."

"그 젊은이는 알렉스 킨케이드라고 하지 않았습니까?"

"그런 것 같았어요." 그녀는 한 발짝 걸어 나왔다. 붉은빛 코트를 입은 그녀의 모습은 빛나 보였고 퍽 여성적이었다.

"아처 씨에 대해선 남편에게서 여러 가지 얘기를 들었어요. 지금 제 남편이 휘말려 있는 형사 사건을 조사하고 계시다면서요?"

"그렇습니다."

그녀의 손이 내 팔에 닿았다.

"전 남편 일이 걱정이에요. 어쩐지 이번 일에 남편은 정신이 빠져 있어요. 그 아가씨가 전에 제 남편의 환자였을 때 치료에 실패했으니까 이번 사건은 모두 자기 책임이라고 생각하는 모양이에요."

아름답고 길게 째진 그녀의 눈이 도와달라는 듯이 나를 쳐다보았다.

"그렇지도 않습니다."

나는 말했다.

"그렇다면 제 남편에게 그렇게 말씀해 주실 수 없을까요? 제가 말해도 소용없어요. 제 남편은 남의 이야기를 별로 듣지 않는 사람이지만, 아처 씨, 당신에 대해선 존경하고 있는 것 같았어요."

"저도 박사님을 존경하고 있습니다. 그러나 자기 책임이라는 점에서 제 의견을 들어 주실지 어떨지. 박사님은 퍽 강직한 분이니까 화나게 하면 곤란합니다."

"그래요." 그녀는 말했다. "선생님이 제 남편에게 여쭈어 달라고 제가 부탁하다니 낯 뜨거운 일이지만. 그러나 이렇게 환자의 일에 모든 정력을 쏟아 넣는 걸 보고 있으면……." 그녀의 한쪽 손이 가슴속의 모든 것을 털어놓는 것 같은 손짓을 했다.

"그것이 바깥양반의 사는 보람이 아닐까요?"

"제가 사는 보람은 아니에요." 그녀는 얼굴을 찡그렸다. "'의사의 아내여, 그대 자신을 고쳐라'라는 뜻일까요?"

"제가 보건대 당신은 아무데도 고칠 필요가 없을 것 같군요. 그런데 그 코트는 참 아름답습니다."
내가 말했다.
"고마워요. 올 여름 남편이 파리에서 사다 주었어요."
전보다는 직업적이지 않은 웃음을 빙긋 띠고 있는 그녀를 남기고 나는 요양소 쪽으로 차를 몰았다.
회칠을 한 큰 건물 앞에는 알렉스의 붉은빛 포르셰가 주차되어 있었다. 나는 가슴이 두근거리는 것을 느꼈다. 아직 좋은 일이 일어날 여지는 남아 있다.
청색과 백색 제복을 입은 스페인계의 간호사가 문을 열고 나를 대기실에 안내해 주었다. 네루와 그 밖의 환자들 몇 명이 모두 목욕용 가운을 걸치고 부자간의 변호사가 출연하는 텔레비전 프로를 보고 있었다. 어느 누구도 나를 거들떠보지 않았다. 나는 그 자리에서 한 사람의 현실적인 탐정이었다. 아무에게도 고용되지 않은 탐정이었다. 이 상태가 오래 계속되지 않기를 나는 기도했다.
나는 한쪽 구석의 빈 의자에 앉았다. TV 드라마는 잘 연출되었고 멋지게 연기하고 있었지만 어쩐지 나는 화면에 주의를 집중할 수 없었다. 할 수 없이 텔레비전을 보고 있는 네 사람을 관찰하기 시작했다. 몽유병자인 네루는 긴 머리칼을 슬픔의 상징처럼 등에 늘어뜨리고 자기가 만든 푸른 도자기 재떨이를 양손으로 받들고 있었다. 턱수염을 기르고 반항적인 눈빛을 한 청년은 삼라만상에 하나하나 반대하지 않고는 견딜 수 없는 사람 같았다. 머리칼이 많이 빠진 남자는 흥분하여 몸을 떨고 있었는데 광고물 화면을 보여 주는 동안에도 계속 몸을 떨고 있었다. 다른 한 노부인은 얼굴빛이 투명하게 희고 마치 그녀의 내부에서 타고 있는 생명의 촛불이 보일 정도였다. 조금 떨어져서 보면 이 네 사람은 같은 가족의 세 세대라고 볼 수도 있었다.

그들은 토요일 밤, 텔레비전을 즐기는 할머니와 양친과 외아들의 그림 같았다.

고드윈 박사가 안쪽 문가에 나타나 손가락으로 나에게 손짓을 했다. 나는 의사 뒤를 따라 병원 냄새가 짙게 풍기는 복도를 걸어 물건들이 흩어져 있는 좁은 사무실로 들어갔다. 고드윈은 데스크 위의 스탠드를 켜고 그 저쪽에 앉았다. 남은 의자 하나에 내가 앉았다.

"알렉스 킨케이드가 와 있습니까?"

"그렇습니다. 그는 우리 집에 전화를 걸어와 꼭 달리를 만나고 싶다고 말했어요. 그리고 나에게도 할 말이 있답니다."

"달리를 버린 데 대해선 아무 말도 하지 않던가요?"

"네."

"그럼 마음이 달라진 겁니다."

나는 고드윈에게 킨케이드의 아버지를 만났다는 것, 그리고 알렉스가 아버지와 함께 사라졌다는 것을 이야기했다.

"일시적으로 혼란에 빠졌다고 해서 그 청년을 책망할 수는 없어요. 아직 젊은 데다가 정신적으로 지쳐 있으니까요." 고드윈의 표정 풍부한 눈이 번쩍 빛났다. "그 자신을 위해서도 달리를 위해서도 중요한 것은 그가 되돌아올 결심을 한 일입니다."

"달리의 상태는 어떻습니까?"

"상당히 진정되어 있습니다. 오늘 밤은 아직 말하고 싶어하지 않아요. 적어도 나하고는 말하려고 하지 않아요."

"그럼 제가 말해 볼까요?"

"아닙니다. 그건 곤란합니다."

"당신을 이 사건에 끌어들이지 않았더라면 좋았을걸 하고 생각했어요, 박사님."

"그건 전에도 이야기했어요. 아주 거친 표현으로." 완고한 웃음을 빙긋 떠올리고 의사는 말했다. "그러나 일단 연루가 된 이상 나는 끝까지 버틸 작정입니다. 최선을 다하겠어요."
"당신 같으면 그럴 수 있을 겁니다. 석간을 읽었습니까?"
"읽었어요."
"달리는 지금 상황이 어떻게 돌아가고 있는지 알고 있습니까? 예를 들면 권총에 관해서?"
"아닙니다."
"이야기해 두는 편이 좋지 않을까요?"
의사는 흠투성이의 데스크에 양손바닥을 펼쳐 보였다.
"나는 달리의 문제를 단순화하고 싶어요. 복잡화하지 말구요. 달리는 어제 하룻밤만으로 과거와 현재의 양면에서 큰 심리적 압박을 받았어요. 그 결과 정신착란의 일보 직전까지 갔습니다. 그런 한 발짝을 내딛도록 하고 싶진 않습니다."
"경찰 신문에서 지켜 줄 수 있겠습니까?"
"무기한으로 그럴 수는 없겠지요. 가장 좋은 것은 이 사건이 해결되어 달리의 무죄가 증명되는 일입니다."
"그런 쪽으로 저도 노력하고 있습니다. 오늘 아침 달리의 이모인 앨리스와 만나 매기 살인 사건의 현장도 보고 왔습니다. 그 결과 확신을 얻었어요. 가령 매기가 아내를 죽였다고 하더라도 아버지가 집에서 나가는 것을 달리가 확인할 수는 없었어요. 나는 매기 범인설 자체를 의심하고 있습니다. 바꾸어 말하면 재판 때 달리의 증언은 거짓말이었다는 것입니다."
"그 확신은 앨리스 젠크스와의 이야기에서 얻은 것입니까?"
"아닙니다. 현장의 물리적 상황에서 얻었습니다. 젠크스 씨는 거꾸로 매기가 범인이라고 열심히 저에게 믿게끔 하려고 했어요. 그 부인이 매기 범인설의 숨은 원동력이라고 해도 나는 놀라지 않을 겁니다."

"그러나 매기가 범인이었어요."

"당신은 전에도 그렇게 말했어요. 그렇게 믿는 이유를 말씀해 주시지 않겠습니까?"

"미안하지만 그건 말할 수 없습니다. 환자의 비밀에 관한 사항이니까요."

"콘스턴스 매기의 비밀입니까?"

"미세스 매기는 환자가 아니었습니다. 그러나 아이의 진찰에는 양친의 진찰이 따라붙게 됩니다."

"그럼 콘스턴스는 당신에게 비밀을 고백했습니까?"

"물론 고백했습니다. 어느 정도까지는. 우리는 거의 콘스턴스의 가정 사정에 관해서만 이야기를 했어요."

고드윈의 말투는 신중했다. 얼굴에는 애매한 표정이 떠돌았다. 스탠드 불빛 아래서 그의 대머리는 달밤의 둥그런 돔처럼 빛났다.

"앨리스 젠크스가 자기도 모르게 불쑥 말했는데, 다소 재미있는 얘기를 했어요. 그러니까 내가 묻지도 않았는데 콘스턴스에게는 따로 남자가 없었다고 말했어요. 앨리스 젠크스 자신이 말한 겁니다."

"그건 재미있군요."

"그래요. 사건 당시 콘스턴스에겐 애인이 있었습니까?"

고드윈은 약간 고개를 끄덕거렸다.

"그게 누굽니까?"

"말할 수 없어요. 그 사람은 이미 충분히 고통을 받았으니까요." 고드윈 자신의 얼굴에 고통의 그림자가 스쳐 지나갔다. "이것까지 이야기한 것도 매기에게 동기가 있었다는 것을, 따라서 매기가 틀림없이 범인이라는 것을 알아 주셨으면 했기 때문입니다."

"나는 매기가 덫에 걸렸다고 생각합니다. 마치 달리가 덫에 걸린 것처럼."

"달리에 대해서만이라면 우리는 의견이 일치하고 있습니다. 그것만으로 충분하지 않습니까?"

"아닙니다. 실은 제3의 살인 사건이 있어서 그것과도 관련이 있습니다. 달리의 마음속에서는 세 가지 사건이 주관적으로 연관되어 있다고 당신은 말할지도 모릅니다. 객관적으로 관련이 있다는 것을 나는 믿고 있습니다. 세 가지 사건의 범인은 어쩌면 동일 인물인지도 모릅니다."

그 사람이 누구냐고 고드윈은 묻지 않았다. 묻지 않아서 다행이었다. 나는 나 자신도 확신하지 못하는 말을 했던 것이다. 나는 아직 범인을 점찍지 못하고 있었다.

"그 제3의 살인 사건이란 대체 어떤 것입니까?"

"오늘 밤 처음으로 들은 이름인데, 루크 딜로니라는 남자가 살해된 사건입니다. 아까 헬렌 해거티의 어머니를 로스앤젤레스 공항까지 맞으러 갔다가 이 거리로 데리고 오는 도중 여러 가지 이야기를 들었어요. 그녀에 의하면 딜로니는 권총을 분해 청소하다가 폭발해서 죽었다는 겁니다. 그런데 헬렌은 그 남자가 피살된 것이며 그 목격자를 알고 있다고 주장했답니다. 목격자는 헬렌 자신이었는지도 모릅니다. 아무튼 그 일로 헬렌은 아버지와 다투었고……. 아버지는 그 사건을 취급했던 형사였던 모양입니다……. 마침내 헬렌은 가출했어요. 이건 모두 20년 전의 이야기입니다."

"그것이 현재 사건과 연관성이 있다고 생각하신다는 말입니까?"

"헬렌은 그렇게 생각하고 있었어요. 그녀가 피살된 것은 더욱더 그런 의심을 짙게 하는군요."

"그렇다면 이제부터 어떻게 할 작정입니까?"

"오늘 밤, 일리노이 주까지 날아가서 헬렌의 아버지를 만나보고 싶습니다. 그런데 그렇게 할 만한 돈이 없습니다."
"그 사람에게 전화를 걸어보면 어떨까요?"
"전화도 좋지만 제 느낌으로는 전화로선 좋은 결과를 얻을 수 없어요. 아무래도 다루기 까다로운 사람인 모양이니까요."
고드윈은 잠깐 생각하다가 말했다.
"괜찮다면 내가 경비를 변통해 드리죠."
"그건 정말 감사합니다."
"감사할 것이 아니라 내 호기심이 강할 뿐입니다." 의사는 말했다. "왜냐하면, 나는 이 환자와 10년 이상 알고 있는 사이니까요. 철저한 치료를 위해서라면 다소의 돈은 아끼지 않습니다."
"그러나 먼저 알렉스와 이야기해 보고 싶습니다. 앞으로도 나를 고용할 마음이 있는지 어떤지 확인하려는 겁니다."
고드윈은 머리를 앞으로 기울이고 그대로 일어섰다. 그것은 나에게 인사를 하는 것이 아니었다. 그것은 가장 일반적이며 습관적인 인사이고, 이를테면 운명의 무게를 느끼면서 그 무게를 사람 어깨에 짊어지게 하려는 허락을 얻으려는 몸짓이었다.
"그렇다면 이리로 데리고 오지요. 이젠 면회 시간은 상당히 지났습니다."
고드윈은 복도 저쪽으로 사라졌다. 몇 분 지나서 알렉스가 혼자 왔다. 걸음걸이는 마치 지하 터널을 걷는 사람 같았으나 얼굴은 이를 데 없이 침착했다.
알렉스는 문가에서 멈춰섰다.
"당신이 왔다는 말은 고드윈 박사에게서 들었어요."
"여기서 만나리라고는 생각하지 않았습니다."
마음의 아픔과 당혹함이 청년의 얼굴에 얼핏 나타났다. 그 표정을 쫓아버리려는 듯이 청년은 손가락을 이마에 댔다. 그리고 사무실에 한 발짝 들여놓은 뒤 손을 뒤로 돌려 문을 닫고 나서 그 문에 기대었다.

"오늘 나는 바보짓을 했어요. 도망치다니 그건 겁쟁이가 하는 짓이에요."

"그것을 자기 스스로 인정하려면 용기가 필요합니다."

"변호해 주지 않아도 좋습니다." 청년은 날카롭게 말했다. "나는 정말 비겁한 사람이었어요. 이상한 이야기지만 아버님께서 흥분하면 나도 이상하게 그 영향을 받아요. 물리적인 공명 같아요. 아버지께서 혼란 상태가 되면 나도 혼란에 빠집니다. 하지만 전 아버지를 책망하지는 않습니다."

"나 같으면 책망하겠습니다."

"책망하지 마십시오. 당신에겐 책망할 권리가 없어요." 청년은 눈썹을 찌푸렸다. "마침 회사에서 사무 처리를 위해 계산기를 사용하려는 이야기가 나온 모양이에요. 아버님은 그 일로 머리가 혼란했기 때문에 그런 식으로 화풀이를 했을 거라고 생각합니다."

"그 뒤 여러모로 생각해 보았습니까?"

"네, 우리가 떠나기 전에 자기 자신에게 결혼 무효를 선고한다고 말했었지요? 아버님하고 함께 집에 돌아갔을 때는 정말 그런 기분이었어요…… 마치 내가 인간이 아닌 것처럼 말입니다." 기대었던 문을 등으로 밀어서 그는 혼자 힘으로 애써 일어서려고 했다. 두 팔은 아직 힘없이 축 늘어져 있었다. "하지만 멋진 일이에요. 무엇을 결정하는 것도 제 믿음에 달렸으니까요. 이렇게 할까 저렇게 할까를 내가 선택할 수 있으니까요."

괴로운 것은 그런 선택을 끊임없이 강요당하는 일이다. 하지만 그것 역시 체험함으로써 비로소 알게 되리라.

"부인의 몸 상태는 어떻습니까?"

나는 물었다.

"내 얼굴을 보고 기뻐하는 것 같았습니다. 아처 씨는 벌써 달리하고 얘기를 했습니까?"

"고드윈 박사가 허락해 주지 않았습니다."

"나한테도 처음에는 허락하지 않았어요. 달리에게 아무 질문도 하지 않는다고 약속하자 허락해 주셨어요. 전 약속은 지켰지만 권총 이야기는 해 버렸어요. 두 간호사가 신문 기사에 대한 이야기를 하고 있는 걸 들었다고 하면서……."

"이곳 신문에 나왔지요. 달리는 뭐라고 말하던가요, 권총에 관해서?"

"그것은 달리의 권총이 아닙니다. 틀림없이 누군가가 매트리스 밑에 숨긴 겁니다. 어떤 권총인지 말해 달라기에 내가 얘기해 주었더니 앨리스 이모님의 권총 같다고 말했어요. 이모님은 밤에는 언제나 침대 옆 테이블에 권총을 놓고 주무시는 모양이에요. 소녀 시절의 달리에겐 그 권총이 어쩐지 매력 있게 느껴졌답니다."

그는 깊이 숨을 들이쉬었다.

"달리는 이모님이 그 권총으로 자기 아버지를 위협하는 것을 본 모양이에요. 그런 것까지 얘기하게 하고 싶진 않았지만 달리는 일단 얘기를 시작하자 멈추질 않았어요. 그러다가 조용해졌지만."

"적어도 헬렌 해거티가 죽은 것은 자기 책임이라고 말하는 것만은 이제 그만둔 셈이군요."

"아닙니다. 아직 그만두지 않았어요. 그 일은 자기가 나빴기 때문이라고 아직 말하고 있어요. 모든 게 자기 책임이라고요."

"어떤 점이 달리의 책임이라는 겁니까?"

"상세한 이야기는 하지 않았습니다. 내가 못하게 했어요."

"고드윈 박사가 허락하지 않았겠죠?"

"그래요. 이제 주사 맞을 시간이라고 해서 중단시켰습니다. 어쩐지 의사 선생은 나보다 달리의 사정을 잘 알고 있는 것 같았어요."
"당신과 달리의 결혼을 무효로 하지 않으려는 겁니까?"
나는 물었다.
"물론입니다. 오늘 비로소 알았습니다. 이런 문제가 일어났을 때 사람이란 서로 상대방을 버리면 안 됩니다. 달리는 그것을 아는 것 같았어요. 이젠 내게서 떨어지지 않겠다고 말했어요."
"그 밖에 어떤 얘기를 했습니까?"
"그 밖엔 별로 얘기를 하지 않았어요. 다른 환자 이야기만 했어요. 허리뼈가 부러진 할머니가 있는데 침대에 얌전하게 누워 있지 않는답니다. 달리가 그 할머니 병구완을 하고 있는 것 같았어요."
이 일은 그 청년에게 중요한 일인 것 같았다.
"그러니까 달리 자신에게도 몹시 힘겨운 일만은 아닐 거예요."
이 말은 빙 돌려서 묻는 질문이나 다름없었다.
"그건 우선 의사 선생님과 찬찬히 상의해 보는 것이 좋겠죠."
"의사 선생님은 별로 얘기해 주지 않아요. 내일 달리에게 심리 테스트를 한다고 말씀하셨어요. 나도 제발 부탁드린다고 말했어요."
"나에게도 똑같은 말을 해줄 수 있습니까?"
"물론이죠. 그렇게 해주실 것으로 생각했어요. 이 사건을 해결하기 위해서라면 어떤 일이라도 해주십시오. 필요하다면 계약서를 써서라도……."
"그렇게까지 하지 않아도 상관없습니다. 다만 당신으로선 경제적인 부담이 듭니다."
"돈이 얼마나 들까요?"
"2000달러, 어쩌면 더 들지 모릅니다." 나는 애니와 필리스 월터스가 조사하고 있는 리노의 단서에 관한 것, 게다가 브리지턴의 과거를 캐어보고 싶다는 일 등을 알렉스에게 말했다. 그리고 내일 아침 일찍이 제리 마크스에게 상담해 보라고 권했다.
"마크스 씨는 일요일에도 상담을 받아 줍니까?"
"암요, 내가 미리 말해 두었습니다. 물론 수임료를 지불해야 합니다."
"저축 채권이 조금 있어요." 알렉스는 곰곰이 생각하더니 말했다. "게다가 보험증서를 담보로 돈을 빌릴 수도 있어요. 그렇지 않으면 차를 팔아도 됩니다. 벌써 지불은 끝났고 반값이라면 곧 팔 수 있어요. 스포츠카 대회라든가 그런 얼간이 소동에는 이제 완전히 싫증이 났어요. 그건 어린애들이 하는 짓이에요."

18

정면 입구의 벨이 울렸다. 그것에 대답하여 누군가가 사무실 문 앞을 빠른 걸음으로 지나갔다. 방문객으로서는 늦은 시각이다. 나는 방에서 나가 간호사를 따라 복도에서 입구 쪽으로 갔다. 환자 넷이 마치 외계로 열린 창문인 양 아직도 텔레비전 화면을 지켜보고 있었다.
벨을 누른 사람이 이번에는 꽤 거칠게 문을 두드리기 시작했다.
"잠깐 기다리세요." 간호사가 문 저쪽 사람에게 말했다. 그리고 열쇠를 열쇠구멍에 집어넣고 문을 약간 열었다. "누구시죠, 면회입니까?"
그 사람은 앨리스 젠크스였다. 그녀는 문을 열고 들어오려고 했으나 간호사는 흰 구두로 문을 단단히 누르고 있었다.
"조카딸인 달리 매기를 면회하려구요."
"그런 환자는 없어요."
"달리 킨케이드라는 이름을 쓰고 있는지도 몰라요."
"누구를 면회하든 선생님 허가가 없으면 들어오실 수 없어요."

"닥터 고드윈은 계신가요?"

"계시는 걸로 생각합니다만."

"불러 줘요."

그녀는 고압적으로 말했다.

라틴계의 흥분하기 쉬운 간호사 기질에 불이 붙었다.

"당신에게서 명령받을 이유가 없어요." 간호사는 속삭이는 듯한 낮은 소리로 대꾸했다. "조금 더 조용하게 말씀해 주실 수 없을까요? 이곳은 환자들이 요양하는 곳이니까요."

"닥터 고드윈을 불러 줘요."

"걱정 마세요. 불러 드리죠. 하지만 밖에서 기다려야 합니다."

"기꺼이 기다리겠어요."

간호사가 문을 닫으려고 했기 때문에 나는 재빨리 두 여자 사이에 끼어들어 젠크스에게 말했다.

"잠깐 제 말을 들어 주시겠습니까?"

젠크스는 수증기로 흐려진 안경 속에서 나를 보았다.

"당신도 여기 와 계셨군요?"

"나도 여기 왔습니다."

나는 한 발짝 내딛고 바깥 불빛 아래 섰다. 등 뒤에서 문이 닫히는 소리가 들렸다. 요양소의 온실 같은 분위기에서 나오자 바깥 공기가 차게 느껴졌다. 젠크스는 모피 깃이 달린 두툼한 코트를 입고 있었는데 그 탓인지 어둑한 곳에서는 꽤 몸집이 커 보였다. 모피에도, 희끗희끗해진 머리칼에도 물방울이 반짝이고 있었다.

"달리에게 무슨 용무이십니까?"

"당신과는 관계가 없어요. 달리는 내 조카니까요. 당신은 남이잖아요?"

"달리에게는 남편이 있습니다. 나는 그 사람의 대리인입니다."

"대리인도 좋지만, 이 거리에선 통용되지 않아요. 당신에게도, 달리의 남편에게도, 나는 관심이 없어요."
"그런데 갑작스레 달리에게 관심을 갖게 되셨군요. 역시 신문 기사와 관련이 있는 일입니까?"
"그럴지도 모르지요."
그녀는 변명 비슷하게 덧붙였다.
"달리에 대해선 그 애가 태어났을 때부터 난 관심을 갖고 있어요. 이래 봬도 제3자보다는 내가 그 애의 행복을 더 바라고 있어요."
"닥터 고드윈은 제3자가 아닙니다."
"그렇군요. 제3자라면 얼마나 좋을까?"
"어쨌든 달리를 여기서 데리고 나갈 생각은 아니겠죠?"
"그럴지도 모르고, 그렇지 않을지도 모르겠어요." 그녀는 핸드백에서 휴지를 꺼내 안경을 닦았다. 조그맣게 접은 신문이 핸드백 속에서 엿보였다.
"젠크스 씨, 달리의 침대에서 발견된 권총 기사를 읽으셨겠지요?"
눈에 떠오른 공포의 빛을 숨기려는 듯이 젠크스는 얼른 안경을 썼다.
"물론 읽었지요."
"뭔가 생각나는 것이 없습니까?"
"네, 내가 옛날에 갖고 있었던 권총 같았기 때문에 곧 읍내로 나가 법원에 가서 보여 달라고 했어요. 역시 내 권총 같았어요."
"확인할 수 없었습니까?"
"네, 그래요. 벌써 10년이나 보지 못했던 것이었으니까요."
"그걸 증명할 수 있습니까?"
"물론 증명할 수 있어요. 그 권총은 콘스턴스가 피살되기 전 우리 집에서 도둑맞았어요. 당시 크레인 보안관은 매기가 그 권총을 썼을 거라고 말했어요. 지금도 그렇게 생각하고 있을 거예요. 매기라면 쉽게 훔칠 수 있었으니까요. 내 침실에 있다는 걸 알고 있었어요."

"그런 말은 오늘 아침엔 말해 주지 않으셨어요."

"말한다는 걸 잊어버렸어요. 하지만 그건 단순한 추리니까요. 당신은 사실에 관심이 있으시겠죠?"

"사실에도, 추리에도 관심이 있습니다, 젠크스 씨. 그럼 경찰은 현재 어떻게 추리하고 있습니까? 매기가 미스 해거티를 죽이고 그 죄를 딸에게 뒤집어씌우려고 한다는 것일까요?"

"역시 매기는 무시할 수 없다고 생각합니다. 자기 아내에게 그런 일을 한 남자니까……."

그녀의 말끝이 목에 걸려 들리지 않게 되었다.

"그래서 경찰은 다시 한 번 매기의 죄를 증명하기 위해 딸을 이용하려는 것일까요?"

젠크스는 대답하지 않았다. 문 안쪽에 불이 켜지고 여러 가지 소리가 높아지더니 드디어 고드윈이 문을 여는 소리가 들렸다. 안에서 나온 의사는 엄숙한 웃음을 빙긋 떠올리면서 나에게 열쇠 꾸러미를 흔들어 보였다.

"들어오십시오, 젠크스 씨."

젠크스는 콘크리트 계단을 성큼성큼 올라갔다. 고드윈은 대기실에서 사람들을 내쫓고 있었는데 알렉스만은 벽가의 의자에 앉아 있었다. 나는 양보해서 꺼진 텔레비전 세트 옆에 서 있었다.

젠크스는 의사와 마주 앉았다. 하이힐 덕분에 두 사람의 키는 거의 같았다. 코트 탓에 어깨 폭도 거의 같았다. 완고함에 있어서도 거의 같을 것이다.

"닥터 고드윈, 당신이 하고 있는 일은 좋지 않아요."

"내가 무슨 일을 하고 있는데 그런 말을 하십니까?"
의사는 의자 팔걸이에 걸터앉으며 발을 포갰다.
"어물쩍 넘기지 마세요. 제 조카딸 일이에요. 경찰 당국에 도전하여 제 조카딸을 이곳에 숨겨 두고 있는 일 말이에요."
"도전이라니 당치도 않습니다. 나는 내 의무를 다하고, 보안관은 보안관의 의무를 다하고 있을 뿐입니다. 때때로 우리는 충돌하지만 그렇다고 해서 반드시 크레인 보안관이 옳고, 내가 틀렸다는 건 말이 안 됩니다."
"나하고도 그렇잖아요?"
"그렇겠죠. 당신하고는 전에도 비슷한 경우에 의견이 일치되지 않았지요. 그때에는 당신하고 친구인 보안관이 자기들 생각을 밀어붙였어요. 당신 조카딸에게는 대단히 불행한 일이었지만."
"그 증언은 조카딸에게 나빴다고만도 할 수 없습니다. 사실은 사실이니까요."
"충격은 충격입니다. 그 일 탓에 달리는 측량할 수 없을 만큼 깊은 상처를 입었습니다. 그 마음의 상처 때문에 지금도 괴로워하고 있습니다."
"정말 그렇게 괴로워하고 있는지 어떤지 제 눈으로 확인하고 싶군요."
"나중에 보안관에게 상세히 보고하기 위해서 말입니까?"
"선량한 시민은 당국에 협력하는 법이에요." 젠크스는 잘난 척 말했다. "하지만 지금 내가 여기 온 것은 보안관을 위해서가 아니에요. 나는 조카딸을 도우려고 왔어요."
"어떻게 도울 작정입니까?"
"집으로 데리고 돌아가겠어요."
고드윈은 머리를 좌우로 흔들면서 일어섰다.

"방해는 하지 않겠어요. 달리의 엄마가 죽고난 뒤 그 애의 후견인은 바로 나니까요. 법률도 내 편이에요."

"그건 잘못된 생각입니다." 고드윈이 냉정하게 말했다. "달리는 이미 미성년자가 아닙니다. 여기에 입원한 것은 본인의 자유로운 선택에 의한 것입니다."

"그건 직접 그 애를 만나보지 않고선 납득할 수 없어요."

"면회는 허락할 수 없습니다."

그녀는 한 발짝 내딛고 목을 쭉 뻗었다.

"당신은 누구처럼 행세하려는 건가요? 남의 집 일을 그렇게 명령하긴가요? 당신에겐 그 아이를 감금할 권리가 없어요. 나도 이 지방에서는 어느 정도 알려진 여자예요. 오늘도 새크라멘토에서 온 정부 고관들과 하루 종일 함께 지냈어요."

"어쨌든 당신 논리에는 따라갈 수 없습니다. 부탁이니 조금 더 낮은 소리로 말씀해 주십시오."

고드윈 자신은 내가 24시간 전에 처음 전화로 들었던 그 우울하고 단조로운 목소리로 말하고 있었다.

"다시 한 번 분명히 말씀드립니다만 당신 조카딸은 자기 자신의 자유의사로 여기에 머물고 있는 겁니다."

"그렇습니다." 알렉스가 말다툼에 참가했다. "처음 뵙겠습니다. 전 알렉스 킨케이드, 달리의 남편입니다."

그녀는 알렉스가 내민 손을 무시했다.

"달리가 여기에 남아 있는 것은 중요하다고 생각합니다." 청년은 말했다. "저는 고드윈 선생을 믿고 아내도 마찬가지입니다."

"정말 그렇다면 당신은 불쌍한 사람이군요. 나도 옛날에 이 선생에게 한 번 속아 넘어간 적이 있어요. 이 병원의 실정을 알기 전까지는."

알렉스는 영문을 모르겠다는 듯이 고드윈의 얼굴을 보았다. 의사는 비를 맞을 때처럼 손바닥을 위로 향하면서 젠크스에게 말했다.
"당신은 학교시절 사회학을 배웠겠죠?"
"배웠으면요?"
"당신 정도 학식이 있는 분이라면 정신과 개업의라는 것에 좀더 전문적인 태도로 대해 주길 바랍니다."
"정신과 개업의에 관한 것이 아니에요. 내가 말하려는 건 전혀 다른 일이에요."
"다른 일이라니?"
"입 밖에 내어 말할 수 없을 정도로 야비한 일이에요. 제가 동생 마음의 움직임을 눈치채지 못한 걸로 생각하세요? 지금도 확실히 기억하고 있어요. 제 동생은 토요일 아침 이 읍내로 외출할 때면 이상하게 들떠서 멋을 내곤 했어요. 얼마 뒤에는 더 가까운 곳에, 이 읍내로 이사해야겠다고 말했어요."
"나 때문이라는 뜻입니까?"
"동생은 그렇게 말했어요."
마치 얼굴빛이 어둠 속에 완전히 흡수되어 버린 듯이 고드윈의 얼굴은 창백해졌다.
"당신은 정말 어리석은 사람이오, 젠크스 씨. 이제 그만해요. 당장 돌아가 주시길 부탁합니다."
"제 조카딸을 만날 때까지는 돌아가지 않겠어요. 조카딸이 당신에게 어떤 취급을 받고 있는지 내 눈으로 보기 전까지는."
"당신은 달리에게는 해를 끼칠 사람이오. 당신이 지금과 같은 기분이라면 누구에게나 도움이 되지 않아요." 의사는 젠크스 옆을 지나 문 가까이 가서 그것을 열어젖혔다. "안녕히 가십시오." 젠크스는 꼼짝하지도 않았으며 의사를 쳐다보지도 않았다. 그녀는 방금 태풍처럼 마음속을 빠져 나간 분노에 눈이 어두웠는지 머리를 숙이고 서 있었다.

"완력으로 쫓겨나고 싶습니까?"

"한번 해보아요. 재판을 해야 하는 사태가 되더라도 전 몰라요."

그러나 젠크스의 표정에 부끄러움에 가까운 빛이 번지기 시작했다. 입은 상처받은 작은 짐승처럼 찌푸려져 있었다. 그 입은 본인이 예정하고 있었던 것 이상의 것을 말해 주고 있었다.

내가 팔을 잡고 "자, 젠크스 씨" 하고 말하자 그녀는 내가 이르는 대로 문 밖으로 걸어 나갔다. 고드윈이 문을 닫았다.

"어리석은 인간에겐 참을 수가 없어요."

의사가 말했다.

"하지만 제 일에 대해선 참아 주시는군요, 박사님."

"참아 보기로 하죠, 아처 씨." 의사는 깊이 숨을 들이마셨다가 그것을 한숨처럼 내쉬었다. "저 여자의 빈정거림에 얼마라도 진실이 담겨 있는지 어떤지 그걸 묻고 싶은 거죠?"

"그렇게 말해 주시니 저의 수고를 덜어 주시는군요."

"염려하지 않아도 됩니다. 나는 진실을 좋아합니다. 무엇보다 진리 탐구에 명예를 걸고 있는 몸이니까요."

"알겠습니다, 콘스턴스 매기는 당신을 사랑하고 있었습니까?"

"그렇습니다. 어떤 의미에서는 부인 환자가 의사를 사랑하는 것은 전통적인 현상이지요. 특히 나의 분야에서는 콘스턴스의 경우에 한정된 일은 아닙니다."

"이것은 어리석은 질문일지 모르겠습니다만, 당신은 콘스턴스를 사랑하고 있었습니까?"

"나도 어리석은 대답을 하겠어요, 아처 씨. 물론 나는 그녀를 사랑했어요. 유능한 의사가 자기 환자를 사랑하는 것처럼. 관능적이라고 하기보다는 모성적인 사랑입니다." 의사는 크게 벌린 양손을 가슴에 대고 가슴에서 나오는 목소리로 말했다. "나는 콘스턴스에게 봉사해 주고 싶었어요. 결과는 실패였지만요."

나는 잠자코 있었다.

"그럼, 이것으로 실례하겠습니다. 내일 아침은 일찍부터 회진이 있으니까요."

의사는 열쇠 뭉치를 잘그락거렸다.

바깥으로 나가자 알렉스가 내게 말했다.

"의사 선생의 이야기를 믿습니까?"

"거짓이라는 증거가 나오기 전까지는, 또는 나올 때까지는 알고 있는 모든 것을 얘기하는 것 같지만, 비단 의사들뿐만 아니라 누구라도 알고 있는 것을 모조리 얘기하지는 않는 법입니다. 아무튼 앨리스 젠크스보다는 고드윈 쪽을 나는 믿습니다."

청년은 자기 차를 타려다가 갑자기 돌아와서 요양소 전체를 가리켰다. 그 간소한 직사각형 정면은 마치 지하 요새 토치카처럼 안개 속에 떠올라 있었다.

"달리를 저곳에 두어도 안전할까요, 아처 씨?"

"길거리에 방치되어 있거나 유치장에 들어 있기보다는, 또 경찰 부속병원 의사에게 맡겨져 있기보다는 훨씬 안전할 겁니다."

"그리고 이모님 집에 있기보다는?"

"맞아요. 젠크스 씨는 이치도 닿지 않는 일을 멋대로 하고, 자기 딴으로는 누구보다도 훌륭한 일을 한다는 기분으로 있어요. 흔히 있는 타입의 여자죠. 마치 호랑이 같습니다."

청년의 눈은 아직 요양소 정면을 보고 있었다.

건물 안쪽에서 오늘 아침에 들었던 그 무서운 외침소리가 다시 들려 왔다. 그것은 바람에 불려 사라지는 바닷새의 울음소리처럼 금세 멀리 사라졌다.
 "달리와 함께 있고 싶어요. 달리를 보호해 주고 싶어요."
 알렉스는 말했다.
 그는 착한 청년이었다.
 나는 돈 이야기를 끄집어냈다. 알렉스는 지갑에 있는 돈을 모두 내주었다. 나는 그 돈으로 시카고행 항공기 왕복표를 샀으며, 국제공항에서 마지막 편을 탔다.

19

 나는 브리지턴 시를 통과하지 않는 렌터카로 유료 도로에서 빠져나와 시 외곽의 주택 지구를 달렸다. 행선지인 비즈니스 센터에도 높낮이가 저마다 다른 고층건물의 한 무리가 보였고, 그 왼쪽 거리의 남쪽에는 몇 개의 공장이 보였다. 일요일 아침이었기 때문에 단지 하나의 굴뚝에서만 푸른 하늘에 연기를 뿜어내고 있었다.
 나는 주유소에 차를 세워 전화번호부에서 알 호프만의 주소를 찾아보았다. 호프만은 체리 거리에 살고 있었다. 그 거리의 위치를 묻자 주유소 종업원은 막연히 공장 방향을 가리켰다.
 그곳은 2층 건물이 서 있는 중산층의 거리였다. 거리 중심부에서 바깥으로 뻗어 있는 지역은 공장의 탁한 공기가 흘러들고 있기는 하나, 아직 심각하게 오염되지는 않았다. 호프만의 집은 주변 집들과 마찬가지로 지저분하게 때가 묻은 하얀 칠을 한 벽돌집이었는데, 현관 포치만은 비교적 최근에 페인트칠을 새로 한 모양이었다. 현관 앞에 시보레의 낡은 쿠페가 서 있었다.
 벨은 망가져 있었다. 나는 스크린 문을 두드렸다. 길쭉한 얼굴에 늙수그레해 보이는 젊은 사람이 안쪽 문을 열고 스크린 너머로 슬픈 듯한 표정으로 나를 보았다.

"해거티 씨입니까?"

"네."

나는 이름과 직업과 주소를 그에게 알렸다.

"실은 당신의 부인에게서…… 당신의 전 부인은 살해되기 직전에 나하고 이야기를 했습니다."

"무서운 사건이었어요."

어서 들어오라고 말하는 것도 잊고 해거티는 문가에 멍하니 서 있었다. 지난 밤을 새운 것 같은 우울하고 졸리는 듯한 표정이었다. 흰머리가 눈에 띄지는 않았으나, 더부룩하게 난 턱수염은 희끗희끗했다. 조그마한 눈에는 지적인 고민에 어울리는 날카로운 빛이 반짝이고 있었다.

"실례해도 괜찮겠습니까, 해거티 씨?"

"글쎄, 어쩌면 좋을는지요. 알 호프만 씨는 몹시 자제심을 잃고 있습니다."

"그러나 따님과는 의절 상태로까지 갔던 것 아니었나요?"

"그렇습니다. 그렇기 때문에 더 안타까운 것이 아닐까요? 사랑하는 사람에게 화를 내는 경우 마음속으로는 언젠가는 화해할 기회가 있을 거라고 은근히 기대하는 법입니다. 그런데 그 가능성도 이젠 없어졌어요."

해거티는 장인을 대변하고 있었으나 그것은 동시에 자기 자신의 기분인 것 같았다. 몸 양쪽에 드리운 손이 왠지 이상하게 움직였다. 오른쪽 손가락은 니코틴으로 노랗게 물들어 있었다.

"호프만 씨의 슬픔에 동정하는 바입니다." 나는 말했다. "하지만 아무튼 직접 만나 이야기하지 않으면 안 됩니다. 제가 일부러 캘리포니아에서 여기까지 온 것은 드라이브를 즐기기 위해서가 아니니까요."

"네, 그건 그렇겠죠. 아버님을 만나 무슨 얘기를 하시려는 겁니까?"

"따님이 피살된 사건에 대해서입니다. 사건 해결을 위해 호프만 씨의 조력이 필요합니다."

"그 사건은 벌써 해결되지 않았습니까?"

"아닙니다."

"그럼, 그 대학생은 혐의가 없다는 말입니까?"

"그렇게 될 것 같습니다." 나는 일부러 막연한 대답을 했다.

"나중에 상세히 이야기하겠습니다. 그 전에 호프만 씨와 먼저 이야기하고 싶습니다."

"그렇다면 그렇게 합시다. 다만 이야기 상대가 될 수 있는 상태인지 어떤지, 그게 좀……."

이 말의 뜻은 해거티의 이른바 '알 호프만의 소굴'로 안내받고 나서야 이해할 수 있었다. 그곳에는 덮개 달린 사무용 책상과 팔걸이의자, 그리고 소파 겸용 침대가 있을 뿐이었다. 위스키 냄새와 담배 연기가 뒤섞인 속에 덩치 큰 노인의 모습이 보였다. 오렌지빛 파자마를 입고 소파 겸용 침대에 누워 긴 베개에 머리를 얹고 있었다. 그 망연한 얼굴을 강한 스탠드 빛이 비추고 있었다. 눈은 초점을 잃은 듯했다. 오렌지빛 표지의 잡지를 손에 들고 있었는데 그것은 파자마 색깔과 묘한 조화를 이루고 있었다. 노인의 머리 위 벽에는 장총과 엽총, 권총이 즐비하게 장식되어 있었다.

"잃어버린 날들을 회상하면……."

노인은 쉰 목소리로 말했다.

고참 경찰관은 그런 식으로 말하진 않는 법이다. 알 호프만은 고참 경찰처럼 보이지는 않았다. 몸은 탄탄하고 크며, 프로 미식 축구선수나 영락한 프로레슬러를 꼭 닮았다. 코는 언젠가 한번 망가진 흔적이 있었다. 흰 머리는 모나게 깎았고 입술은 비뚤어진 쇠붙이처럼 보였다.

"아름다운 시로군, 버트." 쇠 같은 모양의 입술이 말했다.

"그렇군요."

"친구가 왔나, 버트?"

"캘리포니아에서 온 아처 씨입니다."

"캘리포니아라니? 그곳은 우리 헬렌이 살해된 곳이 아니냐?"

노인은 흐느껴 울었다. 아니, 딸꾹질을 하고 있었는지도 모른다. 이윽고 노인은 몸을 미끄러뜨려 소파 끝까지 와서는 맨발을 방바닥에 '쾅' 하고 내려놓았다.

"내 딸 헬렌을 알고 있다구…… 알고 있단 말인가, 자넨?"

"알고 있었습니다."

"그건 반가운 일이야." 그는 내 양손을 붙들고 비틀거리며 일어섰다. "헬렌은 똑똑한 아이였지. 방금 헬렌의 시를 읽고 있었다네. 시티 칼리지 시절, 아직 열 몇 살 때에 쓴 시였지. 기다리게, 보여 줄 테니까."

노인은 아까 방바닥에 떨어뜨린 오렌지빛 표지의 잡지 여기저기를 손으로 더듬거리며 찾기 시작했다. 잡지는 〈브리지턴 플레이저〉라는 제목인데 아마도 학교 교지 같았다.

해거터는 그것을 주워 올려 노인에게 건네주었다.

"너무 선전하지 말아요, 아버님, 헬렌의 시가 아니니까요."

"헬렌의 시가 아니라고? 그럴 리가 있나. 여기에 머리글자가 적혀 있는데."

노인은 페이지를 찾았다.

"이것 봐."

"하지만 그건 베를렌(프랑스의 시인)의 시를 번역한 거예요."

"베를렌? 그런 이름은 몰라." 호프만은 내 쪽으로 돌아서 잡지를 내밀었다. "자, 자네가 읽어 보게. 가엾은 헬렌은 그만한 재능이 있었어."

나는 읽었다.

    가을날
    비올롱의
    탄식 소리
    몸에 사무쳐
    오직 슬프기만 하네

    종소리에
    가슴 설레고
    세월은 흘러
    눈물짓는다

    지난날의
    추억

    지금 나는
    영락한 몸 되어
    여기저기
    정처 없이
    떠도는
    낙엽인가.
          ——H. H

호프만은 초점이 흐린 한쪽 눈으로 내 얼굴을 보았다.
"아름다운 시가 아닙니까, 아처 씨?"
"아름답군요."
"이해를 하면 더 아름다울 겁니다. 당신은 이해합니까?"
"그렇습니다."
"그렇다면 드리겠소. 가엾은 헬렌의 추억으로 갖고 가요."
"하지만 그건……."
"괜찮으니까, 갖고 가요."
 노인은 그 잡지를 둘둘 말아서 위스키 냄새가 풍기는 입내를 내 얼굴에 뿜으면서 내 윗옷 호주머니에 찔러 넣었다.
 해거티가 내 어깨 근처에서 속삭였다.
"가져 가요. 그렇지 않으면 화를 내실 거예요."
"그렇고 말구. 갖고 가지 않으면 화를 낼 거요."
 호프만은 나에게 느슨한 웃음을 빙긋 지어 보였다. 그리고는 왼쪽 주먹을 꼭 쥐고 결함은 없는지 점검한 다음 그 주먹으로 자기 가슴을 두드렸다. 그러고 나서 갈지자 걸음으로 사무용 책상에 가까이 가서 그 뚜껑을 열었다. 그 안에는 술병 몇 개와 낡은 타이프라이터 한 대가 들어 있었다. 노인은 다섯 번째의 버번을 텀블러에 반쯤 붓고 그것을 단숨에 다 마셨다. 사위는 작은 목소리로 뭐라고 말했지만 노인을 말리려고는 하지 않았다.
 호프만은 심하게 휘청거렸다. 이마에 땀이 솟았다. 그 탓에 노인은 얼마쯤 제정신으로 돌아온 것 같았다. 눈의 초점은 나에게로 향했다.
"한잔 마시겠나?"
"좋습니다. 물을 타 주십시오." 여느 때면 나는 오전 중에는 술을 마시지 않지만 이것은 보통의 경우가 아니었다.

"얼음과 글라스를 가져 오게, 버트. 아서 씨가 한잔 하려는 모양이야. 자네는 거드름 피우느라고 나하곤 마시지 않지만, 아서 씨는 마시려고 해."

"이분은 아서가 아니라 아처 씨라고 합니다."

"글라스 두 개를 갖고 오게." 노인은 다시 느슨한 웃음을 빙긋 떠올리고 말했다. "아처 씨도 마신다고 했어. 자 앉게." 노인은 나에게 말했다. "몸을 편히 하고, 가엾은 헬렌의 이야기를 해주게나."

우리는 소파에 앉았다. 나는 간추려서 살인 상황과 협박 전화 등에 대해 말하고 브리지턴이 뒤쫓아 온다고 하는 헬렌의 말을 전했다.

"그건 무슨 뜻이지?" 웃음의 주름은 여전히 희극배우의 메이크업처럼 노인의 얼굴에 새겨져 있었으나, 빙긋 웃는 표정은 이미 단순한 입술 모양으로 변해 있었다.

"나는 그 뜻을 알려고 멀리에서 찾아왔습니다."

"나에게서 들으려고 말인가? 왜 나한테서? 나로선 헬렌의 마음 속 일들은 알 수 없었어. 헬렌은 조금도 가르쳐 주지 않았거든. 이 애비보다 훨씬 머리가 좋은 딸이었으니까." 노인의 기분은 술꾼에게 따라다니는 자기 연민 쪽으로 크게 기울고 있었다. "나는 악착같이 일해서 내가 받지 못했던 교육을 애써 딸에게 시켜 주었는데, 그 애는 그런 가엾은 애비의 기분 따위는 눈곱만큼도 생각해 주지 않았어."

"대체 무슨 말다툼으로 헬렌이 집을 나간 겁니까?"

"그 말은 헬렌에게서 들었나?"

나는 고개를 끄덕거렸다. 미세스 호프만의 일은 덮어 두는 편이 좋을 것이다. 이 노인은 무슨 일이든지 아내에게 선수를 뺏기면 불끈 화를 내는 성미의 사나이였다.

"이 나를 가리켜 악당이라느니, 나치스라느니 못된 말을 했다는 걸 그 애는 말했는가? 자네도 경찰관이라면 내 마음을 이해할 걸세. 자기 딸에게 배신당하면 얼마나 슬픈지." 노인은 비스듬히 내 얼굴을 바라보았다. "자네도 경관이었나?"

"예전엔 경찰관이었습니다."

"지금은 뭘 하고 있나?"

"사립 탐정입니다."

"누구의 부탁을 받았나?"

"당신이 모르시는 킨케이드라는 사람입니다. 나는 따님과 얼마쯤 교제가 있었기 때문에 개인적인 흥미에서 범인을 추적하고 있습니다. 그 결과 어쩌면 이 브리지턴에 해결의 실마리가 있을 듯한 느낌이 들었어요."

"그건 무슨 말이지? 헬렌은 올봄까지 거의 20년 동안 이 거리에는 오질 않았어. 올봄에 돌아온 것도 제 엄마한테 이혼 이야기를 하려고 왔던 걸세. 저 사내와 헤어지겠다는 말을 하러 왔었지."

노인은 부엌 쪽을 가리켰다. 그곳에서 버트 해거티가 얼음을 깨고 있었다.

"그때 당신하고는 무슨 이야기를 하지 않았습니까?"

"한 번 얼굴을 보였을 뿐이야. '안녕하셨어요, 아버지, 건강하세요?' 그것뿐이었네. 버트하고는 이제 같이 살 수 없다고 말하러 온 거야. 제 엄마가 아무리 타일러도 소용없었어. 버트는 리노까지 따라가면서 돌아오라고 설득했지만 역시 실패했네. 버트는 여자를 붙잡아 둘 사내가 못 돼."

호프만은 술을 다 마시자 텀블러를 방바닥에 놓았다. 웅크린 그 자세대로 1분쯤 움직이지 않았다. 나는 그가 기분이 나빠진 것인지, 아니면 졸도라도 하는 건 아닌지 걱정됐다. 그러나 노인은 이윽고 전의 자세로 돌아와 나에게 도움을 주고 싶다는 말을 중얼거렸다.

"감사합니다. 그러면 루크 딜로니에 대해서 가르쳐 주십시오."
"내 친구일세. 전쟁 전, 이 도시의 거물이었지. 루크에 대해서도 말했는가, 헬렌은?"
"좀더 상세히 가르쳐 주십시오, 경위님. 당신은 코끼리처럼 기억력이 좋으시다면서요?"
"헬렌이 그렇게 말했는가?"
"네."
양심의 조그마한 흔들림도 없이 나는 서슴없이 거짓말을 했다.
"그럼 헬렌도 애비를 어느 정도 존경하고 있었던 모양이로군."
"대단히 존경하고 있었습니다."
노인은 마음속 깊이 안심한 듯이 숨을 크게 내쉬었다. 이 안도감도 곧 사라질 것이다. 남자가 고민을 잊으려고 느긋이 앉아 술을 마시기 시작할 때는 어떤 기분이든 간에 곧 사라지기 마련이다. 그러나 지금 노인은 기분이 좋았다. 여러 해 동안 아버지와 딸 사이의 싸움에서 딸이 한 발짝 양보했다고 믿었기 때문이다.
"루크는 1903년 스프링 거리에서 태어났지."
노인은 신중한 어조로 말했다.
"번지는 2100번지, 내가 어렸을 때 살았던 집에서 남쪽으로 두 블록 떨어진 곳이었어. 나하고 초등학교 때부터의 친구였지. 그 녀석은 신문배달을 해서 저축한 돈으로 학급 안에 발렌타인데이 카드를 돌리는 아이였어. 정말 그랬어. 루크는 교장 선생님과 함께 교내 모든 학급을 돌면서 암기 실력을 보여준 적도 있었지. 아무튼 머리가 좋은 녀석이었어. 그것만은 확실해. 학년을 2년이나 뛰어넘어 진급했거든. 어쨌든 전도유망한 아이였지.

학교를 졸업하자 딜로니는 시멘트 회사의 직원이 되었는데 제1차 세계대전 뒤 건축 관계에서 이 회사는 크게 신장했어. 루크는 그동안 저축한 돈으로 시멘트 믹서를 사서 자기 장사를 시작했지. 20년대의 루크는 대단했어. 가장 번성한 시기에는 이 지방 여러 도시에 500명 이상의 사원을 거느리고 있었으니까. 불경기가 와도 마찬가지였지. 부동산 매매와 건축업을 양손에 쥐고 있었으니까. 그 무렵은 공공사업이 번창한 시대라서 루크도 연방정부나 주 당국을 상대로 큼직한 거래를 텄지. 그러는 중에 오즈번 상원의원의 딸을 아내로 맞았는데 이것 역시 루크에겐 절대로 손해는 되지 않았어."

"미세스 딜로니는 아직 건재하다면서요?"

"건재하고말고. 상원의원이 1901년에 이 도시 북쪽 그렌뷰 거리에 세운 집으로 103번지였어."

기억력이 아주 뛰어난 인물이라는 명칭에 먹칠을 하지 않으려고 노인은 머리를 쥐어짜듯이 하여 덧붙여 말했다.

나는 그 번지를 기억에 새겨 두었다. 딸깡딸깡하는 소리를 울리면서 버트 해거티가 양은쟁반에 얼음물과 글라스를 얹어서 방으로 들어왔다. 내가 책상 위에 공간을 만들었고 그곳에 해거티는 쟁반을 놓았다. 브리지드인이라는 여관 이름이 박혀 있는 쟁반이었다.

"꽤 시간이 걸렸구나."

호프만이 거침없이 말했다.

해거티의 표정이 굳어졌다. 눈이 코의 양옆에 모인 것처럼 보였다.

"그런 식으로 말씀하지 마세요, 아버님. 저는 이 집 하인이 아닙니다."

"그런 말을 듣기 싫으면 좀더 빨리빨리 움직이면 어떠냐?"

"장인께서 취하신 건 알지만, 무슨 일에나 한계라는 것이……."

"누가 취했다고? 난 취하지 않았어."

"벌써 24시간이나 계속 마시고 있잖습니까?"

"그러니까 어떻다는 건가? 술로 울분을 씻는 것이 왜 나쁘다는 거야? 내 머리는 종소리처럼 맑아. 아서 씨에게 물어봐. 아니지, 아처 씨지."

무자비하게도 해거티는 날카로운 높은 소리로 웃기 시작했다. 그것은 몹시 기묘한 웃음소리였기 때문에 나도 모르게 겉치레의 말로 그것에 대항하려고 했다.

"경위님께 이 도시의 역사를 알아보고 있는 중입니다. 경위님은 코끼리처럼 기억력이 강하신 분이죠."

그러나 호프만의 기분은 벌써 바뀌고 있었다. 비틀거리며 일어나자 노인은 해거티와 나에게 다가왔다. 그의 두 눈이 해거티와 나를 노려보았다. 나는 병으로 앓는 곰과 그 사육사가 한 우리 속에 갇힌 듯한 기분이 들었다.

"무엇이 우습냐, 버트? 내가 슬퍼하는 것이 우습단 말인가? 그래? 자네가 어엿한 남자로서 아내를 단단히 장악하고 있었다면 헬렌은 죽지 않았을 거야. 리노 근방까지 쫓아가서 왜 데려오지 못했지?"

"무엇이나 제 탓으로 돌리지 말아 주세요." 해거티는 다소 난폭하게 말했다. "그래도 헬렌하고는 사이좋게 지냈어요. 헬렌에게 아버지 콤플렉스만 없었더라면……."

"듣기 싫어, 이런 얼간이 같은 인텔리. 무기력한 인텔리, 까다로운 말을 할 줄 안다고 해서 뽐내지 마라. 뭐야, 나를 가리켜 장인이라고 부르다니. 나하고 넌 인척이 아냐. 내가 미리 알고 있었더라면 헬렌을 자네 따위하고는 결혼시키지도 않았을 거야. 인척도 아닌 사람이 이 집에 들어와서 나더러 술 마시지 말라니 말이나 돼? 자넨 대체 뭐야? 잔소리 할망구인가?"

해거티는 아무 말도 할 수 없게 되어 구원을 바라는 듯이 내 얼굴을 쳐다보았다.

"제기랄, 모가지를 비틀어 줄 거야."

장인은 말했다.

나는 두 사람 사이에 파고들었다.

"폭력은 그만두세요, 경위님. 경찰관이 폭력을 쓴다는 건 말이 안 됩니다."

"이 얼간이 녀석이 날 깔보았어. 술에 취했다고? 잘못했다고 빌어. 사과하란 말이야!"

나는 해거티 쪽을 향해 한쪽 눈을 찡긋해 보였다.

"호프만 경위님은 술에 취하지 않았어요, 버트. 술을 마시는 건 이분의 자유입니다. 잠깐 바깥에 나가 주시지 않겠습니까? 무슨 일이 일어나면 곤란하니까."

해거티에게 반대 의견이 있을 리 없다. 나는 해거티를 따라 밖으로 나왔다.

"벌써 세 번이나 네 번째입니다." 해거티는 목소리를 낮추어 말했다. "나도 화나게 만들 생각은 없었어요."

"잠깐 머리를 식히도록 합시다. 내가 옆에 붙어 있겠어요. 당신하고는 나중에 여러 가지로 이야기를 나눕시다."

"바깥에 있는 내 차 안에서 기다리겠습니다."

나는 곰의 우리 안으로 다시 돌아갔다. 호프만은 양손으로 머리를 감싸고 소파 끝에 앉아 있었다.

"제기랄, 재미없는 일뿐이야." 노인은 말했다. "계집애 같은 버트 해거티 녀석이 사사건건 내 신경을 건드리고 있어. 그 녀석은 무엇 때문에 우리 집에 눌어붙어서 언제까지나 싫은 짓만 하는 거지?" 노인의 기분은 또다시 변했다. "아무튼 당신은 나를 버리지 않았군. 자, 염려 말고 마시게."

나는 묽은 하이볼을 만들어 그것을 들고 소파로 돌아가 앉았다. 호프만에게 술을 더 권할 수는 없었다. 흔히 술에 진리가 담겨 있다고는 하지만, 호프만처럼 술로 목욕할 정도로 마셨다가는 위스키에서 환상의 쥐들이 줄줄이 뛰쳐나와 발을 뜯어 먹힐 것이 뻔한 노릇이기 때문이다.

"아까는 루크 딜로니가 점점 번창하는 이야기를 했던가?"

노인은 눈을 가늘게 뜨고 내 얼굴을 보았다.

"자넨 무슨 까닭으로 딜로니에게 흥미를 갖고 있는 거지? 녀석이 죽은 것은 벌써 22년 전이야. 22년하고도 3개월이 돼. 자기가 자기를 쏴 버린 거야. 그건 아마 자네도 알고 있을 테지?"

그의 눈에 잠시 지적인 빛이 떠올랐다가 눈의 초점은 내 얼굴에 멎었다.

나는 그 지적인 빛을 향해 말을 했다.

"노인과 딜로니는 무슨 관계가 있었습니까?"

"없었어. 헬렌도 녀석에겐 관심이 없었어. 헬렌이 반했던 사람은 엘리베이터 보이인 조지였지. 나더러 채용하라고 졸라서 그것을 알게 되었어. 그 무렵 나는 딜로니 아파트의 관리인을 하고 있었거든. 루크 딜로니하고 나는 그런 사이였지."

노인은 둘째손가락 위에 가운뎃손가락을 얹으려고 했다. 그는 몇 번이고 시도해 보았지만 결국 미끌어져 버렸다. 나중에는 다른 손의 도움을 빌어서 겨우 성공했다. 노인의 손가락은 소시지처럼 굵은 데다가 얼룩이 져 있었다.

"루크 딜로니는 어느 편인가 하면, 호색한이었어."

노인은 즐거운 듯이 말했다.

"그러나 친구 딸에게 손을 대지는 않았어. 게다가 젊은 여자를 싫어했어. 아내도 10년쯤 연상이었거든. 아무튼 내 딸에게는 손을 내밀지 않았어. 그런 짓을 했다간 나한테 맞아 죽을 테니까."
"그래서 죽였습니까?"
"자네, 그런 바보 같은 질문은 하지 말게. 자네가 내 마음에 들었으니까 망정이지 그렇지 않았다간 쏘아 버렸을 거야."
"농담한 겁니다."
"난 루크에겐 아무 감정도 없었어. 공명정대한 관계였거든. 게다가 아까도 말했지만 녀석은 자기 자신을 쏜 거야."
"자살입니까?"
"아닐세. 무엇 때문에 루크가 자살해야 한단 말인가? 녀석에겐 돈도 있고 여자도 있고 위스콘신 주에는 별장까지 있었어. 그곳으로 녀석은 나를 두세 번 데리고 갔었지. 아무튼 그건 사고였어. 서류에도 그렇게 썼으며 그것이 사실이었어."
"어떠한 상황이었습니까, 경위님?"
"루크는 32구경의 자동 권총을 분해해서 청소하고 있었네. 권총 휴대 허가는 제대로 받아 두었거든⋯⋯. 내가 말해 줘서 얻은 거지만⋯⋯. 루크는 여느 때 많은 돈을 지니고 다녔으니까. 그런데 안전 장치를 풀어 놓고 있었는데, 총알이 들어 있는 걸 깜박 잊었던 거야. 그것이 폭발하여 바로 얼굴에 맞은 거지."
"장소는요?"
"오른쪽 눈이었어."
"아니, 그 사고가 일어났던 장소 말입니다."
"루크의 아파트 침실 중의 하나였지. 딜로니 빌딩의 맨 꼭대기 층 방을 쓰고 있었네. 그 방에서 나도 몇 번인가 같이 술을 마셨어. 전쟁 전의 그린 리버란 술 말일세." 노인은 내 정강이를 두드리며 내가 술잔에 전혀 입을 대지 않고 있다는 걸 눈치채고 말했다. "자, 죽 단숨에 마시게."

나는 반쯤을 단숨에 마셨다. 그 술은 전쟁 전의 그린 리버는 아니었다.

"그 사고 때, 딜로니는 술을 마신 상태였습니까?"

"응, 그랬던 걸로 생각되네. 녀석은 권총을 많이 다루었으니까, 말짱한 정신이었더라면 실수했을 리가 없잖아."

"그 방에는 따로 누가 있었습니까?"

"아닐세."

"확실합니까?"

"확실해. 내가 책임지고 조사했으니까."

"여느 때, 그 방에는 누군가가 딜로니와 함께 살고 있었습니까?"

"뭐라고 할까, 눌러 살고 있었던 사람은 없었어. 루크 딜로니는 여러 여자와 관계가 있었으니까, 그 한 사람 한 사람 만나보았지만 사건이 일어났을 때 1마일 이내에 있었던 사람은 하나도 없었네."

"그들은 어떤 여자들입니까?"

"하찮은 소녀들로부터 이 거리에 사는 어엿한 유부녀까지 여러 타입이었다네. 그 여자들의 이름은 당시 기록에 남기지 않았고 앞으로도 물론 남기지 않기로 했어."

노인의 목소리에는 협박적인 울림이 있었다. 나는 이 화제에 깊이 파고들지 않았다.

호프만이 무서웠기 때문이 아니다. 나는 이 노인보다 적어도 15살이나 젊고 몸 속에 알코올 성분도 훨씬 적었다. 다만 진짜로 싸움이 붙었을 경우, 이 노인에게 상처를 입혀서는 안 될 것이다.

"미세스 딜로니는 어땠습니까?"

"어땠느냐니, 무슨 뜻인가?"

"사건 당시 어디에 있었습니까?"

"그렌뷰 거리의 자택에 있었지. 딜로니와는 별거 중이었거든. 부인은 이혼하지 않겠다고 했어."

"이혼하고 싶지 않다고 하는 사람은 흔히 살인을 하고 싶어하죠."

호프만은 덤벼들 듯이 어깨를 으쓱였다.

"내가 살인을 말소시켰다는 건가?"

"그런 말은 하지 않았습니다, 경위님."

"아무 말도 하지 않는 게 좋아. 알겠나, 난 경찰관이야. 철두철미한 건 옛날이나 지금이나 다름없어." 노인은 주먹을 들고 그것을 자기 눈앞에서 최면술처럼 빙빙 돌렸다. "나는 평생 착실한 경찰관이었네. 젊었을 무렵에는 이 거리에서 첫째가는 우수한 순경이었지. 젊었을 때의 나를 위해 건배하세." 노인은 텀블러를 들었다. "자네도 건배해 주겠나?"

"그러죠." 나는 말했다. 막연하기는 하나 우리는 충돌할 항로를 향해 나아가고 있었다. 알코올은 그 충돌을 누그러뜨려 줄지 모른다. 또는 그 전에 노인을 침몰시켜 줄지도 모른다. 나는 내 몫을 다 마시고 상대편에게 글라스를 넘겨주었다. 노인은 그 글라스에 새로 위스키를 넘치도록 부었다. 그리고는 털썩 주저앉아서 자기 생애가 잠겨 있는 우물 속을 들여다보듯 갈색의 액체를 노려보았다.

"마음껏 마셔 보세, 밑바닥까지."

노인은 말했다.

"자, 천천히 마십시다, 경위님. 자살할 생각은 아니시겠지요?"

이렇게 말해 버린 것은 자칫하면 이 노인이 자살할지도 모른다는 생각이 들었기 때문이었다.

"뭐야, 자네까지 나한테 참견하려는 거야? 맘껏 마셔. 맘껏."

노인은 단번에 술잔을 비우고 몸을 떨었다. 나는 술잔에 입을 대지 않았다. 노인은 곧 그것을 눈치챘다.

"여봐, 마시지 않겠나? 어쩔 작정이야? 나한테 한방 먹을 셈인가? 나의 모처럼의 접대…… 접대를……."

이제는 완전히 혀가 꼬부라져 있었다.

"언짢게 여기지 마십시오. 전 대접받으러 온 게 아닙니다, 경위님. 당신 따님을 죽인 범인을 꼭 찾아내고 싶습니다. 만일 딜로니가 피살되었다고 하는 경우……."

"피살된 게 아냐."

"만일 그렇다고 할 경우, 헬렌을 죽인 사람과 동일 인물의 짓인지도 모릅니다. 헬렌이나 다른 사람에게서 들은 이야기를 여러 가지로 생각해 보면 아무래도 그런 것 같습니다. 당신은 그렇게 생각하지 않습니까?"

나는 호프만의 마음을 어떻게 해서든지 정리해 보려고 애썼다. 이 노인의 마음속에는 술에 취한 감상적인 부분이 있고, 취기에 의존한 폭력적인 부분이 있고, 게다가 지적인 부분까지 잠재되어 있었다.

"딜로니는 사고사였어."

그는 뚜렷하고 고집스럽게 말했다.

"헬렌은 그렇게 생각하지 않았어요. 타살이라고 말했어요. 그 목격자를 알고 있다고 했어요."

"헬렌은 거짓말을 한 거야. 나에 대한 화풀이로 비꼬아서 한 말이야. 헬렌은 무슨 일이든지 이 애비를 괴롭히는 일만 생각해내곤 했거든."

노인의 목소리가 높아졌다. 우리는 망연하게 앉은 채 그 목소리가 메아리쳐 울리는 소리에 귀를 기울였다. 노인은 글라스를 떨어뜨렸는데 그것이 카펫 위에서 튕겼다. 노인은 이것이 최고의 표현 수단이라는 듯이 다시금 주먹을 꽉 거머쥐었다. 나는 그가 날 때릴 것으로 예상했으나, 노인의 상대는 내가 아니었다.

호프만은 격렬하게 몇 번이고, 몇 번이고 자기 자신의 얼굴을 때렸다. 눈, 뺨, 입, 턱을. 금세 진흙색 피부에 거무스름한 구타 자국이 생겼다. 아랫입술은 터졌다.

피투성이의 입술로 호프만은 말했다.

"내 귀여운 딸을 망친 것은 바로 나야. 내가 때려서 집에서 내쫓았어. 딸은 다시는 집에 돌아오지 않았어."

순수한 증류 알코올 빛, 아니면 슬픔의 빛인 커다란 눈물방울이 그의 부은 눈에서 떨어져 멍투성이의 얼굴에 흘러내렸다. 노인은 소파 옆으로 쓰러졌다. 죽은 건 아니었다. 심장은 확실히 고동치고 있었다. 나는 노인의 몸을 꼿꼿이 펴서 눕혔다. 다리는 모래주머니처럼 무거웠다. 머리 밑에 긴 베개를 베어 주었다. 보이지 않는 눈으로 전등을 곧장 노려보면서 노인은 코를 골기 시작했다.

나는 사무용 책상의 덮개를 닫았다. 술병을 책상 안에 모두 집어넣고 열쇠로 잠근 다음 전등을 끄고 밖으로 나왔다.

20

버트 해거티는 앞이 막막하다는 표정으로 시보레 쿠페 안에 앉아 있었다. 나는 옆 좌석에 앉자 열쇠를 건네주었다.

"이건 무엇입니까?"

"술병을 넣어둔 책상 열쇠입니다. 당신이 가지고 있으세요. 호프만은 이제 취할 대로 취한 것 같습니다."

"당신에게 행패라도 부렸습니까?"

"아뇨, 뻗어 버렸습니다. 자기 손으로 자기 얼굴을 때리면서."

해거티는 신경질적으로 보이는 긴 코를 나에게 가까이 하면서 말했다.

"아버님은 왜 그러실까요?"

"옛날 헬렌을 때린 일을 후회하면서 자책하고 있는 것 같았습니

다."

"그 얘기는 헬렌에게서 들었어요. 아버님에게 몹시 학대받고 가출하게 됐다고 말했어요. 그런 점에서는 아버님을 용서할 수 없어요."

"호프만은 자기 스스로 자기를 용서하고 있지 않습니다. 헬렌은 그 싸움의 원인을 당신에게 얘기했습니까?"

"막연하지만 얘기했어요. 뭔가 이 브리지턴에서 생긴 살인 사건 때문에 말다툼을 했다는 겁니다. 헬렌은 아버지가 살인을 쉬쉬하며 수습했다고 믿고 있었어요. 아니면 그렇게 믿는 시늉을 했지요."

"믿는 시늉을 하다니?"

해거티는 눈썹을 찌푸리며 말했다.

"죽은 제 아내는 연극적인 것을 좋아했어요. 특히 젊었을 때는 더욱 그랬어요."

"브리지턴을 떠나기 전의 헬렌을 알고 있었습니까?"

"몇 달 동안은…… 헬렌과 내가 처음 만난 것은 시카고의 하이드 파크의 파티에서였지요. 그 뒤 그녀가 가출했기 때문에 견습기자로 신문사에 취직시켜 주었어요. 당시 나는 시티 뉴스 뷰로에 근무하고 있었지요. 그런데 방금 말했듯이 헬렌은 연극적인 것을 좋아해서 살아가는 동안 극적인 일이 일어나지 않을 경우엔 무슨 일인가를 일으키려고 했고, 또는 무슨 일이 일어난 것 같은 시늉을 했지요. 아무튼 그녀가 좋아한 인물이 마타 하리였으니까요."

해거티는 킬킬 웃었으나 그것은 반쯤 흐느껴 우는 소리와 같았다.

"그러면 이 도시에서 일어난 살인 사건도 그녀의 공상이라고 생각한 겁니까?"

"그렇게 생각했어요. 대체로 처음부터 상대하지 않았어요. 이젠 반쯤 잊어버린 일입니다만, 그것이 뭔가……?"

"중요한 일인지도 모릅니다. 헬렌은 루크 딜로니의 이야기를 한 적이 없었습니까?"

"누구라구요?"

"루크 딜로니, 이 거리에서 죽은 사람입니다. 헬렌의 가족이 살고 있었던 아파트의 소유주이고, 그 자신도 같은 아파트에 살고 있었습니다."

해거티는 대답하기 전에 담뱃불을 붙였다. 담배 연기와 함께 그는 말했다.

"그런 이름은 기억나지 않습니다. 헬렌이 얘기했다 하더라도 별로 인상에 남지 않았나 봅니다."

"헬렌 어머니의 말에 따르면, 그녀는 딜로니에게 호의를 갖고 있었다는 겁니다."

"어머님은 좋은 사람이고 나도 친어머니처럼 생각하고 있습니다만 때때로 얼토당토않은 생각을 하는 분이었지요."

"그러나 그 이야기가 얼토당토않은지 어떤지는 어떻게 알 수 있습니까? 그 당시부터 헬렌은 당신을 사랑했습니까?"

젖 떼기 전의 유아가 우유병을 정신없이 빨듯이 해거티는 담배를 깊이 빨아 들였다. 담배는 노란 손가락에 닿을까 말까 할 정도까지 짧아졌다. 해거티는 화가 난 듯이 충동적인 몸짓으로 차 바깥으로 꽁초를 던져 버렸다.

"헬렌은 한 번도 나를 사랑한 적이 없습니다. 처음에 나는 헬렌에게 필요한 존재였지요. 그 뒤 어떤 의미에서 나는 그녀에게 마지막 기회였지요. 또 그녀의 충실한 부하이기도 했구요. 마치 사막 바로 앞의 마지막 주유소 같았습니다."

"사막이라니?"

"사랑의 사막 말입니다. 사랑 없는 사랑의 사막이었죠. 하지만 내 결혼생활의 지루한 이야기를 길게 이야기해 봐야 아무 소용도 없어요. 나에게나 헬렌에게나 그건 불행한 생활이었어요. 나는 가능한 한 헬렌을 사랑했지만 헬렌은 나를 사랑해 주지 않았어요. 프로스트의 말에 따르면 결혼생활이란 언제나 그런 것입니다. 이번 학기에는 2학년생들에게 프로스트를 가르치고 있어요. 앞으로도 가르칠 수 있는 힘이 있을지 모르겠어요."

"헬렌이 사랑하고 있었던 사람은 누구입니까?"

"그건 시기에 따라 달라집니다. 몇 년 몇 월이냐에 따라 달라집니다."

해거티는 몸을 움직이진 않았으나 그 역시 자기에게 상처를 입히고 있었다. 몹시 불쾌한 말투로 자기 얼굴을 때리고 있었다.

"브리지턴을 떠나기 전, 애초의 시작은 누구였습니까?"

"그걸 사랑이라 할 수 있는지 어떤지는 모르겠습니다만, 시티 칼리지의 동급생 남자에게 반해 있었던 것 같았어요. 흔히 있는 플라토닉 러브였지요. 요즘의 젊은 학생은 어떤지 몰라도 옛날에는 우수한 학생에게 플라토닉 러브는 으레 따라다니는 것이었지요. 서로 자기 시나 다른 사람의 시를 낭독하는 정도의 일이었어요. 헬렌은 그 남자애와는 잔 적이 없다고 말했어요. 나와 만났을 때 헬렌이 숫처녀였던 것은 틀림없습니다."

"그 남자애의 이름은?"

"글쎄요, 기억나지 않습니다. 이것이 바로 프로이트의 이른바 '억압'의 경우인가 봅니다."

"생김새는 기억합니까?"

"만난 적이 없어요. 단순한 전설적인 존재입니다. 그러나 설마 그 남자애가 당신이 찾고 있는 문제의 살인범은 아닐 겁니다. 그 애에 대해선 내버려 두는 편이 좋겠어요. 그러면 헬렌도 기뻐할 겁니다."

추억의 고통에서 벗어나, 해거티는 연극이나 영화에 나오는 인물 이야기라도 하듯이 도리어 들뜬 기분으로 말하고 있었다. "살인에 관한 것이라면 헬렌이 죽었을 때의 상황을 이야기해 주지 않겠습니까? 뭐니 뭐니 해도 헬렌은 나의 전처였으니까요. 먼저 죽었으니까 그녀가 진짜 전처지요."

해거티의 비극적인 이야기를 중단시키고 나는 사건의 내용을 어느 정도 상세히 그에게 얘기해 주었으며 안개 속으로 도망친 리노의 그 사나이를 찾고 있다는 것도 덧붙여 말했다.

"앞의 얘기에 따르면 금년 여름에 당신은 리노까지 아내를 만나러 간 모양이더군요. 리노에서 아내의 친구들하고는 만나지 않았습니까?"

"만나지 않다니요. 헬렌은 자기 친구 두 사람을 시켜서 정말 교묘한 짓을 했습니다. 말하자면 내가 진지한 이야기를 끄집어낼 틈을 주지 않았던 겁니다. 아무튼 그날 밤, 그 설리라고 하는 여자와 그녀의 남동생이라고 하는 남자와 넷이서 만났지요."

"설리 버크인가요?"

"그래요, 그런 이름이었다고 생각합니다. 심한 것은 헬렌이 나로 하여금 그 버크라는 여자의 에스코트를 하게 한 일입니다. 그분은 미인이었지만 공통된 화제는 무엇 하나 없었고, 원래 나는 헬렌에게 할 이야기가 있어서 간 것이었으니까요. 그런데 헬렌은 밤새도록 그 버크라는 남동생과 춤만 추었어요. 춤을 너무 잘 추는 남자는 신용할 수 없어요."

"그 남자 이야기를 좀더 해주십시오. 그가 문제의 사나이인지도 모릅니다."

"그래요, 어쩐지 천박한 사나이로 보였어요. 물론 이것은 내가 질투라는 색안경을 썼기 때문인지 모르겠습니다만. 나보다 젊고 건강한 것 같았으며 미남자였어요. 그리고 또 헬렌은 그 남자의 두서없는 이야기를 정신없이 듣고 있었어요. 자동차라든가 말이라든가 도박 따위의 하찮은 이야기뿐이었지요. 헬렌처럼 고등 교육을 받은 여자가 왜 그런 남자에게……"
해거티는 마지막까지 말하는 것이 귀찮아서인지 입을 다물었다.
"그 남자는 헬렌의 연인이었습니까?"
"알 게 뭡니까? 헬렌은 그에 대해선 아무 얘기도 해주지 않았으니까요."
"하지만 아무 이야기를 듣지 않았더라도 자기 부인의 일은 짐작할 수 있잖습니까?"
해거티는 담배 한 개비를 더 입에 물고 불을 붙인 뒤 반쯤 탈 때까지 피웠다.
"아마 연인 사이는 아니었을 겁니다. 단순한 놀이 친구였겠지요. 물론 헬렌은 밉보이기 위해 그 남자를 이용한 것이겠죠."
"밉보이다니, 무엇에 대해서입니까?"
"내가 그녀의 남편이라는 것에 대해서죠. 내가 남편이라는 점 때문이죠. 헬렌과 나는 참혹한 이별을 했기 때문이죠. 나는 리노에서 어떻게 해서든지 전의 상태로 되돌리려고 했지만 헬렌은 전혀 그런 기분이 아니었어요."
"당신들 결혼생활 파탄의 원인은 무엇이었습니까?"
"처음부터 탐탁치 않은 결혼이었습니다." 해거티는 나에게서 시선을 피하고, 과거의 무게에 짓눌린 알 호프만이 자고 있는 집 쪽을 보았다. "그것이 점점 더 나빠졌지요. 두 사람 다 나빴습니다. 나는 심하게 잔소리만 했고, 헬렌은 헬렌대로…… 행동을 고치려 하지 않았어요."
나는 상대의 말을 기다리며 귀를 기울였다. 어딘가 거리의 다른 지구에서 교회 종소리가 울리고 있었다.
해거티가 말했다.
"헬렌은 창부였어요. 대학의 창부였어요. 그 계기를 만든 것이 나였어요. 그녀가 19살 때에 하이드 파크의 숲에서 말입니다. 그러다가 헬렌은 나하고 관계없이 몸을 팔게 되었지요. 마지막에는 상대방에게서 돈까지 받고 있었어요."
"누구한테서요?"
"물론 돈 많은 남자에게서죠. 내 아내는 타락한 여자였어요, 아처 씨. 헬렌을 그런 여자로 만든 데에 대해서는 나도 한몫을 했으니까 내겐 시비를 가릴 권리가 없어요."
진리처럼 마음속에 나타났다가 사라지는 고통 탓인지 해거티의 눈은 반짝반짝 빛나고 있었다.
나는 이 사나이가 불쌍하게 생각되었다. 그렇다고 이 질문을 하지 않을 수는 없었다.
"금요일 밤에 당신은 어디에 있었습니까?"
"메이플 파크의 우리들의……, 내 방에서 학생들의 작문을 채점하고 있었지요."
"증명할 수 있습니까?"
"채점한 답안지가 있습니다. 금요일 낮에 모아서 집으로 갖고 와 밤에 채점한 답안지입니다. 설마 내가 캘리포니아까지 비행기로 왕복했다고는 생각하지 않겠지요?"
"아내가 살해되었을 때, 헤어진 남편에게 그 시각에 어디에 있었느냐고 묻는 것은 정석입니다. '사건 뒤에 여자가 있다'라는 응용문제 같은 것이죠."
"그래요. 아무튼 방금 대답한 대로입니다. 필요하다면 얼마든지 조사해 봐요. 그러나 나를 믿는다면 당신의 시간과 수고는 덜게 되겠지요. 당신에게는 아주 솔직하게 말한 셈입니다……. 너무 솔직했을 정도입니다."

"네, 감사합니다."

"그렇다면 갑자기 나를 의심하는 것 같은 말을 묻지 않더라도……."

"질문하는 것과 의심하는 것은 다릅니다, 해거티 씨."

"아닙니다, 질문에는 의심이 포함되어 있습니다." 해거티는 다소 질책하는 투로 불만스럽게 말했다. "리노의 사나이가 당신의 용의자인가 생각했습니다."

"그도 용의자 가운데 한 사람입니다."

"그럼, 나는 다른 용의자입니까?"

"그 이야기는 이제 그만둡시다."

"말을 끄집어낸 사람은 당신이잖습니까?"

"그러니까 이젠 그만둡시다. 이야기가 되돌아갑니다만, 리노의 사나이 이름은 기억하고 있습니까?"

"물론 소개는 받았습니다만, 성은 기억하지 못합니다. 여자들은 그 남자를 저드라고 불렀습니다. 본명인지 별명인지 그건 잘 모르겠습니다."

"미세스 버크의 남동생이라고 부르는 남자라고 한 까닭은 어째서였습니까?"

"진짜 남매처럼 보이지 않았으니까요. 그 두 사람의 행동은 누이와 남동생이라기보다는 도리어…… 참, 그렇군요…… 친구 사이이며, 헬렌의 술책을 도와주고 있을 뿐이라고 느꼈어요. 한두 번 몰래 눈짓을 보내기도 했으니까요."

"그 남자의 생김새를 되도록 상세히 얘기해 주지 않으시렵니까?"

"그래 봅시다. 그렇지만 나는 시각적인 기억이 그다지 좋지 않습니다. 순수하게 언어 유형의 인간이니까요."

그런데 몇 가지 질문을 되풀이하는 동안 그 남자의 초상이 점점 만들어졌다. 나이는 32, 3살, 키는 182센티미터 미만, 몸무게는 75킬로그램 내외. 근육질이며 활동적이고 평범한 타입의 미남이다. 숱이 적은 검은 머리털, 갈색 눈, 눈에 띄는 상처 자국은 없다. 밝은 잿빛 비단 신사복 또는 인조견 신사복을 입고 끝이 뾰족한 이탈리아 스타일의 검은 구두를 신고 있었다. 해거티의 추측에 의하면 이 저드라는 남자는 리노 타호 지구의 도박 클럽과 무슨 관계가 있는 모양이었다.

이젠 리노에 갈 시간이었다. 나는 손목시계를 보았다. 11시 조금 전이었다. 서쪽을 향해 날아가면 얼마간 시간을 벌게 된다는 것을 나는 생각했다. 어쩌면 루크 딜로니의 미망인을 만난 뒤에도 리노에는 늦지 않게 도착할 수 있을 것이다.

나는 해거티와 함께 집 안으로 들어가 오헤어 공항에 전화를 걸어 저녁 비행기 좌석을 예약했다. 그런 뒤 미세스 딜로니에게 전화를 걸었다. 미망인은 집에 있었으며 회견을 승낙해 주었다.

"딜로니 댁까지 차로 모셔다 드릴까요?"

버트 해거티는 물었다. 역시 장인을 지켜 주는 것이 좋을 거라고 나는 말했다. 호프만의 코고는 소리는 숨을 죽인 한탄의 소리처럼 온 집안에 울려퍼졌지만 이 노인이 언제 다시 일어나 난폭한 행동을 할지 모른다.

21

그렌뷰 거리는 이 도시의 북부, 거기서 또 북부, 거의 논밭으로 혼동할 만한 광대한 땅 사이로 구불구불 뻗어 있었다. 길 양쪽에 죽 서 있는 나무들은 종종 머리 위에서 교차하고 있었다. 나무들 사이로 보이는 잔디밭은 밝은 광선을 받아 황금빛으로 아름답게 빛났다.
'103'이라는 번호가 붙은 벽돌문을 들어서자 이윽고 빨간 벽돌로 지은 당당한 저택이 나타났다. 진입로의 끝은 현관 오른쪽의 벽돌 기둥으로 막아놓은 차 승강장이었다. 내가 차를 세운 순간 제복을 입은 흑인 하녀가 차의 문을 열어 주었다.
"아처 씨입니까?"
"그렇소."
"미세스 딜로니께서 기다리고 계세요. 아래층 거실에 계십니다."
미망인은 창가에 앉아서 빨갛게 단풍이 들어 한결 두드러져 보이는 전원 풍경을 보고 있었다. 머리칼은 흰 데다 쇼트 컷이었다. 파란색 비단옷은 릴리 대시의 디자인인 것 같았다. 얼굴은 주름살투성이였지만 섬세한 골격은 젊은 날의 면모를 상상케 하였다. 골동품이 다소의 흠과는 관계없이 아름다운 것처럼 이 부인도 아름다웠다. 마음은 과거 속에 깊이 가라앉아 있는 것 같았다. 하녀가 말하기 전까지는 우리의 모습을 알아채지 못했다.
"아처 씨가 오셨습니다, 미세스 딜로니."
미망인은 손에 들고 있던 책을 옆에 놓고 젊은 여자 같은 몸짓으로 일어났다. 그리고 악수하면서 나를 찬찬히 보았다. 미망인의 눈은 파란 비단옷과 같은 빛이었는데, 밝고 지적이었다.
"캘리포니아에서 일부러 오셨군요. 이런 저를 보고 실망하셨죠?"
"천만에요."
"치렛말을 하시지 않아도 됩니다. 이래 봬도 20대에는 여느 사람 정도는 생겼더랍니다. 하지만 일흔이 지나서 겨우 본래의 저로 돌아왔어요. 이젠 어쩐지 마음이 놓이네요. 어쨌든 앉으십시오. 그 의자는 앉을 만합니다. 제 부친 오즈번 상원의원이 애용했던 의자였으니까요."

미망인은 많이 사용해서 검게 윤이 나는 붉은 가죽을 덮은 팔걸이 의자를 가리켰다. 미망인 자신은 내 정면에 있는 접이식 흔들의자에 앉았다. 흔들의자에는 닳아 버린 쿠션으로 엮어져 있었다. 이 방의 가구는 대부분 낡았고 소박한 것들뿐이었다. 어쩌면 이곳은 과거를 보존하기 위한 장소인지도 모른다고 나는 생각했다.

"긴 여행으로 피곤하시죠? 뭔가 먹을 것이나 마실 것은 어떨까요?"

미망인은 말했다.

"아뇨, 괜찮습니다."

미망인은 하녀를 물러가게 했다.

"제 남편의 자살에 대해서는 공식 기록 말고는 제가 덧붙일 말은 하나도 없습니다. 그 사건이 일어나기 얼마 전부터 루크와 나는 별로 접촉하지 않았거든요."

"벌써 덧붙여 주셨습니다" 하고 나는 말했다. "공식 기록에 의하면 댁의 남편의 죽음은 사고라고 되어 있습니다."

"네 그렇습니다. 잊고 있었어요. 자살이라는 것은 기록에 남기지 않는 편이 좋을 거라는 결론이 났어요."

"누가 그런 결론을 냈습니까?"

"저였어요. 그 밖에도 같은 의견을 가진 분이 있었지요. 돌아가신 제 남편은 이 지방에서는 높은 지위에 있었던 사람이었으니까 자살이라고 하면 경제적으로나 정치적으로 큰 반향을 일으키게 됩니다. 개인적인 체면이 나빠지는 것은 더 말할 나위 없지요."

"한 인간의 죽음에 잔꾀를 부리는 것이 더 체면을 구기는 일이라고 생각하는 사람이 있었을지도 모릅니다."

"네, 그랬을지도 모르죠." 미세스 딜로니는 귀부인다운 표정으로 말했다. "하지만 내 앞에서 그렇게 말한 사람은 아무도 없었어요. 아무튼 잔꾀를 부린 대상은 죽음 자체가 아니라 그 기록입니다. 저 개인으로선 줄곧 제 남편이 자살한 것으로 생각하고 있었어요."

"그건 사실입니까? 틀림이 없습니까?"

"틀림없습니다."

"아까 댁의 남편 사건을 담당했던 경위님과 이야기하고 왔습니다만, 그의 얘기로는 댁의 남편이 권총을 청소하다가 폭발하는 바람에 돌아가셨다고 했습니다."

"그것은 우리가 결정한 공식 해석이에요. 호프만 경위가 그 해석을 끝까지 내세우는 건 당연합니다. 이제 새삼스럽게 당신이 그것을 바꾸려고 하는 뜻을 모르겠군요."

"만일 딜로니 씨의 사건이 타살인 경우엔 어떻게 될까요? 그런 경우에는 뜻이 있는 것이 아닐까요?"

"물론 그렇겠죠. 하지만 타살은 아니에요."

미망인의 시선이 내 눈에 집중되었다. 눈의 표정은 바뀌지 않았으나 마음 탓인지 다소 날카로워졌다.

"누굽니까, 그런 어리석은 말을 퍼뜨리고 있는 사람은?"

"호프만 경위의 딸 헬렌입니다. 살인 목격자를 알고 있다고 말했습니다. 목격자는 헬렌 자신이었는지도 모릅니다."

미망인의 얼굴에 나타나 있었던 불안정함이 여기서 갑자기 차가운 분노로 바뀌었다.

"무슨 권리가 있어서 그런 거짓말을 하는 걸까요? 입을 다물게 해야겠어요!"

"벌써 그렇게 됐습니다." 나는 말했다. "금요일 밤, 누군가가 헬렌의 입을 다물게 했습니다, 권총으로. 그래서 제가 이곳에 방문한 겁니다."

"알겠어요. 캘리포니아의 어디죠? 그 여자가 피살된 곳은?"

"퍼시픽 포인트입니다. 로스앤젤레스 남쪽 해안 도시입니다."
미망인의 눈에 아주 조금, 기가 꺾인 듯한 빛이 나타났다.
"그런 도시는 들어본 적이 없어요. 나는 그 아가씨를 모르지만, 죽었다니 불쌍하군요. 아무튼 그 여자가 죽은 것과 루크하고는 아무런 관계가 없어요. 아처 씨의 생각은 예상이 빗나간 게 아닐까요?"
"글쎄요?"
"빗나간 거예요. 제 남편이 자살하기 전에 쓴 유서 덕분에 모든 것이 확실해졌어요. 호프만 형사가 나한테 갖다 주었죠. 그 유서 건은 호프만 형사와 그 상관들밖에 모릅니다. 당신에게는 말하지 않으려고 했어요."
"왜죠?"
"볼썽사나운 일이었으니까요. 제 남편은 이제부터 하려는 일의 책임은 모두 자기와 자기 가족에게 있다고 써 놓았어요. 그때 남편은 경영적으로 어려운 처지에 놓여 있었어요. 주식인가 뭔가에 손을 댄 것과 사업을 너무 확장했기 때문이었죠. 저희들은 개인적 또는 실제적 이유에서 남편을 도와주는 걸 거부했어요. 그러니까 남편의 자살은 저희들에 대한 앙갚음이었던 거예요. 저희들은 그 보답을 받은 거예요. 아무리 당신이 잔꾀를 부린다 해도 말입니다."
미망인은 평평한 가슴을 만졌다.
"전 상처를 받았어요. 제 남편의 생각대로."
"당시 오즈번 상원의원은 건재하고 있었습니까?"
미망인은 책망하듯이 말했다.
"아무것도 모르시군요. 제 부친은 1936년 12월 14일에 돌아가셨어요. 남편이 자살하기 3년 전 일이었죠. 제 부친은 적어도 이 굴욕은 겪지 않고 죽은 셈이죠."

"아까 가족이라고 말씀한 뜻은?"

"여동생 티시와 돌아가신 스콧 숙부님이에요. 숙부님은 우리의 신탁재산의 관리인이었어요. 계속 루크를 원조하는 것을 거절한 책임은 저하고 숙부님에게 있어요. 하지만 결정을 내린 것은 저였어요. 저희들 결혼생활은 사실상 벌써 끝나 버린 뒤였으니까요."

"그 까닭은 무엇이었습니까?"

"이유는 흔히 있는 것들이죠. 특별히 말씀드릴 만한 것은 없어요." 미망인은 일어나서 창가까지 걸어가 파수병처럼 꼿꼿한 자세로 거기서 있었다. "1940년은 나에게 여러 가지 일이 마지막을 고한 해입니다. 첫째는 저희들의 결혼생활, 다음은 남편의 죽음, 그 다음은 또 여동생의 죽음. 티시는 같은 해 여름에 죽었어요. 전 가을이 끝날 때까지 줄곧 울며 살았어요. 금년도 벌써 가을이군요."

미망인은 한숨을 쉬면서 말을 이었다.

"가을철에 저희 자매는 곧잘 어울려 멀리까지 말을 타고 여행을 했어요. 여동생이 5살 때 10살인 내가 승마를 가르쳤어요. 벌써 금세기 첫무렵의 옛이야기가 되어 버렸군요."

더 먼, 더 고통이 적은 시절로 미세스 딜로니의 마음은 헤매고 있었다. 나는 말했다.

"너무 집요한 것 같아서 죄송하지만, 미세스 딜로니, 그 유서는 아직 갖고 계십니까?"

슬픔의 표정을 억누르면서 미망인은 뒤돌아보았다. 슬픔은 아직 남아 있었다.

"물론 없어요. 태워 버렸지요. 그 내용에 대해서는 제 이야기를 믿어 주셨으면 합니다."

"아닙니다, 부인 이야기를 믿지 않는 건 아닙니다. 다만, 남편께서 직접 그 유서를 썼다고 믿으십니까?"

"네, 남편의 필적을 제가 잘못 볼 까닭이 없죠."
"교묘하게 위조한 필적에는 아무나 속을 수 있습니다."
"그건 어리석은 일이군요. 마치 멜로드라마 같잖아요?"
"그런데 그런 멜로드라마가 날마다 일어나고 있습니다, 미세스 딜로니."
"하지만 자살의 가짜 유서 따위를 누가 조작한다는 말입니까?"
"가령 만든다면 살인범이 하는 짓이겠지요."

미망인은 백발 머리를 돌려서 아름다운 모양새의 코 위에서 나를 내려다보았다. 그 모양도 목소리도 새를 닮은 것 같았다.

"제 남편은 살해된 것이 아니에요."
"위조인지도 모를 유서 한 장에 너무 무게를 두고 있는 느낌이 드는군요."
"위조가 아니에요. 내용이 그걸 증명하고 있어요. 루크와 나밖에 모르는 것이 쓰여 있었으니까요."
"예를 든다면?"
"그건 당신에게도 누구에게도 얘기할 수 없어요. 게다가 루크는 몇 달 전부터 자살에 대한 걸 얘기하고 있었어요. 특히 술을 마셨을 때라든가……."
"사건이 생긴 얼마 전부터 남편과는 접촉이 없었다고 얘기했었는데요?"
"네, 하지만 소문은 들려 와요. 서로 통하는 친구로부터."
"호프만도 그중 한 사람입니까?"
"천만에요. 그분은 친구에 들지 않아요."
"하지만 호프만은 당신을 위해서 당신 남편의 자살을 숨겨 주었어요. 자살이라고 주장하는 당신 해석을."
"그건 명령이었기 때문이죠. 어쩔 수 없었을 겁니다."

"누구의 명령입니까?"

"경찰서장일 거예요. 제 친구였고, 루크의 친구이기도 했으니까요."

"그런 이유로 기록을 왜곡하도록 명령할 수 있을까요?"

"그런 일은 매일 일어나고 있어요. 이 근방의 어느 도시에서도. 설교는 그만둬요, 아처 씨. 로버트슨 서장은 벌써 옛날에 돌아가셨어요. 사건 자체도 벌써 옛날에 정리되었구요."

"당신의 입장에서 보면 그렇겠지요. 그런데 호프만의 마음에는 여전히 남아 있어요. 딸이 피살된 것을 계기로 사건이 다시 되살아났습니다."

"호프만도 따님도 가엾은 일이라고 생각해요. 그렇다고 해서 당신일에 편리하도록 과거의 사건을 바꿀 수는 없지 않아요? 대체 어떻게 하려는 겁니까, 아처 씨?"

"특별히 어떻게 하려는 건 아닙니다. 호프만 씨의 딸이 브리지턴 거리가 쫓아온다고 말했어요. 그 뜻을 알고 싶을 뿐입니다."

"그건 뭔가 개인적인 비밀임에 틀림없어요. 여자에게는 늘 비밀이 있는 법이니까요. 하지만 아까 말씀드린 대로 나는 헬렌 호프만이라는 여자를 모릅니다."

"헬렌은 댁의 남편과 무슨 관계가 있었던 것은 아닐까요?"

"아뇨. 그런 일은 없었어요. 왜 그렇게 단언할 수 있는지는 제발 묻지 마세요. 루크 딜로니의 무덤을 다시 파내는 일은 이 정도로 해두지 않으시겠습니까? 가엾은 자살이 하나 있을 뿐, 그 밖에는 아무것도 숨기고 있지 않아요. 어떤 의미에서는 루크를 무덤으로 보내는 일에 나는 힘을 빌려 주었으니까요."

"사업 자금을 끊은 일로?"

"그대로예요. 설마 내가 루크를 쏴 죽였다고 고백하는 걸 기대하고 있는 건 아닐 테죠?"

"아닙니다. 당신이라면 기대를 하겠습니까?" 나는 말했다.

미망인의 주름진 얼굴에 꽤 야성적인 웃음이 빙긋 떠올랐다.

"좋아요. 루크를 쏜 사람은 나예요. 그래, 당신은 어떻게 할 작정이에요?"

"별로 어떻게 하지도 않을 겁니다. 방금 당신이 한 말은 믿지 않으니까요."

"거짓이라면 왜 이런 말을 하는 것일까요?"

늙은 미망인은 갑자기 소녀 시절로 돌아간 듯이 단순한 게임을 즐기고 있었다.

"그것은 아마 당신이 남편을 쏴 죽이고 싶다고 생각한 적이 있었기 때문이겠죠. 틀림없이 그렇게 생각했을 겁니다. 그러나 진짜로 쏴 죽였다면 자기 스스로 그렇게 말할 리가 없지요."

"왜요? 어쨌든 당신은 아무 일도 하지 못할 거예요. 공적이든 사적이든 이 도시에는 내 친구가 많으니까요. 당신이 어디까지나 옛 사건을 들추려고 하면 그중에는 화를 낼 사람이 있을지도 몰라요."

"그 말을 협박이라고 받아들여도 좋겠습니까?"

미망인은 약간 빙긋 웃음을 떠올리고 말했다.

"아니에요, 아처 씨. 당신이 장사에 열심인 점에는 나로선 아무 상관도 없어요. 사실 직업이라 하지 않고 장사라고 하면 실례가 되는지도 모르겠군요. 아무튼 사람이 죽는다는 것은 어찌되었거나 좋은 것은 아닐테죠? 죽은 사람은 죽은 사람입니다. 우리도 늦거나 빠르거나 죽게 됩니다. 일부 사람들이 비교적 빨리 죽을 뿐입니다. 나의 얼마 남지 않은 여생의 시간을 더 이상 당신에게 드릴 필요는 없을 것 같군요."

미망인은 이렇게 말한 뒤 벨을 울려 하녀를 불렀다.

22

 알 호프만을 다시 한 번 만나볼 시간은 있었다. 나는 안식일이어서 별로 사람 그림자가 보이지 않는 상업지구를 지나 호프만의 집으로 차를 달렸다. 미세스 딜로니가 제기했던 문제, 또는 그녀가 대답해 주지 않았던 의문은 낚싯바늘처럼 내 마음에 걸리고 그 끊어진 낚싯줄 끝은 멀리 과거에 떠돌고 있었다.

 딜로니의 죽음이 사고도 자살도 아니었다는 것을 나는 거의 확신하고 있었다. 누군가가 딜로니를 죽였고, 그 사실을 미세스 딜로니가 알고 있다는 것은 거의 확실하다고 생각했다. 유서는 그것이 위조된 것인지도 모르고, 전적으로 조작된 것인지도 모른다. 또는 오독, 또는 기억의 잘못인지도 모른다. 그 어느 것인지 아마 호프만은 알고 있으리라.

 체리 거리에 들어서자 한 블록쯤 앞에서 이쪽에 등을 돌리고 걸어가는 사나이의 모습이 눈에 띄었다. 푸른색 신사복을 입은 그 사나이는 뒤뚱뒤뚱 흔히 옛날식 경찰관의 걸음걸이로 걸어가다가, 때때로 비틀거렸다가는 간신히 전의 자세로 돌아가곤 했다. 가까이 가 보니 그 사람은 호프만이었다. 푸른색 바지 아랫단에서 오렌지색 파자마 끝이 엿보였다.

 남쪽으로 갈수록 더욱 음침해지는 빈민가를 지나서, 나는 호프만의 뒤를 쫓았다. 우리는 흑인 지구로 들어섰다. 인도를 걸어가는 남자도 여자도 호프만을 피해서 지나갔다. 마치 걸어가는 재앙 덩어리의 귀신 같았다.

 그 걸음걸이는 꽤 위태위태했다. 한번은 무엇엔가 걸려 넘어져 틈투성이의 울타리 너머로 나자빠졌다. 울타리 뒤에서 아이들이 나와 떠들며 노인의 뒤를 쫓았다. 노인은 두 손을 들어 아이들을 위협하다가 오른쪽으로 돌아 다시 걷기 시작했다.

우리는 흑인 지구를 빠져서 낡은 3층 목조 건물들이 죽 늘어서 있는 곳으로 나왔다. 대부분의 집들은 개축되어 하숙집이나 사무실로 사용되고 있었다. 그중에 비교적 새 아파트가 몇 채 서 있었다. 호프만의 목적지는 그중 한 채였다.

 그것은 6층 콘크리트 건물이었는데, 다소 거친 느낌이 들었다. 여기저기 금이 갔고 창문의 블라인드는 변색되었다. 창문 아래는 누렇게 얼룩져 있었다. 호프만은 현관으로 들어섰다. 현관 콘크리트 아치에 새겨진 글이 보였다. 딜로니 아파트, 1928년. 나는 차를 세우고, 호프만의 뒤를 쫓아 건물 안으로 들어갔다.

 노인은 엘리베이터를 사용한 것 같았다. 녹이 슨 놋쇠 화살이 시계 바늘과 같은 방향으로 천천히 7까지 돌아갔다가 그곳에서 멎었다. 한참 버튼을 눌렀으나 반응이 없었기 때문에——아마도 호프만이 엘리베이터 문을 열어 둔 채로 있는 상태인 것 같아서——나는 비상계단을 오르기 시작했다. 헐떡거리면서 겨우 옥상으로 나가는 쇠문 앞까지 당도했다.

 나는 그 문을 약간 열어 보았다. 가까운 지붕에서 비둘기가 구구구 울고 있을 뿐 아무 소리도 들리지 않았다. 꼭대기 방의 벽에서 초록색 플라스틱 방풍 유리가 직각으로 뻗어 나와 몇 개의 분재 식물을 둘러싸고 있는 부분은 옥상 테라스인 모양이었다.

 그곳에서 두 남녀가 일광욕을 하고 있었다. 여자는 비키니 브래지어의 단추를 풀고 에어 매트리스 위에 엎드려 있었다. 머리는 금발이었고 날씬한 몸매였다. 남자는 정원용 간이의자에 앉았고 그 옆 테이블에는 반쯤 빈 콜라병이 놓여 있었다. 남자의 어깨는 넓었으며 살결은 거무스름했고 가슴부터 어깨 쪽으로 검은 털이 길게 숭숭 나 있었다. 왼쪽 새끼손가락에는 다이아몬드 반지를 끼었고 말씨에는 다소 그리스 어 사투리가 남아 있었다.

"그럼, 레스토랑 장사는 저급하다는 말이야? 그렇다면 당신은 하늘을 향해 침을 뱉는 것과 같아. 당신이 밍크를 입을 수 있는 것도 레스토랑 장사 덕분인 줄 알아."

"저급이란 말은 하지 않았어요. 다만 보험회사는 남자 직업으로서 깨끗한 장사라고 했을 뿐이에요."

"그럼, 레스토랑은 더러운 장사란 말인가? 내 레스토랑은 깨끗해. 화장실에는 자외선 설비가……."

"불결한 이야기는 그만둬요."

"화장실은 불결한 이야기가 아니야."

"불결한 이야기예요. 우리 친정에서는."

"당신네 친정 이야기는 이제 싫증날 정도로 들었어. 당신의 게으름뱅이 동생 세오의 이야기도 귀가 따가울 정도로 들었고."

"게으름뱅이라고요?" 여자는 상반신을 일으켰다. 그 순간 진주 같은 유방이 얼핏 드러나 보였다. 여자는 곧 브래지어의 단추를 끼웠다. "작년에 백만 달러 매직 서클을 고안해 낸 사람은 세오예요."

"거기까지 출세시키기 위해 무리를 무릅쓰고 보험에 들어준 것은 누구지? 바로 나야. 세오를 보험회사에 들여보낸 사람은 누구야? 그것도 바로 나야."

"알았어요." 여자의 얼굴은 무표정한 아름다운 가면 같았다. 그 표정을 바꾸지 않고 여자는 말했다. "누구일까요, 우리 집 안을 휘젓고 다닌 사람은? 로지는 아침 식사 후에 돌려보냈는데."

"다시 돌아온 게 아닐까?"

"로지 같진 않아요. 남자 발소리 같았어요."

"세오가 금년의 매직 서클 보험을 권유하러 온 걸까?"

"그게 무슨 말이에요, 농담하는 거예요?"

"응, 농담으로 말한 거요."

남자는 그 증거를 보이듯 웃었다. 그런데 플라스틱 방풍 유리 뒤에서 알 호프만이 나타났기 때문에 웃음은 멎었다. 햇빛을 받아 호프만의 얼굴 상처는 더 뚜렷해 보였다. 그의 오렌지색 잠옷이 구두 위까지 흘러내려와 있었다.
  살결이 거무스름한 사나이는 정원용 간이의자에서 일어나 양손으로 호프만에게 물러가라는 시늉을 해보였다.
  "여봐, 들어오지 말아요. 여기는 개인 집 테라스요."
  "하지만 들어가지 않을 수 없네." 호프만은 타이르듯이 말했다. "여기에 시체가 있다는 보고가 들어왔네. 어디 있지, 시체는?"
  "지하실에요. 지하실에 가면 찾을 수 있을 거요."
  남자는 여자에게 눈짓을 했다.
  "지하실이라구? 분명히 옥상이라는 말을 들었는데." 호프만의 찢어진 입술이 미라의 입처럼 기계적으로 열렸다 닫혔다. 그것은 마치 과거가 호프만의 육체를 빌어 복화술을 하고 있는 것처럼 보였다. "자네가 움직였군. 시체를 움직이면 법에 어긋나."
  "시체보다는 도리어 당신이 움직여 여기서 나가줘요." 남자는 여자 쪽을 돌아보았다. 여자는 벌써 노란 타월감으로 만든 가운으로 몸을 감쌌다. "빨리 들어가서 경찰에 전화를 걸어."
  "내가 경찰이야." 호프만이 말했다.
  "여자도 움직이지 마. 묻고 싶은 것이 있으니까. 이름이 뭐지?"
  "당신하고는 아무 상관도 없어요."
  "아냐, 아냐. 관계가 있어."
  호프만은 한쪽 손을 힘 있게 내밀었다가 하마터면 쓰러질 뻔했다.
  "난 살인 사건을 수사하고 있는 형사야."
  "그렇다면 배지를 보여 줘요, 형사님."
  사나이는 한쪽 손을 내밀었으나 호프만 쪽에는 접근하지 않았다.

여자도 움직이지 않았다. 그녀는 무릎을 꿇은 자세 그대로 겁먹은 얼굴로 호프만을 쳐다보았다.

호프만은 옷 호주머니를 뒤지더니 거기서 나온 50센트 동전을 실망한 듯이 내려다본 다음 그것을 별안간 난간 저쪽으로 던졌다. 6층 아래의 인도에 그것이 떨어져 쨍그랑 울리는 소리가 희미하게 들려왔다.

"집에 두고 왔어."

호프만은 부드러운 목소리로 말했다.

여자는 몸을 도사리자 대뜸 방 쪽으로 달려갔다. 호프만은 모양새가 서툴기는 했으나 재빨리 움직여 그녀의 허리께를 잡았다. 여자는 거역하진 않았으나 얼굴이 금세 창백해지더니 호프만의 팔 안에서 단단하게 몸이 굳어졌다.

"당황하지 마. 물어볼 게 있어. 딜로니하고 잔 여자는 너냐?"

여자가 사나이에게 말했다.

"내가 모욕당하고 있는 걸 잠자코 보고만 있긴가요? 손을 놓으라고 말해요."

"손을 놔요. 내 아내하고는 상관하지 말아요."

사나이는 힘없는 소리로 말했다.

"그렇다면 앉아서 나한테 협력하도록 부인에게 말하게."

"앉아서 협력해." 사나이는 말했다.

"무슨 말을 하는 거예요? 이 사람한테서 지독한 냄새가 나요. 술에 몹시 취해 있어요."

"그런 건 알고 있어."

"그러니까 어떻게 해줘요."

"그러니까 이렇게 하고 있는 거요. 이런 사람은 비위를 맞춰 주지 않으면 안 돼."

부당한 비판에 익숙해져 있는 경찰관으로서의 빙긋 웃음을 떠올리며 호프만은 그 사나이를 보았다. 그의 상처가 있는 입술과 마음 탓에 그 표정은 그로테스크하게 보였다. 여자는 호프만에게서 도망치려고 애썼다. 노인은 아랫배로 여자의 옆 배를 밀듯이 더욱 세게 여자를 그러안았다.

"넌 내 딸 헬렌과 조금 닮았구나. 내 딸 헬렌을 알고 있나?"

여자는 미친 듯이 머리를 저었다. 머리칼이 흘러내렸다.

"살인 목격자가 있다는 거야. 네가 살인 현장에 있었니?"

"무슨 이야기인지 전혀 모르겠어요."

"아냐. 알게 될 거야. 루크 딜로니야. 누군가가 딜로니의 눈에 한 방 쏘고는 자살이라고 가장해 놓은 거야."

"딜로니라면 내가 알고 있어요." 사나이가 말했다. "아버지의 햄버거 가게에서 내가 점원 노릇을 하고 있었을 무렵 한두 번 우리 가게에 왔어요. 전쟁 전에 죽은 사람이에요."

"전쟁 전에?"

"그래요. 형사님은 요 20년 동안 어디에 있었습니까?"

호프만은 대답할 수 없었다. 보지도 못했던 타국에 온 듯 거리의 이어진 지붕들을 망연히 바라보았다. 여자가 외쳤다.

"이걸 놔요, 뚱뚱보."

여자 목소리가 멀리서 들려오는 듯이 호프만은 귀를 기울였다.

"더 얌전히 말해. 네 아버지뻘이야."

"당신이 내 아버지라면 자살해 버릴 거예요."

"시끄러워. 여러 말 늘어놓지 마. 두 번 다시 건방진 말은 못하게 할 거야. 알겠나?"

"알겠어요, 알겠어요. 당신은 미치광이 영감쟁이예요. 그 더러운 손 놓아요!"

그녀의 긴 손톱이 호프만의 얼굴을 긁자 거기에 평행선 세 줄이 뚜렷하게 남았다. 호프만은 여자의 뺨을 쥐어박았다. 그녀는 옥상의 자갈 위에 엉덩방아를 찧었다. 사나이가 먹다 남은 콜라 병을 집었다. 그것을 집어 들고 호프만에게 다가섰을 때 남아 있던 다갈색 액체가 사나이의 팔에 주루룩 쏟아졌다.

호프만은 윗옷 안에 손을 집어넣고 권총을 꺼냈다. 사나이의 머리 위를 향해 쏘았다. 옆집 지붕에서 비둘기가 일제히 날아오르고 크게 나선형으로 선회하기 시작했다. 사나이는 병을 떨어뜨리고 양손을 들고 말뚝처럼 서 있었다. 여자의 울음소리가 딱 멎었다.

호프만은 번쩍번쩍 빛나는 하늘을 반짝이는 눈으로 노려보았다. 비둘기 떼는 하늘 저쪽으로 사라졌다. 호프만은 자기 손 안의 권총을 바라보았다. 나도 그 권총에서 눈을 떼지 않고 햇빛 속으로 걸어 나갔다.

"도와드릴까요, 경위님?"

"아냐, 이런 녀석들은 나 혼자 힘으로도 충분히 다룰 수 있어." 노인은 눈을 가늘게 뜨고 나를 보았다. "뭐라 했지, 자네 이름은? 아서라 했던가?"

"아처입니다." 울퉁불퉁한 자갈 위에 내 짧은 그림자를 밀어내는 듯한 느낌으로 나는 노인에게 다가갔다. "이건 큰 평판을 얻을 겁니다, 경위님. 딜로니 살인 사건을 혼자 힘으로 해결했으니까요."

"그렇지, 그렇고말고."

노인의 눈에는 당혹한 빛이 어른거렸다. 자기의 방금 저지른 행위가 난센스라는 것과 내가 그 난센스에 기분을 맞추고 있다는 것을 깨달았지만, 그것을 자기 자신조차 인정할 수 없었기 때문이었다.

"시체는 지하실에 숨긴 모양이야."

"그럼 파내야겠군요."

"이 사람들 둘 다 미치광이잖아."

양손을 든 채 사나이가 말했다.

"조용히 해!" 나는 말했다.

"경위님, 당신은 본서에 연락해 줘요. 이 녀석들은 내가 권총으로 지킬 테니까요."

노인은 잠시 망설였지만 곧 내게 권총을 넘기자 문빗장에 어깨를 부딪치면서 제일 꼭대기 방으로 들어갔다.

"당신은 누굽니까?"

사나이가 물었다.

"저 노인을 지키고 있었던 사람입니다. 안심해요."

"정신 병원에서 도망쳐 온 게 아닙니까?"

"아닙니다. 그런 것이 아닙니다."

사나이의 눈은 마치 반죽된 빵 속에 박아 놓은 건포도 같았다. 로프 끝에 묻은 먼지를 서툴게 털면서 그는 아내를 도와 일으켰다. 순간 여자는 남자에게 매달려 울기 시작했다. 사나이는 다이아몬드가 박힌 반지를 낀 손으로 여자의 등을 쓰다듬으며 뭐라고 그리스 말로 상냥하게 중얼거렸다.

열어젖힌 문 안쪽에서 전화를 걸고 있는 호프만의 목소리가 들려왔다.

"삽과 콘크리트용 드릴을 준비하고, 여섯 사람 부탁해. 여자 시체가 지하실 방바닥 밑에 파묻혀 있어. 10분 이내에 보내 주지 않으면 모두 해고야!"

'털컹' 하고 수화기를 놓는 소리가 났는데 노인은 아직 이야기를 계속하고 있었다. 과거의 단편들을 모아서 날려 버리는 바람처럼 목소리는 높아졌다 낮아지곤 했다.

"녀석은 그 아이에겐 손을 대지 않았어. 친구의 딸에게까지 손을 댈 리가 있나? 그 애는 착실한 아이였어. 내 딸이었으니까 착실한 건 당연해. 아주 아기였을 때 내가 목욕을 시켜 주었지. 토끼처럼 보들보들했어. 내가 안아 주었더니 '파파'라고 불렀어."
말소리가 끊어졌다.
"뭐야, 이건?"
조용해지는가 싶더니, 이윽고 노인은 외마디 소리를 질렀다. 털썩 쓰러지는 소리가 들리더니 방이 흔들렸다. 나는 뛰어 들어갔다. 노인은 부엌의 스토브에 기대어 발을 뻗고 한사코 바지를 벗으려고 했다. 내 모습을 보자 돌아가라는 듯이 손을 저었다.
"가까이 오면 안 돼. 거미가 꾀어들었어."
"거미 따위는 없어요."
"옷 속에도 기어들었어. 블랙 위도(미국의 독거미. 그 암컷은 수컷을 잡아먹는다)야. 범인 놈이 거미로 나를 죽이려고 해."
"범인이란 누굽니까?"
노인의 얼굴은 찌푸러졌다.
"딜로니를 죽인 녀석은 아무리 해도 알아낼 수 없었어. 상부에서 명령이 내려와 수사는 중단되었지. 나 같은 말단은 어떻게 할 수도 ……."
다시 비명이 목에서 터져 나왔다.
"살려 줘! 몇백 마리가 꾀어들었어."
노인은 옷을 찢었다. 경찰관들이 달려왔을 때 옷은 오렌지색의 누더기로 변했고 마치 알몸뚱이가 된 레슬러와 같이 리놀륨을 깐 방바닥 위에서 뒤척거리고 있었다. 순찰 경관 둘은 알 호프만을 알고 있었다. 내가 설명할 필요도 없었다.

23

비행기가 산그늘에 들어가자 붉은 태양은 황급히 가라앉았다. 월터스 탐정 사무소에는 도착 시간을 전보로 알려 놓았기 때문에 필리스가 공항까지 마중나와 주었다. 악수를 하고 나서 필리스가 볼을 내밀자 나는 키스했다. 필리스의 얼굴빛은 복숭아색과 크림색을 혼합한 건강한 색깔로 다소 햇볕에 타 있었다. 웃음 띤 불투명한 그녀의 눈은 인디언 에나멜 색이었다.

"피곤해 보여요, 루. 하지만 살아 있으니 안심했어요."
"그 이야기는 그만둡시다. 피로가 심해질 뿐이오. 당신은 건강한 것 같군."
"이제 나이가 들어서 건강하게 보이는 것만으로도 힘들어요. 하긴 나이를 먹으면 쉽게 할 수 있는 일도 있지만."

무엇을 쉽게 할 수 있는지에 대해선 말하지 않았다. 서둘러 찾아온 노을 속에 우리는 필리스의 차 쪽으로 걸어갔다.

"그런데 일리노이 주에선 무엇을 하고 있었나요? 당신이 조사하고 있었던 건 퍼시픽 포인트의 사건이 아니었던가요?"
"양쪽으로 걸쳐 있던 사건입니다. 일리노이 주의 전쟁 전 살인 사건이 최근의 몇 가지 사건과 밀접하게 연결되어 있는 것 같아요. 어떻게 연결되어 있는지는 묻지 말아요. 설명하기 시작하면 밤이 샐 거요. 이곳에는 더 중요한 용건이 있어요."
"하지만 틈을 내어 설명해 줘요. 당신은 미세스 설리 버크와 8시 반에 저녁 식사를 같이 하기로 되어 있어요. 자격은 로스앤젤레스에서 온 나의 어린 시절 친구. 직업은 미상. 먼저 이쯤에서 시작해 봐요."
"용케도 거기까지 밀고 갔군요."
"간단해요. 설리는 저녁 식사 초대와 독신 남자를 몹시 좋아해요. 재혼을 노리고 있으니까요."
"그런데 어떻게 그녀를 알게 됐지요?"

"어제 저녁 셜리가 단골로 다니는 술집에 내가 우연히 들어갔다가 아주 의기투합했어요. 그녀가 기분이 좋았기 때문이죠. 남동생 저드슨 이야기를 자꾸만 하고 있었는데 그 사람이 당신이 찾고 있는 남자인지 몰라요."
"맞아요. 그 사나이는 어디 있습니까?"
"사우스 쇼의 어딘가에요. 이곳은 아시다시피 사람을 찾기 어려운 도시예요. 그 사나이에 대해선 지금 애니가 뒷조사를 하고 있어요."
"그럼 할 수 없군. 그의 누님 집으로 데려다 주구려."
"도살장에 끌려가는 양 같은 표정은 하지 말아요. 퍽 좋은 여자예요." 필리스는 여성만의 독특한 연대감을 담아서 말했다. "머리는 좋지 않지만 마음씨는 양순해요. 남동생을 사랑하고 있어요."
"루크레차 보르자도 남동생을 사랑하고 있었어요."
필리스는 차문을 덜컥 닫았다. 우리는 리노를 향해 차를 달렸다. 리노라는 도시에서는 여태까지 나에게 좋은 일이 있었던 예가 없었다. 그렇지만 뭔가 좋은 일이 있도록 기도드리지 않을 수 없는 곳이었다.
미세스 셜리 버크는 라일리 거리의 낡은 2층집 위층에 검소하게 살고 있었다. 필리스는 8시 29분에 그 집 앞에서 나를 내려 주고 내가 나중에 애니와 필리스의 집에서 묵도록 약속하게끔 했다. 미세스 버크는 깨끗이 차려입고 2층 층계참에서 기다리고 있었다. 검정색 타이트 드레스에 여우목달리를 두르고 진주목걸이에 귀걸이, 10센티미터쯤 되는 하이힐 차림이었다. 머리는 성격의 복잡함을 나타내듯이 갈색과 금발이 뒤섞여 있었다. 내가 계단을 올라가자 그녀의 갈색 눈은 전쟁 전의 경매장에서 농장주가 몸매 좋은 노예라도 바라보는 것처럼 찬찬히 감정하듯이 바라보고 있었다.

그러나 그녀의 향수 취미는 나쁘지 않았다. 웃는 얼굴에도 친밀감이 담겨 있었다. 우리는 인사를 나누었고 서로 이름을 밝혔다. 그녀는 처음부터 설리라고 불러 달라고 말했다.

"죄송하지만 방 안이 지저분해서 모실 수 없군요. 일요일에는 무슨 일이든지 손을 대고 싶지 않아서요. 참, '우울한 일요일'이란 옛 노래가 있잖아요. 이혼한 뒤에는 그 노래와 같은 기분이에요. 필리스에게서 들었지만 당신도 이혼했다면서요?"

"필리스의 말대로입니다."

"하지만 남자 분은 다를 거예요." 그녀는 다소 원망스럽게 말했다. "그렇지만 선생님은 누군가 돌봐줄 여자 손길이 없어선 안 될 분 같아요."

나는 지금까지 이렇게 척척 일을 처리하는 여성은 만난 적이 없다. 나는 나도 모르게 반장화를 신은 내 발을 보았다. 그녀는 내 반장화나 비행기 안에서 잤기 때문에 완전히 모양이 구겨진 옷을 빤히 살펴보고 있었다. 하지만 내 체격은 나쁘지 않았다. 계단도 난간을 잡지 않고 올라오지 않았는가.

"어디에 가서 식사를 하십시다." 그녀는 말했다. "리버사이드라는 좋은 레스토랑이 있습니다만."

그곳은 과연 좋은 레스토랑이었지만 음식 값이 비싼 레스토랑이기도 했다. 한두 잔 마시고 알렉스의 돈을 쓴다는 떳떳치 못한 생각 따위는 잊기로 했다. 설리 버크의 잡담은 어떤 의미에서는 매력적이었다. 그 이야기를 믿는다면 설리의 전남편은 드라큘라와 히틀러와 유라이어 히프(디킨스의 《데이비드 코퍼필드》의 등장인물. 겉으로는 얌전하나 실은 후안무치한 사나이)를 뒤섞은 사람이라고 했다. 그 사나이는 북서부에서 세일즈맨을 하고 있었는데, 적어도 연봉 2만 5,000달러는 벌고 있다고 한다. 하지만 설리는 한 달에 겨우 600달러의 별거 수당을 얻어내는 데도 몇 번이나 강경한 수단을 쓰지 않으면 안 된다는 거였다. 요즘은 더욱 가계를 꾸려나가기 어렵게 되었다. 지금은 남동생이 클럽 근무를 그만두었기 때문에 더욱 어려워졌다.

나는 설리에게 마실 것을 한잔 더 주문해 주고 적당히 동정하는 말을 했다.

"저드는 착한 아이예요." 누군가가 착한 아이가 아니라고 반대라도 한 것처럼 그녀는 말했다. "그 애가 워싱턴 주에 있었을 무렵에는 미식축구 코치를 하고 있었어요. 그래도 유명 학교의 코치만 된다면 올 아메리칸도 별것 아니라고 스포캔(워싱턴 주의 도시)의 사람들이 말해 주었어요. 그러나 끝내 인정받지 못했어요. 하찮은 일로 해서 일을 그만뒀어요. 저드도 그런 가소로운 생트집은 없을 거라고 말했어요."

"어떤 생트집이었습니까?"

"대단한 일이 아니었어요. 그러니까 난센스라고 하는 거죠." 그녀는 넉 잔째의 마티니를 다 마신 뒤 빈 글라스 너머로 단순한 교태를 지어 보였다. "당신 일에 대해선 아직 얘기해 주지 않은 것 같군요, 루."

"아직 얘기하지 않았습니다. 난 할리우드에서 조그만 대리업을 하고 있습니다."

"어머, 멋지군요. 저드는 옛날부터 배우가 되고 싶어했죠. 경험은 전혀 없지만 모두 핸섬보이라고 했어요. 지난주에도 저드는 할리우드에 갔다 온 모양이에요."

"배우 일자리를 얻으려고요?"

"일이라면 뭐라도 좋아요. 그 애는 원래 일하기를 좋아했지만 무슨 일이든 기초가 탄탄하지 않아서 안 되었어요. 미식축구 코치를 그만둔 뒤 댄스 스튜디오에 다녔지만 그곳도 망해 버렸어요. 할리우드에서 뭔가 그 애가 할 수 있는 일이 없을까요?"

"남동생과 꼭 이야기해 보고 싶습니다."

나는 정직하게 말했다.

그녀는 거나할 정도로 취해 있었기 때문에 내가 남동생에게 관심을 갖고 있다는 것을 별로 이상하게 생각하진 않았다.

"그렇다면 간단해요. 실은 제 남동생은 지금 제 아파트에 있거든요. 그러니까 전화로 부르면 곧 올 거예요."

"아닙니다. 식사를 먼저 합시다."

"남동생 몫의 계산은 제가 지불해도 되는데……." 그녀는 쓸데없는 소릴 했다는 걸 깨달았는지 곧 그 말을 취소했다. "하지만 세 사람은 어중간하군요. 식사는 역시 둘이서 하는 게 좋을 것 같군요."

그러나 식사 중에 그녀가 남동생 얘기만 했기 때문에 세 사람이 식탁에 앉아 있는 것과 같았다. 그녀는 예전에 남동생이 미식축구에서 올린 전과를 암송했다. 그리고는 묘하게도 정신착란과 같은 열을 올리며 여자를 대하는 남동생의 솜씨를 자랑했다. 그리고 또 남동생의 여러 가지 아이디어를 설명해 주었다. 가장 내 마음에 든 것은, 거추장스런 부분을 모두 삭제한 성서 축쇄판을 만든다는 계획이었다.

설리는 술이 세지 않았다. 식사가 끝날 무렵에는 벌써 지리멸렬한 상태가 되어 있었다. 그 결과 남동생을 불러서 클럽에 같이 가자고 말했으나 나는 별로 마음 내키지 않아서 그녀를 집으로 보내기로 했다. 택시 안에서 그녀는 내게 기대어 잠들어 버렸다. 그건 별로 괴로운 일은 아니었다.

라일리 거리에 도착했기 때문에 나는 설리를 흔들어 깨워 어깨에 메고 함께 건물로 들어가 계단을 오르기 시작했다. 그녀의 몸은 몹시 크게 느껴졌는데 손발은 힘이 없었고 게다가 여우목달리가 자꾸만 떨어질 뻔했다. 나는 이 주말에는 술주정뱅이 치다꺼리만 한 것 같은 기분이 들었다.

반기성복 바지를 입고 셔츠 소매를 걷어 올린 사나이가 설리의 방문을 열었다. 설리의 어깨를 두른 채 나는 재빨리 그 사나이의 인상을 파악했다. 애매한 세계에 사는 애매한 성격의 사나이였다. 왠지 모르게 미남이었고, 왠지 모르게 난처한 느낌을 주는 사나이였고, 왠지 모르게 과보호되어 있었고, 왠지 모르게 스마트하고, 왠지 모르게 위험하고, 왠지 모를 사나이였다. 끝이 뾰족한 이탈리아제 구두는 그 끝 부분이 닳아 없어져 있었다.

"의사를 부를까요?"

사나이는 내게 말했다.

"무슨 말을 하는 거냐? 나는 전혀 괜찮아요, 아처 씨. 애가 남동생인 저드예요, 저드슨 포리."

"처음 뵙습니다." 그는 말했다. "누님에게 술을 마시게 하면 안 됩니다. 알코올에는 약하니까요. 이제 제가 맡겠어요."

그는 귀찮다는 듯이, 요령 있게 여자의 팔을 자기 어깨에 돌려 허리 부분을 단단히 안고는 거실에서 밝은 침실로 설리를 걷게 하더니 할리우드식 침대에 눕히자 침실 불을 껐다.

내가 아직 앞 거실에 있는 것을 보자 그는 불쾌한 빛을 뚜렷이 나타내었다.

"아처 씨인지 누구인지는 모르겠습니다만 이젠 돌아가십시오. 오늘 밤 쇼는 끝났습니다."

"당신은 손님 접대에 서툴군요."

"네, 그래요. 손님 접대를 잘하는 사람은 누님이지요." 그는 얼굴을 찌푸리고 꽁초가 산같이 쌓인 재떨이, 더러운 글라스, 흩어진 신문 따위가 있는 좁은 방을 한번 빙 둘러보았다. "당신하고는 지금까지 만나 뵌 일도 없었고 앞으로 만나 뵐 일도 없을 겁니다. 그렇다면 내가 친절하게 접대할 필요는 없지 않습니까?"

"정말로 지금까지 만난 일이 없습니까? 잘 생각해 봐요."

그의 갈색 눈이 내 얼굴을, 이어서 내 몸을 찬찬히 보았다. 다음에 그는 희끗하게 머리털이 나기 시작한 이마 위를 신경질적으로 긁은 뒤 고개를 좌우로 흔들었다.

"만나 뵌 일이 있다면 내가 취해 있었을 때일 테죠. 내가 술을 마시고 있을 때 설리가 데리고 온 사람이 아닙니까?"

"아닙니다. 지난주 금요일 밤에 당신은 술을 마시고 있었습니까?"

"금요일 밤 말입니까? 그날 밤에는 분명히 이 도시에는 있지 않았어요. 내가 돌아온 건 토요일 아침이었어요." 그는 아무렇지도 않은 말투와 무관심한 눈짓을 하고 있었다. "역시 나는 아닐 겁니다, 당신과 만난 사람은."

"아뇨, 당신입니다, 저드. 내가 당신에게 부딪쳤죠. 아니면 당신이 내게 부딪쳤어요. 금요일 밤 9시 무렵에, 퍼시픽 포인트에서."

당황하는 빛이 번갯불처럼 그의 얼굴을 스쳐 지나갔다.

"헬렌 해거티의 집 진입로를 달려서 쫓아갔어요. 기억합니까? 당신 발이 빨라서 따라잡지 못했지요. 이틀이나 걸려서 이제 겨우 따라잡았습니다."

방금 달려온 듯이 그는 숨을 헐떡거렸다.

"당신은 경찰입니까?"

"사립 탐정입니다."

덴마크제 의자의 가는 팔걸이가 부러지지 않을까 싶을 정도로 세게 잡고 그는 앉았다.

"브래드쇼는 내 이야기를 듣고 납득할 수 있다고 말했어요. 그런데 당신을 보내다니?" 그는 눈을 가늘게 떴다. "나에 대해선 누님한테서 알아낸 겁니까?"

"당신 누님이 자기 입으로 말해준 겁니다."

그는 의자에 앉은 채 몸을 비틀고 설리의 침실에 독이 오른 눈길을 보냈다.

"나에 대해선 잠자코 있었으면 될 텐데."

"누님을 책망하지 말아요. 그 일은 당신이 한 일이니까."

"아무 일도 하지 않았어요. 브래드쇼에게 말한 대로입니다. 그는 믿는다고 했어요. 적어도 나한테는 믿는다고 말했어요."

"로이 브래드쇼가 말입니까?"

"그래요. 금요일 밤에 브래드쇼는 내가 누구인지 알았어요. 나는 어둠 속에서 누구와 부딪쳤는지 전혀 몰랐어요. 아무튼 도망치려는 마음뿐이었으니까요."

"왜죠?"

그는 튼튼한 어깨를 들어올리고 그대로의 자세로 고개를 떨어뜨렸다.

"경찰 신세를 지고 싶지 않았으니까요."

"헬렌의 집에서 무엇을 하고 있었습니까?"

"헬렌이 불렀습니다. 이를테면 선량한 사마리아 인으로서 간 거죠. 산타모니카의 호텔로 전화가 왔어요. 근심스런 목소리로 오늘 밤 자러 오라는 거였어요. 부른 것은 내게 매력이 있었던 탓은 아닙니다. 헬렌은 겁을 먹고 있었기 때문에 누구라도 좋으니 함께 있어 줄 사람이 필요했던 겁니다."

"전화가 걸려온 것은 몇 시쯤이었습니까?"

"7시나 7시 반쯤이었어요. 바로 저녁 식사를 하고 돌아온 참이었으니까요." 그는 어깨의 힘을 뺐다. "하지만 이런 것들은 모두 브래드쇼에게서 들어 알고 있을 테죠? 대체 어떻게 하려는 겁니까? 내가 실수하기를 기다리고 있는 겁니까?"

"그렇군요, 그렇게 생각할 수도 있겠군요. 실수라면 어떤 것입니까?"

그는 머리를 좌우로 계속 흔들며 말했다.

"특별히 이렇다 할 것은 없습니다. 다만 나는 이런 때에 실수를 하면 안 된다는 겁니다."

"벌써 큰 실수를 했지 않습니까? 지난번 밤에 도망쳤을 때."

"네, 알고 있어요. 당황했기 때문이죠."

그는 다시 머리를 저었다. "헬렌이 머리에 구멍이 뚫려 쓰러져 있는데 그 옆에 서 있는 나는 좋은 봉이 되니까요. 게다가 당신들의 발소리가 들렸어요. 나는 대단히 당황했어요. 그건 믿어 줘요."

이런 녀석들은 언제나 같은 말을 한다.

"왜 당신 말을 믿어야 한다는 겁니까?"

"정말이기 때문입니다. 나는 어린아이처럼 결백합니다."

"대단히 결백하군요."

"아닙니다. 늘 그렇게 결백하지는 않지만 이 사건만은 결백합니다. 대체로 나는 무리해서라도 헬렌을 위해서는 힘써 온 사람이니까요. 그러한 내가 일부러 거기까지 가서 헬렌을 죽이다니 생각할 수 없는 일이죠. 나는 헬렌을 좋아했어요. 우리 사이에는 서로 공통점이 많았어요."

이것이 헬렌에게도 이 사나이에게도 도움이 될 증언인지 어떤지 나로서는 알 수 없었다. 버트 해거티는 헬렌을 타락한 여자라고 했고, 한편 내 눈앞에 있는 이 사나이는 어딘지 수상쩍은 사람이 아닌가. 이 사나이의 잘생긴 용모 뒤에는 사회의 계단을 몇 단이나 굴러 떨어진 사람의 붕괴된 듯한 느낌이 짙었다. 그럼에도 불구하고 나는 그 사나이의 이야기를 반쯤 믿었다. 반 이상은 결코 믿지 않았지만.

"당신과 헬렌의 공통점이라면?"

그는 재빨리 내 얼굴빛을 살폈다. 그는 보통 신문과는 다르다는 것을 눈치챈 모양이었다. 그의 대답은 신중했다.

"스포츠나 댄스, 여러 가지 놀이나 게임 등이죠. 우리는 아주 유쾌하게 놀았어요. 그러니까 지난번 밤, 그녀의 시체를 보았을 때 나는 너무나 놀랐어요."

"맨 처음 친해진 동기는?"

그는 초조한 듯이 말했다.

"그런 것은 아실 텐데요? 브래드쇼에게 고용되었다면 알고 있을 겁니다."

"고용되어 있는 건 아닙니다. 브래드쇼와 나는 자기편이라고 할 수 있습니다." 그의 마음속에서 로이 브래드쇼가 왜 이렇게 큰 자리를 차지하고 있는지 그것을 알고 싶었으나, 그것보다 먼저 물어볼 것이 있었다. "아무튼 너무 애태우지 말고 헬렌과 어떻게 알게 되었는지 얘기해 봐요."

"별로 대단한 일이 아닙니다." 그는 퇴폐적인 황제가 사형을 선고할 때처럼 엄지손가락으로 아래층을 가리켰다. "금년 여름 이혼 때문에 6주 동안 체재했을 때 헬렌은 아랫방을 빌려 쓰고 있었어요. 그래서 우리 누님과 사귀게 되었고, 나도 자연히 알게 된 겁니다. 셋이서 곧잘 여러 곳에 놀러 갔어요."

"설리의 차로 갔습니까?"

그는 정열적으로 말했다.

"아닙니다. 나도 차를 갖고 있었어요……. 62년형의 갤럭시였어요. 8월이었으니까, 내가 일자리를 잃기 전이었어요. 그러다가 할부금을 지불할 수 없게 되었어요."

"일자리를 잃은 것은 무슨 이유에서였습니까?"

"그런 일은 당신에게 흥미가 없을 텐데요. 헬렌 해거티하고도, 다른 누구하고도 전혀 관계가 없어요."

그 이상하게 구애받는 듯한 말투 때문에 내 마음에는 의심이 생겼다.

"일은 무슨 일이었습니까?"

"당신에겐 흥미 없는 일입니다."

"조사할 생각만 있다면 당신의 전 근무처쯤은 간단히 찾을 수 있어요. 그러니까 말해 보시오."

그는 눈을 내리깔고 말했다.

"스테이트라인 시의 클럽 솔리테어의 현금 교환소에 있었어요. 조금 큰 계산 착오를 일으켰어요."

그는 손재주가 없을 것 같은 투박한 자기 손바닥을 바라보았다.

"그래서 로스앤젤레스에 일자리를 찾으러 갔습니까?"

"그래요."

자기의 실업이라는 화제에서 피할 수 있게 되자 그는 마음을 놓은 듯했다.

"결국 일자리는 찾지 못했어요. 머지않아 나는 이 도시에서도 떠날 겁니다."

"왜요?"

그는 이마 위 머리털이 난 부분을 긁었다.

"언제까지나 누님의 신세를 질 수는 없어요. 역시 미안하니까요. 다시 한 번 로스앤젤레스에 일자리를 찾으러 갈 겁니다."

"이야기가 이전으로 돌아가지만, 금요일 밤에 당신이 있는 호텔에 헬렌이 전화를 걸어 왔다고 말했죠? 당신이 그 호텔에 있는 것을 헬렌은 어떻게 알았습니까?"

"며칠 전에 내가 전화를 걸었습니다."

"무슨 일로?"

"언제나 있는 일이죠. 말하자면 같이 놀지 않겠느냐는 겁니다."

놀이 이야기를 하고 있는 그의 얼굴은 벌써 몇 해나 즐거움을 잊은 듯한 사람 같았다.

"그건 수요일 밤이었는데, 헬렌은 벌써 데이트 약속을 한 뒤였어요. 그 데이트 상대는 브래드쇼였어요. 음악회에 간다고 말했어요. 그래서 다른 날에 그녀 쪽에서 전화를 하겠다고 했어요. 그런데 그 약속을 실행한 것이 금요일 밤이었어요."

"헬렌은 전화로 뭐라고 말했습니까?"

"누군가에게 살해 협박을 받고 있다면서 무서워하고 있었어요. 헬렌이 그런 말을 하는 건 처음 들었어요. 나밖에 믿을 만한 사람이 없다고 했어요. 그래서 나는 떠났는데 그때는 벌써 늦었어요."

그의 말투에서는 슬픔이 느껴졌으나 그것 역시 애매한 슬픔이었다. 그것은 헬렌의 죽음에 의해 기대를 배신당했다는 감정인지도 모른다.

"헬렌과 브래드쇼는 매우 친한 사이였습니까?"

그는 신중하게 대답했다.

"그렇게까지 친한 사이는 아니었어요. 헬렌과 브래드쇼가 친하게 된 것은, 헬렌과 내가 친해진 것과 비슷하지 않았을까요? 아무튼 브래드쇼는 금요일 밤에 바빴던 것 같았어요. 뭔가 큰 만찬회에서 연설을 했다고 오늘 아침 내게 그렇게 말했어요."

"그건 사실입니다. 브래드쇼와 헬렌이 알게 된 것은 이 리노에서입니까?"

"물론입니다."

"브래드쇼는 올여름 유럽에 가 있었지 않습니까?"

"아닙니다. 8월에는 줄곧 이 리노에 있었습니다."

"여기서 무엇을 하고 있었을까요?"

"네바다 대학에서 무슨 연구를 하고 있다고 언젠가 말했어요. 무슨 연구인지는 확실히 얘기하지 않았어요. 게다가 나는 브래드쇼하고는 별로 사귀지 않았어요. 헬렌과 함께 두 번 만났을 뿐입니다. 그 뒤 오늘까지 계속 만나지 않았어요."

"그래서 금요일 밤, 저쪽에서 당신이 생각나 이곳까지 여러 가지 것을 물으러 왔다는 겁니까?"

"그래요. 오늘 아침 찾아와서 여러 가지를 끈덕지게 묻더군요. 그래도 내가 그 살인을 하지 않았다는 것을 믿어 주더군요. 왜 당신은 믿어 주지 않는 겁니까?"

"브래드쇼를 만나 이야기해 보기 전에는 믿는다고도 믿지 않는다고도 말할 수 없습니다. 브래드쇼는 지금 어디 있습니까? 알고 있습니까?"

"노스 쇼의 레이크뷰 인에 머물고 있다고 말했어요. 아직 그곳에 있는지 어떤지는 모르겠습니다만."

나는 일어나 문을 열었다.

"지금 곧 가 봅시다."

나는 저드슨에게, 다시 한 번 도망치거나 하면 입장이 곤란해지니까 어디에도 가지 말라고 말했다. 그는 고개를 끄덕였다. 그러다가 갑자기 적개심이 솟구쳤는지 나에게 덤벼들었다. 넓은 어깨로 내 늑골 밑을 누르고 바람을 홱 자르는 듯한 스피드로 나를 뒷문 빗장 있는 곳에 밀어 붙였다.

다음 순간, 그는 내 얼굴을 향해 펀치를 날렸다. 나는 머리를 피했다. 그의 주먹은 소리를 내고 회칠을 한 벽에 파고들었다. 그 아픔에 그는 비명을 질렀으나 곧 다른 손으로 공격했다. 나는 문 빗장 밑에 몸을 눕혔다. 그는 나를 무릎으로 차고 턱 옆을 비스듬히 때렸다.

할 수 없이 나는 일어났다. 그는 머리를 낮춘 자세로 다시 돌진해 왔다. 나는 한쪽으로 몸을 피하면서 지나가는 그의 목 뒷덜미에 짧은 일격을 가했다. 문가에서 층계참으로 밀려나 몸을 비틀거린 그는 그대로 아래에 굴러 떨어졌다. 그리하여 계단 밑에 뻗어 조용해졌다.

그러나 경찰이 왔을 때, 그는 의식을 되찾았다. 나는 경찰서까지 따라갔다. 이 사나이는 무슨 일이 있더라도 유치해 두지 않으면 안 된다. 경찰서에 도착해서 5분도 지나기 전에 애니가 들어왔다. 애니는 경찰관들에게 얼굴이 알려져 있었다. 저드슨 포리는 폭행 상해죄로 즉시 유치되었다.

24

애니의 차를 타고 간 레이크뷰 인이란 곳은 캘리포니아 고딕 양식의 짜임새 없는 큰 건물로, 아마도 금세기 첫 무렵에 만들어진 것임에 틀림없었다. 몇 세대에 걸쳐 피서객들의 발길이 로비를 오갔기 때문에 예전에는 있었을지 모를 옛 세계의 매력은 흔적도 없이 사라져 버렸다. 로이 브래드쇼가 정한 숙소로서는 어울리지 않는 장소였다.

그러나 브래드쇼는 확실히 이곳에 머무르고 있다고 프런트의 나이든 직원이 말했다. 철도 직원이 사용하는 몸시계를 조끼 호주머니에서 꺼내 보며 프런트 직원은 천천히 시간을 확인했다.

"하지만 벌써 늦은 시간이니까 두 분 다 주무실 겁니다."

"두 분이라니?"

"브래드쇼 씨와 그의 부인 말입니다. 필요하시다면 제가 가서 깨울까요? 방에는 전화를 설치하지 않았기 때문에."

"아닙니다. 내가 깨우러 가겠습니다. 나는 닥터 브래드쇼의 친구이니까요."

"아니, 그분은 의사입니까?"

"철학 박사입니다. 방 번호는 몇 번입니까?"

"31번, 맨 위층입니다."

맨 위층까지 직접 오르지 않게 되자 늙은 직원은 안심하는 것 같았다.

나는 애니를 프런트에 남겨 두고 3층까지 올라갔다. 31호실의 유리창은 밝아 보였고 불분명하게 중얼거리는 소리가 들려왔다. 나는 문을 두들겼다. 중얼거리는 소리가 멎고 계속해서 슬리퍼 소리가 다가왔다.

문 바로 안에서 로이 브래드쇼가 말했다.

"누구십니까?"

"아처입니다."

브래드쇼는 망설였다. 복도를 사이에 둔 건너편 방에서 자고 있는 사람이 우리의 말소리 탓인지 코를 골기 시작했다. 브래드쇼가 말했다.

"무슨 일로 왔습니까?"

"당신을 만나려구요."

"내일 아침까지 기다려 주지 않겠습니까?"

그는 속상하다는 투로 말했다. 여느 때의 하버드 사투리까지 없어졌다.

"아닙니다. 기다릴 수 없습니다. 저드슨 포리에 관한 일로 당신과 의논하고 싶습니다."

"알겠습니다. 곧 옷을 입겠어요."

어둡고 좁은 복도에서 나는 기다렸다. 희미하게 코를 자극하는 냄새가 떠돌고 있는 것은 밤마다 이곳을 임시 숙소로 하는 사람들에게서 낡은 건물이 빨아들인 냄새, 잠시 스쳐가는 인생의 냄새라고나 할까. 코를 골던 사나이는 코를 고는 사이에 무서운 신음소리를 질렀다. 여자 목소리가 "저쪽을 봐요" 하고는 그 소리는 멎었다.

브래드쇼의 방에서는 빠른 말을 주고받는 소리가 들렸다. 여자 목소리가 뭔가를 해달라고 했고, 브래드쇼의 목소리가 그것을 거절했다. 여자 목소리는 들어본 적이 있는 것 같았는데 확실하지는 않았다.

이윽고 브래드쇼가 문을 열었을 때 그것은 분명해졌다. 되도록이면 나에게 내부를 보이지 않으려고 조금 연 문으로 그는 미끄러져 나오듯 했지만, 그래도 로라 서더런드의 모습이 얼핏 보였다. 그녀는 소박한 페이즐리 가운을 입고 흐트러진 침대 끝에 얌전히 앉아 있었다. 머리칼을 어깨 위에 드리운 그녀의 얼굴은 아름다운 장밋빛이었다.

브래드쇼는 힘 있게 문을 닫았다.

"들켰군."

홀쭉한 바지를 입고 검은색 터틀넥의 스웨터를 입은 브래드쇼는 훨씬 젊어 보였다. 긴장된 분위기와는 정반대로 몹시 행복한 것 같은 느낌이 들었다.

"뭔가 비밀이 탄로났습니까?" 나는 말했다.

"아닙니다. 이것은 사람 눈을 피해서 하는 밀회가 아닙니다. 로라와 나는 일전에 정식으로 결혼했어요. 지금은 결혼 사실을 숨기고 있을 뿐입니다. 당신에게도 그걸 알아주십사 부탁해야겠군요."

나는 그걸 알아준다거나 알아주지 않는다거나 말하진 않았다.

"왜 그렇게 숨깁니까?"

"이유는 여러 가지가 있습니다. 첫째 현재의 대학 규칙에 의하면 로라가 결혼하는 경우, 퇴직하지 않으면 안 됩니다. 물론 로라는 퇴직할 생각이지만 지금 당장은 곤란합니다. 게다가 우리 어머니 건도 있습니다. 어머니에게는 뭐라고 밝혀야 할 것인지……."

"결혼했다고 하시면 됩니다. 설마 쇼크로 쓰러지는 일은 없으리라고 생각합니다만."

"말하기는 쉽습니다. 그러나 그런 일은 도저히 할 수 없어요."

왜 할 수 없느냐 하면, 어머니에게 재산이 있기 때문이라고 나는 생각했다. 현재 많은 돈이 있고 장래에 더 많은 돈을 상속받을 아들은 중년에의 제1보를 좀처럼 쉽게 내디디질 못하고 있는 것이다. 그런데 나는 내심으로 브래드쇼에 대해 은근히 존경심을 느끼고 있었다. 그는 생각보다 실행력이 있는 사나이였다.

우리는 계단을 내려가 로비를 빠져 나갔다. 애니는 프런트의 사나이와 진 러미(트럼프 놀이의 한 종류)를 하고 있었다. 바는 어두운 동굴식이었는데 벽에는 종류석 대신 사슴 뿔이 있었고 석순(石筍) 대신 손님들이 있었다. 야구 캡을 쓰고 스포츠용 재킷을 입은 이 근방의 주민 같은 한 남자 손님이 브래드쇼와 나에게 한잔 사겠다고 말했다. 바텐더가 "이제 돌아가세요?"라고 말했다. 놀랍게도 그 사나이는 얌전하게 나가 버렸고 다른 손님들도 대부분 그 사나이를 따라 사라져 버렸다.

우리는 카운터에 앉았다. 브래드쇼는 버번을 더블로 주문했고 나에게도 같은 것을 권했다. 나는 별로 마시고 싶지 않았다. 브래드쇼가 술을 권하는 데는 약간 음험한 빛이 있었다. 자기 비밀을 들킨 것과 아내의 침실에서 끌려 나오게 된 일에 대해 나를 원망하는 눈치였다.

"그런데 저드슨 포리가 어떻게 됐다구요?"

"금요일 밤, 당신은 저드슨을 알아본 모양이더군요?"

"직감적으로 그가 아닌가 생각했어요."

브래드쇼는 여느 때의 말투로 돌아가 그것을 이른바 소리의 가면으로 사용하고 있었다.

"왜 그렇다고 말씀해 주지 않았습니까? 시간과 비용을 많이 절약할 수 있었을 텐데."

엄숙한 눈빛으로 브래드쇼는 글라스 너머로 나를 보았다.

"아닙니다. 확신이라는 점에서 어쩐지 그럴 순 없었어요. 확인할 수 없는 사람을 범인 취급해서 경찰에게 쫓기도록 할 수는 없지 않습니까?"
"그래서 확인하기 위해 여기에 온 겁니까?"
"결과적으로는 그렇게 되었어요. 사람의 일생에는 이따금 여러 가지 일이 한꺼번에 몰려온 것처럼 보일 때가 있는 법이죠."
고지식한 말투에 기쁨의 빛이 반짝거렸다.
"로라와 나는 얼마 전부터 주말을 이용해서 몰래 이곳에 오도록 계획하고 있었어요. 이번 회의는 좋은 기회였어요. 포리의 건은 이른바 부산물입니다. 물론 중요한 일이긴 하지만. 오늘 아침 그하고 만나 철저하게 물어보았어요. 내가 보건대 아마도 그것하고는 관계가 없는 것 같았습니다."
"무엇하고 관계가 없다는 겁니까?"
"헬렌 살해 사건하고. 포리는 미급하나마 도와주려는 생각에서 헬렌의 집에 간 모양입니다만, 도착했을 때는 벌써 때가 늦었다는 겁니다. 그래서 무서워 도망쳤다고 했습니다."
"무엇이 무서웠다는 겁니까?"
"죄를 뒤집어쓰게 될 것을, 이를테면 프레임업(범인 날조) 말입니다. 포리는 지난날에 당국과의 분쟁이 있었어요. 미식축구의 조작 시합 사건이었죠."
"그런 일을 당신은 어떻게 알고 있습니까?"
"포리가 나한테 말해줬어요." 만족스러운 듯이 그는 입속으로 웃었다. "뭐라고 할까……. 그런 적응 불능자에게 나는 신뢰를 받는 편이죠. 정말 솔직하게 말해줬어요. 그 이야기를 종합해 보면 그는 헬렌 살해 사건과는 아무 관계가 없었습니다."
"아마 그랬을 테죠. 그러나 그에 대해서 더 상세한 것을 알고 싶습니다만?"
"나도 그에 대해선 상세한 것을 모릅니다. 그는 내가 아닌 헬렌의 친구였으니까요. 헬렌과 함께 한두 번 만났을 뿐이니까요."

"리노에서 말입니까?"

"네. 올여름에는 잠깐 네바다에 있었어요. 이것도 그다지 공개하고 싶지 않은 사실입니다." 브래드쇼는 모호한 말투로 덧붙여 말했다. "나도 어느 정도는 사적인 생활을 허용받고 싶습니다."

"그때 로라와 함께 있었습니까?"

브래드쇼는 눈을 내리깔았다.

"한때는 로라도 있었어요. 아직 결혼할 결심이 서지 않았었죠. 정말 큰 결심이 필요했어요. 결혼하면 로라의 학교생활이 끝이 나고, 나하고…… 어머니하고의 생활도 끝이 나기 때문이죠."

브래드쇼는 어색한 투로 말했다.

"사실을 숨겨 둔 이유를 잘 알겠습니다. 그래도 지난달 리노에서 포리나 헬렌과 만났던 일은 내게 이야기해 주었으면 좋았을 텐데요."

"이야기할걸 그랬어요. 미안합니다. 어쩐지 무엇이나 비밀로 해두는 버릇이 붙어 버린 것 같습니다." 브래드쇼는 이렇게 말한 뒤 사람이 변한 것처럼 정열적인 목소리로 말했다. "나는 로라를 깊이 사랑하고 있습니다. 그러니까 우리의 목가적인 상태를 어지럽히는 위험이 있는 것에 대해선 몹시 두려움을 느낀답니다." 딱딱하고 예스런 말이었으나 그 말의 뒷감정은 진실인 것 같았다.

"포리와 헬렌의 관계는 어떤 것이었을까요?"

"아마 단순한 친구 이외의 아무것도 아니었을 겁니다. 정직히 말해서 헬렌이 그런 친구를 선택한 일에 나는 좀 놀랐어요. 그러나 포리는 헬렌보다 연하였으니까 그 점이 매력이었는지 모릅니다. 리노라는 곳에서는 아시겠지만 품위 있는 놀이 친구는 희소가치가 있어요. 나도 몇 사람의 맹렬한 부인들에게 습격받고 질려 버린 적이 있었어요."

"헬렌은 그런 부인 가운데 한 사람이었습니까?"

"아마 그렇다고 봐야겠죠." 어둑한 조명 속에서도 브래드쇼가 얼굴을 붉힌 것을 확실히 알 수 있었다. "물론 헬렌은 모르고 있었어요, 나하고 로라와의…… 관계는. 절대로 비밀로 해두었으니까요."

"그래서 포리의 존재를 공개하고 싶지 않았던 거로군요?"

"그렇지는 않습니다."

"그럼 무슨 이유가 있었습니까?"

"그것도 이유의 하나이긴 했습니다만." 그는 오랜 사이를 두었다. "그러나 그것이 필요하다면 우리는 그것에 구애받지 않아요. 로라와 나에게는 뒤가 켕기는 건 하나도 없거든요."

바텐더가 말했다.

"죄송합니다만 가게 문을 닫아야겠습니다."

우리는 남은 술을 마셨다. 로비로 나오자 브래드쇼는 신경질적으로 재빨리 나하고 악수를 나누더니 아내에게 돌아간다는 말을 중얼거렸다. 그는 발끝으로 선 자세로 계단을 두 단씩 뛰어올라갔다.

나는 애니가 게임을 끝내는 것을 기다렸다. 애니가 일류 탐정인 이유 중 하나는 어떤 그룹이나 어떤 상황에도 쉽게 적응하며 이야기를 꺼낼 수 있는 능력에 있다. 우리가 호텔에서 나올 때 애니는 프런트의 사나이와 악수했다.

"당신 친구와 함께 투숙하고 있는 부인은 머리가 갈색인 글래머 미인인데 어려운 말을 쓰고 있다는 거야."

차 안에서 애니가 말했다.

"그의 아내일세."

"뭐야? 브래드쇼가 기혼자라고는 말해 주지 않았잖아?"

애니는 속상하다는 듯이 말했다.

"나도 방금 알았다네. 비밀 결혼이라더군. 무서운 어머니가 그의 등 뒤에 도사리고 있다네. 아니면 앞에서 설치고 있다고나 할까. 어머니는 부자야. 그러니까 유산을 날려 버리고 싶진 않을 테지."
"그런 어머니하고는 손을 끊고 혼자 힘으로 해나가면 좋을 텐데."
"나도 그렇게 말해 줬다네."

애니는 차에 기어를 넣었다. 호수를 따라 서쪽으로, 다음은 남쪽으로 차가 달리는 동안 애니는 샌프란시스코의 탐정사 부탁을 받았던 전쟁 전 사건에 대해 길게 이야기했다. 힐즈버러라는 읍에 예순이 넘은 과부가 살고 있었는데 그 아들은 서른이 넘어 있었다. 그 아들이 언제나 한밤중에 돌아오기 때문에 도대체 밤마다 무슨 일을 하는지 어머니는 의심스럽게 생각했다. 조사해 보니 그 아들은 전에 요릿집 접대부였던 여자와 벌써 5년 전에 결혼하고 남샌프란시스코의 오두막집에서 아이들 셋과 살고 있었다.

애니는 이것으로 이야기가 끝났다는 듯이 입을 다물었다.
"그 가족은 어떻게 되었지?" 나는 물었다.
"할머니는 손자들 귀여움에 빠져서 아들 색시를 집으로 맞아 들였다네. 그 뒤로는 온 식구가 어울려 언제까지나 행복하게 살았다는 얘기야. 물론 할머니 돈으로 말일세."
"브래드쇼도 더 일찍 결혼해서 아이들이 있었다면 문제가 없었을 텐데."

우리는 얼마 동안 말없이 차를 달렸다. 길은 호수에서 떨어져 빽빽한 나무들의 터널 속으로 들어갔다. 길을 완전히 뒤덮은 나무들은 밤의 어둠에 가려 부드러운 녹색 베일 같았다. 나는 브래드쇼와 그의 뜻밖의 사나이다운 행동에 대해 계속 생각했다.
"애니, 브래드쇼에 대해서 조금 조사해 주지 않겠나?"
"그 비밀 결혼 탓에 브래드쇼도 일약 용의자가 되었나?"

"그런 게 아냐. 아직 모르겠어. 올여름 리노에서 헬렌 해거티와 만난 사실을 그는 숨기고 있었어. 8월에 그가 여기서 무엇을 하고 있었는지 그걸 알고 싶네. 저드슨 포리에겐 네바다 대학에서 연구를 하고 있다고 말한 모양인데 아무래도 수상쩍어."

"왜?"

"브래드쇼는 하버드의 학위를 갖고 있거든. 연구를 한다면 하버드나 버클리, 또는 스탠퍼드에 가서 할 것 같지 않은가? 덤으로 포리에 대해서도 조사해 줘. 포리가 클럽 솔리테어에서 파면당한 이유 말이야."

"그거라면 간단해. 그 클럽의 사정은 내가 잘 아니까." 애니는 대시 보드의 빛으로 손목시계를 보았다.

"지금 가도 좋지만 일요일 밤의 이 시간이면 아마 가게에 나와 있지 않을 걸세."

"내일이라도 좋아."

필리스는 먹을 것과 마실 것을 준비해 놓고 우리를 기다리고 있었다. 우리 셋은 필리스의 부엌에 앉아 맥주로 적당히 취해서 늦게까지 추억담이나 푸념을 나누었다. 그러다가 화제는 빙 돌아서 헬렌 해거티와 그 죽음으로 역회전했다. 새벽 3시쯤, 나는 〈브리지턴 플레이저〉지에 실렸던, 헬렌이 번역한 '가을날의 비올롱'이란 시를 큰소리로 낭송했다.

"슬픈 시로군. 설사 번역이라 해도 대단한 것이로군. 틀림없이 우수한 아가씨였어."

"그녀의 아버지도 그렇게 말했어, 우수했다고. 그 아버지 역시 우수했어, 다른 뜻에서."

그 슬픈 상심을 안은 주정뱅이 경찰관, 헬렌의 아버지에 대한 것을 나는 열심히 이야기하기 시작했다. 얼핏 정신을 차리고 보니 3시 반이었고, 필리스는 술병 사이에 흩어진 달리아처럼 머리를 처박고 쌕쌕 잠들어 있었다. 애니는 그것을 깨우지 않으려고 조용히 술병들을 치우기 시작했다.

손님용 방에서 혼자가 되면 몹시 피로할 때나 감상적인 때에 곧잘 생기는 직감이 갑자기 나에게 찾아왔다. 호프만이 〈플레이저〉지를 내게 준 것은 뭔가 이유가 있었음에 틀림없다. 그 잡지에는 호프만이 나에게 보여 주고자 하는 것이 뭔가 실려 있었다.

청결한 시트 냄새가 풍기는 침대에 속옷 바람으로 앉아서 나는 눈꺼풀이 감길 때까지 그 작은 잡지를 읽었다. 22년 전의 브리지턴 시티 칼리지의 학생 클럽 활동에 대해선 많은 걸 알게 되었지만 내 사건과 관계가 있을 성싶은 문장은 결국 하나도 찾지 못했다.

> 만일 빛이 어둠이고
> 어둠이 빛이라면
> 달은 검은 구멍이리라,
> 밤의 빛 속에서.
>
> 까마귀의 날개가
> 주석처럼 흰빛이라면
> 사랑하는 이여, 당신은
> 죄보다 더 더럽혀져 있으리라.

아침 식사를 하는 자리에서 나는 이 시를 낭독했다. 필리스는 그런 시를 헌정받은 여자가 부럽다고 말했다. 애니는 풀어서 익힌 달걀 요리 맛이 좋지 않다고 투덜거렸다. 필리스보다 연상이기 때문에 이 사나이는 곧잘 성을 내고 있었다.

아침 식사를 마친 뒤 우리는 저드슨 포리를 얼마 동안 유치장에 그냥 두자는 점에서 의견이 일치했다. 만일 달리 킨케이드가 체포되어 법정에 끌려 나오는 경우, 포리는 변호인 측의 유력한 증인이 될 것이다. 애니에게 공항까지 차로 전송받아 나는 로스앤젤레스행 퍼시픽 항공의 좌석을 얻을 수 있었다.

국제공항에서 로스앤젤레스 신문을 사서 보니 〈남부 지방 뉴스〉난에 해거티 살해 사건의 짧은 기사가 나와 있었다. 그 기사에 의하면 아내를 살해하고 세인트퀜틴(Saint-Quentin) 교도소에 수감되어 있다가 올해 초에 출감한 토머스 매기가 이 사건의 중요 참고인으로 출두할 것을 요청받았으므로, 당국은 그의 행방을 수색중이라고 했다. 달리 킨케이드의 이름은 나와 있지 않았다.

25

정오 무렵 나는 쇼핑센터 안에 있는 제리 마크스 변호사 사무실로 들어갔다. 비서가 말하기로는 월요일은 1주일분의 범죄 사건표가 발표되는 날이기 때문에 제리는 오전 중 줄곧 법원에 가 있다는 것이었다. 지금쯤은 틀림없이 법원 근처의 어딘가에서 점심을 들고 있을 거라고 했다. 비서는 말했다.

"네, 킨케이드 씨가 일요일에 연락을 해와서 정식으로 마크스 씨의 의뢰인이 되었습니다."

그 두 사람은 알렉스와 내가 처음 점심을 같이 먹었던 그 레스토랑에 있었다. 가게 바깥쪽을 면한 칸막이 안에서 알렉스는 한쪽으로 옮겨 내 자리를 만들어 주었다. 때마침 레스토랑에는 사람들이 몰려와 정면 입구 안쪽으로 짧은 행렬이 생겼다.

"잘 됐군요, 당신들 두 분의 협력 체제가 만들어져서."

알렉스는 드물게 미소 띤 얼굴을 보여 주었다.

"네, 나도 기쁩니다. 마크스 씨는 퍽 친절하게 해주셨습니다."

제리 마크스는 그 말을 반대하듯 한쪽 손을 내저었다.

"아닙니다. 나는 아직 아무것도 하지 않았습니다. 오늘 아침은 처리해야 할 다른 사건이 있어서요. 길 스티븐스의 지혜를 빌려 보려고 했더니 직접 재판기록을 보라고 하더군요. 오늘 오후에는 그 일을 할 셈입니다. 미세스 킨케이드도 스티븐슨과 마찬가지로 아주 비협력적이었어요."

그는 말하면서 알렉스를 옆 눈으로 보았다.

"그럼 달리와 이야기를 했습니까?"

변호사는 목소리를 낮추었다.

"어저께 노력해 보았어요. 경찰이 그녀와 만나기 전에 서로의 입장만이라도 알고 있어야 하니까요."

"경찰이 달리를 만날 것 같습니까?"

제리는 주위의 법원 관계 손님들을 둘러보더니 더욱 소리를 낮추어 말했다.

"확실한 소식통으로부터의 정보에 의하면 그들은 감식이 끝나는 대로 오늘 중에라도 행동을 취할 모양입니다. 그런데 무슨 사정으로 해서 행동개시가 늦어지고 있어요. 보안관은 권총 전문가들과 함께 아직 법원 지하의 사격시험장에 있어요."

"총알이 뿔뿔이 흩어진 모양이지요? 머리를 맞았을 경우 흔히 그렇게 됩니다. 그렇지 않으면 그들의 관심이 다른 용의자에게로 옮겨간 걸까요? 토머스 매기를 찾고 있다는 기사를 신문에서 읽었는데 말입니다."

"아아, 그건 어저께부터 시작된 거요. 아직 잡지 못한 걸 보니 지금쯤은 멕시코 국경을 넘었을 거요."

"토머스 매기를 첫째 용의자라고 생각합니까, 제리?"

"재판기록을 읽어보기 전까지는 뭐라고 말할 수 없군요. 당신 의견은?"

그것은 어려운 질문이었다. 예상외의 광경 때문에 나는 그 질문에 대답하지 않을 수 있었다. 한 사람은 실용적인 검정, 또 한 사람은 한창 유행하는 초록색 옷을 입은 연로한 부인 두 사람이 정면 입구의 유리문에서 안을 들여다보았기 때문이다. 손님들이 줄을 선 것을 본 두 부인은 문 앞에서 사라졌다. 검정색 옷 쪽은 헬렌의 어머니 곧 미세스 호프만이었다. 또 한 사람은 루크 딜로니의 미망인이었다.

나는 잠깐 실례한다고 말하고 두 부인의 뒤를 쫓았다. 두 부인은 블록 중간쯤에서 길을 건너 법원 부지를 둘러싸고 있는 커다란 유칼리 나무 밑의 빛과 그늘이 얼룩진 통로를 따라 상업거리 쪽으로 계속 걸어가고 있었다. 연신 이야기를 주고받고 있었으나 그 걸음걸이는 모르는 사람끼리인 것 같았고 그녀들의 보조도 분위기도 일치하지 않았다. 미세스 딜로니는 훨씬 연상인 데도 승마를 한 부인답게 성큼성큼 걸어갔다. 미세스 호프만은 피곤한 다리를 끌고 가는 것 같았다.

나는 얼마간 거리를 두고 길 반대쪽 인도를 걸어가면서 두 부인을 추적했다. 내 심장은 심하게 뛰고 있었다. 미세스 딜로니가 캘리포니아에서 왔다는 것은 딜로니 살인과 헬렌 살인 사건이 연결되어 있다는 나의 신념, 그리고 미세스 딜로니가 그것을 알고 있을 거라는 나의 추리를 뒷받침하는 것은 아닐까.

두 부인은 두 구역을 걸은 뒤 큰길로 나오자 바로 마주친 첫 레스토랑으로 들어갔다. 그곳은 관광객을 상대로 하는 가게로 유리창 너머로 빈 테이블이 많이 있었다. 레스토랑에서 비스듬히 마주 보이는 곳에 입구를 열어젖힌 담뱃가게가 있었다. 나는 나란히 꽂혀 있는 책을 보면서 담배 한 갑을 사서 구식 라이터로 불을 붙이고 서너 번 문 뒤 천천히 고대 그리스 철학 입문서를 한 권 샀다. 그리고 그 책의 제논에 관한 장을 선 채 읽기 시작했다. 두 노부인의 점심은 좀처럼 빨리 끝나지 않았다.

"아처는 노부인들을 결코 따라잡지 못할 것이다." 나는 혼잣말을 했다.

카운터 건너에 있는 사나이가 귀에 손을 갖다 대고 물었다.

"네, 뭐라구요?"

"아닙니다. 혼잣말을 하는 거요."

"혼잣말은 개인의 자유죠. 나도 일이 끝나면 곧잘 혼잣말을 합니다. 이 가게에서는 좀 어색한 일이지만."

금니를 보석처럼 반짝이면서 그 사나이는 빙긋 웃었다.

두 노부인은 레스토랑에서 나와 오른쪽과 왼쪽으로 헤어졌다. 미세스 호프만은 자기 호텔 방향으로 느릿느릿 걸어갔다. 미세스 딜로니는 동행이 없어지자 홀가분해진 듯 반대 방향으로 활발한 걸음걸이로 걷기 시작했다. 멀리서 보자 그 모습은 어떤 기묘한 이유에서 머리를 전부 표백해 버린 젊은 아가씨처럼 보였다.

큰길에서 법원 쪽으로 꺾은 미세스 딜로니는 그 블록 중간쯤에서 콘크리트와 유리로만 만든 현대식 빌딩 안으로 사라졌다. 입구 옆의 주석간판에는 '스티븐스 앤드 오글비 법률 사무소'라고 새겨져 있었다. 나는 그 앞의 길모퉁이까지 걸어가서 버스 정류소 벤치에 앉아 아까 산 책의 헤라클레이토스에 관한 장을 읽었다. 그는 '만물은 강물처럼 흘러가고 아무것도 머물지 않는다'고 말했다. 한편 파르메니데스는 '아무것도 변하는 것이 없으며 단순히 변한 것처럼 보일 뿐이다'라고 말했다. 어느 쪽도 내게는 재미있었다.

택시 한 대가 스티븐스 앤드 오글비 사무소 앞에서 멎었다. 미세스 딜로니가 건물에서 나와 그 택시를 타고 사라졌다. 나는 그 건물에 들어가기 전에 택시 번호를 수첩에 적었다.

그곳은 넓고 활기찬 사무소였다. 대기실 저쪽에 한 줄로 나란히 있는, 유리를 박은 박스에서는 쉴 새 없이 타이프라이터 소리가 울렸다. 플란넬 양복을 입은 아주 젊은 변호사가 접수처의 중년 부인에게 소송사건의 요약서를 타이프로 어떻게 치면 좋은가를 계속 지시하고 있었다.

젊은 변호사는 사라졌다. 부인의 잿빛 눈이 내 눈과 마주쳤다. 우리는 어느 쪽이나 할 것 없이 빙긋 웃었다. 부인은 말했다.

"요약서라면 난 저 분이 갓난애였을 때부터 치고 있었어요. 무슨 용무인가요?"

"길 스티븐스 씨를 꼭 만나 뵙고 싶습니다. 나는 아처라고 합니다."

부인은 예정표를 들여다본 뒤 손목시계를 보았다.

"스티븐스 씨는 10분 뒤에 점심 드시러 갑니다. 그 뒤엔 사무실에 돌아오지 않습니다. 미안합니다."

"살인 사건이 얽혀 있는데요."

"네? 그러시다면 5분만이라도 시간을 내볼까요? 만일 그걸로 좋으시다면?"

"부탁합니다."

접수처의 부인은 전화로 스티븐스와 이야기한 다음 타이피스트 박스 안쪽 사무실을 가리켰다. 그곳은 넓고 사치스런 방이었다. 스티븐스는 마호가니 책상 저쪽 가죽의자에 앉아 있었고 그 옆 유리창문 캐비닛에는 요트 경기의 트로피가 장식되어 있었다.

사자 같은 얼굴과 크고 부드러운, 거만스럽게 보이는 입술을 가진 사람이었다. 벗어진 이마 위에는 흩어진 날개 같은 누르스름한 백발이 덮여 있었고 엷은 청색 눈은 모든 것을 적어도 한 번 본 적이 있으며 지금 다시 두 번째로 보는 듯한 느낌을 주었다. 옷은 트위드였고 화려한 나비넥타이를 매고 있었다.

"뒷문을 닫고 앉으십시오, 아처 씨."

나는 가죽제 긴 의자에 앉아 내가 이 도시에서 무엇을 하고 있는가를 설명하기 시작했다. 스티븐스의 무거운 목소리가 내 말을 막았다.

"시간은 몇 분밖에 없습니다. 당신 일은 알고 있으며 당신이 생각하는 바도 알고 있습니다. 즉, 매기 사건 이야기를 하려는 것이겠죠?"

나는 에둘러서 말했다.

"그것과 딜로니 사건입니다."

스티븐스의 눈썹이 치켜 올라가고 눈썹 위에 주름이 많이 새겨졌다. 사람에게서 정보를 얻어내려면 미리 다른 정보를 마중물처럼 공급해 주지 않으면 안 된다. 나는 루크 딜로니의 최후를 이야기해 주었다.

스티븐스는 의자에 앉은 채 몸을 내밀었다.

"그 사건과 해거티 살인 사건과는 어떤 점에서 연관성이 있다고 하는 겁니까?"

"연관성이 있는 것은 확실합니다. 헬렌 해거티는 옛날 딜로니의 아파트에 살고 있었습니다. 그리고 딜로니를 죽인 목격자를 알고 있다고 말했어요."

"이상하군요. 왜 그것을 말해 주지 않았을까요."

이것은 나에게 한 말이 아니었다. 미세스 딜로니를 두고 하는 혼잣말이었다. 다음 순간 스티븐스는 나의 존재를 생각했다.

"왜 그런 얘기를 여기에 갖고 온 겁니까?"

"틀림없이 흥미를 느끼시리라고 생각했기 때문입니다. 미세스 딜로니는 당신의 의뢰인이잖습니까?"

"참, 그런가요?"

"내 추리에 의하면 그런 걸로 알고 있습니다만."
"좋은 추리입니다. 미세스 딜로니를 여기까지 추적해 왔군요?"
"이곳에 들어가는 걸 우연히 보았을 뿐입니다. 그런 것과는 별도로 요 이틀 동안 당신을 꼭 만나 뵈려고 생각했어요."
"왜요?"
"당신이 톰 매기를 변호한 분이기 때문입니다. 톰 매기 부인의 죽음은 딜로니에서 시작되어 헬렌 해거티에서 끝나는 세 가지의 서로 연관되는 살인 사건의 두 번째에 해당됩니다. 현재 경찰 당국은 매기 또는 그의 딸, 아니면 그 둘을 해거티 사건의 범인으로 꾸미려고 하지만 내 생각으로는 매기는 시종일관 무죄입니다."
"배심원들의 생각은 다른 모양입니다."
"왜 재판이 그런 결과가 되었습니까, 스티븐스 씨?"
"과거의 실패를 이러니저러니 말하고 싶지 않습니다."
"아닙니다. 그것이 현재와 연관되어 있습니다. 매기의 딸은 위증을 했다는 걸 인정하고 있어요. 거짓말을 해서 자기 아버지를 감옥에 보내게 된 거라고 말했어요."
"그게 정말입니까? 너무 늦은 고백입니다. 나는 그 아가씨를 반대 신문으로 좀 몰아세울 예정이었는데, 그것을 매기가 막아 버렸어요. 그 경우 아버지의 뜻을 존중한 것은 역시 내 잘못이었어요."
"어떻게 하려는 것이었을까요, 매기는?"
"글쎄 알 수 없는 일이에요. 부성애였는지도 모르고 아니면 자기 아이에게도 양심의 가책을 실컷 맛보게 해야겠다고 생각했는지도 모릅니다. 그러나 그런 미묘한 동정심 때문에 10년이나 감옥에 들어가 있었다는 건 전혀 이치에 맞지 않는 이야기입니다."
"매기의 무죄는 지금도 확신하고 있습니까?"
"네, 물론입니다. 딸이 거짓말을 했다고 고백한 일로 해서 확신은 더욱 굳어졌습니다."

스티븐스는 유리 상자에서 얼룩이 진 초록색 담배를 꺼내 끝을 찢어 내고 불을 붙였다.

"그건 물론 비밀 정보일 테죠?"

"아뇨, 거꾸로 공표하고 싶습니다. 그렇게 하면 매기도 모습을 나타낼지 모릅니다. 아마 아시리라고 생각합니다만 매기는 지금 숨어 있습니다."

스티븐스는 알고 있다든가 모른다든가를 이야기하지 않았다. 담배의 푸른 연기 안개 속에 마치 큰 산처럼 앉아 있었다.

"매기에게 두세 가지 물어볼 것도 있습니다."

"어떤 것을?"

"예를 들면 또 하나의 사나이……, 콘스턴스 매기와 연애 관계에 있었던 또 하나의 사나이 말입니다. 재판에서도 그것이 얼마쯤 문제가 되었을 테죠?"

"그건 나의 비장의 수단이었어요." 스티븐스의 얼굴에 슬픈 미소가 떠올랐다. "그런데 재판장은 그 사나이의 증언을 허락하지 않았습니다. 그 점에 대해서는 내가 요약해서 설명하고 그 대신 매기를 증인석에 세우라고 말했어요. 그것은 아무래도 탐탁치 않은 일이었어요. 말하지만 또 하나의 사나이란 양날의 칼이었던 셈입니다. 그 사나이의 존재는 매기의 범죄 동기일 수 있었고, 그 사나이 자체가 용의자일 수도 있었어요. 단순한 무죄 석방을 목표로 했던 내가 잘못한 겁니다."

"잘 이해가 가지 않습니다만?"

"그런 일은 어떻게 되든 좋아요, 이미 과거의 일입니다."

스티븐스는 한쪽 손을 내저었다. 떠돌고 있던 담배 연기가 노인의 기억 속 시간의 층처럼 뭉게뭉게 옮겨 가고 있었다.

"또 하나의 사나이란 누구입니까?"

"이것 봐요, 아처 씨. 갑자기 찾아와서 하나부터 열까지 다 알아내려고 하다니 그건 무립니다. 이래 봬도 나는 40년 동안 법조계를 걸어온 사람입니다."

"매기 사건을 맡게 된 이유를 들려주십시오."

"톰 매기가 곧잘 내 요트를 수리해 주었어요. 그래서 어쩐지 그 사람이 좋아진 겁니다."

"그렇다면 매기의 용의를 풀어 주는 데도 관심이 있으실 테죠?"

"또 한 사람의 죄없는 사나이를 희생시키기는 싫습니다."

"또 한 사람의 사나이를 알고 계시군요?"

"알고 있습니다. 톰 매기의 이야기를 믿는다면." 스티븐스는 여전히 의자에 듬직하게 앉아 있었으나 마치 어두운 거울 저쪽으로 사라지는 마술사처럼 점점 내게서 떠나고 있었다. "나는 비밀을 누설하진 않아요. 모두 어둠에서 어둠 속으로 묻어 버립니다. 그렇기 때문에 비밀을 알게 되는 겁니다."

"그러나 톰이 무기징역으로 다시 세인트퀜틴 교도소에 들어가게 된다든가 또는 전기의자에 보내진다면, 그런 뒷맛이 좋지 않은 일은 없을 겁니다."

"물론 뒷맛이 나쁠 테죠. 그러나 당신은 아무래도 톰의 사건보다는 당신 사건 쪽으로 나를 끌어넣으려는 건 아닙니까?"

"물론 당신은 우리에게는 도움이 되는 분입니다."

"우리란?"

"매기의 딸 달리와 그녀의 남편 알렉스 킨케이드와 제리 마크스, 그리고 접니다."

"그럼 정확하게는 어떤 일입니까, 당신 목표는?"

"아까 말씀드린 대로 세 가지 살인 사건을 해결하는 일입니다."

"대단히 단순하고 도식적으로 얘기하지만" 하고 스티븐스는 말을 이었다. "인생이란 그런 것이 아닙니다. 인생에는 언제나 혼돈된 부분이 있는 법이고, 때로는 그것이 자연히 정돈될 데까지 기다리는 것이 가장 좋습니다."

"그것이 미세스 딜로니의 희망입니까?"

"미세스 딜로니를 내가 대변하고 있는 건 아닙니다. 그럴 생각은 없어요."

스티븐스는 담배 찌꺼기를 혀끝까지 옮겨와서 그것을 '풋' 하고 뱉어 버렸다.

"그 부인이 이곳에 온 것은 매기에 대한 정보를 얻으려고 온 겁니까?"

"노코멘트입니다."

"그렇다면 아마 예스라는 거겠죠. 그러고 보니 매기 사건과 딜로니 살인 사건이 연관되어 있다는 가능성이 더욱 짙어집니다."

스티븐스는 냉정히 말했다.

"그 이야기는 그만둡시다. 내가 당신들에게 힘을 빌려 줄 수 있는 일이지만, 제리 마크스도 오늘 아침 같은 말을 했어요. 그래서 그때도 말했지만 나도 고려해 보겠어요. 그리고 당신과 제리에게도 다른 것을 생각해 보기를 바랍니다. 말하자면 톰 매기와 그의 딸은 이번 사건에 대해 서로 적대적 입장에 있을지 모른다는 점입니다. 10년 전에 그 부녀간은 확실히 대립하고 있었어요."

"당시 매기의 딸은 아직 어린애였어요. 어른들의 조정을 받은 겁니다."

"그건 알고 있습니다." 밝은 색의 트위드 신사복을 입은 큰 몸이 불쑥 일어섰다.

"여러 가지로 흥미 있는 이야기를 들었습니다. 이젠 점심 모임에 늦을 것 같아서." 스티븐스는 내 옆을 지나 문 가까이 가서 담배개비로 문을 가리켰다. "자, 안녕히 가시오."

                                26

 나는 한길을 걸어 퍼시픽 호텔까지 가서 접수처에 미세스 호프만의 이름을 알렸다. 부인은 조금 전에 계산을 끝내고 나갔는데, 연락처는 말하지 않았다고 한다. 슈트케이스를 취급하는 보이의 이야기에 의하면 미세스 호프만은 초록색 코트를 입은 노부인과 같이 택시를 타고 떠났다는 것이었다. 나는 보이에게 5달러를 준 다음 내 모텔 이름을 가르쳐 주면서 두 부인의 행방을 알게 되면 5달러를 더 주겠다고 약속했다.
 벌써 오후 2시가 지나 있었다. 내 짐작으로는 오늘이 결정적인 하루가 될 것 같았다. 그러나 법원 사무실, 지하 사격장, 감식과의 실험실, 정신병 요양소 등의 닫힌 문 저쪽에서 이루어지고 있는 일들은 모두 별다른 세계의 사건 같은 느낌이 들었다. 내가 노부인들의 기행을 조사하고 있는 동안에 시간은 점점 달려 지나가고 헤라클레이토스의 강물처럼 내 옆을 흘러 사라지고 있었다.
 호텔 로비 한구석 전화박스로 들어가 나는 고드윈 사무소에 전화를 걸었다. 의사는 지금 진찰중이어서 3시 10분전까지는 손을 뗄 수 없다는 것이었다. 나는 제리 마크스에게 전화를 해 보았다. 비서가 나와 마크스는 아직 외출중이라고 했다.
 그래서 리노의 월터스 탐정 사무소에 장거리전화를 걸었다. 곧 애니가 나왔다.
 "타이밍이 좋군, 루. 방금 정보가 들어 왔어, 자네 부탁에 관해서."
 "어느 쪽 것이야? 브래드쇼야, 포리야?"

"어떤 의미에서는 양쪽 다일세. 포리가 클럽 솔리테어를 그만둔 이유를 자넨 알고 싶어 했잖은가? 그 대답은 이렇다네. 그 녀석은 현금출납계라는 지위를 이용해서 브래드쇼의 재산이 얼마나 되는가를 조사했다네."
"어떻게 그런 조사를 할 수 있었지?"
"그런 클럽은 손님을 단골로 삼기 전에 그 손님의 경제 상태를 미리 조사하는 걸세. 손님의 은행에 조회하여 예금액 정도를 대충 알아내면 그것에 의해 신용대출 한도를 결정하는 거야. 예를 들면 로우 스리(Low three)라는 건 예금액이 세 자릿수로 겨우 2, 3삼백 달러의 손님, 하이 포(High four)라면 7, 8천 달러, 로우 파이브라면 2, 3만 달러일세. 브래드쇼의 등급은 때마침 로우 파이브였어."
"브래드쇼는 도박꾼이었나?"
"그렇지 않아. 그것이 문제야. 브래드쇼는 클럽 솔리테어의 단골이 아니었고 내가 조사한 한에서는 어느 가게의 단골도 아니었는데 포리가 재산 조사를 했어. 클럽에서는 그것을 눈치채고 거꾸로 포리의 신상 조사를 해서 곧 녀석을 파면시킨 거야."
"어쩐지 공갈꾼 냄새가 나는군, 애니."
"어쩐지 정도가 아니야. 공갈꾼 전과가 있었다는 것을 포리는 고백했어."
"그 밖에 무엇을 고백했나?"
"아직 아무것도 털어놓지 않았어. 브래드쇼의 재산을 조사한 것은 친구의 부탁 때문에 한 일이라고 주장하고 있어."
"헬렌 해거티의 부탁을 받은 건가?"
"그렇게 말하진 않았어. 그 주변의 사정을 자료삼아 거래한 모양이야."
"흥정해 보게. 녀석의 상처가 나보다 훨씬 심하니까. 고소는 언제라도 취하한다고 말이야."

"그렇게까지 하지 않으면 안 되는 건가?"

"그 녀석하고 흥정해 보게. 공갈범이라고 가정하고서…… 난 그렇게 가정하지만…… 문제는 왜 브래드쇼가 공갈당했는가 하는 것일세."

"이혼 때문이 아니었을까?" 애니는 간단히 말했다. "7월 중순부터 8월 하순까지 브래드쇼가 리노에서 무엇을 하고 있었는지 자네는 흥미가 있다고 했잖은가? 그 대답은 법원 기록에 실려 있었네. 브래드쇼는 이혼 수속에 필요한 기간 동안만 머물고 있었던 거야. 여자의 이름은 레티셔 D. 머클레디야."

"레티셔라구?"

"머클레디." 애니는 철자를 가르쳐 주었다. "이 여자에 대한 상세한 것은 듣지 못했네. 이혼을 취급한 변호사에 의하면 브래드쇼는 이 여자의 거주지를 모르는 모양이었어. 보스턴에 있는 것까지는 확실한 모양이야. 보스턴에 조회해 보았더니 '해당 인물의 거주지 불명'이라는 도장이 찍힌 것이 돌아온 모양이야."

"브래드쇼는 아직 타호에 있는가?"

"새 아내와 같이 오늘 아침 호텔에서 떠났네. 퍼시픽 포인트로 돌아간 모양이야. 자네 관할이야. 실컷 귀여워해 주게."

"브래드쇼를 귀여워해 준다는 건 뭔가 이상해. 첫 번째 결혼을 어머니가 알고 있을까?"

"직접 물어 보게."

그 전에 브래드쇼 본인에게 이야기하지 않으면 안 된다. 나는 법원 주차장에서 차를 빼내어 대학으로 직행했다. 인도나 복도를 걸어가는 학생들은, 특히 여학생들은 마음 탓인지 음울한 표정이었다. 죽음과 심판의 공포가 대학 구내에 침입해 있었다. 나는 왠지 모르게 죽음의 나라에서 온 사자 같은 기분이 들었다.

지도부장의 금발 비서는 의지의 힘으로 자기 자신과 학교 전체를 지탱하고 있는 듯이 긴장된 표정이었다.

"브래드쇼 지도부장님은 안 계십니다."

"아직 주말여행에서 돌아오시지 않았습니까?"

"물론 돌아오셨습니다." 비서는 변명하듯이 덧붙였다. "브래드쇼 지도부장님은 오늘 아침 한 시간쯤 계시다가 나가셨습니다."

"지금 어디에 계십니까?"

"모르겠어요. 자택으로 돌아가셨을 거라고 생각합니다만."

"부장님의 일을 염려하고 계신 모양이군요."

대답 대신 비서는 기관총 같은 속도로 타이프를 치기 시작했다. 나는 홀을 가로질러 로라 서더런드의 방까지 물러났다. 서더런드의 비서는 부장님이 오늘은 쉬신다고 말했다. 로라는 오전 중에 전화를 걸어와 잠깐 급한 일이 생겼다고 말했다는 것이다. 급한 일이란 죽음이나 심판이나 그런 심각한 일이 아니었으면 좋겠다고 나는 생각했다. 푸트힐로 돌아갔다가 그대로 차를 브래드쇼의 집으로 달렸다. 나무들이 바람에 술렁거렸다. 안개는 말끔히 개었고 오후의 하늘은 눈을 물들일 듯한 푸른빛이었다. 그 하늘을 향해 솟아 있는 산줄기는 하나하나의 홈이나 주름까지 뚜렷이 분간해 볼 수 있었다.

그러한 바깥 풍경에 나는 여느 때보다 민감해져 있었으나 동시에 그것에서 격리되어 있는 느낌도 들었다. 나는 아마도 로이 브래드쇼가 그의 새 부인에게 감정이입이 되어 있었기 때문에 그 감정이입 상태를 손상시키는 것이 두려웠던 모양이라고 생각했다. 집 앞을 모르고 지나쳐 이웃집 진입로에 들어가려다가 당황해서 브래드쇼의 집까지 되돌아간 것이 무엇보다 그 증거이다. 스페인계의 하녀 마리아가 나와서 브래드쇼는 부재중이며 아침부터 줄곧 없었다고 말했을 때,

나는 왠지 안심했다.

계단 근처에서 찌르는 듯한 목쉰 소리로 미세스 브래드쇼가 불렀다.
"아처 씨입니까? 잠깐 기다려 줘요."

누빈 실내복에 베로 만든 슬리퍼 차림으로 노부인은 계단을 내려왔다. 이 주말 동안에 퍽 늙은 느낌을 주었다. 몹시 늙고 초췌해 보였다.

"아들 녀석은 벌써 사흘 동안이나 집을 비웠어요." 미세스 브래드쇼는 호소했다. "그런데도 한 번도 전화를 걸어오지 않았어요. 대체 어떻게 된 걸까요?"

"그 일로 이야기하고 싶습니다. 사람들을 물러가게 해주시겠습니까?"

몸 전체로 우리의 대화를 듣고 있던 마리아는 화가 난 듯이 엉덩이를 흔들면서 나가 버렸다. 미세스 브래드쇼는 내가 들어가 본 적이 없는 방으로 안내했다. 집 옆쪽의 안뜰을 마주 보고 있는 조그마한 거실이었다. 장식은 소박하고 예스러우며 어딘지 모르게 미세스 딜로니와 만났던 방과 흡사했다.

그 방에서 가장 눈에 띄는 것은 난로 위의 유화였다. 그것은 거의 사람 몸체만한 거대한 초상화였는데, 하얀 수염을 기르고 모닝코트를 입은 품위 있는 신사였다. 그의 검은 눈은 방을 가로질러 미세스 브래드쇼가 가리킨 팔걸이의자에 앉는 나를 찬찬히 보고 있었다. 노부인은 천을 덧씌운 흔들의자에 앉고 슬리퍼를 신은 발을 조그만 무릎덮개 위에 얹었다.

"나는 자기 일밖에 생각하지 않는 이기적인 할머니였어요." 미세스 브래드쇼는 느닷없이 말했다. "여러 가지로 생각했습니다만 역시 당신 일의 비용을 내가 지불해 드리겠어요. 그 아가씨가 상처받는 것은 안된 일이니까요."

"그럼 달리의 일에 대해선 아마 나보다 잘 알고 계시겠군요."

"그렇게 생각해요. 이 도시에는 내 친구가 몇 명 있으니까요."

노부인은 그 이상의 설명은 하지 않았다.

"그 제의는 감사합니다만 제 경비는 걱정하실 것 없습니다. 달리의 남편이 돌아왔으니까요."

"정말? 그건 잘 됐군요." 노부인은 억지로 자기 자신에게 힘을 주려고 했으나 그 시도는 실패했다. "하지만 난 로이의 일이 걱정이에요."

"저도 그렇습니다, 미세스 브래드쇼." 내가 알고 있는 것을 적어도 그 일부나마 이 부인에게 이야기하려고 나는 결심했다. 아들의 결혼에 대해선 그 어떤 결혼이든 간에 아무튼 노부인의 귀에 들어갈 것이 틀림없다. "하지만 아드님은 물리적으로는 안전하니까 걱정 마십시오. 실은 제가 어제 저녁 리노에서 만났는데 건강해 보였어요. 오늘도 대학에 얼굴을 나타낸 모양입니다."

"그렇다면 비서는 거짓말을 했군요. 대체 학교를 어떻게 할 셈인지, 제 아들은 무엇을 생각하고 있는지 전혀 모르겠어요. 그 애는 리노에서 뭘 하고 있었나요?"

"예정대로 회의에 참석했습니다. 그 밖에 헬렌 해거티를 죽인 용의자를 만난 모양입니다."

"그런 일까지 하다니? 역시 그 여자를 좋아한 모양이죠?"

"아드님은 미스 해거티와 관계가 있었어요. 다만 그 관계는 로맨틱하지 않았던 것 같습니다."

"그럼 어떤 관계였나요?"

"금전상의 관계였습니다. 아마 아드님은 미스 해거티에게 돈을 준 모양입니다. 그와 동시에 로라 서더런드를 통하여 미스 해거티를 대학에 취직시켰습니다. 솔직히 말씀드리면 해거티라는 여자는 아드님을 협박하고 있었어요. 물론 협박이라고는 하지 않고 더 그럴 듯한 좋은 말을 했겠지요. 그러나 사실은 이 도시에 오기 전에 리노의 건달을 시켜서 아드님 은행예금의 액수를 조사했어요. 아드님이 리노에서 만난 용의자가 그 건달입니다."

미세스 브래드쇼는 내가 두려워하고 있었던 히스테리 발작은 일으키지 않았다. 그 대신 무거운 어조로 말했다.

"아처 씨, 그것은 사실입니까, 아니면 당신의 공상입니까?"

"공상이라면 좋겠습니다만, 사실입니다."

"하지만 로이가 왜 협박을 받는 걸까요? 그 애의 생활은 탓할 데가 없어요. 교육에 몸을 바친 생활이에요. 내가 어머니이니까 잘 알고 있어요."

"그럴지도 모릅니다. 그러나 탓할 데가 없다고 해도 그건 사람에 따라 기준이 다릅니다. 대학 관리직에 있는 사람은 그야말로 백합처럼 청렴결백하지 않으면 안 됩니다. 이를테면 불행한 결혼생활은 당신이 말씀한 대학 총장이 될 기회를 가로막습니다."

"불행한 결혼생활이라니? 하지만 로이는 결혼한 일이 없어요."

"실례지만 그렇지 않습니다. 레티셔 머클레디라는 이름을 듣고 생각나는 일이 없습니까?"

"없어요."

그것은 거짓말이었다. 그 이름은 노부인의 얼굴에 무수한 주름을 지게 했고 눈을 검은빛으로 반짝이는 한 점으로 변화시켰고 입술을 일그러뜨렸다. 미세스 브래드쇼는 그 이름을 분명히 알고 있으며 증오하고 있다고 나는 생각했다. 어쩌면 이 부인은 레티셔 머클레디를 무서워하고 있을지도 모른다.

"생각나는 게 있는 것 같군요, 미세스 브래드쇼. 이 머클레디라는 여자는 아드님의 부인이었어요."

"당신은 어떻게 되셨나 보군요. 그 애는 결혼 따윈 한 적이 없어요."

그 말투가 너무도 확신에 차 있었기 때문에 나는 한순간 자신감이 없어질 뻔했다. 애니가 잘못 알아낸 것은 아닐 텐데……. 그래도 로이 브래드쇼라는 동명이인의 사나이가 한 사람 더 있을지도 모르지 않은가. 아니야, 애니는 리노에서 브래드쇼의 이혼을 취급한 변호사와 이야기를 나누었던 것이다. 인물 확인에 실수가 있을 리 없다.

"이혼하려면 결혼이라는 전제 조건이 필요합니다. 아드님은 몇 주 전에 리노에서 이혼했습니다. 이혼에 필요한 기간만, 7월 중순에서 8월 말까지 네바다 주에서 살았습니다."

"역시 당신은 어떻게 되셨군요. 그 무렵이라면 그 애는 줄곧 유럽에 있었어요. 증거를 보여 드릴까요?"

불편한 손발을 움직이면서 노부인은 일어나 한쪽 벽가에 있는 18세기식의 필경(筆耕) 책상에 가까이 갔다. 그리고는 떨리는 손으로 한 다발의 편지와 엽서를 쥐고 내 옆으로 돌아왔다.

"그 애가 보내준 우편물이에요. 이걸 보면 유럽에 있었던 것이 확실해져요."

나는 그림엽서를 보았다. 15, 6장의 그림엽서는 날짜순으로 묶여 있었다. 런던팝(소인은 런던, 7월 18일), 보들리 도서관(옥스퍼드, 7월 21일), 요크 대성당(요크, 7월 25일), 에딘버러 성(에딘버러, 7월 29일), 자이언츠 코즈웨이 곶(런던데리, 8월 3일), 애비 극장(더블린, 8월 6일), 랜즈 엔드곶(세인트 아이브스, 8월 8일), 개선문(파리, 8월 12일) 등 스위스·이탈리아·독일의 그림엽서가 그 뒤에 계속되어 있었다. 나는 뮌헨으로부터의 그림엽서를 읽었다(영국식 정원의 그림엽서로 소인은 8월 25일).

어머님.

어저께 베르히데스가든의 히틀러 산장을 찾아가 보았습니다. 아름다운 곳이지만 그 소유주 일을 생각하니 소름이 끼칩니다. 오늘은 기분전환을 위해 수난극으로 유명한 오버아머가우까지 버스로 갔다 왔어요. 마치 성서 그대로의 마을 사람들의 순박함에 크게 감동했습니다. 바바리아의 이 지방에는 동화에 나오는 작은 교회가 여기저기에 있습니다. 정말 보여 드리고 싶군요! 모처럼 여름 동안만 고용한 시중꾼이 불친절한 분이라니 유감스럽군요. 이제 여름도 곧 끝날 거예요. 저도 멋진 유럽에 등을 돌리고 하루 빨리 돌아가고 싶은 마음뿐입니다. 건강하세요.

로이

나는 미세스 브래드쇼의 얼굴을 보았다.

"이것은 아드님 필적입니까?"

"네, 틀림없어요. 이 엽서도, 이 편지도 틀림없이 내 아들이 쓴 겁니다."

노부인은 몇 통의 편지를 내 코앞에서 흔들어 보였다. 나는 그들 편지의 소인을 조사했다. 런던, 7월 19일. 더블린, 8월 7일. 제네바, 8월 15일. 로마, 8월 20일. 베를린, 8월 27일. 암스테르담, 8월 30일. 나는 마지막 편지를 읽기 시작했으나('어머님, 이 편지보다 먼저 돌아갈지 모릅니다만, 우선 회답을 씁니다. 개똥지빠귀에 관한 편지, 대단히 재미있게 읽었어요……'), 미세스 브래드쇼는 그것을 내 손에서 빼앗았다.

"읽지 말아요. 아들과 나는 대단히 사이가 좋아요. 편지를 다른 사람에게 보이면 아들이 화를 내요." 편지와 엽서를 한데 모아서 노부인은 책상 속에 넣고 자물쇠를 잠갔다. "이것으로 증명되었지요? 로이가 네바다에 있지 않았다는 것이."

그녀의 말투는 자신만만해 보였으나 목소리에는 분명히 의심이 담겨 있었다. 나는 노부인에게 말했다.

"아드님 여행 중에 부인께서도 아드님에게 편지를 보내셨습니까?"

"보냈지요. 관절염 상태가 좋을 때는 한두 번 내 손으로 썼지만 그 뒤엔 미스 뭔가 하는 아가씨에게 구술필기를 시켰어요. 여름 동안만은 시중꾼에게 부탁했어요. 참 그렇군요, 미스 워들리라는 이름이었어요. 그런데 요즘 젊은 여자의 표본같이 자기 멋대로인……."

나는 상대방 말을 가로챘다.

"그래서 개똥지빠귀에 관한 편지를 쓰셨습니까?"

"네, 지난달 개똥지빠귀가 많이 날아왔어요. 그것은 편지라기보다 짧은 이야깃거리였어요. 파이 속에 개똥지빠귀를 넣어서 굽는 이야기예요."

"그 개똥지빠귀 편지는 어디에 보냈습니까?"

"어디라뇨? 로마였다고 생각해요. 로마의 아메리칸 익스프레스였어요. 로이가 떠나기 전에 예정표를 나한테 주었으니까요."

"아드님은 로마에 8월 20일에는 있었던 셈이군요. 개똥지빠귀 편지에 대한 회답은 8월 30일에 발송했습니다."

"당신은 기억력이 좋은 분이군요, 아처 씨. 그러면 그것이 어떤 뜻이 됩니까?"

"이렇습니다. 아드님이 당신 편지를 받고 회답을 발송하기까지 적어도 10일 간의 여유가 있었어요. 말하자면 어떤 사람이 당신 편지를 로마에서 받아 항공편으로 리노에 있는 아드님 앞으로 부치고 아드님이 다시 항공편으로 암스테르담에 보낸 답장이 당신에게 도착한다는 속임수 말입니다."
"믿을 수 없군요."
그러나 노부인은 반쯤 믿고 있었다.
"그런 거추장스런 일까지 해서 왜 어머니를 속여야 한단 말입니까?"
"아드님은 자기 자신이 하고 있는 일…… 리노에서 머클레디라는 여자와 이혼하는 일이 수치스러웠던 거죠. 그러니까 당신에게도 그 누구에게도 알려지고 싶지 않았던 겁니다. 아드님은 유럽 여행의 경험이 있으시겠죠?"
"물론 그래요. 전쟁 직후 그 애가 하버드 대학원에 있었을 때 내가 데리고 갔어요."
"그때 그 엽서와 같은 장소에 가셨습니까?"
"네, 갔었죠. 독일에는 가지 않았지만 다른 나라에는 대부분."
"그렇다면 아드님은 어렵지 않게 이런 편지를 조작할 수 있습니다. 그림엽서 쪽은 틀림없이 공범이 유럽에서 산 것을 리노까지 우송한 겁니다."
"내 아들 이야기를 할 때 공범이라는 말은 쓰지 말기를 바랄게요. 그런……, 그런 거짓말은 조금도 범죄는 아니니까요. 순수하게 개인적인 일이에요."
"그렇다면 좋겠습니다, 미세스 브래드쇼."
내 말뜻이 통했는지 노부인의 얼굴 근육은 고통을 억지로 삼키는 것 같은 움직임을 보였다. 그리고 미세스 브래드쇼는 나에게 등을 돌리고 창문 가까이로 걸어갔다. 하얀 개똥지빠귀 몇 마리가 안뜰 타일 위를 걸어다녔다. 노부인의 눈에는 그것들이 보이지 않는 모양이었다. 그녀는 한쪽 손으로 연신 머리를 쓰다듬었으나 도리어 머리는 삽주처럼 꼿꼿이 뻗었다. 이윽고 돌아보았을 때 노부인의 눈은 반쯤 감겨 있었고 얼굴은 강렬한 빛을 받아 마치 고문을 받은 뒤처럼 일그러져 있었다.

"이런 일은 비밀로 해주시기를 부탁드려야겠군요, 아처 씨."

로이 브래드쇼도 어제저녁 로라와의 결혼에 대해 비슷한 말을 했었다.

"되도록이면 비밀로 해 두려고 생각합니다만."

"아니에요, 반드시 비밀로 해주셔야 해요. 젊은 객기로 인한 작은 잘못 때문에 로이의 출세에 지장이 있다면 그렇듯 슬픈 일은 또 없을 거예요. 정말 젊은 객기로 인한 잘못이었어요. 아이 아버지가 살아 있어서 그 아이를 지도해 줬다면 그런 일은 결코 일어나지 않았을 거예요."

노부인은 난로 위의 초상화를 가리켰다.

"그런 말씀을 하시는 이유는 머클레디라는 여자 때문인가요?"

"네."

"그럼 알고 계셨군요?"

"알고 있었어요."

이 고백으로 아주 지쳐 버렸다는 듯이 미세스 브래드쇼는 흔들의자에 맥없이 앉아서 의자 등받이의 두꺼운 쿠션에 머리를 기댔다. 피부가 처진 목 부분이 몹시 허약해 보였다.

"미스 머클레디는 나를 한 번 만나러 왔어요. 전쟁 중인, 우리가 아직 보스턴에 살고 있었던 무렵이었어요. 돈이 필요하다고 했어요."

노부인은 말했다.

"협박하러 온 겁니까?"

"글쎄요, 협박이나 다름없었어요. 네바다에 가서 이혼할 테니 그 돈을 달라고 했어요. 원래 그 여자는 스코레이 광장에서 로이와 알게 되었는데 악랄한 수단을 써서 결혼까지 밀고 갔어요. 그것을 방치해 두면 로이의 장래에 지장이 있을 것이기에 결국 2천 달러를 내주었어요. 그 여자는 그 돈을 모두 쓰고 이혼 따위는 하려고 하지 않았어요. 불쌍한 로이."

노부인은 한숨을 쉬었다.

"아드님은 당신이 그 여자를 알고 있다는 것을 알고 있었습니까?"
"나는 아무 말도 하지 않았어요. 돈을 주면 협박은 그만둘 걸로 생각했지요. 그 일은 그것으로 잊고 싶었기 때문이죠. 아들에 대한 거북한 생각을 하고 싶지 않았어요. 하지만 그 여자는 그 뒤에도 줄곧 내 아들에게 달라붙어 있었어요."
"육체 관계도 계속되고 있었을까요?"
"모르겠어요. 나는 아들 생활을 아주 사소한 데까지 알고 있다고 생각했는데, 아무래도 그렇지 않았던 모양이에요."
"어떤 여자였습니까, 그 머클레디는?"
"벨몬트에 있는 집으로 찾아왔을 때 한 번 만났을 뿐이지만 그녀의 인상은 대단히 좋지 않았어요. 그때는 일거리가 없는 여배우라고 말했지만 옷이나 말솜씨는 여배우라기보다는 옛날부터 있는 직업여성 같았어요." 노부인의 빈정거리는 목소리는 쉬어 있었다. "하지만 그 빨강 머리 여자는 미인의 부류에는 들어요. 독살스러운 미인이라고 할까요. 그런데 로이에게는 전혀 어울리지 않았어요. 그녀도 그것을 의식하고 있었어요. 로이는 아직 스물이 될까 말까 한, 세상물정 모르는 청년이었어요. 그 여자는 아무리 봐도 산전수전 다 겪은 것 같았구요."
"나이는 얼마였습니까?"
"로이보다는 훨씬 위였어요. 아마도 서른이었을 거예요."
"그렇다면 현재는 쉰 살에 가깝겠군요."
"적어도 그럴 겁니다."

"캘리포니아에 오신 뒤 만난 일은 없습니까?"
처진 얼굴 근육을 떨면서 노부인은 세게 고개를 저었다.
"아드님은 만나고 있었습니까?"
"하지만 나에게는 한 번도 그 여자의 얘기는 하지 않았어요. 머클레디라는 여자는 존재하지 않는 것처럼 우리는 살아왔어요. 그러니까 지금 내가 얘기한 것은 그 애한테는 말하지 말아요. 우리 모자 간의 믿음이 무너지면 곤란하니까요."
"믿음보다도 더 중요한 일을 생각하시는 편이 좋지 않을까요, 미세스 브래드쇼?"
"믿음보다 더 중요한 일이라니?"
"아드님의 목숨 말입니다."
늙어 굵어진 발목을 겹치고 앉은 노부인은 편안해 보이기보다는 망연해 보이는 모습이었다. 이제 늙어버린 육체는 황량한 불상을 닮은 듯이 보였다. 속삭이는 듯한 숨죽인 목소리로 미세스 브래드쇼는 말했다.
"설마 그 애가 살인범이라고 생각하고 있지는 않겠지요?"
나는 이도 저도 아닌 말을 중얼거렸다. 초상화 속의 사나이 눈길이 방에서 나가는 나를 뒤쫓았다. 이제부터 로이에게 내가 취하지 않으면 안 될 행동을 생각하면 그의 아버지는 살아 있지 않은 것이 다행이었다.

27

아침 식사를 하고 난 이후로 먹은 것이 아무것도 없었기 때문에 시내로 돌아가는 길에, 나는 드라이브인에 들렸다. 거기서 샌드위치를 기다리는 동안 바깥 전화부스에서 다시 한 번 애니 월터스에게 전화를 걸었다.

애니는 저드슨 포리와의 흥정을 끝낸 모양이었다. 브래드쇼의 경제 상태를 조사시킨 장본인은 역시 헬렌 해거티였다고 한다. 헬렌이 공갈을 꾀했는지 어떤지에 대해 포리는 확실하게 말할 수 없었으며 그런 말을 하려고도 하지 않았다. 그러나 그 정보를 팔자마자 헬렌은 포리의 기준에서 보면 큰 부자가 되었다는 것이다.

"포리는 정보를 얼마에 팔았지?"

"50달러라고 했어. 지금 생각해 보니 속은 것 같다고 말하더군."

"그는 그런 말만 하다가 일생을 끝낼 녀석이야. 헬렌이 브래드쇼를 어떻게 요리할 작정이었는지 포리에게는 이야기하지 않았다던가?"

"이야기하지 않았다는군. 그런 점은 퍽 조심스러웠던 모양이야. 하지만 헬렌에게 불리한 조건이 있네. 브래드쇼가 결혼했던 일이나 이혼하려고 한다는 것을 그녀는 포리에게 말하지 않았다네. 이것은 아마도 그 정보가 헬렌에게는 돈이 된다는 것이 아니었을까?"

"아마 그랬을 거야."

"또 한 가지, 다른 사실이 나왔어, 루. 브래드쇼는 리노에서 만나기 훨씬 전부터 헬렌 해거티를 알고 있었다네."

"어디서 어떻게 알았지?"

"포리는 거기까지는 모른다고 말했어. 이것은 아주 거짓말도 아닌 것 같아. 뭔가 확실한 정보가 들어오면 언제라도 돈을 주겠다고 약속했네. 큰 흥정거리가 되지 않으니까 포리 녀석은 실망하고 있었어."

제리 마크스는 법원 2층의 도서실에 있었다. 책상 위에는 타이프로 친 몇 가지 서류 더미가 쌓여 있었다. 변호사의 손은 먼지투성이였고 얼굴에도 먼지가 묻어 있었다.

"뭔가 발견했나, 제리?"

"하나의 결론에 도달했네. 매기 살인설은 근거가 희박했어. 근거는 주로 두 가지밖에 없어. 말하자면 사건 이전에도 매기가 아내를 학대했다는 것이 하나이고, 또 한 가지는 딸의 증언인데 이것은 일부 판사들도 처음부터 문제삼지 않은 시시한 것이었네. 나는 오로지 딸의 증언만을 조사했지만 그것은 펜토탈(pentotal, 미국 마취제의 상품명)을 사용해서 딸로부터 사정을 들을 기회가 주어졌기 때문일세."

"언제?"

"오늘 밤 8시 요양소에서. 그때까지는 닥터 고드윈이 바쁜 모양이야."

"나도 가고 싶네."

"나도 그 편이 좋다고 생각해. 고드윈이 승낙한다면 말일세. 나는 그 아가씨의 변호사라는 점에서 그런대로 불려가게 되었지만."

"아무래도 고드윈이 뭔가를 숨기고 있는 것 같군. 그런데 지금부터 8시까지 꼭 해줄 일이 있네. 이것은 내 담당인지도 모르겠지만 자네는 이곳에 살고 있으니까 자네편이 빨리 처리할 것 같네. 헬렌 해거티 살해에 관한 로이 브래드쇼의 알리바이가 과연 완전한지 어떤지를 조사해 줄 수 있겠나?"

제리는 자세를 고치고 둘째손가락으로 콧등을 긁었다.

"어떻게 조사하면 되나?"

"금요일 밤, 브래드쇼는 동창회에서 연설했네. 조사할 것은 다른 사람이 연설하고 있는 동안에 브래드쇼가 회장에서 빠져나가 헬렌을 죽일 틈이 있었는지, 없었는지 하는 걸세. 자네 같으면 검시관이 알아낸 사망 추정 시간을 보안관에게서 직접 알아낼 수 있잖은가?"

"애써보겠네."

변호사는 의자를 뒤로 밀치면서 말했다.
"그리고 제리, 감식 테스트에 대해서는 뭔가 정보가 없나?"
"소문에 따르면 아직 계속 테스트를 하고 있는 모양이야. 이유는 모르겠지만, 뭔가 날조하려는 게 아닐까?"
"아닐세, 설마 그러려고, 감식 전문가는 날조 따윈 하지 않네."
 나는 서류를 정리하기 시작한 변호사와 헤어져 퍼시픽 호텔로 걸어갔다. 보이는 벌써 미세스 딜로니의 택시 운전기사와 교섭하여 내가 5달러를 더 주자 두 노부인이 서프하우스 호텔에 숙소를 정했다는 걸 알려 주었다. 나는 잘 마르는 셔츠 한 장과 몇 벌의 팬티와 양말을 사서 모텔로 돌아와 곧 샤워를 했다. 미세스 딜로니와 다시 대결하려면 옷을 갈아입을 필요가 있었다.
 샤워를 하고 나오자 누군가가 문을 두드렸다. 문이 망가질 것을 겁내는 것처럼 아주 조용히 두드렸다.
"누구십니까?"
"매지 겔허디예요, 열어 주세요."
"지금 옷을 갈아입고 있습니다."
 옷을 입는 데 얼마쯤 시간이 걸렸다. 방금 산 셔츠에서 핀을 뽑아야 했는데 손이 말을 잘 들어 주지 않았다.
"부탁이에요, 빨리 열어 줘요, 사람들에게 보이면 곤란해요." 문 저쪽에서 여자가 말했다.
 나는 바지를 입자 맨발인 채로 문을 열었다. 태풍에라도 쫓기는 듯이 그녀는 쪼르르 안으로 들어왔다. 화려한 금발은 바람에 흐트러져 있었다. 그녀는 촉촉한 찬 손으로 내 손을 잡았다.
"경찰이 우리 집을 망보고 있어요. 여기까지 따라왔는지도 몰라요. 해변을 따라 달려오긴 했지만."
"아무튼 앉아요." 나는 말하면서 의자를 여자 앞에 놓았다. "경찰이 쫓고 있는 사람은 당신이 아닙니다. 친구인 베그리, 즉 매기를 찾고 있는 겁니다."

"그렇게 말하지 마세요. 그렇게 말하면 그를 조롱하는 것 같아요."

이것은 애정의 선언이었다.

"그럼, 그를 뭐라고 불러야 합니까?"

"전 지금도 첵이라고 불러요. 그는 이름을 바꿀 권리가 있어요. 그는 세상에서 그런 심한 곤경을 당했고 지금도 당하고 있어요. 게다가 그는 작가예요. 작가는 필명을 쓸 수 있어요."

"좋아요. 나도 첵이라 부르기로 하죠. 그런데 여기까지 일부러 온 것은 이름 얘기를 하기 위해서가 아니잖습니까?"

그녀는 손가락을 입술에 갖다 대고 도톰한 아랫입술을 좌우로 누르는 시늉을 했다. 립스틱도 파우더도 바르지 않았다. 화장을 하지 않은 그녀는 훨씬 젊고 천진스러워 보였다.

"첵으로부터 연락이 있었지요?"

나는 물었다.

큰 동작은 첵을 위험에 떨어뜨리기나 한다는 듯이 그녀는 약간만 고개를 끄덕였다.

"지금 어디에 있습니까, 매지?"

"안전한 곳에 있어요. 경찰에 말하지 않는다고 약속하지 않으면 가르쳐 줄 수 없어요."

"약속하지요."

여자의 푸른 눈이 반짝 빛났다.

"당신에게 할 이야기가 있답니다."

"무슨 이야기인지 그가 말했습니까?"

"제가 직접 들은 것은 아니에요. 항구에 있는 그의 친구에게서 전화가 걸려 왔어요."

"그렇다면 그는 항구 근처 어딘가에 있는 게로군요?"

다시 한 번 그녀는 고개를 약간만 끄덕였다.

"거기까지 얘기했으니까 차라리 모두 이야기해요. 나도 꼭 책에게 묻고 싶은 것이 있어요."

"그의 거처를 경찰에 밀고하지는 않으시겠죠?"

"잠자코 있을 수 있는 동안은 그럴 겁니다. 어딥니까, 매지?"

그녀는 얼굴을 찌푸리고 각오한 듯이 말했다.

"스티븐스 씨의 요트에 있어요. 망령호(亡靈號) 말이에요."

"어떻게 해서 요트에 숨었을까요?"

"모르겠어요. 스티븐스 씨가 주말에 발보아에서 요트 놀이를 한다는 걸 그는 알고 있었나 봐요. 그러니까 발보아로 가서 스티븐스 씨에게 숨겨 달라고 하지 않았을까요?"

나는 매지를 방에 남기고 출발했다. 그녀는 혼자 밖에 나가려고도, 내 차에 타려고도 하지 않았다. 나는 해안 도로를 달려 항구로 향했다. 몇 척의 예인선과 다랑어잡이 배가 난바다 쪽에 보였으나 제방의 긴 팔 사이에 닻을 내린 배들의 대부분은 주말용의 개인 요트나 모터보트뿐이었다.

월요일이었으므로 항구 바깥으로 나간 배는 적었지만 그래도 수평선에는 여기저기 흰 돛이 보였다. 어느 배나 고향을 그리는 꿈처럼 해안을 향해 달리고 있었다.

유리로 지은 항구 감시소의 남자가 스티븐스의 요트를 가리켰다. 항구 끝에 정박해 있었으나 마스트가 높아서 곧 분간할 수 있었다. 나는 부교 옆을 지나 걸어갔다.

망령호는 길쭉하고 아담한 요트로 작은 유선형 선실과 경기용 뒷갑판이 있었다. 밝은 색으로 칠을 했으며 놋쇠 부분은 번드르르하게 닦여 있었다. 마치 방금 달려 나가려고 제자리걸음을 하고 있는 동물처럼 요트 전체는 물 위에서 가볍게 흔들리고 있었다.

나는 배 위로 올라가 해치를 두드렸다. 대답은 없었지만 곧 해치가 열렸다. 나는 짧은 사닥다리를 내려가 단파용 수신 장치 같은 것의 앞을 지나 커피향이 가득 찬 작은 주방을 지나서 침대가 있는 선실로 들어갔다. 둥그런 창문 하나에서 타원형 햇빛이 비쳐들고, 그것이 요트의 움직임에 따라 그 역방향으로 끊임없이 흔들리면서 칸막이벽 위에서 춤추고 있었다. 나는 그쪽을 향해 말했다.

"매기?"

침대 뒤에서 무엇인가 움직였다. 나의 눈높이에서 얼굴 하나가 나타났다. 그 얼굴은 망령호라는 이름의 배 승무원에 어울리는 얼굴이었다. 매기는 턱수염을 면도질했고, 그 부분만 살갗이 창백했다. 지난번에 만났을 때보다 늙었고 초췌했으며 훨씬 자신감이 없어 보였다.

"혼자서 왔습니까?"

매기는 속삭였다.

"물론이죠."

"그럼 당신은 내가 사건과 관련이 없다는 걸 인정하시는군요."

지푸라기라도 잡는 것 같이 그는 말했다.

"또 누가 당신의 무죄를 인정하고 있습니까?"

"스티븐스 씨입니다."

"이것도 그의 아이디어입니까?"

나는 매기와 나를 둘러싸는 듯한 몸짓을 했다.

"스티븐스 씨는 당신에게 말하라고는 하지 않았지만."

"좋아요, 매기. 그래 이야기란?"

나를 찬찬히 보면서 그는 누워 있었다. 입술은 떨리고 눈에는 탄원하는 듯한 빛이 나타났다.

"어디서부터 이야기하면 좋을까요? 벌써 10년 동안이나 계속 생각한 일이에요……. 너무 오래된 일이기 때문에 꿈 같은 기분이 들어요. 내 몸에 뭔가 일어났다는 걸 알아도 왜 그런 일이 일어났는지 전혀 알 수 없어요. 감옥에서 10년간 살았죠. 유죄를 인정하지 않았기 때문에 가출옥 기회는 없었구요. 난 인정할 수 없었어요. 그것은 덫이었어요. 지금 또 그들은 나에게 덫을 놓으려 하고 있어요."

그는 잘 닦인 마호가니 침대의 모서리를 꽉 쥐었다.

"하지만 Q(세인트퀜틴 교도소)에 돌아가는 것만은 질색이에요. 고통스런 10년이었어요. 누군가의 잘못으로 이렇게 됐다고 생각하면 더욱 괴로운 겁니다. 매일매일이 기어가는 것처럼 느꼈죠. 일도 별로 바쁘지 않았으니까 나머지 시간은 오로지 생각만 하고 있었어요. 다시 그곳에 들어가게 된다면 자살할 거예요."

그것은 그의 마음속으로 한 말이었다. 나도 그 말에 대응해서 마음속으로 말했다.

"결단코 그런 일은 없도록 하겠어요, 매기. 약속하지요."

"당신을 믿을 수 있다면 좋겠지만, 어쩐지 사람을 믿을 수 없게 되었어요. 사람들이 믿어 주지 않으면 이쪽에서도 사람을 믿을 수 없게 되어요."

"당신 아내를 죽인 사람은 누구입니까?"

"모릅니다."

"누구라고 짐작합니까?"

"그건 말하고 싶지 않아요."

"실컷 고생하고 위험을 무릅쓰고 나를 불러내고서 말하고 싶지 않다니 무슨 소립니까? 맨 처음으로 돌아가 봅시다, 매기. 부인이 집을 나간 이유는 무엇이었습니까?"

"저 때문이죠, 집을 나간 건. 아내가 피살된 것은 우리가 헤어지고 몇 개월 지난 뒤였어요. 그날 밤, 나는 인디언 스프링스에는 없었어요. 이 퍼시픽 포인트에 있었어요."

"부인과 헤어진 이유는?"

"아내가 헤어지자고 말했기 때문입니다. 나는 아내와 잘 화합하지 못했어요. 내가 군대에서 돌아온 뒤 왠지 잘 어울리지 못했어요. 아내와 딸은 전쟁 중엔 줄곧 처형 집에 살고 있었는데 그 뒤 저하고의 생활이 어쩐지 익숙해지지 않았어요. 그 당시 제가 거친 행동을 한 것은 인정합니다. 그런데 처형 앨리스가 우리 부부를 더욱 부채질한 셈이에요."

"왜 그랬죠?"

"우리 둘의 결혼을 처음부터 반대했기 때문이죠. 아마도 콘스턴스를 마음대로 독점하고 싶었던 거겠죠. 그런데 제가 방해물이었어요."

"그것 말고는 방해물은 없었습니까?"

"없었어요. 앨리스가 횡포를 부렸다는 것뿐이었죠."

나는 똑같은 질문을 조금 더 정확하게 되풀이했다.

"콘스턴스에게는 다른 남자가 없었습니까?"

"아, 그 일 말입니까? 있었어요." 마치 자기가 부정한 짓을 한 것처럼 그는 부끄러운 듯한 표정을 지었다. "그 일에 대해선 몇 년이나 생각했습니다만 이제 새삼스레 끄집어낼 문제가 아닙니다. 그 남자는 아내의 죽음과는 아무 관계도 없어요. 그것은 확실합니다. 아내에게 열중하고 있었으니까요. 위해를 가할 일은 했을 리가 없습니다."

"그걸 어떻게 알 수 있습니까?"

"아내가 피살되기 얼마 전에 그 남자와 아내의 일에 대해 이야기했기 때문입니다. 그 두 사람 관계에 대해선 딸이 가르쳐주었어요."

"달리가요?"

"그렇습니다. 콘스턴스는 매주 토요일 달리를 의사에게 데려다 주는 기회를 이용해서 그 남자와 만나고 있었어요. 나는 때때로 딸을 만나러 갔는데, 어느 날…… 딸을 만난 건 그것이 마지막이었죠……. 두 사람이 밀회한다는 말을 딸에게서 들었어요. 달리는 아직 11살인가 12살이었으니까 뜻도 잘 모르면서 얘기한 모양인데, 그래도 꺼림칙한 일이라는 걸 느끼고 있었던 모양이에요.

매주 토요일 오후, 콘스턴스와 그 남자는 달리에게 동시 상영하는 영화를 보게 하고는 자기들은 어딘가에——아마 모텔이었겠죠——틀어박혀 있었어요. 콘스턴스는 딸에게 비밀을 지키도록 타일렀던 모양이에요. 그 남자는 달리에게 돈까지 주면서 어머니와 함께 영화 보러 갔다고 앨리스 이모에게 말하라고 했지요. 정말 비열한 방법이었어요."

매기는 옛날의 노여움을 재현하려고 했으나 아마 괴로움의 세월이 너무 길었던 탓인지 잘 되지 않았다. 그의 얼굴은 차가운 달처럼 침대 가장자리에 매달려 있었다.

"그 남자의 이름을 알 수 없을까요? 고드윈입니까?"

"천만에요. 로이 브래드쇼입니다. 그 당시는 칼리지 교수였어요." 음울한 자존심을 담아서 그는 덧붙였다. "지금은 부장이라고 하더군요."

그 지위도 오래 가지는 않을 것이라고 나는 생각했다. 브래드쇼의 머리 위 하늘은, 지금은 태풍을 피해 둥지로 서둘러 돌아가는 새 떼로 캄캄하게 덮여 있었다.

"브래드쇼는 고드윈 박사의 환자였어요. 그래서 고드윈의 대기실에서 콘스턴스와 알게 된 겁니다. 두 사람 관계는 의사가 도리어 장려한 것 같은 느낌이 있어요." 매기는 말했다.

"어째서 그렇게 생각합니까?"

"브래드쇼가 자기 입으로 말했어요. 둘의 정신 건강을 위해서는 도리어 좋은 일이라고 의사 선생이 말했다는 것입니다. 참으로 이상한 일입니다. 저는 필요하다면 주먹질을 해서라도 콘스턴스에게서 손을 떼게 할 작정으로 브래드쇼의 집에 갔죠. 그런데 이야기를 나누던 중에 브래드쇼와 콘스턴스는 옳고 저는 틀린 것이 되어 버렸어요. 지금까지도 누가 옳고 누가 그른지 잘 모르겠어요. 결혼 첫해 동안을 제외하고는 제가 콘스턴스에게 진정한 행복을 주지 않았던 것은 사실이니까요. 아마 브래드쇼는 진짜 행복을 주고 있었던 모양입니다."

"그래서 재판에 브래드쇼를 끌어내지 않았던 거로군요?"

"그것도 이유 가운데 하나입니다. 게다가 그런 것을 이러쿵저러쿵 말해도 소용없는 일이죠. 제 입장만 나빠질 뿐이니까요." 그는 잠시 말이 없었다. 그러다가 그의 내부의 더 깊은 곳에서 더 깊은 소리가 솟아올랐다. "게다가 저는 사랑하고 있었어요. 콘스턴스를 사랑하고 있었어요. 브래드쇼의 일을 언급하지 않는 것이 내 사랑을 증명하는 한 가지 방법이었어요."

"브래드쇼가 다른 여자와 결혼한 것을 알고 있었습니까?"

"그건 언제 이야기입니까?"

"요 20년 동안 계속. 그 여자와는 몇 주 전에 이혼했습니다만."

매기는 쇼크를 받은 표정이 되었다. 이 사나이가 오랫동안 믿어왔던 밧줄의 온갖 환상을 나는 지금 위협하고 있었다. 매기는 침대 안쪽으로 몸을 움직여 거의 보이지 않게 되었다.

"그 여자의 이름은 레티셔 머클레디……. 레티셔 머클레디 브래드쇼입니다. 들어본 적이 있습니까?"

"없습니다. 그러나 결혼했다는 건 이상하군요. 어머니하고 둘이서 살고 있었는데."

"결혼에도 여러 가지가 있어요. 브래드쇼는 얼마 동안 부인을 만나지 않다가 다시 만났는지 모릅니다. 어머니나 친구에게는 비밀로 숨기고 이 도시에서 부인을 살게 했는지도 모릅니다. 여러 가지로 복잡한 수단을 써서 이혼 사실을 숨긴 것으로 미루어 보면 아마 그랬을 겁니다."

매기는 당황한 듯이 떨리는 소리로 말했다.

"그 일이 내 사건과 무슨 관계가 있습니까?"

"큰 관계가 있는지 모릅니다. 만일 머클레디라는 여자가 10년 전에 이 도시에 있었다면 당신의 아내를 죽일 동기가 있었을 겁니다……. 당신에 못지 않는 강한 동기 말입니다."

매기는 그 여자의 일을 생각하고 싶지 않은 것 같았다. 자기 일을 생각하는 것만으로도 벅찼기 때문이다.

"저에게는 동기 따위가 없었어요. 아내의 머리털 하나라도 다치게 할 생각은 없었으니까요."

"하지만 한두 번은 상처를 입힌 일이 있었을 테죠?"

그는 잠자코 있었다. 침대 끝에는 먼지 묻은 가발과 같은 그의 물결치는 듯한 백발과 성실해지려고 노력하는 불성실한 큰 눈이 보일 뿐이었다.

"두세 번 아내를 때린 일은 인정합니다. 그것 때문에 뒷날 죽을 것 같은 괴로움을 맛보았어요. 이해해 주세요. 난 술을 마시면 야비해집니다. 그래서 콘스턴스는 나에게 정나미가 떨어진 겁니다. 내 아내를 책망할 수는 없어요. 아내에게는 조금도 나쁜 점이 없었습니다. 책망받아야 할 사람은 저입니다."

그는 크게 숨을 들이켰다가 천천히 토해냈다.

내가 담배를 건네자 그는 거절했다. 나는 내 담배에 불을 붙였다.

밝게 떨리는 듯한 햇빛이 칸막이벽을 조금씩 위로 기어오르고 있었다. 이제 곧 저녁이 올 것이다.

"그렇습니까, 브래드쇼에게는 아내가 있었습니까?" 매기는 이제야 겨우 그 정보를 소화한 것처럼 말했다. "나에게는 콘스턴스와 결혼할 생각이라고 말했어요."

"그럴 생각이었는지 모릅니다. 그렇다면 여자의 동기가 더욱 강해지는군요."

"그럼, 범인은 그 여자입니까?"

"그 여자가 첫 번째 용의자입니다. 두 번째 용의자는 브래드쇼입니다. 당신 딸도 브래드쇼가 용의자라고 생각하지 않았던가요? 달리는 일부러 대학에 입학하여 아르바이트 학생으로서 브래드쇼의 집에 들어갔어요. 이건 당신이 시킨 일입니까, 매기?"

그는 고개를 저었다.

"당신 딸의 역할을 아직 잘 알 수 없습니다. 아직 그녀에게서 상세한 설명을 듣지 못했기 때문입니다."

"달리는 그 당시부터 몇 번이나 거짓말을 했어요. 그러나 아이의 거짓말을 어른의 거짓말과 같게 해석할 수는 없지 않을까요?"

그는 말했다.

"당신은 관대한 사람이군요."

"천만에요. 그렇지 않습니다. 그 일요일에 신문에서 남편과 함께 찍혀 있는 달리의 사진을 보고 나는 머리끝까지 화가 치밀어 그 호텔에 갔지요. 자기 아버지를 이렇게 고생시키고서 자기만 행복한 결혼을 할 권리가 있을까? 이런 생각이 들었던 거지요."

"그런 생각을 달리에게 말했습니까?"

"말했지요. 하지만 나의 분노는 오래 계속되지 않았어요. 딸의 얼굴을 보고 있으려니까 아내 생각이 나더라고요. 마치 20년 전의 행복했던 신혼 시절로 되돌아간 듯한 기분이었어요.

　제가 해군에 입대하고 콘스턴스의 뱃속에 달리가 있던 그 1년 동안은 정말 좋았었죠."

매기의 마음은 현재의 사건에서 벗어나 과거로 기울었다. 그것은 무리도 아니었으나 나는 매기를 재촉하여 현재로 돌려놓았다.

"그 일요일에 당신은 따님을 질책했겠군요?"

"처음에는 그랬죠. 그건 인정합니다. 저는 딸에게 법정에서 왜 거짓말을 했느냐고 물었어요. 제게 이런 질문을 할 권리는 있지 않겠습니까?"

"아마 있을 겁니다. 그래서 따님의 반응은?"

"히스테리를 일으키고, '거짓말을 한 게 아니에요. 아버지가 권총을 들고 있는 것과 어머니와 말다툼을 하고 있는 걸 보았어요'라고 말하는 거예요. 그건 얼토당토않은 이야기라고 말해 줬어요. 도대체 그날 밤 나는 인디언 스프링스에는 없었어요. 그것을 얘기해 주자 딸은 입을 다물고 말았어요."

"그 다음은?"

"왜 거짓말을 했느냐고 물었어요." 그는 입술을 핥은 뒤 속삭이는 듯한 소리로 말했다. "어쩌면 권총이 폭발해서 어머니를 쏘아 버린 건 네가 아니냐고도 물었어요. 앨리스 처형은 권총을 잘 간수해 두지 않았으니까 그런 일이 일어날 수도 있는 겁니다. 잔혹한 질문이었지만 아무래도 물어보고 싶었던 겁니다. 오랫동안 생각해 온 일이었으니까요."

"재판 당시부터입니까?"

"그래요. 그 전부터입니다."

"그래서 당신은 스티븐스가 달리에게 반대신문을 하는 걸 허락하지 않았군요?"

"그래요. 그때 차라리 반대신문을 하는 편이 좋았을 걸 그랬어요. 10년이나 지나서 스스로 반대신문을 하다니."
"그 결과는?"
"다시 심한 히스테리 발작이었어요. 웃고 있는지 울고 있는지 분간할 수 없는 상태였어요. 사람이 이렇게까지 불쌍해 보일 수 있나 할 정도였어요. 얼굴이 창백해지고 눈에서는 큰 눈물방울이 뚝뚝 떨어져 볼을 타고 흘러내렸어요. 달리의 눈물은 몹시 청순했어요."
"달리는 뭐라고 말하던가요?"
"물론 자기는 하지 않았다고 말했어요."
"따님이 그랬을 가능성이 있습니까? 권총을 쏘는 방법을 따님은 알고 있었습니까?"
"조금은요. 내가 권총 쏘는 방법을 가르쳤고 앨리스도 알고 있었어요. 어쨌든 실수로 방아쇠에 손가락이 닿아 폭발한 것이라면 쏘는 방법이고 뭐고 다 쓸데없지요."
"지금도 그렇게 생각합니까?"
"모르겠어요. 모르니까 당신에게 의논하려는 겁니다."

그 말은 막연한 부담감에서 매기를 해방시킨 것 같았다. 그는 침대 상단에서 좁은 통로로 내려와 나와 마주 보았다. 검은 터틀넥의 선원용 스웨터에 청바지와 고무창을 댄 갑판용 신을 신은 차림새였다.

"당신 같으면 달리를 만나 얘기할 수 있는 입장에 있어요. 저는 그렇지 못합니다. 스티븐스 씨는 거기까지 해주지 않았어요. 하지만 당신 같으면 달리를 만나 진상을 알아낼 수 있을 겁니다."
"달리는 진상을 모를지도 모릅니다."
"그럴 수도 있습니다. 그 일요일에도 달리는 완전히 혼란에 빠져 있었으니까요. 나는 하늘에 맹세코 딸을 혼란 상태에 빠뜨릴 생각은 없었어요. 단지 몇 가지 질문만 했을 뿐입니다. 달리로서는 어쩐지 현실에 일어난 일과 법정에서 자기가 증언한 일을 구별하지 못하는 것 같았습니다."

"법정에서의 증언이…… 거짓말이라고 달리는 분명히 인정했습니까?"

"거짓말을 가르친 사람은 앨리스입니다. 간단히 상상할 수 있어요. '그랬던 거야, 그렇지?' 하고 앨리스는 말했을 겁니다. '아빠가 권총을 쥐고 있는 걸 네가 보았어, 그렇지?' 이런 말을 계속 듣는 동안에 아이 마음속에서 이야기가 완성돼 버린 겁니다."

"앨리스는 당신을 유죄로 만들기 위해 고의로 그런 일을 한 겁니까?"

"앨리스 자신은 그렇게 말하지 않을 겁니다. 그녀는 내 죄를 굳게 믿고 있어요. 모든 것은 내 죄를 증명하기 위해 한 일입니다. 아이에게 터무니없는 것을 가르칠 때도 위증을 시키려는 뜻은 없었을 걸로 생각합니다. 아무튼 옛날부터 처형은 나를 방해물로 여기고 싫어했어요."

"콘스턴스도 방해물로 여기지 않았던가요?"

"콘스턴스를 말입니까? 콘스턴스에 대해선 맹목적으로 사랑했어요. 앨리스는 콘스턴스의 언니라기보다는 어머니 같았어요. 나이도 14, 5살이나 차이가 나 있었으니까요."

"앨리스는 콘스턴스를 독점하고 싶어했다고 말했잖습니까? 만일 브래드쇼의 일을 알고 있었다면 동생에 대한 앨리스의 마음도 변하지 않았을까요?"

"독점이라 해도 그렇게까지는 심하지 않았을 겁니다. 그런데 브래드쇼의 일을 누구에게서 들었다는 말입니까?"

"당신 따님이 얘기했는지도 모르죠. 당신에게 얘기했다면 앨리스에게도 말했을 겁니다."

매기는 고개를 저었다.

"탐정이란 굉장히 여러 가지 일을 생각하는군요."

"어쩔 수 없지요. 이것은 의미심장한 사건이니까요. 아직 내부 깊숙한 곳은 잘 보이지 않는 상태죠. 앨리스가 보스턴에 산 일이 있습니까?"

"줄곧 이 도시에서 산 것이 아닐까요? 앨리스는 국방부인회 임원이에요. 나도 국방을 위해 일한 사람이지만 아무도 훈장을 주지 않았어요."

"국방부인회 임원이 때로 보스턴에 간다 하더라도 이상한 일은 없을 거예요. 앨리스가 혹시 무대에 섰거나 머클레디라는 사나이와 결혼을 했거나 머리를 빨갛게 염색한 일이 없었습니까?"

"어느 것이나 앨리스답지 않은 일뿐이군요."

나는 그녀의 핑크빛뿐인 침실을 연상했다.

"그것은 앨리스보다도 달리어······." 매기는 말하려다가 말고 입을 다물었다. 그리고 무엇인가를 경계하듯이 사이를 두었다. "담배를 얻을 수 있겠습니까?"

나는 담배를 주고 불을 붙여 주었다.

"방금 무슨 말을 하려고 했죠?"

"별것 아닙니다. 얼핏 머리에 떠오른 것을 말하려고 한 것뿐입니다."

"누구의 일이 머리에 떠올랐습니까?"

"당신이 모르는 사람입니다. 이제 그런 일은 상관없잖습니까?"

"참 곤란하군요, 매기. 이것저것 다 얘기해 주기로 했잖습니까?"

"나만의 생각이라는 게 있어도 나쁘진 않겠죠? 감옥 생활을 견디어 낸 건 그 덕분이에요."

"그러나 벌써 감옥에서 나왔습니다. 다시 들어가고 싶진 않겠지요?"
"누군가 대신 들어가는 거라면 차라리 내가 들어가는 편이 나을 겁니다."
"너무 인심 좋은 사람이군요, 당신은. 대체 누구의 편을 들고 있는 겁니까?"
"아무도 편들지 않았어요."
"매지 겔허디입니까?"
"천만에요."

결국 아무것도 알아낼 수 없었다. 감옥이라는 것의 장기간에 걸친 완만한 압력은 사람을 이상하게 바꾸어 버리는 모양이다. 매기는 이를테면 찌부러진 순교자가 되어 있었다.

28

순교자에게는 두 번째 수난이 기다리고 있었다. 내가 뒤쪽 갑판으로 올라가자 부교 옆을 걸어오는 그림자 셋이 보였다.

불타는 듯한 노을을 배경으로 세 사람의 몸뚱이와 모자를 쓴 머리는 쇠처럼 단단하고 검게 보였다.

셋 중 한 사람이 내게 보안관 사무소의 배지를 보였고, 다른 두 사람이 배 안으로 내려가는 동안 그는 내게 권총을 들이대고 있었다. 매기의 외침 소리가 한 번 들려왔다. 이윽고 해치를 열고 기어오른 매기의 손목에는 푸르스름한 수갑이 채워졌고, 등에는 또한 푸르스름한 권총이 들이대져 있었다. 얼핏 나에게 보낸 그의 눈길에는 공포와 저주가 가득했다.

나는 수갑이 채워지진 않았지만 보안관 사무소의 차 뒤쪽 격리된 좌석에 매기와 함께 태워져 법원까지 연행되었다. 나는 매기에게 말을 걸려고 했으나 매기는 대답하지 않았고, 이쪽을 보려고도 하지 않앉다. 틀림없이 나에게 배반당했다고 생각하고 있는 것 같았다. 나는 본의 아니게 배신자가 된 셈이다.

취조실 바깥 복도에서 형사의 감시를 받으며 앉아 있으려니까 안에서 취조하는 소리가 높아졌다 낮아졌다 하였고, 험악해졌다 부드러워졌다 하였다. 또 욕지거리, 협박, 약속, 거절, 감언 등 여러 가지로 변했다. 거기에 크레인 보안관이 왔다. 피곤한 얼굴이었으나 여전히 거만스러워 보였다. 배를 내밀고 싱글벙글하면서 위에서 덮을 듯이 내 얼굴을 들여다보았다.

"자네 친구는 성가시게 되었네."

"벌써 10년 전부터 성가신 일을 겪고 있었죠. 당신도 알고 있을 테죠? 그렇게 한 것은 당신이었으니까요."

보안관의 뺨 정맥이 적외선 램프의 복잡하고 가는 필라멘트처럼 갑자기 빨개졌다. 보안관은 내 위에 윗몸을 구부리고 술 냄새를 풍기며 말했다.

"그런 생떼나 쓰면 감방에 집어넣을지도 몰라. 자네 친구의 행선지를 아나? 이번에야말로 곧장 가스실이야."

"죄 없는 사람이 가스실에 보내진 건 이번이 처음이 아니오."

"죄가 없다고? 매기는 강력범이야. 증거는 모두 갖추어져 있어. 감식반이 하루 종일 걸려서 마침내 조사를 끝낸 증거니까. 해거티 살해에 쓰인 총알은 매기의 아내를 죽인 총알과 같은 권총에서 발사된 거야. 그 권총은 매기가 인디언 스프링스의 앨리스 젠크스에게서 훔친 것이지."

나는 보안관을 집적거려 비밀 정보를 알아내는 데 성공한 셈이었다. 나는 한 번 더 집적거려 보았다.

"매기가 권총을 훔쳤다는 증거는 없지 않습니까? 어느 사건도 권총을 쏜 사람이 매기라는 증거는 없어요. 도대체 이 10년간 매기는 어디에 권총을 숨겨 두었다는 겁니까?"
"아마 스티븐스의 요트에 숨겨 두었을 테지. 아니면 공범이 맡아 가지고 있었는지도 모르고."
"그래서 자기 딸의 침대에 숨기고, 딸에게 죄를 뒤집어씌우려 했다는 겁니까?"
"그놈은 그런 일을 하고도 남을 녀석이야."
"바보 같은 소리 말아요!"
"자네, 입 조심해!"
보안관은 대포의 탄환 같은 뚱뚱한 배로 나에게 겁을 주었다.
"보안관님에게 그렇게 입을 놀려서는 안 돼." 형사가 말했다.
"바보 같다는 말을 쓰면 안 된다는 법률이 어디 있습니까? 덧붙여 말씀드리겠습니다만, 매기를 만나러 그 요트에 간 것은 캘리포니아주의 법률에 어긋나는 일이 아니에요. 저는 이 도시의 변호사에게 협조하여 이 사건을 조사하고 있는 사람입니다. 원하는 곳에서 정보를 얻고 그것을 덮어둘 권리가 저에게는 있어요."
"매기가 그곳에 숨어 있는 걸 어떻게 알아냈나?"
"알려준 사람이 있었어요."
"스티븐스인가?"
"스티븐스는 아닙니다. 필요하다면 정보를 교환하지 않겠습니까, 보안관님? 당신은 매기의 거처를 어떻게 알게 되었습니까?"
"피의자하고는 흥정할 수 없어."
"저에 대한 혐의는 무엇입니까? 바보 같은 소리라는 말을 제가 불법으로 사용한 일입니까?"
"웃을 일이 아냐. 자넨 매기와 함께 체포된 거야. 내겐 자네를 유치할 권리가 있어."
"저에겐 변호사에게 전화를 걸 권리가 있어요. 제 권리를 무시하려면 무시해 봐요. 아마 득이 될 일은 없을 거예요. 새크라멘토에는 제 친구들이 많이 있으니까요."

친구들이 많다고 해도 법무장관이나 그 측근과는 관계가 없었지만, 어쩐지 나는 이런 허세를 부려 보고 싶었다. 크레인 보안관은 그 허세가 마음에 들지 않는 모양이었다. 이 보안관은 반쯤 정치가와 비슷하니까 대부분의 정치가와 마찬가지로 불안정한 인간이었다. 잠깐 생각한 뒤 보안관은 말했다.

"전화는 걸어도 괜찮아."

보안관이 조사실에 들어갈 때 불빛 아래로 창백한 얼굴에 등을 구부린 매기의 모습이 잠깐 보였다. 신문하는 시끄러운 소리에 보안관의 소리도 섞였다. 감시 역할을 맡은 형사는 나를 옆의 작은 방으로 데리고 가서 전화기를 손짓으로 가리키고는 밖으로 나갔다.

나는 제리 마크스에게 전화를 걸었다. 제리는 마침 고드윈 박사와 달리가 있는 곳으로 출발하려던 중이었다면서, '곧 법원으로 직행하겠네. 만일 스티븐스가 함께 가 줄 수 있다면 그도 데리고 가겠네'라고 말했다.

15분도 채 되기 전에 두 사람은 함께 나를 찾아왔다. 스티븐스는 찢어진 흰 날개 같은 머리 밑으로 흘끗 나를 보았다. 그 암시적인 복잡한 시선의 뜻은 아마도 우리는 공적으로 서로 남이라는 걸 말하는 것 같았다. 매기에게 나와 이야기를 나누도록 권한 사람은, 또한 만나도록 주선한 사람은 역시 이 늙은 변호사였던 것이다. 그로서는 할 수 없는 방법이지만 나로서는 매기가 가르쳐 준 여러 가지 사실을 이용할 수 있는 입장에 있는 셈이다.

기본적인 인권을 방패로 삼아 협박한 결과 제리 마크스는 나를 석방시킬 수 있었다. 스티븐스는 보안관과 지방검사보와 협의에 들어갔다. 스티븐스의 의뢰인을 석방시키려면 시간이 좀 더 오래 걸릴 것이다.

중력에 반발하여 하늘에서 떨어질 것 같은 달이 지붕 위에 걸려 있었다. 매우 커다랗고 조금 비뚜름한 모양을 하고 있었다.

"아름답군." 주차장에서 제리가 말했다.

"나에게는 썩은 오렌지처럼 보이는데."

"아름답고 추하고는 보는 사람의 관점에 달렸다고 했네. 이것은 유명한 정치가의 말이라네. 어렸을 때 어머니한테서 배운 말이지."

제리는 법과대학에서 배운 것을 실제로 응용해 보고 그것이 잘 들어맞았을 경우에는 언제나 기분이 좋아 싱글벙글했다. 그는 성큼성큼 차까지 걸어가서 곧 시동을 걸었다.

"고드윈과의 약속에 늦어 버렸네."

"브래드쇼의 알리바이를 조사할 시간은 있었나?"

"조사했네. 그것은 어쩐지 난공불락이었어." 차로 시가지를 횡단하면서 제리는 상세히 이야기해 주었다. "체온이 떨어지는 거라든가 피가 굳어지는 정도 등으로 미루어 검시관 보좌는 미스 해거티의 사망 시각을 늦어도 8시 반이라고 추정했네. 브래드쇼는 7시 무렵부터 9시 반쯤까지 회식자리에 앉아 있었거나 연단에서 연설하고 있었을 거야. 여기에는 100명 이상의 증인이 있어. 그중 임의로 뽑은 졸업생 셋에게 물어보았는데 브래드쇼가 계속 좌석에서 떠나지 않은 일에 대해선 의견이 일치했네. 그렇다면 그는 결백한 거야."

"확실히 결백하군."

"자넨 실망하는 것 같군, 루?"

"반쯤은, 그렇지만 반쯤은 안심했네. 브래드쇼가 왠지 좋아졌어. 틀림없는 범인으로 생각하고 있었는데 말이야."

요양소에 도착하기까지 남은 시간에 나는 그에게 매기의 이야기와 보안관에게서 얻은 정보를 간략하게 이야기했다. 제리는 '휙' 하고 휘파람을 불긴 했으나 아무 말도 하진 않았다.
 문을 열어준 사람은 고드윈 박사였다. 깨끗한 흰 가운을 입고 얼굴에는 불만스런 표정을 떠올리고 있었다.
 "늦었군요, 마크스 씨. 이제 모든 것을 연기해 버리려고 생각하던 참입니다."
 "뜻밖의 사태가 일어났기 때문입니다. 오늘 저녁 7시 반쯤에 토머스 매기가 체포되었습니다."
 고드윈은 내 쪽을 보았다.
 "당신이 매기와 같이 있었습니까?"
 "불려 가서 그의 이야기를 들었습니다. 그 이야기를 달리의 이야기와 비교해 보고 싶습니다."
 "아닙니다. 당신은 이 모임에는…… 저…… 적합하지 않다고 생각합니다. 전에도 말씀드렸듯이 당신에게는 직업적 면역성이 없기 때문입니다." 고드윈은 귀찮다는 듯이 말했다.
 "마크스 씨의 지시를 따르면 괜찮을 것 같은데요, 틀림없이 지시에 따르겠습니다."
 "아처 씨의 일은 제가 보증하겠습니다." 제리 마크스가 말했다.
 고드윈은 마지못해 나를 받아들였다. 이 어둑한 왕국에 우리는 침입자인 셈이었다. 이 의사의 선의에 의한 독재 탓에 우리는 얼마쯤 신뢰를 잃었지만, 지금은 그것을 덮어 두는 편이 좋았다.
 같이 간 진찰실에서는 달리가 기다리고 있었다. 그녀는 진찰대 끝에 걸터앉아 소매 없는 환자용 흰 가운을 입고 있었다. 알렉스가 그 앞에 서서 달리의 양손을 쥐고 있었다. 청년의 눈은 허기진 듯이, 또는 기도드리는 듯이 달리를 보고 있었다. 달리는 마치 신자가 한 사람밖에 없는 기묘한 종교의 여사제나 여신이 된 것처럼 보였다.
 그녀의 머리는 반들반들 윤이 났다. 얼굴 표정은 냉정했다. 다만 눈에는 앵돌아진 듯한 불안정한 느낌과 내향적인 빛이 담겨 있었다. 그녀의 눈길이 내 얼굴을 스쳐 지나갔으나 나를 기억하는 듯한 기색은 보이지 않았다.

고드윈이 달리의 어깨를 만졌다.

"시작해도 좋을까, 달리?"

"네, 좋아요."

달리는 진찰대 위에 누웠다. 알렉스는 여전히 한쪽 손을 잡고 있었다.

"그대로 있어도 상관없습니다, 킨케이드 씨. 떨어지면 편리하긴 합니다만."

"전 달라요. 알렉스가 옆에 있어 주면 안심이 되어요. 알렉스가 이…… 이 일을 모두 알아주었으면 해요."

"그래. 나도 이대로 있고 싶어."

고드윈은 주사기에 주사액을 넣고 바늘을 달리의 팔에 찌른 뒤 반창고로 바늘을 하얀 살결에 고정시켰다. 그리고는 100부터 거꾸로 세도록 명령했다. 96까지 세자 그녀의 몸에서 긴장이 풀리고 얼굴에서 또렷한 의식의 빛이 사라졌다. 의사가 질문을 해도 그 빛은 확산된 모양으로밖에 돌아오지 않았다.

"들리나, 달리?"

"들려요." 그녀는 중얼거렸다.

"조금 더 큰소리로. 잘 들리지 않아."

"들려요." 달리는 되풀이했다. 발음이 조금 분명치 않았다.

"내가 누구지?"

"고드윈 선생님."

"어렸을 때 내 병원에 종종 왔던 일이 기억나나?"

"기억하고 있어요."

"누가 데리고 왔지?"

"엄마예요. 앨리스 이모 차로 왔어요."

"그 무렵에 어디서 살고 있었지?"

"인디언 스프링스의 앨리스 이모 집에서요."

"어머니도 그곳에 살고 있었나?"

"엄마도 그곳에 살고 있었어요. 엄마도 거기 있었어요."

달리는 볼이 발그스름해져 마치 술에 취한 어린애처럼 말하고 있었다. 의사는 제리 마크스에게 신호를 했다. 제리의 검은 눈이 슬퍼 보였다.

"그날 밤을 기억하고 있나? 어머니가 살해된 밤을?"

"기억해요. 당신은 누구예요?"

"달리의 변호사인 제리 마크스야. 나에게는 무슨 말을 해도 좋아."

"무슨 말을 해도 좋아." 알렉스도 말했다.

달리는 졸리는 듯한 눈으로 제리를 올려다보았다.

"무슨 말을 하면 좋아요?"

"정말로 있었던 일을 말해. 나나 다른 사람의 일은 생각하지 않아도 좋아. 단지 생각나는 대로 이야기해 봐."

"네."

"권총 소리를 들었나?"

"들었어요." 방금 그 소리를 들은 듯이 달리는 얼굴을 찌푸렸다. "무서워요…… 무서웠어요."

"그때 누군가의 모습을 보았나?"

"아래층으로 곧장 내려가지 않았어요. 무서웠기 때문이에요."

"창문에서 누군가 사람 모습이 보였나?"

"아뇨. 차가 나가는 소리가 들렸어요. 그 전에 그 사람이 달려가는 소리가 났어요."

"누가 달려가는 소리였지?"
제리가 물었다.
"처음에 문가에서 엄마와 얘기하고 있을 때는 앨리스 이모로 생각했어요. 그러나 앨리스 이모였을 리가 없어요. 이모가 엄마를 죽이다니 이상하잖아요? 게다가 이모의 권총이 없어졌어요."
"어떻게 없어진 것을 알았지?"
"제가 훔쳤다고 이모가 말했어요. 머리솔로 절 때렸어요."
"맞은 것은 언제 일이었나?"
"주일날 밤, 이모가 교회에서 돌아온 뒤였어요. 엄마는 이모가 절 때릴 권리는 없다고 말했어요. 그랬더니 앨리스 이모는 엄마에게 '권총을 훔친 것은 너구나' 하고 물었어요."
"엄마는 뭐라고 대답했지?"
"아무 말도 하지 않았어요……, 제가 옆에 있는 동안은. 그리고 곧 저를 잠자리에 들게 했어요."
"정말 권총을 훔쳤나?"
"아뇨. 만지지도 않았어요. 무서웠기 때문에."
"왜?"
"앨리스 이모가 무서웠기 때문이죠."
달리는 얼굴이 새빨개져 땀을 흘리고 있었다. 그리고 팔굽을 짚고 윗몸을 일으키려고 했다. 의사가 달래어 전의 자세로 눕게 하고 주사 바늘 위치를 고쳤다. 달리가 다시 진정된 것을 보고 제리가 말했다.
"문가에서 엄마와 얘기하고 있었던 사람은 앨리스 이모였나?"
"처음에는 그렇게 생각했어요. 목소리가 비슷했으니까요. 크고 무서운 소리였어요. 하지만 앨리스 이모일 리가 없어요."
"왜?"
"왜냐하면 그럴 까닭이 없으니까요."

달리는 귀를 기울이듯 머리를 기울였다. 반쯤 감은 눈에 한줌의 머리카락이 덮였다. 알렉스가 얌전하게 그것을 치워 주었다. 달리는 말했다.

"그 여자는 문가에서 엄마한테 '당신과 브래드쇼와의 관계는 사실임에 틀림없어. 나는 매기에게서 직접 들었고, 매기는 달리에게서 들었으니까'라고 말했어요. 그리고는 엄마를 쏘고 도망쳤어요."

달리의 괴로운 숨소리만 들릴 뿐 방 안은 조용했다. 그녀의 한쪽 눈꼬리에서 꿀물같이 무거운 눈물방울이 흘러내렸다. 그 눈물은 관자놀이로 흘러 떨어졌다. 알렉스가 손수건을 꺼내 푸른 핏줄이 보이는 그녀의 움푹한 관자놀이를 씻어 주었다. 진찰대 반대편에서 제리가 몸을 내밀었다.

"왜 아빠가 엄마를 쏘았다고 증언했지?"

"앨리스 이모가 일러 주었기 때문이었어요. 일러 주진 않았지만 그렇게 말하기를 바라는 걸 알았어요. 게다가 제가 쏘았다고 이모가 생각하는 것이 무서웠어요. 권총도 제가 훔치지 않았는데 절 때렸어요. 그래서 아빠라고 말했어요. 이모는 저에게 그것을 몇 번이고 몇 번이고 몇 번이고 되풀이시켰어요."

뒤이어 눈물방울이 마구 흘러내렸다. 옛날의 소녀, 겁먹은 소녀, 거짓말을 한 소녀를 위한 눈물이었다. 그리고 쓰라린 경험을 겪고 겨우 성인이 된 한 여자의 눈물이었다. 알렉스는 달리의 눈물을 씻어 주었다. 그도 금방 눈물을 흘릴 것만 같았다.

"왜 당신이 어머니를 죽였다고 말했지?"

"당신은 누구예요?"

"알렉스의 친구 루 아처야."

"맞아." 알렉스가 말했다.

달리는 머리를 쳐들었다가 곧 힘없이 머리를 떨구었다.

"방금 뭐라고 하셨어요? 잊어버렸어요."
"달리는 왜 어머니를 죽였다고 말했지?"
"어쨌든 이것저것 다 제 탓이니까요. 그 사람은 아빠에게서 그 말을 듣고 엄마를 쏘아 죽이려고 온 거예요."
"그 사람이 누군지 알고 있나?"
"아뇨."
"앨리스 이모가 아니었나?"
"네."
"누군지 전부터 알고 있는 사람인가?"
"아뇨."
"어머니가 아는 사람인가?"
"모르겠어요. 아마 그렇겠죠."
"어머니는 아는 사람과 얘기하는 것 같이 말하고 있었나?"
"그 사람의 이름을 불렀어요."
"어떤 이름을?"
"티시. 티시라고 부르고 있었어요. 하지만 엄마는 그 사람을 싫어하는 것 같았어요. 그 사람을 무서워하고 있는 것 같았어요."
"그것을 왜 지금까지 아무에게도 말하지 않았지?"
"왜냐하면 모두 제 탓이었기 때문이에요."
"그렇지 않아. 당신은 그때 어린애였잖아. 어른이 한 일에 당신이 책임질 일은 없어."
알렉스가 말했다.
고드윈이 입술에 손을 대고 알렉스를 잠자코 있도록 했다. 달리는 머리를 좌우로 저었다.
"모두 제 탓이에요."
"이제 충분할 겁니다." 고드윈이 제리에게 속삭였다. "아마 여러 가지를 알게 되었을 겁니다. 이제 이 결과를 정리해 주지 않겠습니까?"

"그러나 아직 해거티 사건에 대해선 아무것도 나오지 않았습니다."
"그렇다면 되도록 간단히 물어봐요."
고드윈은 달리에게 말했다.
"달리, 지난 주 금요일 밤 이야기를 해 주지 않겠어?"
"헬렌을 발견했을 때의 일은 말하기 싫어요."
달리는 눈을 감고 얼굴을 찌푸렸다.
"시체를 발견했을 때의 상세한 이야기는 하지 않아도 좋아. 하지만 당신은 왜 헬렌의 집에 갔었지?"
제리가 물었다.
"헬렌과 이야기하고 싶었기 때문이었어요. 저는 언덕 위 그 집에 종종 놀러갔어요. 우린 친구 사이였으니까요."
"친구라니?"
"제가 헬렌의 마음에 들려고 했기 때문이에요. 처음에는 헬렌이 그 여자라고……, 어머니를 쏜 여자라고 생각했어요. 브래드쇼 선생과 친하다는 소문도 있고 해서." 달리는 이상하게도 천진스럽게 말했다.
"그럼 그 여자를 찾기 위해 대학에 입학했었군?"
"네. 그런데 헬렌은 아니었어요. 조사해 보니 헬렌은 이 도시에 방금 왔고, 브래드쇼 선생과의 관계는 헛소문이었어요. 그러니까 헬렌을 이런 일에 끌어들인 건 제가 나빴기 때문이에요."
"끌어들이다니?"
"전 헬렌에게 모든 것을 이야기했어요. 어머니에 관한 것, 브래드쇼 선생과의 관계, 살인에 관한 것, 문가에 온 여자에 관한 것도. 헬렌은 너무 많이 알고 있었기 때문에 피살된 거예요."
"그건 그럴지도 모르지만, 헬렌은 그것을 당신에게서 듣고 비로소 안 것은 아니지 않을까?"

내가 물어보았다.

"그렇지 않아요. 제가 모두 이야기했어요."

고드윈이 내 소매를 잡아끌었다.

"입씨름은 그만두시오. 달리는 지금 급속히 깨어나고 있습니다. 아직은 무의식 상태에 있습니다만."

"헬렌이 무엇을 물었나?"

나는 달리에게 물어보았다.

"네, 여러 가지를 물었어요."

"그럼 당신이 먼저 헬렌에게 여러 가지 사정을 얘기한 건 아니겠군?"

"네. 헬렌이 말해 달라고 하기에."

"무엇을 이야기해 달라고 했지?"

"브래드쇼 선생과 그의 어머니에 관한 것이었어요."

"헬렌은 그 이야기를 듣고 싶어하는 이유를 말하던가?"

"저의 십자군을 도와주고 싶다고 말했어요. 호텔에서 아빠와 이야기한 뒤 전 십자군을 시작한 셈이었어요. 어린이 십자군 같은 것이지만." 달리의 속울음은 목 안에서 흐느껴 우는 소리로 바뀌었다. "그 결과는 친구인 헬렌이 죽은 것뿐이었어요. 헬렌의 시체를 발견했을 때는……."

달리의 눈이 둥그렇게 되었다. 동시에 입이 크게 벌어졌다. 죽은 사람의 몸처럼 굳어졌다. 그 자세가 15초에서 20초쯤 계속되었다.

"다시 한 번 엄마의 주검을 보는 것 같았어요." 달리는 작은 목소리로 말한 뒤 완전히 깨어났다.

"제가 아무렇지도 않았나요?"

"아무렇지도 않았어."

제리가 말했다.

알렉스는 달리를 도와 윗몸을 일으켜 주었다. 머리카락을 완전히 어깨에 드리운 모습으로 달리는 알렉스에게 기댔다. 몇 분 뒤 달리와 알렉스는 여전히 그런 상태로 복도를 가로질러 병실로 갔다. 두 사람의 모습은 제법 남편과 아내다웠다.

고드윈은 진찰실의 문을 닫았다.

"자, 두 분은 만족했습니까?"

의사는 얼마쯤 혐오의 뜻을 담아 말했다.

"달리는 순조롭게 말했어요."

아주 지친 듯한 목소리로 제리가 말했다.

"물론입니다. 요 사흘 동안에 완전히 마음이 진정되었어요. 다만 전에도 말했듯이 펜토탈에 의한 고백은 반드시 진실이라고 할 수는 없습니다. 환자가 끝까지 거짓말을 하려고 하는 경우, 약의 힘으로도 별수 없으니까요."

"그러면 방금 했던 말은 사실이 아니라는 것입니까?"

"아니, 사실일 겁니다. 달리가 알고 있는 한의 사실이라는 뜻입니다. 내가 하는 일은 달리의 각성 상태를 확대시켜 확실한 의식 세계에 접근시키는 일입니다. 그럼 이제 실례할까요."

"잠깐 기다려 주십시오. 1, 2분 양보해 주셔도 좋겠지요, 박사님? 나는 당신이 벌써 옛날에 파악하고 있었던 사실을 조사하느라 사흘간 킨케이드의 돈을 많이 낭비했습니다."

나는 말했다.

"호오, 그랬습니까?"

의사는 냉정하게 말했다.

"그랬어요. 브래드쇼와 콘스턴스 매기와의 관계를 가르쳐 주었으면 그런 헛수고는 하지 않았을 겁니다."

"죄송하지만 난 탐정님의 수고를 덜기 위해 존재하는 건 아닙니다. 당신은 이해하실지 모르지만 이 경우 문제는 의사로서의 윤리입니다. 마크스 씨라면 아마도 아실 겁니다."

"글쎄요, 나로서는 논리적 근거를 잘 모르겠군요."

제리 마크스는 말하면서 말다툼을 말리려고 우리 사이에 끼어들어 내 어깨에 손을 얹었다.

"이제 돌아가세, 루. 박사님은 바쁘시다네. 박사님이 제대로 협력해주신 것은 자네도 인정할 테지?"

"누구에게 협력했나요? 브래드쇼입니까?"

고드윈의 얼굴은 창백해졌다.

"환자에 대한 의무가 내 경우는 모든 것에 선행합니다."

"그 환자가 사람을 죽여도 말입니까?"

"마찬가지죠. 그러나 나는 로이 브래드쇼를 개인적으로 잘 알고 있기 때문에 그가 사람을 죽일 사람이 아니라는 것을 보증합니다. 적어도 콘스턴스 매기를 죽이진 않았지요. 정열적으로 그녀를 사랑했으니까."

"정열은 칼의 양날입니다."

"아니죠, 콘스턴스를 죽인 사람은 그가 아니죠."

"그저께는 매기가 범인이라고 했어요. 당신도 잘못은 있어요, 박사님."

"그건 그렇지만 로이 브래드쇼만은 달라요. 그는 비극적 인생을 맛본 사람입니다."

"얘기해 주세요, 그 비극적 인생에 관해서."

"그 자신이 말하도록 하는 게 좋을 테죠. 나는 FBI가 아닙니다. 아처 씨. 나는 의사입니다."

"브래드쇼가 최근에 이혼한 여자, 티시인지 레티셔인지에 대해선 어떻습니까? 모르십니까?"

의사는 아무 말도 않고 나를 바라보았다. 그 눈에는 사정을 알고 있는 인간의 슬픔이 담겨 있었다. 잠시 사이를 두었다가 의사는 말했다.

"그 여자에 관해서도 로이에게 물어 봐요."

29

매기를 만나러 법원으로 가는 도중에 제리는 항구에서 나를 내려 주었다. 내 차는 그곳에 방치되어 있었다. 달은 벌써 중천에 떠 있고 본래의 모양과 빛깔을 되찾은 것 같았다. 달빛을 받은 요트의 무리는 헤매는 네덜란드 인의 선단처럼 보였다.

나는 매지 겔허디와 이야기할 생각으로 모텔로 돌아갔으나 그녀는 내 위스키와 함께 모습을 감췄다. 나는 침대 끝에 앉아서 매지의 전화번호를 돌렸으나 대답이 없었다.

그래서 브래드쇼의 집에 전화를 걸었다. 미세스 브래드쇼는 전화기 옆에 뿌리를 내린 모양이었다. 따르릉 소리가 울리자마자 재빨리 수화기를 든 그녀의 떨리는 목소리가 전해져 왔다.

"여보세요, 누구십니까?"

"미안합니다, 아처입니다. 로이는 아직 돌아오지 않았습니까?"

"네, 몹시 걱정이 돼요. 토요일 아침에 나간 뒤 전혀 소식이 없어요. 여기저기 친구들에게도 전화를 걸어 봤지만……."

"그러지 않는 편이 좋으실 겁니다, 미세스 브래드쇼."

"그렇다고 아무 일도 하지 않을 수는 없지 않아요?"

"아무 일도 하지 않는 편이 좋은 경우도 있습니다. 마음 졸이지 말고 조용히 기다려 보세요."

"그럴 순 없어요. 설마 무서운 일이 일어난 건 아닐 테죠?"

"대체로 짐작은 가시겠죠?"
"그 무서운 여자…… 머클레디라는 여자와 관계가 있는 것일까요?"
"그렇습니다. 그 여자의 거처를 찾아야 합니다. 아드님은 틀림없이 알고 있을 거라고 생각합니다만, 종적을 알 수 없으니 물어볼 수도 없군요. 보스턴 시절 이후 그 여자와 만나지 않았다는 건 틀림없습니까?"
"네, 틀림없어요. 돈을 달라고 하면서 찾아왔을 때 한 번 만났을 뿐이에요."
"어떻게 생겼는지 용모를 말씀해 주시지 않으렵니까? 좀더 상세히 부탁합니다. 매우 중요하니까요."
노부인은 사이를 두고 생각하는 눈치였다. 율동적으로 쌕쌕하는 숨소리가 희미하게 전해져 왔다.
"그렇군요. 덩치 큰 여자였어요. 나보다 키가 크고 빨강 머리였는데 단발이었어요. 몸매는 단단한 육체미에 얼굴도…… 화려한 생김새였어요. 눈은 초록색이었어요. 내가 싫어하는 흐릿한 느낌의 초록색 말이에요. 화장은 매우 짙어 마치 무대의 메이크업 같았어요. 옷도 기분이 언짢을 정도로 화려했고요."
"어떤 옷이었습니까?"
"벌써 20년 전 일이니까 얘기해도 별로 의미가 없을 걸로 생각하지만, 표범무늬였어요……. 인조 표범 코트였는데, 그 안에는 뭔가 줄무늬 드레스를 입었던 것 같았어요. 양말에는 긴 줄이 나 있었고요. 그리고 우스우리만큼 굽 높은 하이힐. 그리고 반짝거리는 액세서리."
"말투는 어떠했습니까?"
"거리의 여자들 말투였어요. 수선스럽고 잘난 체하고 품위가 없는

……."

 그녀는 울분을 다 삭일 수 없다는 듯한 말투였지만 그것은 무리도 아니다. 미세스 브래드쇼는 이 여자 때문에 하마터면 아들을 잃을 뻔 했으니까. 아니, 지금도 그 위험성이 없는 건 아니었다.

"그 여자가 다른 옷을 입고 머리를 다른 색깔로 염색하더라도 지금 만나면 알아볼 수 있겠습니까?"

"알아볼 수 있을 겁니다. 시간만 충분히 있다면."

"만일 우리가 그 여자를 찾아내게 되면 부디 잘 관찰해 주세요."

 여자란 머리카락 색깔은 바꿀 수 있을지 모르지만 눈동자 색깔은 바꾸기 힘들 것이라고 나는 생각했다. 이 사건의 관계자 중에서 초록색 눈의 여자라면 로라 서더런드 한 사람뿐이다. 육체미와 외모 면에서 그녀는 빼어났지만, 그 밖의 점에서는 머클레디라는 여자의 특징과 일치하는 데가 거의 없었다. 하지만 그 뒤 로라는 변했는지도 모른다. 20년이 아니라 10년 동안에 여자가 딴 사람처럼 변해 버린 예를 나는 얼마든지 보아 왔다.

"미세스 브래드쇼, 당신은 로라 서더런드를 알고 계시겠죠?"

"조금은 알고 있어요."

"그녀는 머클레디라는 여자와 닮았습니까?"

"왜 그런 걸 묻지요? 로라를 의심하고 있는 겁니까?" 노부인은 흥분한 말투로 말했다.

"아뇨, 아직 그렇지는 않아요. 하지만 질문에는 대답해 주세요."

"로라가 그 여자라니, 설마 그런…… 전혀 다른 타입이에요."

"그럼, 체격은 어떻습니까?"

 의심스러운 듯이 노부인은 말했다.

"조금은 비슷해요. 로이는 옛날부터 육체미 좋은 여자에게 관심이 있었어요."

'그리고 모성애가 있는 여자에게'라고 나는 생각했다.
"또 한 가지 질문이 있습니다. 더 개인적인 질문입니다."
"뭡니까?"
노부인은 타격을 받을 걸 각오하고 몸을 도사린 것 같았다.
"로이가 고드윈 박사의 환자였던 것은 알고 있었겠죠?"
"고드윈 박사의 환자라니? 설마. 그 애는 나에게 숨기고 병원에 다니진 않아요."
반쯤 비아냥거리는 투로 아들 성격을 말하는 것에 비해 이 부인은 아들 일을 모르고 있었다.
"고드윈 박사는 그렇다고 말했습니다. 꽤 오랫동안 병원에 다닌 모양입니다."
"무슨 착각이겠지요. 로이의 정신에는 이상이 없습니다." 떨리는 것 같은 침묵이 흘렀다. "무슨 이상이 있다는 겁니까?"
"그것을 물어보려고 했습니다만, 큰 실례를 했군요, 이런 이야기를 끄집어내서. 하지만 염려하지 마세요, 미세스 브래드쇼."
"염려가 되어요. 내 아들이 위험한 입장에 있는데 태연히 있을 순 없잖아요?"
저쪽에선 어떻게 해서든 나를 전화에 붙잡아 두고 그 겁먹은 늙은 귀에 뭔가 위로의 말을 듣고자 하는 모양이었으나, 나는 안녕히 주무시라고 인사한 뒤 전화를 끊었다. 이것으로 피의자는 한 사람 준 셈이다. 매지 겔허디. 레티셔의 용모는 매지하고는 일치하지 않으며 아무리 솜씨를 부려도 일치할 것 같지 않았다. 로라는 아직 피의자의 범위 안에 있다.
물론 브래드쇼가 로라와 이혼하고 곧 다시 재혼했다고 생각하는 건 난센스일 것이다. 그런데 브래드쇼가 최근에 로라와 결혼한 것에 대해서는 브래드쇼 자신의 증언밖에 없다. 점차 알게 된 일이지만 브래드쇼의 말은 고무줄처럼 늘었다 줄었다 하고 간단히 잘려나가기도 한다. 나는 로라의 주소를 조사했다. 로라는 칼리지 하이츠에 살고 있었다. 그것을 수첩에 적고 있으려니까 전화가 울렸다.

그것은 제리 마크스였다. 매기는 자기 아내와 브래드쇼의 관계에 대해서 티시라는 여자에게도, 또는 다른 누구에게도 이야기한 적이 없다고 한다. 그 문제에 대해 이야기를 나눈 상대는 다만 브래드쇼 한 사람뿐이라는 것이었다.

"브래드쇼 자신이 그 여자에게 말했는지 모른다네. 아니면 그 여자가 매기의 이야기를 엿들었든가." 나는 말했다.

"있을 수 없는 일은 아니지만, 아마도 그런 일은 없었을 걸세. 매기의 이야기에 의하면 브래드쇼 하고의 대화는 브래드쇼의 집에서 이루어진 거라네."

"어머니 부재중에 그 여자를 집에 불렀는지도 모르지."

"그러면 그 여자는 이 근방에 살고 있다고 생각하나?"

"아무튼 남캘리포니아의 어딘가에 살고 있을 테지. 어쩌면 브래드쇼는 이 근방에 그녀를 살게 하고 있는지도 몰라. 그리고 그녀는 매기의 아내 살인과 해거티 살인의 양쪽에 중대한 관계가 있네. 브래드쇼의 어머니에게서 그녀의 상세한 인상을 알아냈으니까. 경찰에 알려 두는 편이 좋을 거야. 거기에 필기 도구는 있나?"

"있어. 이곳은 보안관 데스크야."

나는 레티셔 머클레이의 용모와 특징에 대해선 알려 주었으나 로라 서더런드에 대해선 아무 말도 하지 않았다. 로라와는 직접 얘기해 보지 않으면 안 된다.

칼리지 하이츠는 대학 저쪽, 시내에서 멀리 떨어진 곳에 있는 고립된 느낌의 주택지였다. 판매용 주택, 클럽 건물, 아파트 등이 혼잡하게 뒤섞인 속에 군데군데 빈터가 있었으며 땅을 판다는 간판이 삐죽 삐죽 서 있었다. 어느 환한 클럽에서는 기타를 멘 청년이 '이 나라는 당신과 나의 것'이라는 노래를 부르고 있었다.

로라의 집은 꽤 괜찮은 부류에 속하는 아파트였다. 수영장과 출입이 자유로운 안뜰이 있었고, 그것을 둘러싸듯이 건물이 늘어서 있었다. 셔츠 하나만 걸치고 풀 옆에 있는 덱 체어에 걸터앉아서 모기를 잡고 있는 사나이가 로라의 방문을 가리키면서 자랑스러운 듯이 자기는 저 아파트의 주인이라고 말했다.

"저 방에 지금 손님이 있습니까?"
"없을 겁니다. 아까 온 손님은 벌써 돌아갔어요."
"그 손님은 누구였습니까?"
그 사나이는 내 얼굴을 들여다보았다.
"그건 남의 프라이버시가 아닙니까?"
"대학의 브래드쇼 지도부장이 아닙니까?"
"알고 있으면서 왜 묻는 겁니까?"

나는 안뜰 깊숙이 걸어가 로라의 방 문을 두드렸다. 쇠빗장을 풀지 않고 로라는 문을 열었다. 얼굴의 장밋빛 아름다움은 거의 사라져 보이지 않았다. 마치 상중에 있는 사람처럼 검정 옷을 입고 있었다.

"무슨 용무입니까, 이렇게 늦은 시간에?"
"이야기를 나누기에는 너무 늦었을까요, 미세스 브래드쇼?"
"전 미세스 브래드쇼가 아니에요. 저는 독신입니다."
로라는 애매하게 대답했다.
"당신하고 결혼했다고 어제저녁 로이가 말했어요. 거짓말하는 건 로이입니까, 당신입니까?"
"조용히 하세요. 집주인이 저기 있으니까요." 로라는 문의 쇠빗장을 풀고 한 발짝 뒤로 물러섰다. "할 이야기가 있으면 들어오세요."
내가 들어가자 그녀는 문을 닫고 쇠빗장을 걸었다. 나는 방보다 먼저 로라의 얼굴을 보았는데 그녀의 얼굴은 특색 있게 잘 장식된 방 같은 인상을 주었다. 거실 스탠드의 빛은 부드럽게 나무나 도자기의 표면을 비추고 있었다. 나는 로라의 얼굴을 살피면서 현재와는 전혀 다른 과거의 흔적을 찾았다. 그러나 그런 흔적은 찾을 수 없었다. 주름도 없었고 처진 피부도 없었다. 그러나 마음의 평정을 잃은 것 같았다. 마치 도둑이라도 보듯 나를 지켜보고 있었다.

"무엇을 그렇게 무서워하고 있습니까?"

"무서워하지 않아요." 로라는 겁먹은 소리로 말했다. 그리고 한 손을 목에 대고 무게 있는 목소리로 말했다. "남의 집에 들어와서 불쑥 개인적인 것을 묻다니 너무하군요."

"들어오라고 하시지 않았습니까?"

"당신이 무례한 말을 큰소리로 했기 때문이지요."

"당신을 현재의 성으로 불렀을 뿐입니다. 그것이 잘못됐습니까?"

"잘못된 건 아니에요. 저는 도리어 자랑스럽게 여기고 있어요. 남편과 저는 현재 그 일을 비밀로 하고 있어요." 로라는 빙긋 웃었다.

"비밀이라면, 레티셔 머클레디에 대해서 말입니까?"

이 이름을 듣고도 로라는 별로 반응을 나타내지 않았다. 이 로라야말로 실은 레티셔라는 설을 나는 이미 포기하고 있었다. 아무리 성형이나 화장술로 눈속임할 수 있다 하더라도 이 여성으로서는 나이가 너무 젊었다. 브래드쇼가 레티셔와 결혼했을 무렵에 로라는 10대의 아가씨로밖에 생각할 수 없었다.

"레티셔가 누구입니까?"

로라가 물었다.

"레티셔 머클레디. 티시라고도 부르는 모양입니다."

"대체 누구를 이야기하고 있는지 전혀 모르겠어요."

"정말 알고 싶다면 가르쳐 드릴까요? 앉아도 괜찮겠습니까?"

"네, 앉으세요."

그녀는 그다지 친절하지 않은 어조로 말했다. 나는 나쁜 소식을 전하는 사자이다. 옛날 같으면 그런 사자는 죽임을 당한다.

나는 부드러운 가죽 쿠션에 앉아서 벽에 몸을 기댔다. 로라는 선 채였다.

"당신은 로이 브래드쇼를 사랑하고 있겠군요?"

"사랑하지 않는다면 결혼하지 않았겠지요."

"정확하게 말해서 언제입니까, 결혼한 것은?"

"2주일 전 토요일, 9월 10일이에요."

그날의 추억과 더불어 로라의 볼에는 불그레한 빛이 돌아왔다.

"로이가 유럽 여행에서 막 돌아왔을 때였어요. 형편에 따라 우린 서둘러 리노에 가기로 결정했어요."

"이번 여름 더 일찍 두 분은 리노에 가신 일이 없었습니까?"

로라는 의심스러운 듯이 눈썹을 모으더니 머리를 좌우로 저었다.

"리노에 가자고는 어느 분이 먼저 말했습니까?"

"물론 로이입니다만 저도 찬성했어요. 얼마 전부터 저는 그럴 마음이 있었어요." 갑자기 로라는 솔직하게 덧붙여 말했다.

"결혼이 자꾸만 지연된 이유는 뭡니까?"

"정확하게 말하면 지연된 것이 아니라 여러 가지 이유에서 우리가 연기하고 있었어요. 미세스 브래드쇼는 소유욕이 강하신 분이고 로이는 봉급 말고는 무엇 하나 재산 같은 것이 없어요. 이런 말을 하니까 마치 돈을 목적으로 한 것 같지만……."

로라는 난처한 듯이 말을 끊고 다른 말을 생각하는 모양이었다.

"로이의 어머니는 연세가 어떻게 되십니까?"

"예순이 지났습니다만, 왜 묻지요?"

"그 부인은 병든 몸치고는 정력적인 분이군요. 아직 당분간은 돌아가시지 않을 겁니다."

로라의 눈이 며칠 전의 빙산 같은 정열을 나타내며 반짝거렸다.

"저희들은 그분이 돌아가시기를 기다리고 있는 것은 아니에요. 만일 그렇게 생각하신다면 그건 오해예요. 우리는 단지 심리적인 전기를 기다리고 있는 것뿐이에요. 로이는 어떻게 해서든지 어머니를 설득해서 조금 더…… 저에 대해 솔직히 보아 달라고 말씀드린다고 했어요. 조금 더 시간이 지나면……." 로라는 말을 중단하고 수상쩍다는 듯이 나를 보았다. "하지만 이런 일은 당신과는 관계가 없어요. 당신이 누군지는 모르지만 그 머클레디라는 여자 얘기를 해주신다고 약속하셨죠? 티시 머클레디였던가요? 왠지 가짜 이름 같군요."

"그런데 실제로 있는 부인입니다. 당신 남편은 당신과 결혼하기 직전에 리노에서 이 부인과 이혼했습니다."

로라는 의자에 가까이 와서 다리의 힘이 빠진 것처럼 털썩 앉았다.

"그런 일은 믿을 수 없어요. 로이에게는 결혼한 경험이 없었을 거예요."

"그런데 그런 경험이 있었어요. 어머니도 처음에는 부인했지만 결국은 인정했어요. 로이가 하버드 학생이었던 무렵의 불행한 결혼이었죠. 올여름, 로이는 그 결혼에 끝장을 내려고 했어요. 그래서 7월 중순부터 8월 말까지 줄곧 리노에 머물러 있었어요."

"그건 역시 당신의 오해입니다. 그 무렵이라면 로이는 유럽에 있었어요."

"그것을 증명하는 편지나 그림엽서를 갖고 있다는 거겠죠?"

"네, 갖고 있어요." 안심한 듯이 그녀는 빙긋 웃음을 지어 보였다.

그리고는 옆방으로 가서 빨간 리본으로 동여맨 한 묶음의 우편물을 갖고 돌아왔다. 나는 그림엽서를 하나하나 넘기면서 날짜순으로 맞추어 보았다. 런던탑(소인은 런던, 7월 18일), 보들리 도서관(옥스퍼드, 7월 21일)부터 시작하여 영국식 정원(뮌헨, 8월 25일)로 끝나는 일련의 그림엽서였다. 마지막 엽서에 브래드쇼는 이렇게 쓰고 있었다.

사랑하는 로라.
어저께 베르히데스가든의 히틀러 산장을 방문했어요. 아름다운 곳이지만 그 주인에 대해 생각해 보면 소름이 끼칩니다. 오늘은 기분 전환을 위해 수난극으로 유명한 오버아머가우까지 버스로 갔어요. 마치 성서 그대로의 마을 사람들의 순박함에 크게 감동했어요. 바바리아(지금의 바이에른)의 이 지방에는 옛 동화에 나오는 것 같은 조그마한 교회가 여기저기에 있어요. 정말 보여 주고 싶습니다! 모처럼의 여름 방학이 쓸쓸한 여름 방학이 되었다니 유감스럽습니다. 이제 여름도 곧 끝나갑니다. 나도 멋진 유럽에 등을 돌리고 하루 빨리 돌아가고 싶은 마음으로 가득합니다. 건강하기를 바라며.

로이

이 놀라운 글을 나는 다시 한 번 읽었다. 이것은 미세스 브래드쇼가 보여 주었던 그림엽서의 문장과 거의 한 자 한 구절도 다른 데가 없지 않은가? 나는 브래드쇼의 입장에 서서 그의 동기를 이해해 보려고 했다. 그러나 어떤 성격분열이나 어떤 자기연민이 어머니와 약혼녀에게, 같은 문장의 거짓 엽서를 쓰게 하는 것인지 나로서는 상상조차 할 수 없었다.
"왜 그러세요?"
"아뇨, 여러 가지로."
나는 우편물을 로라에게 돌려주었다. 그녀는 소중한 듯이 그걸 받았다.

"이것을 쓴 분이 로이가 아니라는 말씀은 하지 마세요. 틀림없이 그분 필적이고 그의 문장이에요."

"이것들은 리노에서 써서 유럽을 여행 중인 친구나 공범에게 보내고, 그것을 다시 당신에게 보낸 겁니다."

"정말 그런 일이 있을 수 있을까요?"

"정말입니다. 그를 도와준 친구가 있을 텐데, 짐작이 가지 않습니까?"

로라는 입술을 깨물었다.

"그러고 보니 고드윈 박사님이 7월부터 8월에 걸쳐 유럽 여행을 하셨어요. 그분은 로이의 친한 친구예요. 친구라기보다 로이는 얼마 동안 그분의 환자였어요."

"어디가 나빠서 고드윈의 치료를 받았습니까?"

"그 일에 대해선 별로 얘기해 주지 않았지만 제 생각으로는 아마 그분은 너무도…… 너무도 어머니 말씀대로 따르기 때문에 그 점을 치료받았을 거예요."

노여움의 붉은 빛이 그녀의 목에서 천천히 광대뼈 쪽으로 번져갔다. 로라는 별안간 화제를 이전으로 돌렸다.

"하지만 나이도 제법 든 어른 두 분이 그런 바보스런 가짜 편지 게임을 하다니 어떻게 된 셈일까요?"

"그 점은 확실히 모르겠습니다. 아마 당신 남편의 직업적 야심과 관계가 있겠죠. 분명한 것은 옛날의 칭찬할 수 없는 결혼이나 나아가서는 이혼에 대해 아무에게도 알리고 싶지 않았기 때문에 이렇게 성가신 수고를 해서 비밀로 하고 있었던 셈이죠. 똑같은 유럽의 그림엽서와 편지를 어머니에게도 부쳤어요. 그 밖에 또 한 벌은 레티셔 머클레디에게도 보냈을 걸로 생각됩니다."

"그 여잔 누구에요? 어디 있나요?"
"이 도시에 있는 걸로 생각합니다. 적어도 지난 주 금요일 밤에는 이 거리에 있었던 것 같습니다. 아마도 과거 10년간은 이 거리에 있었던 것 같습니다. 로이가 당신처럼 절친한 분에게 그것을 밝히지 않았다는 건 놀랄 일입니다."

로라는 여전히 나를 덮듯이 내 앞에 가리고 서 있었고 나는 로라의 얼굴을 마주 바라보고 있었다. 그녀의 눈 표정은 무거웠다. 그녀는 부정하듯이 고개를 옆으로 저었다.

"어쩌면 그렇게 놀랄 일도 아닌지 모릅니다. 당신 남편은 사람을 속이면서 이중 삼중의 생활을 계속해온 분입니다. 어쩌면 자기 자신도 어느 정도 속이고 있을지도 모릅니다. 과보호 아이에게 흔히 있는 심리 상태입니다. 온실과 같은 가정이 갑갑해져서 탈출구를 얻으려는 겁니다."

로라의 가슴이 부풀었다.

"로이는 과보호아가 아니에요. 젊었을 무렵에는 문제가 있었는지 모르겠습니다만 현재의 로이는 어엿한 남자예요. 그는 저를 사랑하고 있어요. 이런 일에는 무언가 까닭이 있는 게 아닐까요?"

그녀는 자기 손 안의 그림엽서와 편지를 내려다보았다.

"물론 뭔가 이유가 있을 테죠. 내 추리에 의하면 그 이유란 두 가지 살인 사건과 어딘가에서 연관되어 있습니다. 티시 머클레디는 두 가지 사건의 첫 번째 혐의자입니다."

"두 가지 살인 사건이라뇨?"

"실제로는 지난 22년간에 걸쳐서 세 가지 살인이 있었어요. 금요일 밤의 헬렌 해거티, 10년 전의 콘스턴스 매기, 그리고 전쟁 전 일리노이 주에서 있었던 루크 딜로니."

"딜로니라니?"

"루크 딜로니입니다. 당신은 모르는 사람입니다만 레티셔 머클레디는 알고 있을 것으로 생각합니다."

"그분은 지금 서프하우스에 머물고 있는 미세스 딜로니의 친척 분인가요?"

"그 부인이 루크의 미망인입니다. 알고 있습니까?"

"전 모르지만 로이가 여기서 떠나기 전에 전화로 그분과 이야기하는 것을 들었어요?"

"뭐라고 말했습니까?"

"이제부터 만나러 간다고만 했어요. 누구시냐고 제가 묻자, 지금 급하니까 나중에 설명하겠다고 말했어요."

나는 일어섰다.

"그럼 나도 실례하겠습니다. 곧 서프하우스에 가서 로이를 만나겠습니다. 오늘은 아침부터 당신 남편을 뒤쫓고 있었어요."

"저와 함께 줄곧 여기 있었어요." 로라는 자기도 모르게 빙긋 웃음을 지었으나 그녀의 눈에는 혼란스러운 빛이 떠올라 있었다. "저, 남편에게는 제가 말했다고 하지 마세요. 아까 한 얘기도 하지 않았던 걸로 해 주세요."

"나도 그럴 생각이지만 언젠가는 알려질 것입니다."

나는 문 가까이로 가서 문을 열려고 했다. 쇠빗장 탓으로 문을 여는 데 시간이 걸렸다.

"잠깐만요. 지금 생각났는데…… 로이가 언젠가 메모한 시집을 빌려 준 일이 있어요." 등 뒤에서 로라가 말했다.

"어떤 메모입니까?"

"그 사람이에요."

로라는 서둘러 옆방으로 들어갔다. 엉덩이가 문빗장에 부딪혀 브래드쇼의 엽서와 편지들이 마룻바닥에 떨어졌다. 그녀는 그것들을 주우려고도 하지 않았다.

곧 돌아온 로라는 한 권의 책을 내 앞에 내밀고 페이지를 펼쳐 얼마쯤 퉁명스럽게 내 앞에 보였다. 그것은 예스러운 예이츠의 시선집으로, 펼친 페이지는 '초등학교 학생 중에서'라는 시였다. 제4절의 처음 넉 줄에 연필로 밑줄이 그어져 있었고, 그 옆 여백에 브래드쇼는 단 한마디 '티시'라고만 적어 놓았다.

나는 그 넉 줄을 읽었다.

   그 사람의 현재 모습이 마음에 떠오른다
   쿠아트러첸토(15세기풍의 이탈리아 미술)의 손가락이 만든 것일까
   바람을 마신 듯한 그 볼의 보조개
   볼의 살에는 한 스푼의 그림자

나는 뜻을 잘 몰랐기 때문에 정직하게 그렇게만 읽었다.
로라는 씁쓰름하게 대답했다.
"로이가 아직 그 여자를 사랑하고 있다는 뜻이에요. 예이츠가 쓰고 있는 것은 모두…… 예이츠가 평생 계속 사랑했던 여자를 가리킵니다. 로이가 예이츠를 빌려준 것은 티시에 대한 것을 저한테 알려주기 위한 것이었는지도 몰라요. 그는 섬세한 사람이니까요."
"아닙니다. 옛날에 그 이름을 써 넣고 그대로 잊어먹었을 겁니다. 지금도 티시를 사랑하고 있다면 그녀와 헤어지고 당신과 결혼할 리가 없습니다. 그러나 만약을 위해 말씀드립니다만 당신들의 결혼은 비합법적인 것이 될지도 모릅니다."
"비합법이라뇨? 하지만 리노에서 판사의 입회하에 제대로 식을 올렸어요."
깜짝 놀라는 것을 보면 이 여자는 뜻밖에도 인습에 젖은 여성이다.

"티시와의 이혼이 무효인지도 모릅니다. 브래드쇼의 이혼 신청은 아마 티시에게 통고되었을 겁니다. 그렇다면 캘리포니아 주의 법률에서는 상대편에서 이혼을 바라지 않는 한 로이는 여전히 티시와 결혼한 걸로 됩니다."

로라는 머리를 옆으로 여러 번 흔들며 시집을 내 손에서 받자 다소 난폭하게 의자 위에 던졌다. 책장 사이에서 종이쪽지 한 장이 날아올랐다. 나는 마룻바닥에서 그것을 주워 올렸다.

그 쪽지에는 브래드쇼의 글씨로 다음의 시가 씌어져 있었다.

로라에게

만일 빛이 어둠이고
어둠이 빛이라면
달은 검은 동굴이리라
밤의 반짝임 속의

까마귀 날개가
주석처럼 흰빛이라면
사랑하는 이여, 그대는
죄보다도 더러우리라

오늘 아침, 아침 식사를 하면서 나는 같은 시를 애니와 필리스에게 낭독했던 것이다. 20여 년 전에 《브리지턴 브레이저》지에 G.R.B.라고 서명하여 발표되었던 시이다. 순간, 나의 경험은 일치되는 느낌이었다. 소란스런 시간의 흐름 속에 브리지턴과 퍼시픽 포인트가 합류했다. G.R.B. 조지 로이 브래드쇼.

"이 시를 로이가 당신에게 써 준 것은 언제였습니까, 로라?"
"올해 봄, 예이츠 시선집을 빌려 주었을 때였어요."
그 봄을 다시 찾으려는 듯이 다시금 시를 읽기 시작한 로라를 뒤에 두고 나는 바깥으로 나왔다.

                    30

서프하우스 호텔의 로비를 걸어가면서 우연히 보니 구석진 곳에 헬렌의 어머니가 혼자 앉아 있었다. 깊은 생각에 잠겨 있는 듯 내가 말을 걸기 전까지는 얼굴을 들지 않았다.
"아직 주무시지 않았습니까, 미세스 호프만?"
"어쩔 수 없었어요. 미세스 딜로니와 같이 별채를 잡았어요. 그건 그분의 취미 때문에 그렇게 한 것이지만, 지금 그분에겐 손님이 찾아와 있기 때문에." 부인은 원망하는 듯이 말했다.
"로이 브래드쇼입니까?"
"지금은 그런 이름으로 되어 있나 봐요. 조지 브래드쇼라면 식성이 좋은 시절부터 잘 알고 있어요. 우리 집 주방에서 곧잘 식사를 드셨어요."
나는 의자를 당겨 미세스 호프만에게 가까이 갔다.
"정말 재미있는 우연의 일치이군요."
"나도 그렇게 생각해요. 하지만 이 일은 너무 얘기하지 않는 게 좋다고 말씀하셨어요."
"누가 말입니까?"
"미세스 딜로니가요."
"당신은 그 부인의 명령대로 움직이지 않으면 안 됩니까?"
"그런 일은 없지만 그분은 퍽 친절하셔서 퍼시픽 호텔의 더러운 방에서 저를 이……"

부인은 입을 다물고 생각에 잠겼다.
"이 로비에 갇힌 거겠죠?"
"이곳은 다만 임시로……."
"임시, 임시라 생각하는 동안에 세월이 지나가 버려요. 당신 부부는 딜로니 집안 사람들에게 죽을 때까지 이것저것 지시만 받고 있을 작정입니까? 그런 일을 계속하는 동안에 만족할 만한 일은 없어요. 그들 멋대로 끌려 다니는 것이 고작이에요."
"알은 누구에게도 끌려 다니지 않아요. 알 이야기는 하지 마세요."
미세스 호프만은 변명처럼 말했다.
"남편에게선 연락이 있었습니까?"
"아뇨, 그러니까 남편 일이 걱정이에요. 벌써 이틀째 계속 집에 전화를 걸었지만 아무도 전화를 받지 않아요. 또 술을 마시고 있는지 모르겠어요."
"당신 남편은 지금 입원중입니다."
"병이 났습니까?"
"위스키를 과음했기 때문입니다."
"어떻게 아십니까?"
"입원하는 것을 도와드렸어요. 어제 아침 브리지턴에 갔었죠. 당신 남편은 사정을 전부 얘기해 주셨어요. 루크 딜로니의 죽음은 실은 타살이었는데 상부의 명령으로 사고사로 처리되었다는 것도 인정했습니다."
부인의 눈이 수치와 공포의 빛을 띠고 재빨리 로비 안을 살폈다. 야근의 프런트 담당과 보기에 부부 같지 않은 아베크족이 방 교섭을 하고 있을 뿐, 그 이외엔 인기척이 없었다. 하지만 미세스 호프만은 사람들이 오가는 마룻바닥 위에 앉아서 방치된 귀뚜라미처럼 겁내고 있었다.

"당신도 알고 있는 것을 모두 얘기해 주지 않겠습니까? 커피라도 함께 마시지 않겠습니까?"

"그러면 잠을 잘 수가 없어요."

"코코아는 어떨까요?"

"코코아라면 괜찮아요."

우리는 다방으로 들어갔다. 등꽃 색깔의 윗옷을 입은 밴드 단원 몇 사람이 카운터에서 커피를 마시면서 그들만의 은어로 출연료에 대한 불평을 연신 늘어놓고 있었다. 나는 미세스 호프만과 유리 창문에 면한 박스에 자리를 잡았다. 여기 같으면 브래드쇼가 로비를 지나가는 것을 곧 볼 수 있다.

"브래드쇼하고는 어떤 사정으로 사귀게 되었습니까, 미세스 호프만?"

"헬렌이 시티 칼리지에서 데리고 왔어요. 얼마 동안은 헬렌 쪽에서 열을 올렸지만 브래드쇼 쪽에서는 그다지 열정이 없었어요. 단순한 친구였을 겁니다. 취미가 맞았으니까요."

"시 말입니까?"

"시라든가 연극이라든가. 헬렌의 이야기로는 브래드쇼는 나이에 비해 연기를 꽤 잘한다고 했어요. 하지만 칼리지에선 고학생이어서 대단히 어려웠던 모양이에요. 그래서 우리가 아르바이트를 소개해 주기도 했어요. 아파트의 엘리베이터 보이 자리였는데 주에 5달러의 보수였지만 대단히 기뻐했어요. 그 무렵의 브래드쇼는 아예 뼈와 가죽만 남은 몰골로 언제나 빈털터리였어요. 듣기로는 집은 보스턴의 명문 집안인데 하버드 대학 1학년 때 가출해서 자립했다는 겁니다. 그 무렵엔 그런 이야기를 거짓말이라고 생각했어요. 자기 집안일이 부끄러우니까 일부러 허세를 부려 그런 말을 하는 걸로 생각했어요. 하지만 그것은 진짜였습니다. 어머니는 큰 부자라고 하지 않습니까?"

미세스 호프만은 탐색하듯 내 얼굴을 보았다.

"맞습니다. 큰 부자입니다."

"젊은 분이 그런 좋은 집안에서 왜 도망쳐 나온 것일까요? 나 같은 사람은 한평생 걸려도 돈이 모이지 않아 고생하는데."

"돈이라는 것에는 대체로 끈이 달려 있으니까요."

나는 상세한 설명은 피했다. 웨이트리스가 미세스 호프만의 코코아와 내 커피를 날라 왔다. 웨이트리스가 카운터 저쪽으로 돌아가는 것을 기다렸다가 나는 말했다.

"머클레디라는 부인을 알고 계십니까? 레티셔 O. 머클레디 말입니다."

미세스 호프만은 찻잔 손잡이를 잘못 쥐어 갈색 액체를 접시에 조금 엎질렀다. 그 순간, 내 머리에 번쩍인 것은, 이 부인의 머리털이 빨갛다는 것과 이 부인이 예전에 풍만한 여자로 화려한 옷을 입고 있었을지도 모른다는 환상이었다. 하지만 설마 이 부인이 티시 머클레디라고는 생각할 수 없었다. 40년 이상이나 알 호프만의 아내였던 여자니까."

미세스 호프만은 종이 냅킨을 접어 찻잔 밑을 닦아서 엎질러진 코코아를 훔쳤다.

"만나면 인사를 할 정도의 사이였어요."

"브리지턴에서 말입니까?"

"레티셔의 일은 얘기하면 안 돼요. 미세스 딜로니가……."

"따님이 시체보관용 냉동실에 들어 있는데 당신은 아직 미세스 딜로니라고 부르는 겁니까?"

미세스 호프만은 고개를 떨구고 번쩍번쩍 광택이 나는 합성수지 테이블을 보고 있었다.

"그분이 무서워요. 알이 무슨 봉변을 당할까 생각하면." 미세스 호프만은 말했다.

"당신 남편은 지금까지 여러 가지 무서운 어려움을 겪었습니다. 미세스 딜로니와 그 친구들 때문이죠. 딜로니 사건을 깔아뭉갠 것은……. 그 뒤로 당신 남편은 양심의 가책으로 괴로워했던 겁니다."

"네, 알고 있어요. 알이 일을 중도에서 포기한 것은 그것이 처음이었어요."

"당신도 그걸 인정하시는군요."

"어쩔 수 없었을 겁니다. 알은 아무 말도 하지 않았지만 나는 알고 있었고, 헬렌도 알고 있었어요. 그래서 헬렌이 집을 나간 겁니다."

긴 안목으로 보면 헬렌이 타락한 이유도 거기 있을 것이다.

"알은 루크 딜로니를 몹시 존경하고 있었어요. 이를테면 그분은 우리 가족의 은인이었어요. 그러니까 루크가 돌아가셨을 때 그 일은 알에게 큰 타격이었어요. 술을 마시게 된 것은 그 뒤부터였죠. 말하자면 고주망태가 된 것은. 전 알의 일이 걱정이에요." 미세스 호프만은 테이블 너머로 손을 뻗어 마른 손가락으로 나의 손등을 만졌다. "제 남편은 다시 회복될까요?"

"아무튼 술을 끊게 해야 합니다. 아직 죽지 않았고 병원에서도 충분한 치료를 받고 있을 겁니다. 그러나 헬렌은 그렇지 않습니다."

"헬렌이라니? 헬렌의 일이 이제 새삼스럽게 어떻다는 겁니까?"

"진상을 얘기해 주시면 헬렌의 명복을 비는 일이 되겠죠. 적어도 죽기 전후의 사정만은 어떻게든 해명하지 않으면 안 됩니다."

"하지만 나는 누가 헬렌을 죽였는지 모릅니다. 알고 있었다면 물론 아무도 상관 않고 큰소리로 외칠 거예요. 경찰은 아내를 죽인 매기를 찾을 겁니다."

"매기에게는 죄가 없어요. 티시 머클레디가 매기의 부인을 죽였고 아마 당신의 딸도 죽였을 겁니다."

미세스 호프만은 엄숙한 표정으로 머리를 옆으로 저었다.

"그것은 틀린 말입니다. 당신이 하는 말은 있을 수 없는 일입니다. 티시 머클레디……, 그러니까 티시 오즈번은 지금 얘기한 두 가지 사건이 있기 훨씬 전에 돌아가셨으니까요. 루크 딜로니가 돌아가셨을 때 티시의 소문이 있긴 했습니다만 그때의 티시는 자기 불행으로 가득했기 때문에 딜로니가 문제가 아니었어요."

"티시 오즈번 말입니까?"

"네. 오즈번 상원의원의 딸이에요……. 미세스 딜로니의 여동생이었죠. 지난번 공항에서 여기까지 태워다 주셨을 때, 도중에 얘기했죠. 언니와 둘이서 사냥에 갔던 일과 그 밖의 것을."

어렸을 무렵을 그리워하듯 희미한 웃음이 빙긋 미세스 호프만의 얼굴에 떠올랐다.

"티시의 소문이라면 어떤 일입니까, 미세스 호프만?"

"루크 딜로니와 사이가 좋았다는 것입니다, 그 사건 전에. 루크를 쏜 사람은 티시라는 사람도 있었지만 나는 그건 것을 믿지 않았어요."

"티시는 루크 딜로니와 관계가 있었습니까?"

"아파트에 곧잘 놀러 왔던 일은 비밀도 아무것도 아니었어요. 루크와 미세스 딜로니가 별거중일 때, 티시는 이것저것 루크의 신변을 보살펴 주고 있었던 모양이에요. 전 그런 것을 별로 신경 쓰지 않았어요. 티시는 그 무렵 벌써 발 머클레디와 이혼한 상태였고 뭐니뭐니 해도 루크의 처제니까요. 루크의 방에 드나들어도 이상할 것이 없었죠."

"티시의 머리는 빨강머리였습니까?"

"다갈색이었어요. 아주 고운 다갈색 머리였어요." 미세스 호프만은 염색한 자기의 곱슬머리를 무심코 만졌다. "티시 오즈번은 건강한 사람이었어요. 돌아가셨다는 말을 들었을 때는 깜짝 놀랐어요."

"어떤 사정으로 돌아가셨습니까?"

"자세한 건 모르겠어요. 나치스가 프랑스를 침공했을 무렵 유럽에서 돌아가셨어요. 미세스 딜로니는 지금도 아직 슬퍼하고 있어요. 오늘도 여동생이 죽었을 때 일을 얘기했으니까요."

거미의 젖은 발 같은 것이 나의 뒷덜미를 달려 지나갔고, 그 순간 머리털이 쭈뼛 곤두섰다. 티시의 유령이, 또는 티시의 이름을 가장한 여자(또는 남자)가 지금부터 10년 전, 즉 독일군의 프랑스 침공 10년 후에 인디언 스프링스의 집 문 앞에 나타난 것이다.

"티시가 죽은 것은 틀림없군요, 미세스 호프만?"

부인은 고개를 끄덕거렸다.

"여러 가지 신문에, 시카고의 신문에조차 기사가 실렸어요. 티시 오즈번은 브리지턴 시에서 모르는 사람이 없을 정도로 미인이었어요. 지금도 기억하고 있지만 20년대의 첫 무렵 티시가 파티를 열면 온 거리가 큰 소동이 날 지경이었으니까요. 티시와 결혼한 발 머클레디는 어머니쪽 집안의 사업을 물려받아 정육업을 하고 있던 사람이었어요."

"그 분은 아직 살아 있습니까?"

"아무튼 전쟁 중에 영국 여자와 재혼해서 영국에 살고 있다는 말을 들었습니다만 그 뒤엔 전혀 몰라요. 본디 브리지턴 사람이 아니었으니까 잘 몰라요. 저는 신문의 사교란과 부고만 읽었을 뿐이니까요."

미세스 호프만은 코코아를 마셨다. 그 모습, 곧 자기 폐쇄적 자세야말로, 이 부인으로 하여금 마지막 생존자가 될 것임을 말해 주고 있었다. 딸 헬렌은 지적으로 뛰어났고 티시 오즈번은 부자였지만 살아남은 이는 이 부인뿐이다. 이 부인은 아마도 남편보다는 오래 살 것이며 남편이 술병을 데스크 속에 숨기고 있었던 그 서재를 성당처럼 보존할 것이 분명하다.
 어쨌든 간에 두 노부인 중 한 사람은 붙잡았다. 남은 한 사람은 어려울 것 같았다.
 "왜 미세스 딜로니는 서둘러 이 도시에 왔을까요?"
 "글쎄요, 부자의 변덕이 아닐까요? 어려움에 처한 나를 도와주고 싶다고 말했지만."
 "당신은 미세스 딜로니하고 친했습니까?"
 "아뇨, 거의 모르고 지냈어요. 내 남편은 좀 알고 지낸 모양입니다만."
 "헬렌은 친하게 지냈나요?"
 "아뇨, 그 애가 미세스 딜로니와 만났다는 건 아직 듣지도 보지도 못했으니까요."
 "그렇다면 미세스 딜로니는 전혀 남과 다름없는 사람을 돕기 위해 멀리서 찾아온 셈이군요. 호텔 방을 바꾸는 일 말고는 뭔가 특별히 해준 일은 없습니까?"
 "점심과 저녁 식사를 사 주셨어요. 얻어먹을 생각은 없었는데 부득부득 대접하겠다고 하시기에."
 "방값과 식사 값 몫으로 뭔가 약속한 일은 없습니까?"
 "별로 없어요."
 "여동생 티시에 관한 일에 대해 잠자코 있어 달라는 말을 듣지 않았습니까?"
 "네, 그 말은 했어요. 티시가 루크 딜로니와 관계가 있었다든가, 딜로니 사건과 관계되는 소문이라든가, 그런 얘기는 일절 말하지 말라는 것이었어요. 여동생에 관한 평판에는 몹시 신경을 쓰고 있는 것 같았어요."

"이상할 정도로 신경을 쓰고 있군요. 만일 티시가 정말 20여 년 전에 죽었다면 그런 것을 누구에게 말하면 안 된다는 겁니까?"

"아무에게도 말하면 안 된다고 했어요, 특히 당신에겐."

겁쟁이처럼 키득키득 웃으면서 미세스 호프만은 남은 코코아를 마시기 시작했다.

31

나는 호텔의 정원으로 나갔다. 밝은 달이 하늘에도, 스페인식 정원에 장식으로 만든 연못에도 떠 있었다. 달보다 더 노란 빛이 미세스 딜로니의 별채 블라인드에서 새어 나오고 있었다. 방 안의 사람 소리는 너무 낮아서 엿듣기 어려웠다.

나는 문을 두드렸다.

"누구세요?" 미세스 딜로니가 말했다.

"보이입니다." 탐정이라는 이름의 보이였다.

"아무것도 부탁하지 않았는데요."

그러나 미세스 딜로니는 문을 열었다. 나는 재빨리 노부인의 옆으로 빠져서 안에 들어가 벽을 등지고 섰다. 브래드쇼는 반대편 벽난로 앞의 영국식 소파에 앉아 있었다. 난로 안에서는 불꽃이 하늘대며 타오르고 놋쇠 부젓가락이 불빛에 반짝거리고 있었다.

"안녕하시오." 브래드쇼가 인사를 했다.

"안녕하십니까, 조지?"

브래드쇼는 움찔 놀랐다.

미세스 딜로니가 말했다.

"나가 줘요."

뼈가 앙상한 딱딱하고 네모진 흰 얼굴에는 눈만이 동그랗게 푸른빛을 띠고 있었다.

"호텔 경비원을 부르겠어요."

"그러시죠. 소동이 널리 알려져도 좋다면 말입니다."

노부인은 문을 닫았다.

"차라리 이 사람에게 말해 버립시다. 누군가에게 말하지 않을 수는 없지 않습니까?" 브래드쇼가 말했다.

노부인은 맹렬한 기세로 머리를 좌우로 흔들었기 때문에 균형을 잃고 한두 발짝 뒤로 휘청거리다가 겨우 균형을 되찾았다. 그리고는 적을 앞에 둔 것처럼 나에게서 브래드쇼 쪽으로 눈길을 옮겼다.

"그건 절대로 안 됩니다. 아무것도 말해선 안 됩니다." 노부인은 브래드쇼에게 말했다.

"언젠가는 알려질 일입니다. 우리 자신의 입으로 알리는 편이 좋을 겁니다."

"알려야 할 일이 아니에요. 알려질 리가 없어요."

내가 말했다. "그런데, 당신은 이 도시로 오는 잘못을 저질렀어요. 이곳은 당신의 도시가 아닙니다, 미세스 딜로니. 브리지턴처럼 냄새나는 물건에 뚜껑을 덮을 수는 없어요."

노부인은 나에게 등을 돌렸다.

"이런 사람은 무시해 버려요, 조지."

"내 이름은 로이입니다."

"로이." 노부인은 정정했다. "이 사람은 어저께 브리지턴에서 나에게 속을 떠보려고 했지만 사정은 아무것도 모르고 있었어요. 우리는 잠자코 있으면 그것으로 되는 거예요."

"잠자코 있으면 어떻게 됩니까?"

"평화를 유지할 수 있어요."

"그런 평화는 이젠 질색입니다. 여러 해 동안 그것이 계속되었어요. 당신하고는 한참 동안 접촉이 없었어요. 그러니까 모르시는 거예요. 나의 괴로움을." 브래드쇼는 소파의 등에 머리를 기대고 천장을 바라보았다.

"만일 여기서 좌절하면 더 괴로워지는 겁니다." 노부인은 거칠게 말했다.

"상태가 바뀌는 것만으로도 나은 겁니다."

"당신은 오기가 없는 사람이군요. 하지만 내 남은 인생을 당신이 깨뜨릴 수는 없어요. 그런 일을 한다면 경제적인 원조를 끊어 버릴 거예요."

"어쩔 수 없어요. 그런 원조 없이 어떻게든 내 힘으로 해보겠어요."

그런데 브래드쇼는 내가 알고 싶은 것은 무엇 하나 말하지 않으려고 신중하게 말을 선택하고 있었다. 너무나 오랫동안 쓰고 있었던 가면이 지금은 얼굴에 밀착되어 이 남자의 말이나 사고방식까지 조정하고 있는지 모른다. 나에게 등을 돌리고 있는 노부인까지 나를 관객으로 취급하고 연기를 하고 있었다.

나는 말했다.

"두 분의 논의는 추상적이군요. 여러 가지 의미에서. 이제 사건은 비밀도 아무것도 아닙니다. 미세스 딜로니, 당신의 남편을 쏴 죽인 사람은 여동생 레티셔였어요. 그 뒤 여동생은 보스턴에서 브래드쇼와 결혼했어요. 이것에 대해서는 이 사람 어머님의 증언이 있어서……"

"이 사람 어머니라니요?"

브래드쇼는 자세를 바로 세웠다.

"나에게도 어머니는 있어요." 그는 이렇게 말한 뒤 노부인을 응시하며 지성인다운 성실한 목소리로 덧붙였다. "어머니는 지금도 저와 함께 살고 있습니다. 이 문제에도 어머니의 일을 고려하지 않을 수 없어요."

"당신은 꽤 복잡한 생활을 하고 있군요." 노부인은 말했다.

"복잡한 인간이니까요, 저는."

"알겠어요, 복잡한 사람. 공은 당신에게 넘기겠어요. 게임을 계속해 주세요."

미세스 딜로니는 방구석으로 물러나고 마치 심판관처럼 거기에 앉았다.

내가 말했다. "공은 제게 맡겨 주십시오. 아무튼 이야기를 들어 보십시다, 브래드쇼. 애초의 시작부터, 이를테면 딜로니 살인부터 시작해 주세요. 헬렌이 목격자라고 말한 사람은 당신이었군요?"

브래드쇼는 고개를 끄덕거렸다.

"그런 중대한 것을 헬렌에게 말한 것이 잘못이었어요. 하지만 나는 그때 매우 놀라서 정신이 없었고 친구라고는 헬렌밖에 없었으니까요."

"레티셔 이외에는 말입니까?"

"네, 레티셔 이외에는……."

"딜로니 살인에서 당신 역할은?"

"그 장소에 함께 있었던 것뿐입니다. 게다가 엄밀하게 말하면 그것은 살인이 아니었습니다. 딜로니는 정당방위로 살해되었습니다. 사실상 사고사와 같은 겁니다."

"그 점을 더 상세히 듣고 싶습니다."

"이렇습니다. 그 맨 위층 방에서 우리가 함께 자고 있는 장면을 딜로니에게 들켰어요."

"당신과 레티셔는 그 전부터 관계가 있었습니까?"

"그것이 처음이었어요. 나는 그녀에게 바치는 시를 써서 칼리지 잡지에 발표했고 그것을 엘리베이터 안에서 그녀에게 보였습니다. 그해 봄, 나는 그녀를 지켜보았고 그녀를 찬미하는 마음으로 가득했어요. 나보다는 훨씬 연상이었지만 그녀는 멋있었어요. 내가 최초로 사랑한 여자입니다."

브래드쇼의 말투에는 아직도 일종의 외경심이 담겨 있었다.

"맨 위층 침실에서 일어난 일을 얘기해 줘요, 브래드쇼."

"방금 말한대로 딜로니에게 들켰지요. 딜로니는 화장대 서랍에서 권총을 꺼내 그 총신으로 나를 때렸습니다. 레티셔는 그것을 말리려고 했어요. 딜로니는 레티셔의 얼굴을 권총으로 때렸어요. 그렇게 옥신각신하는 동안에 그녀의 손이 권총의 방아쇠에 닿아 딜로니가 죽은 겁니다."

브래드쇼는 오른쪽 눈꺼풀을 손가락으로 누르고 노부인에게 고개를 끄덕여 보였다. 노부인은 방구석에서 마치 인생의 긴 세월을 사이에 둔 듯이 우리를 지켜보고 있었다.

"미세스 딜로니가 사건을 얼버무려 무마해 버렸어요. 또는 사람들을 시켜서 무마해 버렸습니다. 그때의 사정을 고려해 보면 미세스 딜로니를 책망할 수는 없습니다. 또 우리를 책망할 수도 없습니다. 나와 레티셔는 보스턴에 갔고 레티셔는 몇 개월 동안 병원에 다니며 얼굴에 난 상처를 치료했어요. 그런 뒤 우리는 결혼했어요. 연령의 차이를 뛰어 넘어 나는 그녀를 사랑했어요. 어머니에 대한 감정이 밑바탕이 되었고 그 위에 레티셔의 사랑이 겹쳐진 것이겠죠."

그의 내부에 감춰져 있던 지성이 그 순간, 반쯤 광기처럼 눈 속에서 타올랐다. 브래드쇼의 입술은 일그러져 있었다.

"신혼여행은 유럽으로 갔었죠. 어머니는 프랑스인 탐정을 고용해서 우리를 미행시켰어요. 나는 레티셔를 파리에 두고 어머니와 화해하기 위해서, 그리고 하버드 수업에 출석하기 위해 귀국했어요. 그

달에 유럽에서는 전쟁이 일어났어요. 그리고 나서 두 번 다시는 레티셔를 만나지 못했어요. 그녀는 병에 걸려 내가 모르는 동안에 죽은 겁니다."

"믿을 수 없군요. 그 근방의 이야기가 너무 빠릅니다."

"눈 깜박할 사이에 일어난 일이었어요. 비극은 대체로 그런 것이 아닐까요?"

"당신의 경우는 다릅니다. 당신의 비극은 22년간 계속된 것 같습니다."

"아닙니다. 이 사람 이야기는 진짜입니다. 증거가 있어요."

미세스 딜로니가 말했다.

노부인은 옆방으로 가서 구깃구깃해진 한 장의 서류를 가져와서 우리에게 넘겨주었다. 그것은 보르도 시 발행의 사망증명서였는데 날짜는 1940년 7월 16일로 되어 있었다. '레티셔 오즈번 머클레디, 연령 45세, 폐렴으로 사망'이라고 프랑스어로 씌어 있었다.

나는 서류를 미세스 딜로니에게 돌려주었다.

"어디에 갈 때도 그것을 몸에 지니고 다닙니까?"

"우연히 갖고 나온 겁니다."

"무슨 까닭으로?"

노부인은 대답이 막혔다.

"내가 그 대답을 말씀드릴까요? 여동생은 아직 살아 있습니다. 여동생이 그 죄 탓으로 벌을 받을까 당신은 두려워하고 있는 겁니다."

"여동생은 아무 죄도 저지르지 않았어요. 내 남편의 죽음은 정당방위에 의한 살인, 아니면 사고사입니다. 경찰서장도 그것을 눈치챘기 때문에 그 정도로 사건을 덮어둔 겁니다."

"그건 그럴지도 몰라요. 그러나 콘스턴스 매기와 헬렌 해거티는 사고사가 아닙니다."

"그 두 사람이 살해되기 훨씬 전에 여동생은 죽었어요."

"아닙니다. 당신 자신의 행동이 그것을 부인하고 있습니다. 그런 가짜 사망증명서보다 당신 행동 쪽이 훨씬 많은 것을 말해 줍니다. 예를 들면 당신은 오늘 길 스티븐스가 있는 데에 가서 매기 사건에 관한 일로 그의 속을 떠보았어요."

"배신했군요, 그 사람이……."

"배신하고 안 하고의 문제가 아닙니다. 당신은 스티븐스의 의뢰인이 아니니까요. 스티븐스의 의뢰인은 여전히 매기입니다."

"그건 금시초문이군요."

"당연하죠. 이곳은 당신이 사는 동네가 아니니까요."

노부인은 혼란스러운 표정으로 브래드쇼의 얼굴을 보았다. 브래드쇼는 아무 말도 하지 않고 머리를 저었다. 나는 방을 가로질러 브래드쇼의 옆에 섰다.

"만일 레티셔가 프랑스에 매장되어 있다면 왜 거추장스럽게 좀스런 수단을 써서까지 레티셔와의 이혼수속을 했습니까?"

"이혼한 것까지 알고 있습니까? 당신은 숨은 사실을 캐내는 솜씨가 대단하군요. 마치 디거 인디언(나무뿌리를 캐서 먹었던 인디언 족속) 같군요. 나의 사생활에 관한 한 이제 당신이 모르는 것은 아무것도 없는 것 같군요."

브래드쇼는 밝고 예리한 눈으로 쳐다보면서 조용히 앉아 있었다. 상대방의 방패막이가 한꺼번에 무너진 것에 기분이 좋아진 나는 말했다.

"당신의 사생활은 몇 가지가 있는지 모르겠지만 마치 소설 뺨칠 정도이군요. 당신은 집 두 채를 가지고 자기 시간을 어머니와 아내에게 각각 나누어 주고 있었어요."

"아마 그렇게 되었나 봅니다."
억양이 없는 소리로 브래드쇼는 말했다.
"레티셔는 이 도시에 살고 있습니까?"
"로스앤젤레스 근처에 살고 있었습니다. 장소를 가르쳐 줄 생각도 없고 설사 가르쳐 줘도 찾지 못할 겁니다. 이젠 거기에 살고 있지 않으니까 찾아도 헛수고입니다."
"이번에는 어디서 언제 죽었습니까?"
"죽은 게 아닙니다. 당신이 추리한 대로 그 사망증명서는 가짜입니다. 그러나 레티셔는 벌써 당신들의 손이 미치지 못하는 곳으로 떠나버렸어요. 토요일에 브라질의 리우데자네이루행 비행기에 탑승했습니다. 벌써 목적지에 도착했을 겁니다."
미세스 딜로니가 말했다.
"그건 얘기해 주지도 않았어요!"
"누구에게도 이야기할 생각은 없었어요. 그러나 아처 씨는 이 이상 무리하게 밀고 나가도 아무 뜻이 없다는 걸 알아주시길 바랍니다. 나의 아내는…… 전처는 이젠 늙고 병들어서 본국 송환은 문제가 되지 않습니다. 그쪽에서 정신과 치료를 받도록 조처해 두었어요. 남아메리카의 어떤 도시죠. 도시의 이름은 말하지 않겠습니다."
"그녀가 헬렌 해거티를 죽인 것을 인정하겠습니까?"
"인정하겠습니다. 토요일 이른 아침, 로스앤젤레스 시내에서 만났을 때 레티셔가 스스로 고백했습니다. 헬렌을 쏴 죽이고 권총을 문간방에 숨겼다고 했어요. 나는 곧 리노에 있는 포리에게 연락하여 그가 뭔가 목격했는지 어떤지를 확인했어요. 포리에게 협박당하는 건 싫었으니까요……."
"벌써 협박당한 건 아닙니까?"
"헬렌에게 말입니까? 내가 리노에 머물러 있다는 걸 알고 헬렌은 여러 가지 것을 단번에 꿰뚫어 보았어요. 레티셔가 아직 살아 있다는 것도 들키고 말았어요. 그래서 나는 헬렌에게 돈을 주고 이곳 칼리지에 취직시켜 주었지요. 모든 것이 레티셔를 지켜주기 위해 한 일입니다."

"그리고 당신 자신도."

"그녀와 나 자신을. 나도 세상 소문에 신경 쓰지 않을 수 없었어요. 그렇다고 별로 나쁜 일을 한 것도 아니고."

"아닙니다. 그 대신 당신은 타인에게 나쁜 일을 시키는 것에 재주가 있어요. 헬렌을 이 도시로 부른 것도 그녀를 이를테면 미끼로 이용한 게 아닐까요?"

"그 말의 뜻을 잘 모르겠습니다."

브래드쇼는 불안한 듯이 머뭇머뭇했다.

"헬렌을 몇 번인가 불러내서 데이트를 하고 헬렌이 당신의 연인이라는 소문을 일부러 퍼뜨린 것이겠죠. 물론 헬렌은 당신의 연인이 아니었죠. 당신은 벌써 로라와 결혼했으며 여러 가지 이유에서 헬렌을 도리어 미워하고 있었어요."

"그렇지 않아요. 헬렌이 귀찮게 나에게 달라붙었지만 나하고 헬렌의 우정은 꽤 안정되어 있었어요. 뭐니뭐니 해도 그녀는 옛 친구였고 게다가 세상에서 자기 가치를 인정받지 못하고 있다는 헬렌의 고민을 나는 잘 알고 있었어요."

"아무튼 결과만은 명백합니다······. 머리에 '탕' 하는 한 방 말입니다. 콘스턴스 매기의 최후도 마찬가지였어요. 당신 대신의 희생자로서 헬렌을 레티셔에게 제공하지 않았더라면 로라도 마찬가지 최후를 마쳤을 겁니다."

"아무래도 당신은 일을 복잡하게 생각하는 것 같습니다."

"당신 같은 복잡한 분도 이 일을 복잡하다고 생각합니까?"

이 방 안에, 또는 자기 성격이라는 미궁 속에 갇힌 듯이 브래드쇼는 사방을 둘러보았다.
"헬렌의 죽음에 관한 한, 내가 공모했느니 하는 것은 아무리 조사해도 나올 리가 없어요. 그 사건은 나에겐 큰 충격이었습니다. 레티셔의 고백이 또한 두 번째 충격이었지요."
"어째서요? 당신은 레티셔가 콘스턴스 매기를 죽인 것을 알고 있었을 텐데요?"
"토요일까지는 몰랐습니다. 어렴풋이 짐작하고 있었던 건 인정합니다. 레티셔는 옛날부터 질투심이 강한 여자였어요. 그 무서운 가능성을 안고 나는 10년간을 함께 지냈습니다. 나의 의심이 사실이 아니기를 빌면서…… ."
"왜 솔직히 묻지 않았습니까?"
"역시 현실에 직면하는 일이 두려웠기 때문이겠지요. 나하고 레티셔의 관계는 이미 어렵게 되어 있었어요. 그런 것을 묻는다면 콘스턴스와의 사랑을 고백하는 것과 같은 일입니다."
자기 마음속의 심연을 들여다보듯 눈을 내리깔고 브래드쇼는 얼마 동안 말이 없었다.
"이젠 아시겠지만 난 진정으로 콘스턴스를 사랑했습니다. 그녀의 죽음은 내 인생의 끝입니다."
"그러나 당신은 살아남아서 다시 연애를 시작했어요."
브래드쇼는 말했다.
"남자란 누구나 그런 것이 아닐까요? 나는 사랑 없이는 살 수 없는 인간입니다. 레티셔의 경우에도 나는 되도록 오래도록, 그리고 깊이 사랑했어요. 그렇지만 레티셔는 늙었어요. 게다가 병에 걸렸구요."
미세스 딜로니가 침을 뱉는 소리를 냈다. 브래드쇼는 노부인에게 말했다.

"나는 아내를 갖고 싶었어요, 아이를 낳아 주는 아내를."

"당신은 그 아이도 언젠가는 버릴 겁니다. 아무튼 내 여동생에게 약속한 것을 모두 지키지 않은 사람이니까요."

"약속은 누구라도 지키지 않을 수도 있습니다. 나는 처음부터 콘스턴스와 연애를 할 생각은 아니었어요. 다만 그렇게 된 것뿐입니다. 그녀하고 병원 대기실에서 만난 것은 아주 우연이었습니다. 그러나 나는 당신 여동생을 버리지 않았습니다. 버리지 않았구말구요, 지금도 그녀에게 받은 것 이상을 되돌려준 셈입니다."

귀족의 2대째에 어울리는 존대한 태도로 노부인은 브래드쇼를 비웃었다.

"내 여동생은 쓰레기통에서 당신을 주은 거예요. 그 무렵 당신 신분을 생각해 봐요, 엘리베이터 보이였잖아요?"

"나는 칼리지 학생이었습니다. 엘리베이터 보이라는 아르바이트를 한 것은 내 자유의사였어요."

"훌륭한 일이군요."

브래드쇼는 번쩍이는 눈으로 노부인을 바라보면서 몸을 내밀었다.

"내가 마음만 먹으면 재산은 얼마든지 물려받을 수 있습니다."

"참 그렇군요, 당신의 소중하고 소중한 어머니에게서."

"제 어머님 말을 함부로 하지 마세요."

브래드쇼의 말투에는 차가운 협박 같은 가시가 돋쳐 있었으므로 노부인은 입을 다물었다. 아까부터 몇 번인가 느낀 일이지만 이때도 역시 내게는 두 사람이 체스처럼 복잡한 게임, 보이지 않는 체스판 위에서 기묘한 흥정을 하고 있는 듯이 보였다. 여기서 그것을 공개해야 할 것 같았다. 그러나 대화는 사건의 해결을 향해 가고 있는 것은 확실했고, 브래드쇼가 이야기하는 동안은 어떤 부산물이든지 이쪽은 환영할 일이지 그것을 막을 까닭이 없었다.
 나는 말했다.
 "권총 문제를 잘 모르겠어요. 경찰 조사에 의하면 콘스턴스 매기와 헬렌은 똑같은 권총으로 피살되었어요……. 말하자면 콘스턴스의 언니인 앨리스의 소유물이었던 권총입니다. 그것을 레티셔가 어떻게 손에 넣었을까요?"
 "나는 모릅니다."
 "뭔가 짐작은 하시겠지요? 앨리스 젠크스가 레티셔에게 총을 건네준 것일까요?"
 "그렇게 생각할 수도 있겠군요."
 "바보 같은 소리. 그런 일이 있을 수 없다는 것은, 브래드쇼, 당신도 잘 알고 있을 텐데요. 권총은 앨리스의 집에서 도둑맞은 거예요. 누가 그것을 훔쳤을까요?"
 브래드쇼가 손가락을 번쩍 세우면서 그 균형을 즐기는 듯한 눈 모양을 했다.
 "미세스 딜로니께서 자리를 비워 주시면 이야기하겠습니다."
 "왜 내가 있으면 안 된다는 거예요? 내 여동생이 참을 수 있었던 일이라면 나도 참을 수 있어요."
 방구석에서 노부인이 말했다.
 "당신 때문이 아닙니다. 저 때문이죠."
 브래드쇼가 말했다.
 노부인은 망설였다. 이것은 지구력 겨루기가 될 것 같았다. 브래드쇼는 일어나 안쪽 방으로 통하는 문을 열었다. 문 저쪽에는 돈을 들였지만 별로 좋아 보이지 않는 침실이 보였다. 침대 옆 테이블에는 상아빛 전화기가 있었고 가죽 사진틀 속에 흰 수염을 기른 신사의 사진이 들어 있었다. 어디선가 본 기억이 있는 신사였다.

미세스 딜로니는 명령을 받은 고집 센 병사처럼 마지못한 듯이 침실로 물러갔다. 브래드쇼는 난폭하게 문을 닫았다.
"나이 먹은 여자는 점점 싫어졌어요." 브래드쇼가 말했다.
"권총 이야기를 해 주시겠다고 했지요?"
"그랬어요." 브래드쇼는 소파로 돌아갔다.
"별로 모양새가 좋은 얘기는 아닙니다. 정말 그래요. 이렇게 이것저것 다 얘기하는 것도 당신이 만족하길 바라기 때문입니다."
"그리고 경찰에 알리고 싶지 않기 때문이겠죠?"
"경찰에 알려서 무엇을 얻을 수 있습니까? 온 거리에 소문이 퍼지고 내가 정성껏 쌓아 올린 대학의 신용은 땅에 떨어지게 됩니다. 그리고 많은 사람의 생활이 파괴됩니다. 그것뿐이죠."
"특히 당신과 로라의 생활이 파괴되겠지요."
"그래요, 특히 나와 로라의 생활이 파괴됩니다. 그녀는 나를 오랫동안 기다려 주었어요. 이런 나이지만 더 좋은 장래를 얻을 권리가 나에겐 있지 않을까요? 젊었을 무렵의 신경쇠약의 결과를 짊어지고 한평생 산다는 건 견디기 어려운 일입니다."
"고드윈에게 치료를 받았던 것은 그 때문이었습니까?"
"나에게는 누군가의 도움이 필요했어요. 레티셔는 정말 다루기 어려운 여자였어요. 동물적인 폭력과 이치에도 닿지 않는 요구 때문에 나는 몇 번인가 미칠 것만 같았어요. 그런데 그것도 끝났어요."
그의 눈 표정은 그 말을 질문과 한탄으로 바꾸고 있었다.
나는 말했다. "약속할 수는 없습니다만, 먼저 처음부터 끝까지 얘기를 다 들은 뒤에 방법을 같이 생각해 봅시다. 레티셔는 어떻게 해서 앨리스의 권총을 손에 넣은 겁니까?"
"콘스턴스가 언니 방에서 훔쳐내어 나한테 준 겁니다. 권총으로 고르디아스의 매듭(그리스 신화로, 이 매듭을 푸는 사람은 아시아의 지배자가 된다는 이야기를 듣고 알렉산드로스 대왕은 한칼로 잘라 버렸다고 함)을 자른다는 비상식적인 일을 우리는 생각했습니다."
"권총으로 레티셔를 죽이는 일 말입니까?"
"단순한 공상이었어요. 두 사람의 무분별한 생각이었죠. 설사 아무리 절망적인 상황이 되더라도 콘스턴스와 내가 그것을 실행에 옮겼을 리가 없습니다. 내가 두 아내, 두 애인 사이에서 얼마나 괴로워했는지 당신은 도무지 이해하지 못할 겁니다. 한 사람은 나이 든 욕심 많은 여자이고 또 한 사람은 젊고 정열적인 여자였어요. 그런 일을 계속하고 있으면 정신적으로 파멸된다고 짐 고드윈에게서 주의를 들었어요."
"확실한 치료법으로는 살인이 빠른 수단이 아닐까요?"
"그것만은 하지 않았어요. 나로서는 할 수 없었어요. 짐 고드윈은 제 성격을 싫증날 정도로 너무나 잘 알고 있었어요. 나는 폭력적인 남자가 아닙니다."
그러나 지금 브래드쇼의 내부에는 폭력이 싹트고 있었다. 이 사나이의 성격에 테를 두르고, 내 눈앞에서는 이 사나이를 어디까지나 정중하게 유지하고 있었던 여느 때의 공포감이 지금 내부의 폭력에 의해 파괴되려 하고 있었다. 브래드쇼가 나를 죽이고 싶을 정도로 미워하고 있다는 것을 나는 미리부터 느끼고 있었다. 그것은 무리도 아니다. 이 사나이의 비밀을 내가 억지로 밝혀냈기 때문이다.
"콘스턴스가 훔쳐 와서 당신에게 준 권총은 그 뒤 어떻게 되었습니까?"
"나는 안전한 곳에 숨겨 두었는데 레티셔가 발견한 모양입니다."
"당신 집에서 말입니까?"
"어머니 집에서요. 어머니가 안 계실 때 나는 때때로 레티셔를 불렀어요."

"매기가 찾아왔던 날에도 레티셔는 집에 있었습니까?"

브래드쇼는 내 눈을 보았다.

"네, 놀랐습니다. 그날 일까지 알고 있었습니까? 철저하게 조사했군요. 그날에 모든 것이 파국으로 치달았어요. 내 서재의 나무상자에 숨겨 두었던 권총을 레티셔가 발견한 것이 틀림없어요. 그것보다 먼저 아내에게서 손을 떼라고 외치는 매기의 소리를 들은 모양입니다. 레티셔는 권총을 쥐고 그것을 콘스턴스에게 겨누었어요. 여기에는 뭔가 시정(詩情)이 넘치는 정의감 같은 것이 있는 게 아닐까요?"

마치 누군가 제3자의 과거의 사건을, 아니면 역사상의 인물이나 가공인물의 죽음을 이야기하는 것 같은 말투였다. 이 남자에게는 이미 자기 인생의 뜻은 어떻게 되든 상관이 없었다. 이것이 아마 고드윈이 말하는 정신적 파멸이라는 것이리라.

"그래도 아직 지난 주 토요일에 고백하기까지 레티셔가 범인이라는 걸 몰랐다고 주장하는 겁니까?"

"스스로 모른다고 하고 있었어요. 내 의식상으로는 그 권총이 어느새 없어졌어요. 매기가 찾아왔을 때 나의 빈틈을 노려 서재에서 훔친 것으로 생각했어요. 재판에서는 그에게 불리한 것뿐이었으니까요."

"그 재판은 전혀 근거가 희박한 증거의 나열이었어요. 당신이 그것을 깨닫지 못했을 리가 없죠. 현재 나의 주된 관심은 매기와 그 딸에게 집중되어 있습니다. 그 두 사람은 용의가 완전히 씻겨질 때까지는 철저하게 조사를 계속하겠어요."

"하지만 레티셔를 무리하게 브라질에서 불러 오지 않아도 그 조사는 할 수 있을 겁니다."

"레티셔가 브라질에 있다는 건 당신 말일 뿐입니다. 미세스 딜로니

조차 그 말을 듣고 놀란 모양입니다."
"그럼 나를 믿지 않는다는 겁니까? 이렇게 속을 다 털어놓고 이야기하는데도."
"그것도 다른 속셈이 있어서 하는 말이겠죠, 브래드쇼? 당신은 거짓말쟁이입니다. 에누리 없는 사실이나 감정을 이용해서 거짓을 제법 진짜처럼 보여주는 천재적인 거짓말쟁이입니다. 당신 말에는 근본적으로 믿을 수 없는 데가 있어요. 만일 레티셔가 무사히 브라질로 도망쳤다면 그런 것을 당신은 실수로라도 말할 리가 없어요. 레티셔는 이 캘리포니아에 숨어 있다고 나는 생각해요."
"그건 말도 안 되는 소립니다."
배우가 아니고선 할 수 없는 성의 있는 표정을 떠올리며 브래드쇼는 내 눈을 보았다. 침실 문 저쪽에서 전화기가 울리자 우리들의 눈싸움은 중단되었다. 브래드쇼가 침실 쪽으로 걸어갔다. 그것보다 빨리 내가 뛰어가 문 앞에서 브래드쇼를 떠밀고 벨이 세 번 울리기 전에 먼저 침대 옆 수화기를 들었다.
"여보세요, 여보세요."
그것은 로라의 목소리였다.
"아, 당신이에요? 로이, 무서워요. 그 분이 알고 있어요, 우리들의 관계를. 방금 전화를 걸어왔는데 여기에 오겠다고 했어요."
"로이가 아니군요? 여보세요."
로이는 내 등 쪽에 있었다. 내가 돌아보는 순간, 놋쇠 부젓가락이 번쩍하더니 로이가 쥔 부젓가락이 내 머리에 명중했다.

32

미세스 딜로니가 젖은 손수건으로 나의 얼굴을 철썩철썩 때리고 있었다. "그만 됐어요" 하고 나는 말했다. 일어섰을 때, 맨 먼저 눈에

띤 것은 전화기 옆에 있는 가죽틀 속의 사진이었다. 침침한 나의 눈에 그 사진은 미세스 브래드쇼의 거실 난로 위에 걸려 있던 초상화 주인공인 검은 눈동자의 나이 많은 미남자였다.

"브래드쇼의 아버지 사진이 어떻게 여기에 걸려 있지요?"

"아니에요, 나의 아버지예요. 오즈번 상원의원이지요."

"그럼, 미세스 브래드쇼도 천재였군요."

부젓가락에 얻어맞고 머리가 이상해진 것이 아닐까 하는 표정으로 미세스 딜로니는 나의 얼굴을 찬찬히 보았다. 그러나 정통이 아니고 옆으로 빗나간 타격이었으므로 내가 기절한 시간은 겨우 몇 초였던 것 같다. 즉시 내가 호텔 주차장으로 서둘러 뛰어가자 브래드쇼의 자가용이 마침 출발하는 참이었다. 그 차는 바닷가를 떠나 언덕 위로 달렸다. 나는 그 차를 뒤쫓아 산기슭 작은 언덕으로 달렸는데 브래드쇼 자택의 훨씬 앞에서 따라잡았다. 순식간에 거리가 가까워진 것은 상대방이 차를 급정지시켰기 때문이다. 브래드쇼의 차는 갑자기 방향을 바꿔 길을 막는 것처럼 옆쪽을 보이며 급히 정차했다.

브래드쇼가 저지하려고 한 상대는 내가 아니었다. 또 한 대의 차가 이쪽을 향해 언덕을 내려오고 있었다. 많은 나무들 아래를 뚫고 가까이 다가오는 그 헤드라이트가 깜빡거리지도 않는 미친 사람의 큰 눈처럼 보였고, 그 눈부신 빛 속에 브래드쇼의 그림자가 떠올랐다. 브래드쇼는 손으로 안전벨트를 찾는 것처럼 보였다. 역광 속에, 미세스 브래드쇼의 롤스로이스가 확인된 다음 순간, '끽' 하고 브레이크가 삐걱거렸고 그 차는 브래드쇼의 소형차에 부딪쳤다. 나는 길가에 차를 세우고 빨간 신호등을 켠 다음, 충돌 현장을 향해 언덕길을 뛰어 올라갔다. 사고 뒤의 고요함 속에 나의 발자국 소리가 울려 퍼졌다. 롤스로이스의 앞면은 브래드쇼의 차 옆 문짝에 깊이 파고들었다. 브래드쇼는 운전석에 정신을 잃고 기대어 있었다. 이마와 코, 입에서 나온 피가 얼굴 전체를 뒤덮고 있었다.

나는 정상적인 문으로 들어가 안전벨트를 풀었다. 브래드쇼는 맥없이 나의 팔 안으로 쓰러졌다. 나는 조심스럽게 그의 몸통을 길 위에 눕혔다. 얼굴을 가로질러 흐르는 피의 껄쭉한 줄무늬는 마치 가면의 갈라진 틈처럼 보였고 거기에서는 조직이 죽어 있는 것처럼 생각되었다. 그는 죽어 있었다. 많은 나뭇가지의 검푸른 그림자 속에 맥박도, 호흡도 없이 옆으로 누워 있었다.

미세스 브래드쇼가 매우 안전한 롤스로이스의 운전석에서 나왔다. 전혀 다친 데가 없는 듯했다. 순간, 이 부인에겐 타고난 힘이 있기 때문에 아무도 이 사람을 죽일 수는 없다는 생각이 언뜻 나의 머리를 스쳤다.

"로이인가요? 괜찮을까요?"

"어떤 의미에서는, 이젠 괜찮아요. 로이는 도망치려고 했어요. 이제야 간신히 도망쳤군요."

"그게 무슨 뜻입니까?"

"당신은 이 사람도 죽인 것 같군요."

"하지만 부상을 입힐 생각은 없었는데. 자기 아들에게 상처를 입힐 순 없지요, 자기의 배를 아프게 한 자식을."

그녀의 목소리는 모성적인 슬픔으로 쉬어 있었다. 자기는 이 남자의 어머니라고 반은 믿고 있는 것이리라. 어쨌든 오랫동안 그렇게 생각하면서 살아온 것이다. 달빛으로 희미한 주변 풍경처럼 이미 현실감은 희박했다.

노부인은 죽은 사람한테 다가가서 그 몸을 안았다. 자기의 늙은 체온으로 이 남자의 생명을 부활시켜 이 남자의 사랑에 다시 불을 지르려는 것일까. 깜짝 놀려 주려고 죽은 체하는 장난꾸러기 아이를 꾸짖듯이 노부인은 남자의 몸을 흔들면서 그의 귀에 대고 분별없는 말을 했다.

"일어나거라! 엄마다!"

언젠가 나에게 말한 것처럼, 밤은 이 부인 몸에 좋지 않을 것이다. 그런데 이 부인에겐 로이에 못지않은 이중인격적 요소가 있었으며 그 광란하는 몸짓에는 어떤 연기 같은 걸 느낄 수 있었다.

나는 말했다.

"내버려 두세요. 모성애 연극은 그만하세요. 그렇지 않아도 추악한 사건입니다."

노부인은 천천히 몸을 일으켜 나의 얼굴을 비스듬히 올려다보았다.

"모성애 연극이라고?"

"로이 브래드쇼는 당신 아들이 아닙니다. 당신들 두 사람의 연기는 훌륭했어요. 고드윈이라면 틀림없는 정신병 징조라고 말할 터이지만 어쨌든 연극은 이제 끝났어요."

노부인은 일어서서 분노의 파도가 다가오듯이 나에게로 가까이 왔다. 라벤더 향기가 감도는 노부인의 몸에서 어떤 강인한 힘이 느껴졌다.

"나는 틀림없이 어머니입니다. 증거가 필요하다면 이 아이의 출생 증명서가 있어요."

"물론, 있겠지요. 당신 언니는 당신이 1940년 프랑스에서 죽었다는 증명서를 보여 주었어요. 당신 같은 부자라면 돈의 힘으로 어떤 증명서도 만들 수 있을 것입니다. 그러나 아무리 서류를 위조한다 하더라도 사실을 바꿀 수는 없어요. 당신이 딜로니를 죽인 다음, 로이는 보스턴에서 당신과 결혼했고, 그리고 나서 로이는 콘스턴스 매기와 사랑에 빠졌어요. 당신은 콘스턴스를 죽였고 로이는 그 뒤 10년간 당신과 동거했습니다. 다시 누군가를 사랑하게 되면, 당신이 죽일지도 모른다는 공포감 때문에 함께 살긴 했으나 그것은 정상적인 것은 아니었어요. 그러나 로이는 결국 로라 서더런드와 사랑에 빠졌지요. 그리고 자기가 관심을 갖고 있는 것은 헬렌 해거티라고 당신에게 거짓말을 했어요. 그래서 당신은 금요일 밤, 승마길을 따라 그녀 집에 가서 헬렌을 쏴 죽였어요. 이런 것들은 모두 바꿀 수 없는 사실입니다."

우리들 사이에 침묵이 흘렀다. 달빛 같은 차가운 침묵이었다. 노부인은 말했다.

"나는 나의 권리를 지켰을 뿐입니다. 로이가 나를 배신한다는 것은 인정할 수 없어요. 나는 돈과 집을 제공했고 하버드를 통해 로이의 꿈을 완전히 실현시켜 주었어요."

우리 두 사람은 꿈을 잃고 길 위에 누워 있는 남자를 내려다보았다.

"자, 이제 같이 경찰에 가서, 그 긴 세월 동안 당신이 어떻게 자기 권리를 지켜왔는가를, 정식으로 진술하도록 합시다. 톰 매기는 불쌍하게도 아직 유치장에 있고 당신 때문에 고생하고 있어요."

노부인은 자세를 반듯하게 고쳤다.

"나에게 그런 난폭한 말을 하지 말아요. 나는 범죄자가 아니에요."

"농담이 아닙니다. 당신은 지금 로라 서더런드 집에 가려던 참이었고 로라를 어떻게 하려고 했지요, 할머니?"

노부인은 한쪽 손으로 얼굴 반쪽을 가렸다. 기분이 나빠진 때문이거나, 아니면 견딜 수 없는 치욕 때문일 거라고 나는 생각했다. 그때 노부인이 말했다.

"날 그런 식으로 부르지 말아요. 나는 할머니가 아니에요. 얼굴을 보지 말고 눈을 찬찬히 보아요. 그러면 나의 젊음을 알 수 있을 거예요."

어떤 의미에서 그것은 사실이었다. 지금은 시력이 완벽하지 않지만, 그 눈빛이나 생기는 누구나 느낄 수 있었다. 인조 표범외투를 입은 그로테스크한 여자의 환영, 저 가공적인 레티셔처럼 이 부인은 지금도 탐욕적인 삶을 추구하고 있는 것이다. 탄탄하게 보이는 턱 쪽에 손을 옮기면서 노부인은 말했다.

"당신에게 돈을 드리겠어요."
"로이는 당신의 돈을 받았고…… 그 결과는 무엇입니까?"

노부인은 갑자기 뒤로 돌아 차가 있는 쪽으로 걸어갔다. 또 하나의 죽음, 또 하나의 시체를 원하고 있는 그녀의 마음을 읽은 나는 재빨리 롤스로이스의 문으로 달라붙었다. 충돌할 때 떨어졌는지 차의 바닥엔 검은 가죽 백이 있었다. 그 백 속에는 로이의 새 부인을 향해 발사될 예정의 권총이 들어 있었다.

"그것을 돌려주세요."

그 말 속에는 상원의원의 딸에게 걸맞은 위엄이 있었고, 그 두 여자와 두 남자를 살해한 여자라는 참으로 무서운 위엄이 담겨 있었다.

나는 말했다.

"더 이상 권총은 쓸 데가 없습니다. 이제 줄 수 있는 것은 아무것도 없어요, 레티셔."

현대 미국 가정의 위기와 붕괴

　로스 맥도널드(Ross MacDonald, 1915~1983) 문학세계에 흐르는 조용한 노래, 그것은 고독하고 숙명적인 블루스다. 인간이란 이 세계에 고독하게 팽개쳐진 존재이고 혈연에 근거한 가족 중심 사회에서도 결국은 평온함과 구원을 획득할 수 없는 것이다. 실종과 함께 수수께끼가 시작되어 죽음의 진혼곡으로서 범인을 체포한다는 하드보일드 소설의 정형을 밟으면서 로스 맥도널드는 끊임없이 현대 미국 가정의 비극을, 부모와 자식 등 신구 세대간의 대립, 간통, 가족제도의 붕괴라는 형태로 날카롭게 묘사한다. 그러나 그 밑바닥에 잠재된 것은 어두운 체념일 뿐이다.

　작가 스스로가 최고 걸작이라고 주장하는 《소름》도 결코 예외일 수 없다. 신혼여행의 첫날 돌연 실종된 알렉스 킨케이드의 처, 달리 매기의 행방을 뒤쫓던 루 아처는 수일 뒤, 밤안개가 자욱하게 낀 으스스한 저녁, 남편에게 돌아온 달리의 모습을 발견한다. 찢어진 블라우스 사이로 한쪽 유방이 드러나고 피투성이가 된 두 손과 정신착란 상태의 모습이다. 살인 사건에 말려든 달리의 과거에는 또 한 가지 잊을 수 없는 불길한 살인의 악몽이 있었던 것이다. 저주받은 과거의 망령으로부터 도망칠 수 없는 달리를 중심으로 현재와 과거가 복잡하게 뒤섞여 얼마 뒤엔 무서운 사건의 진상이 밝혀진다.

신장 188.8센티미터, 체중 96킬로그램. 굶주린듯 메마른 표정의 명탐정 루 아처는 1949년에 존 맥도널드라는 이름으로 발표된 《움직이는 표적》에 처음 등장한다. 그 당시는 그 정도가 아니었지만, 점차 체념이 심화되어 《운명(1958년)》에 이르면 일종의 죄책감으로까지 변한다.

'과거에 바로 나 자신이 거리의 불량소년이었고 갱들과 한 패거리였으며 절도범, 도박장의 보디가드였다. 이것은 내가 기억하고 싶지 않은 사실이었다.'

이것은 루 아처의 비밀스런 고백이지만, 이같이 마음의 상처를 갖고 있으면서 행동하는 탐정을 창조한 점이야말로 로스 맥도널드의 독창성이라고 해도 틀림이 없을 것이다. '강철 심장을 무소의 가죽으로 덮은 남자'라고 스스로를 조소하는 아처의 속마음에는 이 같은 깊은 슬픔이 흐르고 있는 것이다.

중편《미드나이트 블루》속에서 아처는 "오늘 아침, 산속의 노인이 말한 것처럼 우리들은 모두 가련한 존재였다"고 비통한 신음소리를 토하는데, 이와 같이 인간을 죄 많은 존재로 보는 실존적 관점이야말로 로스 맥도널드의 가장 큰 특색이라고 할 것이다.

이와 같은 관점은 로스 맥도널드가 많은 초기 작품에서 심각하게 영향을 받은 것으로 생각되는 레이몬드 챈들러와는 전적으로 대조된다. 챈들러가 창조한 명탐정 필립 말로우는 이 비정한 시대에서 꿈을 실현하는 매우 자랑스런 남성인 것이다. 제임스 상도가 말한 바와 같이 "가장 비낭만적인 시대에 살고 있는 가장 낭만적인 남자"가 바로 필립 말로우인 것이다. 이와는 달리 루 아처는 처음부터 꿈을 상실한 남자이고 그러기에 현대의 비극을 고스란히 짊어지고 있는 남자인 것이다.

이 같은 자세로 인해 아처는 점차 주인공으로서의 명탐정 역할을 상실하고 현대적 비극을 부상시키는 촉매 기능을 완수하게 되었다. 그리고 그러한 경향은 1959년의 《갤튼 사건》 이후 점차 강화되고 있는 것으로 생각된다. 챈들러에게 부자연스런 비유라고 지적된 인공적인 문체는 모습을 감추고, 동시에 루 아처의 개인적인 초상(肖像)은 그 뒤 아처 시리즈에서도 상세히 언급되지 않고 있는 것이다.

《소름》에서도 주인공인 사립탐정 루 아처의 고독한 생활에 대하여는 전혀 언급된 바가 없다. 그는 점차 시들어가고 있는 것이다.

로스 맥도널드 작품의 주요 무대는 그의 거주지였던 산타 바르바라와 매우 비슷한 산타 테레사와 퍼시픽 포인트라고 하는 두 도시에 설정되어 있다. 대부분 한 작품마다 교대로 무대가 변하고 있는데 《소름》은 퍼시픽 포인트에 속한다.

'집 밖은 안개가 짙었다. 축축한 안개뭉치로 뒤덮인 퍼시픽 포인트의 거리는 바다 속에 잠긴 것처럼 변모하고 있었다.'

짙은 안개 속에 서 있는 고독한 루 아처의 옆얼굴은 아처 팬들을 황홀하게 만드는 데 손색이 없다. 그러나 슬픈 영탄이 점차 강하게 지배한다.

로스 맥도널드가 발견한 현대 미국의 모습은 매우 절망적으로 보인다. 상류 사회의 아들 유괴 사건을 묘사한 《달러의 저쪽(1965년)》에서 엘레인 힐만 부인이 중얼거리는 것처럼 "나의 인생은 공허하고 무의미했다"라고 하는 절망적 표현은 현대 미국 문명에 대한 통렬한 비판이라고 할 것이다.

로스 맥도널드는 무엇보다도 인간을 죄 많은 존재라고 보고 있다. 거기에는 해미트가 《피의 수확》에서, 그리고 챈들러가 《기나긴 이별》

에서 보여주고 있는 명확한 사회적 인식이 결여되어 있다.

그 대신에 현저하게 나타나고 있는 것은 실존주의적 인식이고 방법으로서는 심리주의인 것이다. 그 자신도 프로이트의 정신분석에 강한 관심을 나타내고 있는데, 어렸을 때 로스 맥도널드의 부모가 이혼했고 소년시대에 어머니와 같이 지냈다는 체험이 오이디푸스 콤플렉스에 흥미를 갖게 한 동기를 부여했는지도 모른다.

체험과 창작을 혼동하는 것은 잘못이지만, 처녀작 《어두운 터널》의 주인공이 독일 나치로부터 당하는 폭행 장면은 로스 맥도널드의 체험 그 자체인 것 같다.

《캘튼 사건》에서 '잃어버린 아버지'의 모티브 역시 로스 맥도널드의 유년기 체험에 바탕을 둔 것이라고 해도 될 것이다. 그리고 이 '잃어버린 아버지'라는 주제는 《땅속의 남자(1971년)》에서 보다 분명한 모습으로 계승되고 있다. 어떤 여자와 눈이 맞아 사랑의 도피를 한 아버지의 행방을 찾고 있던 스탠리 브로드하스트가 시체로 발견된다는 이야기로, 이 소설에서는 붕괴 직전의 미국 현대 사회의 다양한 가정적 위기를 탁월하게 묘사하고 있다. 많은 가정적 비극을 주위에서 본 아처는 이렇게 술회한다.

'나의 눈은, 내 옆을 앞질러 점차 멀어져가는 지평선 저쪽으로 도망치는 말을 지켜보는 것처럼 먼 곳을 바라보고 있었다. 나에겐 아이들이 없으나, 지금은 아이가 있는 인간을 부러워할 기분이 전혀 아니다.'(《땅속 남자》)

'잃어버린 아버지'의 모티브에 대응하는 것이 애정을 토로할 상대방을 구하기 위해 고민하는 나이 많은 여자의 초상(肖像)이고, 이 《소름》에서도 미세스 브래드쇼가 작품 전체에 큰 영향을 끼치고 있다. 이러한 경향은 《푸른 쇠망치(1976년)》에서도 볼 수 있는데, 로스 맥도널드가 소년시절에 경험한 고독감의 반영이라고 할 것이다.

일반적으로 로스 맥도널드의 작품에 등장하는 여성은 신경질적인 경향이 강하고 이《소름》에 등장하는 달리도 그중 하나인데, 그들의 특이한 인간상 저쪽에는 어둡고 먼 과거가 떠오르고 피투성이의 범죄가 교차하는 것으로부터 시작되고 있다.

로스 맥도널드의 관심이 한결같이 인간 존재에 대한, 말하자면 실존적 관심에 있는 이상, 가정이란 것이 비극적 세계의 중심에 자리 잡는 것이 당연한데, 그 이상의 거시적인 사회적 관심이 전혀 없다고 한다면 현시점에서 잘못을 저지른 것이 될지도 모른다. 최소한도 1960년대 이후의 작품들에서는 현대 물질문명에 대한 어떤 형태의 혐오감이 미묘하게 모습을 드리우고 있다.

모든 것을 돈으로 환원하는 자본주의적 속물주의를 루 아처는 분명히 경멸하고 있다. '최후의 말에는 오만스런 반응이 있었다. 그렇다면, 이 청년도 결국 물품이나 인간을 돈으로 사는 습성이 있는 것이다'(《블랙머니(1966)》)라는 식으로 그 반감은 아무렇지도 않게 나타나는 것에 불과한데, 《한순간의 적》과 같이 젊은 세대의 성적 비극 등을 묘사하는 경우, 당연히 어떤 사회적 인식이 필요해지는 것은 분명하다.

최근에 로스 맥도널드는 다음과 같이 말한 바 있다.

'아처는 단순히 촉매적 존재로 끝나는 것이 아니다. 그는 현재와 같은 기술 고도화 사회에 살고 있으므로 실질적으로 뿌리내려 정착한 가정도 없고 친구도 없는 현대 사회의 남자를 대표하고 있는 것이다. 그는 현대의 붕괴되려는 세계와, 인간관계나 인간 자체가 중요성을 갖게 되는 새로운 세계와의 중간 역할을 하는 과도적인 존재다. 현대 사회는 기술이 인간관계를 기구(器具)로 바꿔놓고 말았다. 우리들은 그러한 사회에서의 생활에 익숙하도록 강요받고 있다. 우리 인간은 달에 도달할 수 있게 되었다. 이제부터는 인간사

회의 크레이터(분화구)를 탐험하지 않으면 안 된다.'

역사적으로 최고의 번영을 과시하는 현대 자본주의 문명은 공해나 환경 파괴 등 많은 부정적인 소외현상을 초래하고 있지만, 로스 맥도널드는 기름 유출에 따른 오염이나 기타 환경 파괴를 반대하여 시위 행동뿐 아니라 광고를 통해 자기 의견을 적극 피력하는 행동에 앞장서고 있다. 석유의 해양 오염 문제를 배경으로 한 《잠 못 드는 미녀(1973년)》에는 그와 같은 그의 체험이 명확히 반영되고 있다.

《푸른 쇠망치》에는 아처가 부인 기자의 연애를 통해 명랑한 인생 찬가와 미묘한 작가적 변모를 보여주기도 한다. 로스 맥도널드는 '인간 사회의 분화구'를 탐험의 목표로 정하고 과감히 출발했다. 그것은 문학적인 새 지평을 개척하여 우리들에게 신선한 충격을 줄 것으로 기대된다.